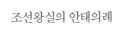

조선왕실의 안태의례

조선왕실의 의례와 문화 10

조선왕실의 안태의례

초판 1쇄 인쇄 2020년 6월 23일

초판 1쇄 발행 2020년 6월 30일

지은이 윤진영

펴낸이 이방원

편 집 정우경·김명희·안효희·윤원진·송원빈·최선희

디자인 손경화·박혜옥·양혜진

영 업 최성수 **기획·마케팅** 정조연

펴낸곳 세창출판사

출판신고 1990년 10월 8일 제300-1990-63호

주소 03735 서울시 서대문구 경기대로 88 냉천빌딩 4층

전화 723-8660 팩스 720-4579

이메일 edit@sechangpub.co.kr 홈페이지 http://www.sechangpub.co.kr

블로그 blog.naver.com/scpc1992 페이스북 fb.me/scp1008 인스타그램 @pc_sechang

ISBN 978-89-8411-951-2 04900

978-89-8411-639-9(세트)

_ 이 도서의 국립중앙도서관 출판시도서목록(CIP)은 서지정보유통지원시스템 홈페이지(http://seoji.nl.go.kr)와

국가자료공동목록시스템(http://www.nl.go.kr/kolisnet)에서 이용하실 수 있습니다. (CIP제어번호: CIP2020025558)

_ 이 도서는 2011년도 정부재원(교육과학기술부 학술연구지원사업비)의 지원에 의하여 연구되었음(AKS-2011-ABB-3101)

조선왕실의
의례와 문화

10

조선왕실의
안태의례

윤진영

지음

세창출판사

　왕실 자녀의 태를 땅에 묻는 안태의례(安胎儀禮)는 조선왕실의 역사와 시종을 함께했다. 그 결과 전국 각지에 수많은 태실 유적을 남겼고, 그 과정은 의궤를 비롯한 다양한 기록으로 남았다. 그동안 전국에 산재한 태실은 보존해야 할 문화자원으로서의 가치를 주목받지 못한 채 오랫동안 방치되다시피 했다. 그나마 일부 고고학적 발굴 성과들이 그 실체를 알리고 관심을 환기하는 데 기여했다. 최근에는 문화재청과 지방자치단체에서 태실의 기초 조사와 문화재 지정사업 등을 통한 보존에 힘쓰고 있고, 관련 연구도 이전보다 활발히 진행되고 있다.

　안태의례의 목적은 왕실에서 태어난 신생아의 생명을 축복하고 장생을 기원하며, 이를 통해 왕실의 안정과 번영을 기원하는 데 있었다. 그 이면에는 신생아의 태가 국가의 미래와 왕실의 운명을 좌우하는 영물(靈物)이라는 인식이 자리했다. 따라서 왕실 자녀들의 탯줄을 한 치의 소홀함이 없도록 극도의 정성을 기울여 예우하고자 했다. 이러한 바탕에서 안태의례는 전국의 명당을 물색하는 번거로움과 백성들의 고초를 감내하면서도 꾸준히 지속되었다. 안태야말로 왕실의 안위와 국운의 미래를 보장해 준다고 믿었던 것이다.

　왕실에서 갓 태어난 아이의 울음소리가 들리면, 저 지방의 어딘가에 태실 하나가 들어서야 했다. 기록과 유적을 보면, 왕실 자녀들의 태실 조성에는 예외가 없었다. 그러다 보니 전국의 명당이 태실로 가득 찬 '태실 강산'이 될 것이라는 우려가 현실화되었다. 태실제도에 관한 영조와 정조의 개선책은 그러한 배경에서 나왔다. 한동안 여러 형제들의 태를 같은 언덕에 묻거나, 원자를 제외한 자녀들의 태는 궁궐 안에 묻게 하는 조치들이 있었다.

근대 이전 시기에 사람이 할 수 있는 노동 가운데 가장 힘든 것은 석물을 다루는 일이었다. 기계 장비 하나 없이 모두 사람의 힘으로 해야 했기 때문이다. 태실을 꾸미기 위해 돌을 캐고 다듬는 것은 전문 장인이 맡았지만, 이것을 옮기는 군역에는 수많은 백성들이 동원되었다. 태실을 만들 때 "돌이라는 물건을 쓰지 말라"고 한 정조의 파격적인 전교는 백성들의 고초를 얼마나 현실적으로 인지하고 있었는가를 말해 준다.

태실의 유산들은 근대 이후 일제강점기를 거치며 상당수 파손되고 손상된 상태로 오늘에 전한다. 일제강점기에 전국 각지의 태실에서 태항아리를 꺼내 서삼릉으로 옮기는 과정에서 태실 유적은 심각하게 훼손되었고, 이후 오랫동안 보존의 손길이 닿지 못했다. 서삼릉의 태항아리는 1990년에 발굴하여 안전하게 박물관으로 옮겼지만, 이후에도 그 태항아리가 묻혔던 초안지(草安地)에 대해서는 관심이 미치지 못했다. 이제라도 체계적으로 돌볼 수 있도록 적극적인 방안이 필요하다.

반세기 전, 신생아의 태는 병원의 특수폐기물로 취급되었다. 과거에 국운을 좌우하던 탯줄이 한낱 폐기물로 전락한 것이다. 그러나 지금은 탯줄을 제대혈(臍帶血, cord blood)이라 하여 다시 귀하게 대접한다. 폐기물에서 생명을 되살리는 의학적 선물로 거듭난 셈이다. 조선왕실의 안태의례에서 태를 다루는 방식은 현재의 과학이나 의학의 잣대로 가늠할 수 없다. 안태의례에 깃든 생명을 경외하는 인문적 가치와 의미는 자연과학이 대신할 수 없기 때문이다.

태실은 조선왕실의 생명존중 사상과 국운의 안정이라는 관념과 연결된 역사문화 자원이다. 현재 규장각과 장서각에 소장된 태실 관련 의궤와 등록, 고문서, 회화류 등은 태실의 역사를 담보하는 자료들이다. 특히 태실 연구의 필수 문헌인 의궤와 등록은 국립문화재연구소에서 일찍이 번역사업을 마쳤고, 연구 자료로서의 활용과 저변확대에 큰 도움을 주고 있다. 그러나 태실의 현장은 전문적인 발굴뿐 아니라 복원의 과제가 남아 있다. 전문 연구자들의 특별한 관심과 참여가 필요하다.

필자의 전공은 미술사학이다. 국왕의 태실을 가봉한 뒤에 만든 태봉도를 발굴하여 소개한 것이 태실에 관심을 갖게 된 계기가 되었다. 태봉도는 전하는 것이 5~6점에 불과하지만, 태실문화를 흥미롭게 들여다보고 자세히 살펴볼 수 있는 기회가 되었다. 이후 본 연구과제에 참여하여 관련 자료를 정리하는 단계에까지 이르게 되었다. 본 과제에서 계획했던 분석적인 연구까지 나아가지 못한 점이 아쉬움으로 남는다.

현재 태실 유적에는 오래된 석물만 있는 것이 아니다. 태실과 관련하여 국가와 왕실의 보전을 위해 노력한 장구한 세월과, 그것을 일구어 온 정신사의 일면도 함께 깃들어 있는 것이다. 태실이 안전하게 보존되고, 전문적인 연구가 진전되어 태실문화가 우리 문화유산을 향한 자긍심으로 이어질 수 있기를 기대한다.

끝으로 지난 수년간 여러 연구결과물의 출판을 독려하며 연구책임자의 자리를 지켜 주신 안장리 박사님께 감사함을 표한다. 또한 상업성이 취약한 '조선왕실의 의례와 문화' 시리즈의 기획과 출판을 흔쾌히 맡아 주신 세창출판사 이방원 대표님께 감사드리며, 거친 원고를 잘 다듬어 주신 정우경 님을 비롯한 편집실 여러분께도 감사의 마음을 전한다.

2020년 6월
윤진영

차례

제 1 장

서 론

이 연구는 조선왕실의 주요 의례인 안태의례(安胎儀禮)의 전반을 고찰한 것이다. 안태는 조선시대 전 시기에 걸쳐 실행된 왕실의 주요 의례였으며, 그 결과로 만들어진 태실(胎室)이 전국의 여러 곳에 남아 있다. 안태와 관련된 수많은 유적과 유물, 그리고 문헌기록은 신생아의 태를 간수하는 조선왕실만의 특별한 의례를 들여다보고 왕실문화의 새로운 지평을 조망할 수 있는 주제이다.

조선의 왕실에서는 신생(新生) 왕자녀의 태(胎)를 전국의 길지(吉地)에 묻는 안태의 전통이 일찍부터 시행되었다. 안태는 왕실 내 새로운 생명의 탄생을 통해 왕권의 안정과 왕실의 번영을 기원하는 의례였다. 그러나 조선왕조 예제(禮制)의 기준이라 할 오례(五禮)에는 포함되지 않았다. 안태의례가 풍수(風水)적인 요소와 방중술(房中術)의 측면을 지녔기에 성리학에 기반을 둔 국가예제에 수용될 수 없었다. 그러나 안태의 관행은 삼국시대와 고려시대에 뿌리를 두고 있고, 국가 미래의 길흉(吉凶)과 관련이 있다는 인식 때문에 일찍부터 조선왕실의 의례로서 준행되었다. 안태는 출산의례에 포함되기도 했지만, 출산과 별도의 차원으로 치렀음을 문헌과 유물을 통해 확인할 수 있다.

안태의 기원과 전통은 삼국시대에서 찾을 수 있으며, 고려의 왕실에서도 길지에 태를 묻는 관행이 지켜졌다. 또한 중국 당대(唐代)에 지어진 『태장경(胎藏經)』등 태와 관련된 서적의 전래로 인해 그 연원이 중국에 있다는 의견도 나온 바 있다. 고려왕실에서 행해진 안태의례의 연장선에서 조선왕실의 안태문화가 성립되었고, 이것이 오백 년간 전통으로 지속되었다는 것이 학계의 중론이다. 사실 왕실에서 태어난 수많은 왕자녀들의 태를 간수하여 전국의 길지를 골라 묻는 것은 많은 인력과 물력이 들어가는 관행이었다. 때때로 부정적인 병폐가 지적되기도 했지만, 이를 극복하며 지속되었던 것은 안태가 바로 국운의 흥망성쇠를 좌우한다는 믿음 때문이었다.

조선시대의 안태의례를 왕대별로 살펴보면, 뚜렷한 변화의 과정을 알 수 있다. 성리학적인 세계관에서 본다면 풍수와 길지를 거론하는 것은 바람직하지 않다. 조선 중기에는 풍수의 설(說)은 허황한 것이며, 믿을 수 없는 것이라는 인식이 한동안 자리하기도 했다. 이후 조선 후기에는 안태의례가 선대(先代)부터 이어 온 전통이기에 이를 계승해야 한다는 입장에서 지속되었다. 말하자면, 안태는 조선왕실의 예제에 포함할 수도 없고, 의례가 아닌 것으로 치부할 수도 없는 위치에 자리하고 있었다.

지금까지 안태의례는 왕실의 출산문화를 보여 주는 고고학적 발굴과 연구의 성과로 주목되어 왔다. 이와 함께 왕실에서 시행된 안태의 과정과 절차에 대해서도 관련 기록을 토대로 자세히 살펴볼 필요가 있다. 안태와 태실의 조성은 왕실의례의 주요 영역이자 상징을 담고 있는 유산이기 때문이다. 이러한 유적이 근대 이후 일제강점기를 거치며 상당 부분 파손되고 관리되지 못한 형태로 오늘날까지 전하고 있다.

이 글에서는 태를 땅에 묻는 매안(埋安), 태실의 조성과 가봉(加封), 관리와 수보(修補)에 이르는 과정에 대한 주요 기록과 내용을 살펴보기로 하겠다. 안태 관련 의궤(儀軌)와 등록(謄錄)을 비롯한 왕실문헌을 중심으로 하여 안태의 역사적 변천과 문화사적 의의를 밝히고자 한다.

1 연구 현황

유적과 유물을 중심으로 한 태실의 연구는 1960년대부터 시작되었다. 이후 1980년대 초까지 간헐적인 발굴 유물에 대한 소개가 이루어졌지만, 이를 왕실의 안태문화로 확장한 연구는 2000년대 이후에 이르러 본격화되었다. 문헌 연구와 더불어 무엇보다 태실 유적의 발굴 성과가 있었기에 조선왕실의 안태가 왕실의례의 한 영역으로 정립될 수 있었다.

조선왕실의 안태의례에 대한 연구는 태실을 중심으로 한 고고학적 연구가 그 기반이 되었고, 태실의 유적, 유물(遺物) 발굴 및 지표(地表) 조사 등에 대한 연구가 활발히 이루어졌다. 이를 통해 태실의 분포와 실체가 상당 부분 드러났고, 안태의 과정과 태실의 조성이 조선왕조를 통해 지속된 의례였음을 밝힐 수 있었다.

안태에 관한 1960년대의 초기 연구는 백자 태항아리와 태지석(胎誌石), 아기비 등 출토 유물에 대한 관심으로부터 시작되었다. 태항아리와 함께 발굴된 태지석의 명문(銘文)과 연대를 토대로 태항아리의 주인공을 추적하였으며, 이 과정에서 태지석과 태항아리는 절대 연대를 지닌 기준 자료로 다루어졌다.[1] 아울러 이 유물들의 출토지가 태실이라는 데 관심이 모아졌고,

---

1   최순우, 「백자정수아지씨태항」, 『고고미술』 통권 35, 한국미술사학회, 1963; 정양모, 「정소공주묘 출토 분청사기초화문사이호」, 『고고미술』 통권 47·48, 한국미술사학회, 1964; 강경숙, 「이조백자 태호」, 『고고미술』 통권 49, 한국미술사학회, 1964; 윤무병, 「광주 원당리 태봉」, 『고고미술』 통권 56·57, 한국미술사학회, 1965; 신라오악종합학술조사단, 「세종·단종대왕의 태 실조사」, 『고고미술』 통권 85, 한국미술사학회, 1967; 이홍직, 「이조전기의 백자태항」, 『고문화』 5·6, 대학박물관협회, 1969.

안태의례의 연구는 태실의 출토 유물을 통한 고증으로부터 새롭게 주목받기 시작하였다.

1980년대에는 태실비(胎室碑), 태지석, 태실가봉(胎室加封) 등에 대한 기초 문헌과 유물 조사가 진행되었다. 차용걸의 '영조태실석난간조배의궤(英祖 胎室石欄干造排儀軌)' 연구는 태실 관련 의궤의 첫 연구 사례로 주목된다. 이 연구에서는 영조의 태실에 석물을 단장한 가봉의 절차, 의례와 물품의 조달 등의 문제를 밝혔다. 이는 태실의 가봉과 관련된 가장 구체적인 기록이며, 왕실 관련 문헌 연구라는 점에서 의미가 크다.[2] 또한 1980년대에는 국왕과 왕자의 태실 유적에 관한 여러 사례가 발굴 소개되었다. 이어서 묘지(墓誌) 와 태지석에 대한 연구와 태실의 규모 및 형태, 태항아리와 태지석에 관한 유물 분석 등 고고학적인 연구가 활발히 이루어졌다.[3]

1990년대에는 각 지방의 태실 유적에 대한 발굴과 조사가 활발히 추진되었다. 초기의 태실 발굴은 한림대박물관(翰林大博物館)에서 조사한 강원도 원주(原州) 태장동의 왕녀복란(王女福蘭)태실을 통해 이루어졌고, 이를 통해 아기태실의 구조를 밝히는 성과를 거두었다.[4] 또한 국왕의 태실에 대한 지표 조사와,[5] 국왕의 가봉태실(加封胎室) 연구가 있었고,[6] 왕자와 옹주의 태실을 검토하여 그 태주(胎主)를 밝혀내기도 하였으며,[7] 지역별 연구로 강원지역에 소재한 21개 태실에 대한 연구가 진행되었다.[8] 이 과정에서 태실의 구

---

2   차용걸, 「英祖大王胎室 加封儀軌에 대하여」, 『호서문화연구』 2, 충북대학교호서문화연구소, 1982.

3   최호림, 「조선시대 묘지의 종류와 형태에 관한 연구」, 『고문화』 25, 한국대학박물관협회, 1984; 최호림, 「조선시대 태실에 관한 일연구」, 『한국학논집』 7, 한양대학교한국학연구소, 1985.

4   한림대학교박물관, 『王女福蘭胎室 發掘報告書』, 1991.

5   홍재선, 「충남지방의 태실과 그 현황」, 『향토사연구』 12, 충남향토사연구회, 1992.

6   김영진, 「충주 경종태실 소고—변작과 복원을 중심으로」, 『청주대학교 박물관보』 7, 청주대학교박물관, 1994.

7   홍성익, 「춘천 용산리 태실」, 『월간 태백』 통권 99, 강원일보사, 1995; 홍성익·오강원, 「춘천지역 소재 태실·태봉에 관한 일고찰—조사보고를 겸하여」, 『춘주문화』 10, 춘천문화원, 1995; 김성찬, 「원주 태실고」, 『원주얼』 6, 원주문화원, 1996.

8   홍성익, 「江原地域 胎室에 관한 硏究—全國 胎室調査를 겸하여」, 『강원문화사연구』 3, 강원향토문화연

조와 주인공을 통해 이전보다 심도 있는 접근이 이루어졌다. 이러한 태실의 발굴은 안태의례에 대한 관심을 확장시키는 계기가 되었다. 특히 전국에 산재한 태실의 현황과 기초 사료를 종합 정리한 『조선(朝鮮)의 태실(胎室)』 (3책, 전주이씨대동종약원)의 출간과 국립문화재연구소가 주관한 서삼릉(西三陵) 태실의 발굴은[9] 태실의 현황을 폭넓게 알리는 기회가 되었다.

2000년대 이후에는 각 지역별 태실 유적에 대한 광범위한 조사와 연구가 한층 진전되었다. 여러 연구 성과를 종합해 보면, 태실의 석물과 출토 유물에 관한 양식과 편년을 고찰한 여러 연구가 이루어졌다. 아기비와 태항아리, 태지석과 석함(石函) 등이 여기에 포함된다. 또한 왕후와 왕녀의 태실, 서삼릉태실, 성주 세종대왕자태실(世宗大王子胎室)과 같은 주요 태실의 사례별 연구도 주목할 만한 성과를 이루었다. 이를 다시 간략히 요약하면, 첫째, 현존하는 태실 아기비의 조사를 통해 아기비와 관련된 기초 연구가 이루어졌다.[10] 둘째, 태항아리와 태지석 등을 문헌사료와 비교하여 고찰한 연구가 있었고,[11] 특히 백자 태항아리의 양식에 대한 실증적인 비교 검토가 이루어졌다.[12] 셋째, 태지석과 태함의 변화를 살핀 고찰이 있었고,[13] 나아가 출토 유물을 통해 태주를 밝힌 연구도 주목되었다.[14] 넷째, 왕후와 왕녀의 태실에 관하여 태실의 위치, 조성시기와 구조, 출토 유물과 문헌기록을 고

구회, 1998.

9   국립문화재연구소, 『서삼릉태실』, 1999.

10   심현용, 「조선시대 아기태실비의 양식과 변천」, 『미술자료』 75, 국립중앙박물관, 2006.

11   심현용, 「蔚珍 지역 胎室에 관한 始考」, 『고문화』 57, 한국대학박물관협회, 2001.

12   윤석인, 「朝鮮時代 태항아리 變遷 硏究」, 『고문』 75, 한국대학박물관협회, 2010; 양윤미, 「조선 15세기 安胎用 陶磁器 연구」, 고려대학교대학원 석사학위논문, 2013; 양윤미, 「조선 초기 安胎用 도자기의 양식적 특징—성주 선석산 세종대왕자태실을 중심으로」, 『성주 세종대왕자태실의 세계유산적 가치』, 경북대학교영남문화연구원, 2014.

13   윤석인, 「朝鮮時代 胎誌石 硏究」, 『강원고고연구』, 고려출판사, 2014; 심현용, 「조선왕실 胎室石函의 現況과 樣式變遷」, 『문화재』 43, 국립문화재연구소, 2010.

14   홍성익, 「江原地域 胎室에 관한 硏究—全國 胎室調査를 겸하여」, 『강원문화사연구』 3, 강원향토문화연구회, 1998.

찰한 연구가 진행되었고,[15] 다섯째, 서삼릉태실 집장지(集藏地)에 관한 연구로 출토 유물들을 통해 양식과 편년의 문제들을 살필 수 있었다.[16] 또한 경북 성주(星州)의 세종대왕자태실의 유물과 문헌, 단종태실에 관한 실증적 고찰 등이 있었다.[17]

국왕의 태실인 가봉태실에 관한 연구도 진전되었다. 가봉태실의 구조와 기원,[18] 서산 명종(明宗) 가봉태실의 현황 소개,[19] 광해군 가봉태실의 출토 유물과 사료 비교 검토,[20] 강원도 영월(寧越) 정조(正祖) 가봉태실의 구조와 봉안 유물,[21] 중앙태석의 분석, 양식과 편년 설정[22] 등의 문제도 검토되었다.

왕실의 출산문화와 관련된 안태의례에 대한 연구로는 먼저 궁중의 출산풍속과 안태 절차,[23] 왕실의 출산 관련 자료인『호산청일기』를 통한 풍속 연구가 있었다.[24] 그다음은 의궤와 등록을 포함한 안태 절차와 의식에 비중을 둔 연구가 진행되었다. 특히 규장각의 장태의궤를 중심으로 하여 조선

15 홍성익,「洪川 孔雀山 貞熹王后 胎室誌 位置比定」,『강원문화사연구』13, 강원향토문화연구회, 2008; 심현용,「조선 초 榮州 昭憲王后 胎室의 造成과 構造 復元」,『영남고고학』68, 영남고고학회, 2014; 홍성익,「金泉과 原州에 藏胎된 孝宗 王女胎室 검토」,『계명사학』23, 계명사학회, 2012.

16 윤석인,「조선왕실의 胎室 變遷 연구―西三陵 移藏 胎室을 중심으로」, 단국대학교대학원 석사학위논문, 2000; 윤석인,「서삼릉태실 奉安遺物에 대한 연구」,『강원고고학보』11, 강원고고학회, 2008; 강수연,「조선시대 白磁胎缸에 관한 연구」, 동국대학교대학원 석사학위논문, 2002.

17 심현용,「星州 世宗大王子胎室 研究」,『박물관연보』2, 강릉대학교박물관, 2005; 심현용,「星州 禪石山 胎室의 造成과 胎室構造의 特徵」,『성주 세종대왕자태실의 세계유산적 가치』, 경북대학교영남문화연구원, 2014.

18 홍성익,「한국 胎室의 기초적 이해―태실의 현황과 보존 및 관리」,『성주 세종대왕자태실의 세계유산적 가치』, 경북대학교영남문화연구원, 2014.

19 이명구,「조선시대 胎室 遺蹟에 관한 고찰―明宗大王 胎室을 중심으로」,『서산의 문화』19, 서산향토문화연구회, 2007.

20 심현용,「光海君胎室에 대하여」,『강원문화사연구』9, 강원향토문화연구회, 2004.

21 윤석인,「朝鮮 正祖大王 胎室 研究―태실석물의 구조와 봉안유물의 특징」,『문화재』46, 국립문화재연구소, 2013.

22 심현용,「조선시대 加封胎室의 中央胎石에 대한 양식과 변천」,『대구사학』113, 대구사학회, 2013.

23 김용숙,「朝鮮朝 宮中風俗 研究」, 일지사, 1987; 김용숙,「附錄, 胎封研究」,『서삼릉태실』, 국립문화재연구소, 1999.

24 김호,「조선 후기 王室의 出産 풍경」, 최승희 교수 정년기념논총『朝鮮의 政治와 思想』, 집문당, 2002.

왕실의 안태의례를 전후기로 나누어 살펴보았고, 안태의 구체적인 의례에 관한 절차를 소개하였다.[25] 현존하는 안태 관련 의궤와 등록은 18세기 후반기 이후의 자료들이지만, 안태에 관한 가장 구체적인 사실을 담고 있어 의례의 절차와 태실의 조성 과정을 재구성하여 검토하는 것이 가능하다.

그 밖에 조선 국왕의 태실에 관한 인식과 태실제도의 추이,[26] 조선왕실 장태의례의 상징성과 그 역사적 변화,[27] 세종태실의 수개를 기록한 수개의궤 고찰,[28] 왕실의 장태 과정을 백성들의 고충을 덜고자 한 민본의 이념이 투영된 것으로 본 연구들도 소개되었다.[29] 국왕태실의 석물 단장인 가봉과 수리의 영역인 수개를 의궤 등 왕실의 기록을 중심으로 살펴본 연구와[30] 가봉태실의 석물을 조선시대 석조미술의 발전양상을 말해 주는 주요 자료로 고찰한 연구도 진행되었다.[31]

문화재연구소에서 추진한 태실 관련 주요 문헌에 대한 해제와 번역 사업은 이 분야의 연구와 대중적 관심에 큰 도움을 주고 있다. 그러나 문헌 연구는 아직 적극적으로 진행되지 않은 상태이다. 그 밖의 주제로서 태봉(胎封)의 풍수지리, 태봉도(胎封圖) 등의 주요 자료를 다룬 연구가 있다. 이 자료들은 태실의 가봉과 관련하여 남겨진 자료로서 안태문화를 보다 입체적으로 이해하게 하는 흥미로운 자료들이다.

---

25 김호, 「조선 왕실의 藏胎 儀式과 관련 儀軌」, 『한국학보』, 일지사, 2003.
26 윤진영, 「朝鮮 後期 安胎儀禮의 개선과 정비」, 『조선시대사학보』 67, 조선시대사학회, 2013.
27 김지영, 「조선시대 出産과 王室의 '藏胎儀禮'—문화적 실천양상과 그 의미」, 『역사와 세계』 45, 효원사학회, 2014.
28 김혜영, 「『世宗大王胎室石欄干修改儀軌』에 대하여」, 『고문서연구』 45, 한국고문서학회, 2014.
29 김호, 「조선왕실의 藏胎儀軌—아기씨의 안녕에서 여민락의 민본으로」, 『조선왕실의 태실 의궤와 장태문화』, 한국학중앙연구원출판부, 2018.
30 윤진영, 「조선왕조 태실의 석물단장과 수리」, 『조선왕실의 태실 의궤와 장태문화』, 한국학중앙연구원출판부, 2018.
31 홍대한, 「태실조성의 특징과 수호사찰의 운영」, 『조선왕실의 태실 의궤와 장태문화』, 한국학중앙연구원출판부, 2018.

2 연구 방향

　이 연구에서는 조선왕실의 안태의례를 길지를 물색하여 왕자녀의 태를 묻는 장태(藏胎)와, 국왕의 태실을 석물로 단장하는 가봉(加封), 그리고 가봉된 태실을 수리하는 수개(修改)의 세 가지 영역을 중심으로 하여 고찰하고자 한다. 안태는 출산과 더불어 산속(産俗)의 성격을 띠기도 하며, 방중술을 포함한 도가(道家)의 개념이 반영되기도 한다. 그러나 왕실의 안태는 그 절차와 의례의 성격이 중요했다. 따라서 관련 기록을 의궤와 등록으로 남겼을 뿐 아니라 택일(擇日)이나 안태지(安胎地)를 정하는 일은 왕실의 능침을 조성하는 사안에 준하여 시행되었다.

　본고의 제1장에서는 안태의례와 관련된 여러 분야의 연구현황을 먼저 살펴보았다. 의례를 구성하는 세부 문헌 사료(史料)를 중심으로 하되, 안태의 일반에 대하여 조망하고, 관련 사료들을 자세히 살펴보았다.

　제2장에서는 안태의례의 가장 핵심인 왕자아기씨의 태를 묻는 과정을 살펴볼 것이다. 제1절에서는 우선 안태의 기원과 관련하여 삼국 및 고려시대의 사례를 살펴볼 것이다. 먼저 선행 연구를 확인하고, 조선왕실의 안태가 이전 시기에 성립된 전통의 연장선에 있음을 알아볼 것이다. 제2절에서는 주요 문헌기록과 그것을 통해 밝힐 수 있는 연구상의 성과들을 개관하여 알아볼 것이다. 제3절에서는 국왕의 안태와 왕대별로 이루어진 안태 관련 세부 사료를 살펴볼 것이다. 안태의례의 특징과 변화 과정을 조선 전기와 중기, 후기로 나누어 고찰하여 시대에 따라 안태를 어떻게 인식하였고, 주요 변화가 나타난 시기의 현상은 어떠했는지 살필 것이다. 제4절에서

는 안태의례의 절차와 과정을 가장 구체적으로 제시해 주는, 규장각과 장서각 등에 전하는 각종 안태등록(安胎謄錄)과 의궤의 내용을 검토할 것이다. 18, 19세기에 작성한 6종의 등록과 의궤가 그 대상이다. 이를 통해 안태의 구체적인 절차와 주요 사안의 처리 방식을 살필 수 있을 것이다.

　제3장에서는 태실가봉 의례에 초점을 두었다. 이는 안태에 이은 후속 의례의 정례화(定例化)에 대한 것으로 보다 체계적이고 면밀한 검토를 필요로 한다. 제1절에서는 현존하는 가봉태실 관련 문헌을 통해 가봉의 전통을 살펴볼 것이다. 『조선왕조실록(朝鮮王朝實錄)』과 태실수개 관련 기록을 통해 가봉태실의 원형에 대한 기록을 찾고, 이를 통해 조선 초기 태실가봉의 관행과 형태를 알아보기로 하겠다. 제2절에서는 현종, 숙종, 영조 대의 가봉에 관한 기록인 『태봉등록』을 중심으로 구체적인 가봉의 과정과 이에 따른 다양한 문제점들을 살펴보기로 하겠다. 현종, 숙종, 경종, 영조태실의 가봉 관련 부분이 여기에 해당한다. 이 자료들은 의궤만큼 체계적이지는 않지만, 부분적으로 의궤나 실록에서 볼 수 없는 세부 사실을 다루고 있어 참고가 된다. 제3절에서는 가봉태실과 관련된 의궤를 중심으로 하여 의궤의 형식과 구성, 그리고 내용을 항목별로 자세히 분석할 것이다. 영조 대 이후 헌종(憲宗) 대까지 현존하는 5종의 태실가봉의궤(胎室加封儀軌)를 검토하겠다. 먼저 의궤의 형식과 특징을 알아보고, 의궤의 주요 항목을 기준으로 각 왕대별로 이루어진 주요 절차와 과정들을 살필 것이다. 제4절에서는 가봉이 완료된 뒤에 그린 태봉도에 대한 고찰을 진행할 것이다. 태봉도는 태실가봉이 완료된 다음에 제작되어 보고용 그림으로서의 가치가 높으므로 이를 자세히 다루고자 한다.

　제4장에서는 태실의 수리에 해당하는 수개의 주요 사실들을 고찰하고자 한다. 수개는 국왕태실의 안태와 태실가봉에 이어 진행된 석물의 보수에 해당한다. 제1절에서는 태실의 수개 현황을 간략히 알아볼 것이다. 그

리고 태실수개의 기초 사료로서 인조에서 영조 대까지의 기록인『태봉등록』과 일제강점기의 태실에 관한 기록인『태봉』, 18, 19세기에 작성된 의궤류의 현황도 함께 개관해 보겠다. 제2절에서는『태봉등록』의 내용 가운데 인조에서 영조 대에 이르는 수개 관련 기록만을 발췌하여 자세히 검토하고자 한다. 이 자료들을 통해 태실수개의 원인과 대안, 수개의 과정과 결과를 살펴볼 것이다.『태봉등록』은 의궤가 남아 있지 않은 사례를 살피는 데 매우 유용한 사료이다. 제3절에서는 현재 전하고 있는 수개 관련 의궤를 살펴볼 것이다. 18, 19세기에 작성된 의궤가 여기에 해당한다. 특히 가장 제작시기가 올라가는 1601년(선조 34)에 만든 세종태실의 수개의궤는 수개의 전통을 파악하는 데 매우 중요한 사료이다. 이로부터 19세기 말기의 의궤에 이르기까지 각 의궤의 내용과 의의를 알아볼 것이다. 제4절에서는 일제강점기에 진행된 태지석 및 태항아리의 이송(移送)과 서삼릉태실의 조성을 검토할 것이다. 일제강점기의 태실 관련 사항은 이왕직(李王職)에서 작성한『태봉』을 통해 구체적으로 살필 수 있다. 전국 각지의 태항을 이송하고 서삼릉태실을 조성한 과정을 비교적 자세히 분석할 것이다.

제 2 장

조선왕실의 안태의례

조선왕실의 안태는 민간의 안태풍속과 달랐다. 왕실문화로서의 안태가 지닌 다양한 특색을 여기에서 살펴보기로 한다. 이를 위해 안태의 기원과 전통, 안태의 기록과 절차, 안태의례의 변천 순으로 본문을 구성하였다. 안태의 목적에 대한 물음과 거기에 대한 답은 조선왕조 오백 년 동안 일관되게 지켜 온 안태의례의 가장 핵심 내용에 해당한다. 또한 안태의례에 대한 관념과 실천이 시대에 따라 어떻게 변천되어 왔는가를 구체적인 기록을 통해 추론하겠다.

1 안태의 기원과 전통

안태문화는 우리나라의 고대에 이루어진 자생적(自生的)인 전통일까? 아니면 그 연원이 중국에서 비롯된 것일까? 이를 뚜렷이 밝혀 주는 고대 문헌은 거의 전하지 않는다. 우리나라 삼국시대의 기록은 다수 남아 있지만, 중국 측의 기록은 파악되지 않는 실정이다. 따라서 안태의 기원에 관한 문제는 정확한 연원을 확정하기 어려운 면이 있다. 이 절에서는 기존의 연구 성과에서 제시된 삼국 및 고려시대의 안태제도를 간략히 정리하고, 안태의 전통과 관련된 태봉의 입지와 풍수의 관계 등 안태문화의 고유한 성격에 대해 살펴보기로 하겠다.

1) 안태의 기원

『선조수정실록(宣祖修正實錄)』에는 태실과 관련된 '태경(胎經)의 설'이 신라와 고려에서 시작되었던 것으로 나온다. 즉 안태의 기원은 중국에 있지 않고 삼국시대로부터 비롯되었다는 것이다.[1] 그러나 세종과 문종(文宗) 대에는 중국의 안태 관련 서적인 『태장경』이 언급되면서 안태의 연원을 중국에서 비롯된 것으로 보았다.[2] 『태장경』은 고려시대의 기록에도 보인다. 예컨대 1136년(인종 14) 11월의 지리과(地理科) 과거시험에서 『태장경』이 태를 다

---

1 『선조수정실록』 3년(1570) 2월 1일.
2 『문종실록』 즉위년(1450) 9월 8일.

루는 이유와 방법을 기록한 책으로 언급되고 있다.[3] 이를 정리하면 『태장경』은 중국의 당나라로부터 건너왔으며, 고려의 지리(地理)를 담당한 관리들이 숙지해야 할 일종의 지침서로 취급되었음을 말해 준다. 하지만 안태의 관습은 삼국시대부터 널리 준행되었고, 고려시대에 왕실의 의례이자 전통으로 정착되었다.

『육안태』와 『태장경』

『조선왕조실록』에는 안태와 관련된 중국 기록으로 『육안태(六安胎)』와 『태장경』이 소개되어 있다. 세종과 문종 연간인 15세기에 널리 통용된 안태의 지침서들이다. 음양학(陰陽學)과 풍수학을 맡은 관원들의 기본 소양은 이러한 중국 서적에 근거하고 있었다. 『세종실록』에 기록된 『육안태』와 관련된 부분을 옮겨 보면 다음과 같다.

당(唐)나라 일행(一行)[4]이 저술한 『육안태』의 법에 말하기를, "사람이 나는 시초에는 태로 인하여 자라게 되며, 더욱이 그 어질고 어리석음과 성하고 쇠함이 모두 태와 관계가 있다. 이런 까닭으로 남자는 15세에 태를 간수하게 되나니, 이는 학문에 뜻을 두고 혼가(婚嫁)할 나이가 되기를 기다리는 것이다. 남자의 태가 좋은 땅을 만나면 총명하여 학문을 좋아하고 벼슬이 높으며 병이 없을 것이요, 여자의 태가 좋은 땅을 만나면 얼굴이 예쁘고 단정하여 남에게 흠앙을 받게 되는데, 다만 태를 간수함에는 묻는 데 도수(度數)를 지나치지 않아야만 좋은 상서(祥瑞)를 얻게 된다. 그 좋은 땅이란 것은 땅이 반듯하고 우뚝 솟아 위로 공중을 받치는 듯해야 길지가 된다"고 하

---

3   "『地鏡經』 4권, 『口示決』 4권, 『胎藏經』 1권, 가결 1권 합하여 10권을 읽는데, 문리와 글 뜻을 잘 아는 것이 여섯 궤라야 한다"고 되어 있다. 『고려사』 제73권, 지 제27, 선거 1, 과목 1.
4   당 현종(玄宗) 때의 고승이다.

였으며, 또 왕악(王岳)의 책을 보건대, "만 3개월을 기다려 높고 고요한 곳을 가려서 태를 묻으면 수명이 길고 지혜가 있다" 하였다.[5]

사람은 태로 인하여 출생하고 생장하며, 인성의 어질고 어리석음과 일생의 성함과 쇠함을 모두 태가 결정한다는 것이다. 이러한 『육안태』의 내용은 고려시대의 왕실에서부터 태를 이해하는 관념으로 정착되었다. 남자는 15세에 태를 길지에 간수하여야 학문을 좋아하고 높은 벼슬과 무병(無病)을 얻게 되며, 여자는 용모가 단정하며 타인으로부터 존경을 받게 된다고 하였다. 즉 태를 다루는 일이 미래의 화복(禍福)을 결정한다는 점은 국운(國運)과 관련하여 왕실의 관심을 끌 수밖에 없었다.

태의 간수를 위해 땅에 매안할 때에는 도수를 지나치지 않아야 상서로움을 얻게 된다는 말이 주목된다. 태를 옮겨 묻는 횟수와 시기를 말하는 '도수'가 주요 관건이었다. 즉 매안할 곳이 길지인지 확신이 서지 않아 태를 이리저리 묻는 것에 대한 경계를 말한 것으로 이해된다. 또한 태를 묻는 길지에 대한 정보도 언급되어 있다. 반듯하고 우뚝 솟아 위로 공중을 받치는 듯한 땅을 길지라고 했다. 이는 여러 태실의 현장에서 발견되는 외형적 특징과 연결되는 대목으로 명당으로서의 주요 요건에 해당하는 것이다. 안태는 일생을 좌우하는 매우 중요한 의식이었고, 태를 묻는 시기와 땅의 적합성 또한 절대적인 조건이었다. 명대에 사예태감(司藝太監)을 지낸 왕악의 책에는 출생 뒤 3개월을 기다리되, 높고 고요한 곳에 묻으면 수명이 길고 지혜가 있다고 하였다.

다음은 『태장경』에 대하여 언급한 『문종실록』의 기록이다.

---

5   『세종실록』 18년(1436) 8월 8일.

풍수학(風水學)에서 아뢰었다. "『태장경』에 이르기를, '대체 하늘이 만물(萬物)을 낳는데 사람으로써 귀하게 여기며, 사람이 날 때는 태(胎)로 인하여 장성(長成)하게 되는데, 하물며 그 현우(賢愚)와 성쇠(盛衰)가 모두 태에 매여 있으니 태란 것은 신중히 하지 않을 수가 없다. 무릇 태에서 내려온 지 3월에는 명칭을 화정태(和正胎)라 하고, 5월에는 연장태(軟藏胎)라 하고, 3년에는 장응태(壯應胎)라 하고, 5년에는 중부태(中符胎)라 하고, 7년에는 향양태(向陽胎)라 하고, 15년에는 과양태(過陽胎)라 하니, 이를 육안태법(六安胎法)이라 이른다'고 합니다. 그런 까닭으로 경서(經書)에 이르기를, '남자가 15세가 되면 학문에 뜻을 둘 나이고, 여자가 15세가 되면 남편을 따라야 할 나이라' 하였으니, 그렇다면 남자는 마땅히 연장태·중부태·향양태 중의 연월(年月)에서 간수하여 학문에 뜻을 둘 나이를 기다려야만 하고, 여자도 또한 화정태·장응태·과양태의 연월에서 간수하여 남편을 따라야 할 나이를 기다려야만 하니, 남자가 만약 좋은 땅을 만난다면 총명하여 학문을 좋아하고, 구경(九經)에 정통(精通)하며 단상(團爽)하여 병이 없으며, 관직이 높은 곳에 승진되는 것입니다."[6]

『태장경』은 생명의 근원인 태의 중요성을 다룬 책이다. 중국에서 전래된 것으로 고려 말기와 조선 초기에 널리 전래되었다. 태어난 아이가 장성하면서 얻게 되는 현민함과 어리석음, 성쇠의 결정은 태가 좌우한다는 것을 먼저 언급하고 있다. 또한 출생한 지 3개월 뒤부터 15년까지 각 태에 붙이는 이름을 여섯 가지로 구분하였다. 이른바 '육안태법'에 해당하는 내용이다. 이는 남녀로 각각 구분하였는데, 각 태의 종류에 따라 일정한 시기를 기다려 태를 옮겨 묻어야 함을 말한 것이다. 남자의 경우 5개월이 되면 태

---

6 『문종실록』 즉위년(1450) 9월 8일.

를 묻고, 5년 뒤에 다시 옮겨 묻으며, 7년째 연월을 따라 다시 묻어야 한다는 것이다. 그러나 이 부분은 조선의 왕실이나 민간에서 지켜지지 않는 절차였다. 나머지 내용은 앞서 본 『육안태』와 중복되는데, 좋은 땅을 만나는 것이 핵심임을 말하고 있다. 위의 두 기록은 사람의 생장(生長)과 인성(人性), 그리고 일생의 주요 순간이 태실과 인과관계를 맺고 있음을 알려 준다.

2) 안태의 전통

태어난 아이의 태를 정결하게 간수하여 땅에 묻는 안태의식의 초기 기록은 삼국시대의 문헌에서 확인된다. 가장 이른 시기의 기록은 신라시대 김유신(金庾信, 595~673)의 장태에 관한 내용이다.[7] 김유신의 태를 충북 진천(鎭川)에 묻었다는 『삼국사기(三國史記)』 권41 「열전(列傳)」 제1 '김유신 상(上)'의 내용을 옮겨 보면 다음과 같다.

(태어난 아이의) 이름을 정하고자 함에 [김서현(金舒玄)이 만명(萬明)]부인에게 이야기하였다. "내가 경진일 밤 길몽을 꾸어 이 아이를 얻었으니 마땅히 이로써 이름을 지어야 하오. 그렇지만 『예기(禮記)』에 따르면 날짜로써 이름을 짓지는 않는다고 하니, 곧 '경(庚)' 자는 '유(庾)' 자와 서로 비슷하며, '진(辰)'과 '신(信)'은 소리가 서로 가깝고 하물며 옛 현인(賢人) 중에도 '유신'이라는 이름이 있으니 어찌 그렇게 이름 짓지 않겠소?" 마침내 (김)유신이라 이름 지었다. 만노군은 지금의 진주(鎭州)이다. 본래 (김)유신의 태는 높은 산에 묻었으므로 지금(고려)까지도 이 산을 일컬어 태령산(胎靈山)이라 부른다.

7 정구복 외, 「열전」 제1 '김유신 상', 『역주 삼국사기』 권41, 한국학중앙연구원출판부, 2012; 동아대학교석당학술원, 「청주목」, 『국역 고려사』 권56, 경인문화사, 2011; 『태종실록』, 13년(1413) 9월 15일조에는 내시를 보내어 진주 태령산의 신에게 제사 지냈다고 되어 있다.

태령산은 충북 진천군 진천읍 상계리 계양마을에 있으며, 김유신이 태어난 곳으로 전한다. 위의 내용에 따르면 김유신의 생년(生年)이 595년이므로 6세기 말 신라에는 태를 땅에 묻는 풍습이 있었음을 알려 준다. 현재 태령산 정상 부근에 김유신의 태를 묻었다는 태실이 남아 있다. 태실은 원형으로 2~3단 정도의 호석(護石)을 두른 나지막한 봉분 형태로 되어 있다. 태실의 구조나 형태가 얼마나 원형을 유지하고 있는지는 알 수 없다. 『세종실록(世宗實錄)』 지리지(地理誌) 충청도(청주목, 진천현) 조에도 "(당시 김유신의) 태를 현의 남쪽 15리에 묻었는데, 이것이 화하여 신(神)이 되었으므로, 그곳을 태령산이라 불렀다"고 되어 있다. 또한 "신라 때부터 사당(祠堂)을 두어 (나라에서) 봄·가을에 향(香)을 내리어 제사를 지냈다"는 이야기도 전한다. 고려에서도 이러한 관습은 그대로 이어졌으나, 1398년(태조 7)에 이르러 제사의 규모를 줄여 지방관으로 하여금 제사를 지내게 했다고 한다. 『삼국사기』와 『세종실록』의 기사는 김유신의 사례를 통해 신라시대에는 태를 땅에 묻는 것이 왕실이 아닌 상류계층의 풍습이었음을 전하고 있다.

왕실에서 이루어진 태를 묻는 전통은 고려시대의 문헌에서 찾을 수 있다. 『고려사(高麗史)』와 『신증동국여지승람(新增東國輿地勝覽)』 등에 실린 태실 관련 내용을 보면, 대부분 왕의 태를 묻은 기록이며, 간혹 세자(世子)의 태를 묻었다는 기록도 있다. 왕비나 왕자, 왕녀의 안태에 대한 기록은 보이지 않는다. 이는 안태제도가 왕과 세자를 중심으로 운영되었음을 추측하게 한다. 태를 묻은 지역 가운데 특히 안동, 영주, 예천, 밀양 등 영남 지역의 빈도가 높다. 태를 매안한 시기를 보면, 왕의 재위 연간이나 즉위년에 해당하는 경우가 많은 것도 특징이다. 그런데 이 경우에는 어딘가에 태를 가매안(假埋安)해 둔 상태에서 즉위한 원년이나 재위 기간에 옮겨 묻었음을 설명한 것이다. 처음 태어났을 때 길지를 골라 태를 묻고, 뒤에 즉위하게 될 경우 석물로 태실을 단장한 조선왕실의 안태와는 차이가 있다.

가장 이른 시기의 사례는 황해북도 개성시 태안에 위치했던 고려 태조의 태실에 관한 기록이다. 이외에 현종(顯宗), 신종(神宗), 공민왕(恭愍王), 충렬왕(忠烈王), 충숙왕(忠肅王), 충목왕(忠穆王), 인종(仁宗), 원종(元宗)의 안태 기록이 있다. 태를 안치한 곳은 즉시 군(郡)이나 주(州)로 승격시킴으로써 태실의 권위를 높이고자 하였다.[8] 고려왕실의 안태제도는 조선왕실에서도 전승해야 할 전통으로 지속되었다. 이는 조선의 개국이 성리학을 기조로 하였음에도 불구하고 안태가 버려야 할 과거의 습속이 아니라 꾸준히 지속되어야 할 명분을 지닌 왕실의례로 받아들여졌음을 말해 준다.

안태의 관행이 축적되면서 성립된 전통은 조선시대 전 시기에 걸쳐 변함없는 의례로 정착되었다. 이는 특히 태실의 입지(立地) 선정과 금표(禁標)의 범위를 정하는 과정에서 잘 드러난다.

태실의 입지에 대해서는 대부분 "땅이 반듯하고 우뚝 솟아 위로 공중을 받치는 듯한 곳"이나 "높고 고요한 곳"[9]을 꼽는다. 당의 고승 일행이 저술한 『육안태』에 나오는 태실 입지의 요건이다. 『현종개수실록(顯宗改修實錄)』에는 "안태하는 제도는 고례(古例)에는 보이지 않는데, 우리나라에서는 반드시 들판 가운데의 둥근 봉우리를 선택하여 그 위에 태를 묻어 보관하고 태봉이라고 하였다"[10]고 기록되어 있다. 『태봉등록(胎封謄錄)』[11]에는 "무릇 태봉은 산 정상에 내맥(來脈)이 없는 곳이며, 용호(龍虎)를 마주 보는 곳을 써야 한다"[12]고 되어 있다. 태봉의 입지 조건은 강을 마주한 좌청룡(左靑龍)·우백호(右白虎)의 지점이 아닌 들판에 우뚝 솟은 복발형의 지대였음을 알려 준다.

---

8   윤석인, 「朝鮮王室의 胎室石物에 관한 一研究」, 『문화재』 33, 국립문화재연구소, 2000, 98~99쪽.
9   『세종실록』 18년(1436) 8월 8일. 음양학을 하는 정앙이 올린 글, "당나라 일행이 저술(著述)한 『육안태(六安胎)』의 법에 말하기를 …"
10   『현종개수실록』 11년(1670) 3월 19일.
11   『태봉등록』은 규장각 도서이며, 국립문화재연구소에서 2006년 『국역 태봉등록』을 간행하였다.
12   『태봉등록』 임인년(1662, 현종 3) 2월 1일; 국립문화재연구소, 『국역 태봉등록』, 2006, 39쪽.

무릇 태봉은 산 정상에 쓰는 것이 전례이며, 내맥이나 좌청룡·우백호 및 안산(案山)은 보지 않는 것을 원칙으로 삼았다.[13] 내맥이 연결되지 않은 복발형의 산 정상에 태실을 조성한 것은 정상에 집중된 땅의 지기를 흡수하기 위한 것으로 해석하기도 한다.[14]

태실을 선정하고 태를 묻는 왕실의 의례는 조선 초기부터 정비된 체제를 갖추었다. 태실증고사(胎室證考使)와 안태사(安胎使)의 역할이 이를 말해 준다. 먼저 조선시대의 안태에 대한 가장 이른 기록은 태조 원년(1397) 태실증고사를 보내어 양광도(楊廣道, 지금의 충청도)·경상도·전라도에 안태할 땅을 잡게 한 실록의 기사이다.[15] 태실증고사는 왕명을 받아 전국의 길지를 살폈고, 안태 후보지를 선정하는 것이 그 임무였다.[16] 태실증고사가 지방에 내려갈 때는 종사관(從事官)과 상지관(相地官)을 한둘씩 대동하였다. 이때 증고사가 물색한 후보지는 그림으로 그려 보고하였다.[17] 왕은 이를 근거로 대신과 풍수관(風水官)의 의견을 들은 뒤 최종적인 안태의 길지를 결정하였다. 태실증고사는 주로 풍수에 안목이 있는 고위 관료가 맡았으며, 왕이 후히 대우하였다.[18] 태실이 들어설 장소가 정해지고 나면 현장으로 내려가 절차에 따라 태를 매안하는 일은 안태사가 담당하였다.

조선왕실에서는 미래에 태어날 왕자녀를 위해 태실 후보지의 등급을 미리 정해 두었다. 관상감에서는 증고사를 보내어 태봉으로 합당한 곳을 살

---

13 『태봉등록』 임인년(1662, 현종 3) 2월 초1일; 국립문화재연구소, 위의 책, 39쪽.

14 윤석인, 「朝鮮王室의 胎室石物에 관한 一研究」, 『문화재』 33, 국립문화재연구소, 2000, 103쪽.

15 『태조실록』 원년(1392) 11월 27일.

16 『선조실록』 35년(1602) 6월 25일. 이 과정에서 태실증고사는 후보지를 3등으로 나누어 물색하였고, 1등은 원자와 원손, 2등은 대군과 공주, 3등은 왕자와 옹주로 올려 낙점을 받고 태를 저장해 두었다.

17 이를 산수형세도(山水形勢圖) 혹은 태실산도(胎室山圖)라 한다. 아마도 태실 예정지가 가진 길지로서의 특징을 간략히 그린 그림으로 추측된다.

18 『태종실록』 원년(1401) 7월 23일. "영사평부사 하륜(河崙)으로 태실증고사를 삼고, 임금이 청화정(淸和亭)에서 전송하고 윤에게 말 2필, 안장 1부(部), 옷 1습(襲)을 주고, 인하여 지관(地官) 윤신달(尹莘達)에게 말 1필, 옷 1습을 주었다."

펴보고 3등급으로 나누어 장부를 만들어 두었다. 원자(元子)와 원손(元孫)은 1등, 대군(大君)과 공주(公主)는 2등, 왕자(王子)와 옹주(翁主)는 3등으로 구분하였다. 그리고 여기에 해당하는 길지를 미리 정해 둔 뒤 필요한 시기에 태봉 후보지로 올렸으며, 그 뒤 낙점(落點)을 받아 태를 묻는 길지로 삼는 것이 관례였다. 그러나 16세기 말에 임진왜란으로 인해 미리 만들어 둔 장부가 불에 타 버려 이를 모두 상고할 수 없게 되었다.[19] 이에 대한 해결책으로 각 도의 도사(都事)로 하여금 관상감의 지리학 관원을 거느리고 태봉으로 합당한 곳을 미리 살펴서 등급에 따라 재가를 받은 뒤 기록해 두고자 하였다.[20] 안태 관련 등록과 의궤에서 『관상감등록(觀象監謄錄)』을 상고하여 태실의 후보지를 정하였다는 것은 이 같은 절차를 두고 말한 것이다.

태실의 범위와 접근을 제한하는 금표에 관하여 『태봉등록』에는 대왕태봉(大王胎封)의 둘레를 300보로 제한하고 수직(守直)을 두어서 태봉을 돌보게 하였다. 왕자와 여러 아기씨의 태봉은 100보로 제한하고 따로 수직을 두지 않았다. 선조(宣祖) 때인 1605년(선조 38)에 공주의 태봉은 200보로 제한한다는 결정을 예조(禮曹)에서 받아 시행했다는 기록이 『관상감등록』에 올라 있다.[21] 태실 주변 3백 보 밖에 나무들이 우거진 곳이 있으면 잘라 내되, 나무를 기르는 장양수목처(長養樹木處)가 없으면 금단을 더 늘려 정할 필요가 없다고 했다.[22]

---

19 『선조실록』 35년(1602) 6월 25일.
20 『태봉등록』 계미년(1643, 인조 21) 8월 13일. 임진란 이전에 작성된 기록 장부에 1등, 2등, 3등을 분명히 상고할 수 있다고 하였다. 그리고 3곳의 후보지를 올려 한 곳을 낙점하는 것이 규식이라 하였다.
21 『태봉등록』 임인년(1662, 현종 3) 2월 초1일; 국립문화재연구소, 『국역 태봉등록』, 2006, 39쪽.
22 『승정원일기』 숙종 28년(1702) 윤6월 25일. "金鎭龜所啓 … 胎室禁標, 則當依六七字缺雖三百步外, 若是長養茂密之山, 則一朝謬五六字缺安後謙之任自伐木, 至於作舍, 誠極可駭, 本道及刑官四五字缺可謂得當矣. 士夫家墳山, 雖步數之外, 若是長養處, 則尙不敢伐木作舍, 況祖宗胎室, 是何等重大之所, 而其長養之木, 爲臣庶者, 何可任意斫伐乎? 凡胎室三百步外, 無長養樹木之處, 今不必加定禁斷, 而至於已爲長養, 自前禁護之處, 則雖是步數之外, 竝爲一體禁斷事, 定式分付諸道, 何如? 上曰, 禁斷爲宜, 依所達施行, 可也."

제2장 조선왕실의 안태의례

조선왕실의 안태는 우선 고려시대의 전통을 그대로 계승한 가운데 전개되었다. 고려시대의 유습과 관련을 맺고 있는 단서는 첫째, 조선 초기 태실 조성이 왕과 모든 왕의 자녀가 아니라 왕과 세자의 태실만을 중심으로 이루어진 점이다. 태조 대부터 세종 대까지의 현황이 여기에 부합된다. 둘째, 태를 묻은 지역 가운데 특히 안동, 영주, 예천, 밀양 등 영남 지역의 빈도가 높다는 점이 주목되는 현상이다. 이는 고려시대와 마찬가지로 길지가 남쪽에 있다는 관념을 반영한 것으로 짐작된다.[23] 멀고 가까움을 논할 것 없이 길지가 관심의 초점이었다. 또한 태를 최초로 안치하는 것이 왕의 재위 연간이나 즉위년에 이루어진 점도 흥미로운 현상이다. 조선 초기의 안태의례에서 이런 사례들을 엿볼 수 있는데, 이는 바로 고려시대 안태의 전통을 따랐음을 시사해 주는 단서이다.

23 『성종실록』 7년(1476) 11월 28일.

2 안태의 기록과 절차

이 절에서는 안태의 과정을 말해 주는 관련 문헌의 현황과 안태가 이루어진 절차를 간략히 정리하였다. 우선 현존하는 태실 관련 의궤와 등록은 개별 태실의 조성 과정을 살필 수 있는 가장 기본 자료이다. 의궤는 안태와 가봉, 개보수(改補修)로 나뉜다. 이외에 『태봉등록』과 『태봉』도 의궤류와 함께 살펴봐야 할 문헌자료이다.

안태의 절차는 태의 분리로부터 세태(洗胎) 및 태항(胎缸)에 봉하는 과정, 태를 태봉으로 봉송하는 절차, 태를 땅에 묻는 절차, 이후의 제사(祭祀) 절차 등이 주 내용이다. 안태의례의 현안에서는 안태의 담당 관료, 안태 시기의 문제, 이를 통해 안태의 핵심인 태를 다루는 과정을 살필 수 있다. 안태의 대상과 등급은 왕의 태실과 왕후의 태실, 그리고 왕자녀의 태실 등으로 구분하여 살펴보았다. 태실의 조성과 관리의 문제를 비롯하여 인력 소모, 실화(失火), 석물의 훼손, 금표 지역 안의 경작 등의 문제에 관하여 살펴볼 것이다.

1) 안태의 기록과 개요

안태와 관련된 주요 문헌자료로는 『조선왕조실록』과 『승정원일기(承政院日記)』 외에 안태와 가봉, 수보 등의 역사(役事)를 마치고 작성된 의궤와 등록이 전한다. 또한 태봉의 조성과 관련된 여러 공문서를 모은 『태봉등록』, 서삼릉태실의 조성과 관련한 일제강점기의 기록인 『태봉』 등이 현재 남아 있다. 안태의 구체적인 사실을 밝힐 수 있는 자료이므로 여기에서 그 개요와 주요 특징을 살펴본다.

(1) 안태 관련 의궤와 등록

안태의 과정은 모두 의궤와 등록으로 작성되었으며, 다음 세대에 참고 자료로 활용되었다. 현존하는 안태 관련 의궤와 등록은 '표 1'에서 보듯이 대부분 18세기 후반기 이후의 자료이다. 그러나 이 자료들은 실체적인 정보를 담고 있어 안태의례를 구체적으로 살필 수 있는 핵심 자료이다. 의궤와 등록은 크게 안태의례의 유형에 따라 안태, 가봉, 개보수와 관련된 것으로 나누어 볼 수 있다. 최초로 태를 묻고서 아기태실(阿只胎室)을 조성하는 것도 중요하지만, 즉위한 왕의 태실을 석물로 단장하는 가봉, 훼손된 태실의 보수와 정비 등도 역시 가볍게 다룰 수 없는 사안이었다.

안태 관련 기록은 체제와 구성이 동일한데 표기가 의궤와 등록으로 혼재되어 있다. 그러나 의궤와 등록을 구별해 표기한 명확한 원칙은 발견할 수 없다. 다만, 가봉이나 수보와 관련된 기록은 예외 없이 의궤로 되어 있다. 선왕(先王)의 가봉태실과 관련된 의궤가 대부분이다. 현존하는 안태의궤의 현황을 살펴보면 다음과 같다.

가장 시기가 빠른 것이 1601년(선조 34)의 세종태실 석난간의 수리 과정을 기록한 의궤인 『세종대왕태실석난간수개의궤(世宗大王胎室石欄干修改儀軌)』이다.[24] 세종태실 관련 의궤는『세종대왕단종대왕태실수개의궤(世宗大王端宗大王胎室修改儀軌)』(1730)와 『세종대왕단종대왕태실표석수립시의궤(世宗大王端宗大王胎室表石竪立時儀軌)』(1734)가 남아 있다.

18, 19세기에는 태실의 보수가 많았다. 보수의 대상은 대체로 태조, 세

---

24   이 의궤는 현재 경남 사천시에서 소장하고 있으며, 경상남도 유형문화재 제404호로 지정되어 있다.

표1　현존하는 안태·가봉·개보수 의례의 현황[25]

구분	자료명(내표제)	연도	내용	청구기호
안태	원자아기씨장태의궤(안태등록)	1783년(정조 7)	문효세자의 장태	규13977
	원자아기씨안태등록(안태등록)	1790년(정조 14)	순조의 장태	K2-2908
	원자아기씨장태의궤(안태등록)	1809년(순조 9)	효명세자의 장태	규13969
	원손아기씨장태등록(안태등록)	1827년(순조 27)	헌종의 장태	규13971
	원자아기씨장태등록(안태등록)	1858년(철종 9)	철종의 원자장태	규13974
	원자아기씨장태의궤(안태등록)	1874년(고종 11)	순종의 장태	규13975
가봉	영조대왕태실석난간조배의궤	1729년(영조 5)	영조태실의 석물가봉	
	정종대왕태실석난간조배의궤	1801년(순조 1)	정조태실의 석물가봉	규13967
	(순조)태실석난간조배의궤	1806년(순조 6)	순조태실의 석난간 수보	규13968
	익종대왕 태실가봉석난간조배의궤	1836년(헌종 2)	익종태실의 석물가봉	규13970
	성상태실가봉석난간조배의궤	1847년(헌종 13)	헌종태실의 석난간 가봉	규13973
개보수	세종대왕태실석난간수개의궤	1601년(선조 34)	세종태실의 석난간 수개	
	세종대왕단종대왕태실수개의궤	1730년(영조 6)	세종, 단종태실의 수개	
	세종대왕단종대왕 태실표석수립시의궤	1734년(영조 10)	세종, 단종태실의 표석수립	
	성종대왕태실비석개수의궤	1823년(순조 23)	성종의 태실비석 개수	규13964
	경종대왕태실석물수개의궤	1832년(순조 32)	경종의 태실석물 수개	규13965
	태조대왕태실수개의궤	1866년(고종 3)	태조의 태실석물 수개	규14942

종, 성종, 경종 등 조선 초기 왕의 태실들이다. 안태와 관련된 등록과 의궤 가운데 목록으로만 파악할 수 있는 사례는 1856년(철종 7)에 간행된 『강화부외규장각봉안 책보보략지장어제어필급장치서적포쇄형지안(江華府外奎章閣奉安冊寶譜略誌狀御製御筆及藏置書籍暴曬形止案)』[26]이 전한다. 이 『형지안』은

25　자료명은 표지에 적힌 것을 기준으로 하였다.
26　이하에서는 편의상 『형지안』으로 표기하겠다.

1856년 외규장각에 선원보략(璿源譜略)·열성어제(列聖御製)·열성지장(列聖誌狀) 등을 봉안·포쇄(曝曬)한 것에 관한 기록이다. 내용을 살필 수는 없지만, '안태와 장태', '가봉', '수보' 등으로 구분되는 등록과 의궤는 대부분 17세기와 18세기에 만든 것들이며 임진왜란 이전 자료들은 전하지 않는다. 『형지안』에 수록된 의궤와 등록의 사례를 정리하면 다음의 '표 2'와 같다.

외규장각 구장 『형지안』에는 왕자와 공주, 옹주, 원손 이외에 대군과 군주(君主)의 안태 및 장태등록이 작성되어 있어 이채롭다. 또한 효종의 왕녀인 숙명공주(淑明公主, 1640~1699), 숙경공주(淑敬公主, 1648~1671), 현종의 왕녀인 명혜공주(明惠公主, 1665~1673)의 등록이 작성되어 출생 이후 안태가 이루어진 시기를 알아보는 데 참고가 된다. 효종과 현종 연간에는 공주별로 등록이 제작되었다. 태실 수보와 관련된 의궤는 수보, 수개, 수립(竪立)으로 나누어지는데, 비석수보(碑石修補), 석물수개(石物修改), 비석수개(碑石修改), 표석수개(表石修改), 표석수립(表石竪立) 등의 유형으로 수보가 이루어졌음을 알게 된다.

안태와 장태 관련 등록 가운데 『대군안태등록(大君安胎謄錄)』(1606)은 선조의 적자인 영창대군(永昌大君, 1606~1614)의 기록으로 출생한 해에 안태가 이루어졌음을 알 수 있다. 또한 『왕자안태등록(王子安胎謄錄)』(1643)은 인조의 5남인 숭선군(崇善君, 1639~1690), 『왕자장태의궤(王子藏胎儀軌)』(1645)는 숭선군의 동복동생인 낙선군(樂善君, 1641~1695)의 안태 과정을 기록한 의궤와 등록이다. 그런데 이 두 기록의 주인공인 숭선군과 낙선군은 둘 다 태어난 지 4년 뒤에 태를 안장하였다. 태를 묻은 시기가 이렇게 늦은 것에는 또 다른 원칙이 있었던 것으로 짐작되지만, 정확한 이유는 알 수 없다.

왕의 자녀들의 태실은 3개의 등급으로 나뉘어져 있었다. 1등 태실은 원자와 원손, 2등은 대군과 공주, 3등은 왕자와 옹주에게 적용되었다. 이들 등급의 차이는 물론 태봉으로서의 풍수적 요건을 얼마나 잘 갖추었느냐

표 2 『형지안』에 수록된 등록과 의궤

구분	의궤, 등록명	연도	태실지
안태, 장태	대군안태등록	1606년(선조 39)	가평
	왕자안태등록	1643년(인조 21)	충주
	왕자장태의궤	1645년(인조 23)	충원
	원손안태의궤	1647년(인조 25)	대흥
	공주안태의궤	1659년(효종 10)	남포
	숙명공주숙경공주안태등록	1660년(현종 원년)	지례
	명혜공주신생공주장태등록	1665년(현종 6)	임천
	숙휘공주숙정공주안태등록	1722년(경종 2)	원주
	옹주장태등록	1740년(영조 16)	오천
	원손장태의궤	1752년(영조 28)	영월
	군주안태등록	1754년(영조 30)	홍천
가봉	현종대왕태실석물가봉의궤	1681년(숙종 7)	대흥
	경묘조태실석난간조배의궤	1726년(영조 2)	충주
	영묘조태실석난간조배의궤	1729년(영조 5)	청주
	숙묘조태실석난간조배의궤	1743년(영조 19)	공주
	경모궁태실의궤	1785년(정조 9)	예천
수보	소헌왕후태실수보의궤	1666년(현종 7)	풍기
	인묘조태실석물수보의궤	1680년(숙종 6)	영천
	태조조태실석물수개의궤	1686년(숙종 12)	진산
	명종대왕태실석물비석수개의궤	1711년(숙종 37)	서산
	선조대왕태실비석수개의궤	1711년(숙종 37)	부여
	현종태실수개의궤	1711년(숙종 37)	예산
	태조조태실수개의궤	1726년(영조 2)	진산
	선묘조태실비석수보의궤	1727년(영조 3)	임천
	세종단종태실수개의궤	1730년(영조 6)	곤양
	예묘조태실표석수개의궤	1731년(영조 7)	전주
	세종단종태실표석수립의궤	1734년(영조 10)	곤양
	현묘조태실표석수개의궤	1734년(영조 10)	대흥
	문묘조태실표석수개의궤	1735년(영조 11)	풍기
	선묘조태실비석개수의궤	1747년(영조 23)	임천

에 따른 것이다. 실제 태실의 현장을 비교하여 살펴보면, 그 차이가 무엇을 말하는지 확인할 수 있다. 관상감(觀象監)에서는 처음 안태를 위한 후보지를 정할 때 복수로 예정지를 올려 낙점을 받았다. 이때의 복수 후보지도 같은 등급의 범위 안에서 미리 선정해 놓은 것이다. 이때 등급에 따라 화소(火巢), 금표 영역의 범위가 각각 달리 적용되었다.

1등 태실은 원자, 원손의 태실이다. 1783년(정조 7) 8월 정조의 원자인 문효세자(文孝世子)의 장태 시에는 화소를 200보로 정하였다.

2등 태실은 정비(正妃)가 낳은 대군과 공주의 태실이다. 『태봉등록』에는 1605년(선조 38) 이후 공주의 태실인 2등 태실은 금표를 200보로 정하였다.[27] 또한 세자가 낳은 왕손의 태실인 경우 특별히 다른 왕손들과 구분하였다. 1754년(영조 30)에 영의정 김재로(金在魯)가 영조에게 올린 차자에서 "왕손은 전례가 없지만, 동궁(東宮)이 낳은 왕손이므로 사저(私邸)에서 태어난 왕손과 사체가 다르다"고 하였다.[28] 의궤와 등록의 내용을 보면, 원손의 경우와 원자의 경우 차이를 찾을 수 없다.

정비가 낳은 공주의 태실은 효종의 공주 태실에서 살필 수 있다. 효종과 인선왕후(仁宣王后) 장씨(張氏)의 둘째 딸인 숙명공주와 다섯째 딸인 숙경공주의 안태는 함께 이루어졌다.[29] 같은 산자락에 순차적으로 태실을 함께 조성한 사례는 있었지만, 같은 시기에 두 왕자녀의 태를 함께 안태한 일은 매우 이례적이다. 이러한 사실은 『형지안』(1856)에 수록된 『숙명공주숙경공주안태등록(淑明公主淑敬公主安胎謄錄)』(1660)의 제목에서 드러난다. 이를 뒷받침해 주는 기록이 『태봉등록』의 아래 기사이다.

---

27 『태봉등록』 임인년(1662, 현종 3) 3월 19일.
28 『영조실록』 30년(1754) 2월 11일.
29 숙명공주는 이조참판 심지원(沈之源)의 아들 청평위(淸平尉) 심익현(沈益顯)과 혼인하였고, 숙경공주는 원두표(元斗杓)의 손자이자 원만리(元萬里)의 아들인 흥평위(興平尉) 원몽린(元夢麟)과 결혼하였다.

지리학 교수(地理學教授) 김극만(金克晩)이 와서 말하기를, 경진생(1640) 숙명 공주와 임오생(1642) 숙휘공주(淑徽公主), 병술생(1646) 숙정공주(淑靜公主), 무 자생(1648) 숙경공주 아기씨들이 금년 가을 중에 장태할 것을 담당 내관이 전교로써 분부하였다고 하기에 술관(術官)에게 물었더니, 경진생(1640) 아 기씨와 무자생(1648) 아기씨는 7, 8월 이후가 길삭(吉朔)이며, 임오생(1642) 아기씨와 병술생(1646) 아기씨는 다음 4, 5월이 길삭이라 말했다고 하였습 니다.[30]

이 사실을 통해 알 수 있는 것은 첫째, 17세기 전반기인 효종 대에 공주 들의 안태가 출생 시에 이루어지지 않고, 생후 오랜 시간이 지난 뒤에 일괄 적으로 치러진 점이다. 언제부터 이러한 관행이 있었는지는 알 수 없지만, 출생 시에 가안태(假安胎)해 두었다가 일정 기간이 지난 뒤에 태실을 조성한 것이다. 둘째, 안태의 날짜를 술관이 결정한 점이다. 안태의 대상이 된 네 공주 가운데 두 공주씩 태실을 조성하였다. 그런데 숙명공주와 숙경공주 의 실제 안태는 1660년 7, 8월이 아닌 10월 2일에 이루어졌다.[31] 태실 소재 지는 '지례(知禮)'로 되어 있는데 현재의 경북 김천시 지례면 관덕1동으로 확 인되고, 숙명공주와 숙경공주의 태비(胎碑)와 태지석, 백자 내외호(內外壺)가 남아 있다. 태지석 후면에는 숙명공주와 숙경공주 모두 '순치십칠년시월초 이일진시장(順治十七年十月初二日辰時藏)'이라고 기록되어 있다.[32] 따라서 숙명공

---

30 『태봉등록』 경자년(1660, 현종 원년) 3월 19일.
31 『태봉등록』 경자년(1660, 현종 원년) 7월 21일 기록에 의하면, 태봉은 경상도 지례산(知禮山) 동부 간 을좌(艮乙坐)와 사좌해향(巳坐亥向)으로 낙점되었고, 장태길일은 10월 2일 진시(辰時)로 하였고, 8월 29일 묘시(卯時)에 터 닦기를 시작, 9월 8일 진시에 후토제(后土祭)를 지내고, 같은 날 새벽에 발태(發 胎), 9월 22일 진시에 태신안위제(胎神安慰祭)를 지내고, 봉토(封土)한 뒤 임시(臨時)에 사후토제(謝后 土祭)를 지내는 일은 제사를 다 마친 뒤에 임시하여 추택(推擇)하기로 하였다.
32 숙명공주와 숙경공주의 태비, 태지석 기록에 대해서는 국립문화재연구소, 「전국 조선왕실 태봉목 록」, 『국역 태봉등록』, 2006, 39쪽의 103번, 40쪽의 106번에서 확인할 수 있다.

주는 출생 뒤 20년 만에, 숙경공주는 12년이 지난 시점에 태를 안장한 것이
된다.

효종과 인선왕후 장씨의 넷째 딸인 숙휘공주(淑徽公主, 1642~1696), 여섯째
딸인 숙정공주(淑靜公主, 1646~1668)의[33] 태를 함께 안치한 기록은 『숙휘공주
숙정공주안태등록(淑徽公主淑靜公主安胎謄錄)』(1722)이다. 그런데 이 등록이 두
공주가 사망한 이후인 1722년(경종 2)에 이루어진 것이 특이하다. 더 의외
인 것은 두 공주의 안태일이 1662년(현종 3) 11월 25일이라는 점이다. 안태
는 『태봉등록』의 현종 원년(1660)에 기록된 1661년 4, 5월에는 실행되지 못
하고, 2년이 지난 뒤에 이루어졌다. 원래는 1661년에 시행하기로 하였으나
기근이 심하고 농번기가 되었으므로 백성들을 부역에 동원하기가 어려운
점을 들어 그해 11월에 장태하기로 한 것이다.[34] 그러나 결과적으로는 한
해 뒤인 1662년 11월에 장태가 이루어지게 되었다. 앞선 1660년의 『태봉등
록』에도 좌승지 오정위(吳挺緯, 1616~1692)가 4, 5월 중에 거행키로 한 숙명공
주와 숙경공주의 장태일을 흉년과 기근으로 인해 가을이 되기를 기다렸다
고 말한 대목이 있다. 그런데 여기에서 장태의 일을 미루다가 지금에 와서
거행하는 까닭은 알 수 없다고 하였다.[35] 출생 시에 장태를 행하지 않은 이
유를 정확히 알기는 어렵지만, 어떤 원칙에 따른 것은 아니었다고 하겠다.
결국 숙휘공주가 21세, 숙정공주가 18세 때 태실을 조성하였다. 『안태등
록』이 왜 1722년(경종 2)에 작성되었는지는 알 수 없다. 태실 소재지는 강원
도 원주시 흥업면 대안3리 산195-1번지이다.[36]

---

33 숙휘공주는 현종 때 우의정을 지낸 정유성(鄭維城)의 손자인 인평위(寅平尉) 정제현(鄭齊賢)과 혼인하
    였으며, 숙정공주는 동평위(東平尉) 정재륜(鄭載崙)과 혼인하였다.
34 『태봉등록』 신축년(1661, 현종 2) 2월 23일.
35 『태봉등록』 경자년(1660, 현종 원년) 3월 19일.
36 숙휘공주와 숙정공주의 태실 관련 기록에 대해서는 국립문화재연구소, 「전국 조선왕실 태봉목록」,
    『국역 태봉등록』, 2006, 39쪽의 104번, 40쪽의 105번에서 확인할 수 있다.

효종은 모두 여섯 공주를 두었는데, 둘째와 다섯째 공주의 안태를 함께 하였고, 넷째와 여섯째 공주의 안태를 동시에 같은 곳에 한 것이 된다. 효종 연간에 이루어진 공주의 안태와 관련된 특이한 기록이다.

3등 태실은 후궁 소생의 왕자와 옹주에 해당한다. 『태봉등록』에는 1605년(선조 38) 이후 왕자와 여러 아기씨의 태봉인 3등 태봉은 금표 영역을 100보로 제한하고 따로 수직을 두지 않았다고 되어 있다.[37]

(2) 규장각 소장의 『태봉등록』

『태봉등록』은 예조에서 태봉의 조성과 관련된 사실을 엮은 책으로 1643년 (인조 21) 4월부터 1740년(영조 16) 10월 사이의 기록을 담고 있다. 『태봉등록』에는 새로 태어난 아기씨의 태실 조성으로부터 가봉과 태실의 수리 및 보수에 걸친 제반 사항이 계사(啓辭) 및 장계(狀啓), 감결(甘結), 관문(關文) 등의 순으로 구성되어 있다. 제1책은 숙종 연간의 기록이고, 제2책은 영조 연간의 사실을 기록하였다.

앞부분에는 역대 왕들의 태봉인 열성태봉(列聖胎峯)의 지명 및 좌향(坐向)을 적었고, 그 아래 가봉년과 수개년을 기록하였다. 본 내용에는 인조조부터 왕자나 공주 또는 옹주의 장태에 논의되었던 장태처의 비망(備望), 장태길일(藏胎吉日) 및 잡물(雜物), 배태봉송(陪胎奉送)을 위한 도로의 정비 등에 관한 것을 수록하였다. 이 중 장태길일로는 시역(始役), 개기(開基), 발태(發胎), 봉토(封土), 필역(畢役) 등과 고후토제(告后土祭), 태신안위제(胎神安慰祭), 사후토제(謝后土祭) 등의 시일을 기록하였다.

가봉은 즉위년이 되면 왕의 태실에 석물을 배설(排設)하는 것인데, 시역·개기·조배(造排)의 순으로 고사유제(告事由祭)·고후토제·사후토제 등과 병

---

37 『태봉등록』임인년(1662, 현종 3) 3월 19일.

행하여 행해졌으며 조배길일(造排吉日)·소입잡물(所入雜物) 등이 논의되었다. 석물(石物)로는 동석(童石)·개첨석(蓋簷右)·상석(裳石)·귀롱석(龜籠石)·표석(標石)·비석(碑石) 등이 있으며, 장태 및 가봉·수개의 시기는 농절기를 피하고 추수한 뒤에 행하고, 태봉의 실화·송목절상(松木折傷)·구폐불수(久廢不修)·임우퇴락(霖雨頹落) 등의 경우에 수보하였다. 태실 근처에서는 농사를 짓지 못하게 하였는데, 금표의 영역은 대왕태실(大王胎室)은 300보, 왕자와 아기씨의 태실은 100보로 정하여 이를 지키도록 하였다. 하나의 태봉을 완성하기 위해 여러 차례 공문(公文)이 작성되어야 하며, 이에 따라 수많은 인적, 물적 자원들이 들어갔음을 알 수 있다. 『태봉등록』은 『조선왕조실록』이나 의궤, 등록에 나오지 않는 구체적인 안태의 과정을 살필 수 있는 자료로서 특히 태를 묻는 현장인 태실의 조성과 관리 등에 대한 정보를 제공한다는 점에서 매우 중요한 사료적 가치를 지니고 있다.

(3) 장서각 소장의 『태봉』

서삼릉태실의 조성과 관련하여 일제강점기 때 전국에 산재한 태실을 이곳으로 옮긴 기록을 묶은 서류철이 『태봉』이다. 이 서류철은 1928년경 이왕직(李王職)에서 작성한 필사본으로 조선왕실의 태실과 관련된 서류와 기록들을 합철하여 만든 태실 관련 자료집이다. 27×19.2㎝의 크기에 모두 77장(張)으로 되어 있다. 내용은 태실 조성의 연혁과 절차, 태실의 이안(移安), 표석(表石)과 지석(誌石), 태실의 약도 등과 관련된 기록과 실제로 태실을 조사할 때 남긴 도면 등으로 구성되어 있다. 책의 표지는 황색 종이에 묵서(墨書)로 '태봉'이라 썼으며, 내지는 괘선이 인쇄된 이왕직의 홍괘지(紅罫紙)에 잉크펜으로 필사하였다. 책의 일부는 등사한 내용도 있으며, 태실의 구조를 그린 부분에는 별도의 메모지를 사용하였다. 목차는 없지만 내용의 전체 항목은 「태봉연혁(胎封沿革)」을 비롯한 31종의 문서가 수록되어 있다.[38]

「태봉연혁」에는 태봉에 관한 기록이 역대의 병란(兵亂)과 궁중의 실화로 소실된 것이 많은 관계로 태봉의궤 및 등록 일부와 왕가의 소장 도서 등에서 태실과 관련된 자료 등을 발췌하여 기록한 것임을 밝혀 두었다. 이어서 태실 조성의 절차와 관련된 내용으로 아기가 태어난 뒤 태를 씻는 날짜 선정에 관한 「세태길일추택(洗胎吉時推擇)」, 세태의 방법과 의식을 기록한 「세태」, 태를 안치하는 절차를 쓴 「안태(安胎)」, 태를 매안하기 위해 안태사 일행이 태봉으로 떠날 때의 의식절차를 쓴 「태봉출급출발의(胎奉出及出發儀)」 등이 순서대로 기록되어 있다. 이후로는 태봉 조성과 관련된 다양한 서류들이 합철되어 있다.

다음으로는 태를 매안할 때 동원된 인원과 제의 절차, 제물(祭物) 진설(陳設)에 관한 내용을 기록하였다. 즉 태봉의 예정지로 가서 태를 매안할 담당자인 안태사, 배태관 등 20개 직급의 인원을 문조(文祖), 순종(純宗), 왕전하(王殿下), 영조(英祖)의 옹주 등의 각 안태 시에 동원된 인원을 기준으로 상호 비교한 〈안태시행렬인원비교표(安胎時行列人員比較表)〉, 안태 시에 행할 제의의 절차를 기록한 「행제의(行祭儀)」, 진설의 위치에 따른 제물명(祭物名)을 기록한 〈안태시제물진설도(安胎時祭物陳設圖)〉 등이 그것이다. 또한 태봉의 선정과 관련된 기록으로 1735년(영조 11) 3월의 사도세자(思悼世子)의 태봉 선정과 의식절차에 대한 기록이 그 뒤에 수록되어 있다. 그 뒤에는 1928년과 1930년에 이왕직에서 추진한 전국의 주요 태실 봉출과 서삼릉으로의 이봉

---

38 장서각 소장 『태봉』에서 1928년과 1930년에 있었던 태실 봉출 및 서삼릉 이봉에 관한 문건들은 다음과 같다. 「復命書」, 「胎室埋安時陪進次第」(1928년 4월 16일/4월 17일), 「帝王胎室二十二位埋安順位」, 「王子·公主, 大君·翁主胎室二十八位埋安誕生順位」, 「胎室埋安時陪進次第」(1930년 4월 15일/4월 16일/4월 17일), 「胎室新設地京畿道高陽郡元堂面西三陵局內」, 「帝王胎室表石書寫式」, 「世子以下胎室表石書寫式」, 〈大王胎室新設地略圖〉, 〈王子王女胎室新設地略圖〉, 「胎室誌石」, 〈胎室圖面〉, 「慶北星州郡月恒面禪石寺側胎封」, 「慶北星州郡月恒面禪石寺側胎封地」, 「晉殿下胎室移封次第」, 「晉殿下胎室移封時準備」, 「晉殿下胎室移封時準備의件」, 〈胎封地圖面〉, 「謝后土祭의儀」, 〈祠后土祭謝后土祭胎室安慰祭陳設圖〉, 「晉殿下胎室移封次第」, 〈胎室移藏地略圖〉, 태실비 등 도면 18점이다.

에 관한 자료들이 함께 묶여 있다.

2) 안태의 절차

길지에 태를 묻는 안태의 과정은 출생과 함께 태의 분리, 세태 및 태항에 봉하는 과정, 태를 태봉으로 옮기는 봉송(奉送), 태를 땅에 묻는 절차 등으로 진행되었다. 안태의 과정과 관련된 이 절차들을 간략히 살펴본다.

(1) 세태의 절차

출산 이후에 태를 씻는 절차는 『최숙원방호산청일기(崔淑媛房護産廳日記)』(1693)에 자세히 기록되어 있다. 이 일기는 숙종(肅宗)과 숙원 최씨(淑媛崔氏) 사이에서 출생한 숙종의 3남이자 영조의 동복형인 영수(永壽)의 출생 과정에 대한 기록이다. 또 하나의 기록은 1926년경 이왕직에서 작성한 「대군공주어탄생(大君公主御誕生)의 제(制)」이다.[39] 이 자료는 왕실의 대군과 공주가 태어나기 이전 왕비의 임신 여부를 확인하는 과정에서부터, 탄생과 양육, 교육을 거친 이후 출합(出閤)하여 독립하게 되는 전 과정을 기술하고 있다.[40] 특히 대군과 공주를 출산하는 전후 과정에서 필요한 인원과 출산 준비물, 다양한 출산의례 등에 관한 내용이 비교적 상세히 적혀 있다.

먼저 세태와 관련된 내용을 『최숙원방호산청일기』에서 살펴보겠다.[41] 1693년(숙종 19) 10월 초6일 아기씨가 탄생하였고, 10월 초8일 자에 세태의 과정이 기록되어 있다. 이를 순서대로 정리하면 다음과 같다.

---

39 김지영, 「장서각 소장 『大君公主御誕生의 制』에 관한 일고찰」, 『장서각』 18, 한국학중앙연구원, 2007, 189~218쪽.

40 김지영, 「조선 후기 왕실의 출산문화에 관한 몇 가지 실마리들―장서각 소장 출산 관련 '궁중발기(宮中件記)'를 중심으로」, 『장서각』 23, 한국학중앙연구원, 2010, 189~218쪽.

41 국립문화재연구소, 『국역 호산청일기』(김상환 역주), 민속원, 2007, 42~43쪽.

① 미시(未時)에 세태할 때 월덕(月德) 방위의 물로 백 번 씻는다.

② 술로 다시 씻어 내항(內缸) 속에 넣는다.

③ 동전 1개를 먼저 단지 밑에 넣는다.

④ 유지(油紙)와 청람(靑藍)으로 항아리 입구를 덮는다.

⑤ 자내(自內)에서 봉표(封標)하여 내보낸다.

⑥ 내관과 의원이 앉아 엿으로 항아리 입구를 봉한다.

⑦ 외항(外缸) 속에 넣고서 종이와 백면(白綿)으로 틈을 만들어 외항을 봉한다.

⑧ 차지내관이 착서(着署)하여 홍패(紅牌)를 매단다. 전면에 '강희 32년 10월
　초6일에 최숙원방이 해산한 남자 아기씨 太[康熙三十二年十月初六日崔淑媛房
　解産男阿只氏胎]'라 쓰고, 후면에는 차지내관과 의관의 성명을 쓴다.

⑨ 이를 도두모(陶豆毛) 안에 넣는다.

⑩ 상모전(常毛氈)으로 틈을 만든다.

⑪ 의녀로 하여금 월공(月空) 방위에 들어 안치하게 한다.

⑫ 자내에서 태봉을 택정(擇定)하여 안장한다.

『최숙의방호산청일기(崔淑儀房護産廳日記)』(1694), 『최귀인방호산청일기(崔貴
人房護産廳日記)』(1698)에 수록된 세태 방법과 절차도 『최숙원방호산청일기』의
절차와 같다. 최초에 태를 씻어 항아리에 담는 것은 의녀가 담당하였고, 태
항아리를 봉하여 태봉으로 옮기기 위해 내보내기 직전까지의 과정은 내관
과 의원이 맡았다.

　장서각 소장의 「대군공주어탄생의 제」에 수록된 '세태법(洗胎法)'에는 태
를 씻어 항아리에 담는 절차가 자세히 나와 있다. 『최숙원방호산청일기』
(1693)의 방법과 큰 차이는 없지만, 보다 상세한 내용이 실려 있다. 그 내용
을 순서에 따라 정리하면 다음과 같다.

① 아기씨 탄생 후, 태는 즉시 백자 항아리에 넣어 산실 내 예정한 길방(吉方)에 둔다.

② 세태할 일시(日時)가 되면 도제조 이하가 흑단령(黑團領)을 갖추어 입고 산실 뒤뜰[後庭]에 순서대로 선다.

③ 의녀가 태항아리를 받들어 나오면 도소라(陶所羅)에 옮겨 넣는다.

④ 미리 떠 두었던 월덕 방위의 물을 부어 백 번 씻는다.

⑤ 세태수는 배옹(排甕) 내에 옮겨 담았다가 월덕방에 버린다.

⑥ 향온주(香醞酒)로 다시 씻는다.

⑦ 먼저 옛날 동전 1개[개원통보(開元通寶)]를 글자가 위로 올라오게[字面] 백항아리 바닥 중앙에 들인다.

⑧ 씻은 태를 백항아리에 들인다.

⑨ 기름종이[油紙]와 쪽빛 명주[藍紬]로 항아리 입구를 막고, 붉은색 끈[紅纓子]으로 단단히 봉한다.

⑩ 봉표하여 출송한다.

⑪ 삼제조(三提調)와 의관이 함께 앉아 먼저 항아리 밑에 흰 천[白綿]을 깐[籍] 후 태항아리를 들인다.

⑫ 다시 흰 천으로 굳게 싸서[堅裹] 항아리 입구와 가지런하게 한다.

⑬ 초주지(草注紙)로써 흰 천 위에 얽어 움직이지 않도록 단단히 싸고 다시 흰 천을 덮는다.

⑭ 감당(甘糖)으로 원편(圓片)을 만들어 항아리 입구에 비하여 한 손가락[一指]쯤 남게 하여 약한 불에 녹여 항아리 입구에 덮는다.

⑮ 덮개를 그 위에 덮어서 전착(粘着)한다.

⑯ 붉은색 끈으로 항아리의 네 귀퉁이[四耳]와 뚜껑[盖丁]의 네 구멍[四穴]을 통과하여 단단히 봉한다.

⑰ 삼제조와 의관이 서명[着署]한다.

⑱ 다시 홍패를 달아 패의 전면(牌面)에 모년 모월 모일 모시 중궁전 탄생 아기씨 태라 쓴다.

⑲ 후면에 삼제조와 의관의 성명을 쓴 후에 항아리(陶缸中)안에 들인다.

⑳ 상모전으로써 간격(間隔)을 두고 뚜껑을 닫는다.

㉑ 의녀가 받들에(奉持) 다시 들어와(換入) 예정한 길방에 둔다.

㉒ 대봉을 택하어 매장(藏埋)한다.

①에서 최초에 아기가 태어나면 즉시 태를 분리한다. 탯줄은 배꼽으로부터 두 치 남짓 남기고 실로 단단히 맨 후 끊어 내었다.[42] 잘라낸 태는 백자 항아리에 넣어 산실(産室) 안에 미리 점복(占卜)해 둔 길방에 안치하였다. ②에서 세태하는 날 정각이 되면 도제조 이하의 관원들이 흑단령을 갖추어 입고 산실 뒤뜰에 도열하였다. 의녀가 산실로부터 태항아리를 가지고 나와 질자배기(陶所羅)에 옮겨 담는다. 그리고 나서 세태가 시작된다.[43] ④에서 '월덕'은 달의 덕신(德神)을 말하는데, 길방의 달을 따질 때 쓰는 술법(術法)의 하나이다. 월덕 방향에 있는 물을 미리 떠서 준비해 두었다. 월덕의 길한 방향은 1·5·9월은 병방(丙方, 남쪽), 2·6·10월은 신방(申方, 서남), 3·7·11월은 임방(壬方, 동남), 4·8·12월은 경방(庚方, 서쪽) 등으로 나뉜다.[44] 세태한 물을 버리는 것도 역시 월덕의 방향에 버렸다.

물로 백 번을 씻은 태는 다시 향온주로 씻어 내었다. 그리고 태항아리의 바닥 중앙에 동전의 글자 면이 위로 오도록 놓는다. 동전은 개원통보를 가장 많이 사용하였다. 씻은 태는 이 동전 위에 올려놓았다. 태를 안치한 항

---

42   탯줄 자르는 방법은 궁중 비빈들의 출산 지침서로 삼았던 장서각 소장 「임산예지법」에 간단히 소개
     되어 있다. 황문환 역, 「출산에 앞서 미리 알아두어야 할 여러 방법―임산예지법」, 한국학중앙연구
     원 장서각, 『조선왕실의 출산문화』, 이회, 2005, 35~38쪽.
43   김용숙, 『朝鮮朝 宮中風俗 研究』, 일지사, 1987, 252~253쪽.
44   김용숙, 위의 책, 253쪽 각주 10 참조.

아리는 기름종이와 쪽빛 명주로 항아리 입구를 막고, 붉은색 끈으로 단단히 묶고서 봉표를 한 뒤에 내보낸다. 의녀들이 맡은 일은 마친 것이다.

이렇게 하여 내보낸 태항아리는 삼제조와 의관(醫官)이 함께 다루었다. 먼저 바깥 태항아리[外缸] 밑에 흰 천을 간 다음, 태항아리를 담는다. 다음 단계는 태항아리의 입구를 흰 천으로 굳게 싸는 것으로 이해되는데, 사실은 『최숙원방호산청일기』(1693)의 내용처럼 종이와 백면으로 내항아리와 외항아리의 사이를 메우는 것이 된다. 메운 종이와 백면이 항아리 입구까지 차도록 한 다음, 초주지를 흰 천 위에 엮어 움직이지 않도록 단단히 다시 싸맨다. 이렇게 하여 항아리를 움직이지 않게 고정시킨 뒤, 다시 겉 항아리 입구에서 손가락 하나 길이쯤 떨어지는 정도까지 솜을 채운 뒤에 감당으로 원편을 만들어 항아리 입에 넣고 여기에 화기를 들어 밀폐하고서 다시 그 위에 덮개를 덮어 완전히 밀봉시킨다.

그다음은 붉은색 끈으로 항아리의 네 귀퉁이와 뚜껑의 네 구멍에 통과시켜 단단히 봉한다. 삼제조와 의관이 서명(書名)한 뒤 홍패를 매단다. 다음으로 패의 전면에 "모년(某年) 모월(某月) 모일(某日) 모시(某時) 중궁전(中宮殿) 탄생(誕生) 아기씨태(阿只氏胎)"라고 쓴 뒤에 이를 항아리[陶豆毛] 안에 넣은 다음, 상모전으로 외태항과 항아리 사이의 틈을 메우고 뚜껑을 닫는다. '상모전'은 '삭모전(槊毛氈)'이라고도 한다. 즉 깃발이나 창의 꼭대기에 다는 술이 많은 털실을 말하는데, 북실북실한 깔개를 가리킨다. 이것으로 간격을 메워 뚜껑을 닫는다. 여기까지가 삼제조와 의관이 수행한 절차이다.

그리고 나서 의녀가 받들어 다시 들어와 예정한 길방에 두었다. 길방에 안치해 두었다가 태봉이 선정되면 이를 정중하게 운반하여 땅에 묻는다.[45]

태를 씻는 세태는 출산 후 제3일째에 행하는 것이 관례였다. 출산 후

45　김용숙, 위의 책, 253쪽.

7일째에 하기도 하였으나 이날은 왕실의 다양한 행사가 있기 때문에 번잡함을 피하기 위해 3일째에 주로 행하였다.[46] 세태는 조선 초기 이래로 왕실뿐만 아니라 양반가에서도 행해졌다. 양반가에서의 태 처리는 씻는다는 면에서는 본질적으로 왕실과 같지만, 조선 후기 왕실에서의 세태와 비교하여 몇 가지 차이가 나타난다. 이문건(李文楗, 1494~1567)의 『묵재일기(默齋日記)』에는 출산 후 바로 다음 날에 냇가에 가서 세태한 것으로 기록되어 있다.[47] 이 태는 불로 태운 후 태항아리에 넣어 세태한 곳에다가 묻었다.[48] 그리고 3일째에 다른 곳으로 옮겨 묻었다.[49]

1517년(중종 12)의 『중종실록』에서 "상시 사대부의 집에서는 아들을 낳거나 딸을 낳거나 태는 죄다 불에 태우니, 이것은 화복에 관계되는 것이 아닙니다"라고 한 대목과 중종이 "이것은 예전 관례를 따라 예사로 하는 일인데 과연 보탬이 없다"[50]라고 한 말이 주목된다. 왕실과 민간의 안태에는 큰 차이가 있다. 민간에서의 태 처리는 세태 이후에 태우는 것이므로 그 이후 관리상의 문제는 발생하지 않지만, 왕실의 경우는 그와 달랐다. 안태가 왕자녀의 장래는 물론 국가의 미래와 국운(國運)을 좌우한다는 믿음에서 이루어진 것이므로 엄격한 절차를 지켰고, 그 과정을 매우 중요하고 의미 있는 일로 인식하고 있었다.

---

46 김지영, 「조선 후기 왕실의 출산문화에 관한 몇 가지 실마리들—장서각 소장 출산 관련 '궁중발기(宮中件記)'를 중심으로」, 『장서각』 23, 한국학중앙연구원, 2010, 24쪽.

47 신명호, 「조선시대 宮中의 出産風俗과 宮中醫學」, 『고문서연구』 21, 한국고문서학회, 2002, 20쪽.

48 이문건, 『默齋日記』 1551년(명종 6) 1월 초6일(갑오). "令婢等持胎衣出川邊, 吾亦尾住, 使之淨洗, 盛于缸中, 裹以油紙, 使還懸于生氣方, 留看燒坐草, 使共壞血水中, 埋之內還."

49 이문건, 『默齋日記』 1551년(명종 6) 1월 초8일(병신). "令萬守貴孫等, 持胎缸, 往埋北山, 過聽投南山, 遠地埋來, 不合於心焉."

50 『중종실록』 12년(1517) 11월 23일.

(2) 태를 봉송하여 내려갈 때의 절차

세태가 끝난 뒤, 정해진 날짜에 태항아리를 장태 예정지로 이송하기 위한 준비는 안태 관련 의궤와 등록에 자세히 기록되었다. 세태한 이후 장태지(藏胎地)로 옮기기 이전에는 태항아리를 정해 둔 길방(吉房)에 보관하였다. 문효세자의 『왕자아기씨안태등록』에는[51] 장태지를 향해 출발하기 직전의 준비 과정이 기록되어 있는데, 이를 순서대로 열거하면 다음과 같다.

① 안태사 이하는 모두 흑단령을 입고 하직 인사를 한 뒤 바로 본궁(本宮)에 나아간다.

② 액정서(掖庭署)에서 기일에 맞추어 태항을 준비하고, 중사(中使)나 승지가 태항을 받들어 내어 막차(幕次)에 안치한다.

③ 모장피(毛獐皮) 4장과 줄바[條所] 3구리로 종횡으로 묶어 싼다.

④ 향모전(鄕毛氈) 1부(部) 반(半)을 검은 궤 안에 펴고 태항을 그 가운데 안치한 다음 모전[氈]을 거두어 싼다.

⑤ 그다음 종이로 싸고 풀로 빈틈을 메워 흔들리지 않도록 하여 궤 뚜껑을 덮고 아래에 자물쇠를 채운다.

⑥ 청포(靑布) 세 겹으로 꼰 바[三甲所]로 종횡으로 묶고 붉게 물들인 숙마(熟麻)로 짠 박다회(縛多繪) 24파(把)를 달고 누자(樓子)에 싣는다.

⑦ 의장(儀仗)과 고취(鼓吹)가 횃불 4자루를 들고 앞을 인도하여 정로(正路)를 경유하여 나온다.

⑧ 태봉에 도착하여 누자를 막차에 봉안한다.

⑨ 정군(正軍)들이 시위(侍衛)하여 수직한다.

---

51 국립문화재연구소, 『국역 안태등록』, 민속원, 2007, 62~63쪽.

태항을 옮기는 배태(陪胎)는 장태일로부터 하루나 이틀 전에 도착할 수 있도록 날짜를 맞추어 출발하였다. 장태지를 향해 출발하는 날을 발태일(發胎日)이라 하는데 장태일을 정할 때 날짜를 받아 두었다. 안태사 일행이 태항과 함께 이동하였다. 산실에서 태를 처리하여 담아 둔 태항은 액정서[52]에서 준비하였다. 태를 담은 내항은 외항에 담겨 밀봉된 상태였다. 모장피 4장으로 태항을 종횡으로 묶은 다음 궤에 담았다. 이때 궤의 바닥에는 향모전을 십자모양으로 깔아 둔 다음, 가운데에 태항을 놓고 사방을 다시 감싸서 묶었다. 이렇게 되면 태항이 궤 안에 밀착된 상태가 된다. 이동할 때 궤가 움직임이 있더라도 태항에는 충격이 가해지지 않도록 한 것이다. 더하여 종이로 다시 싸고 풀로 빈틈을 메운 뒤 궤의 두껑을 닫고 자물쇠를 채웠다. 청포 세 겹으로 꼰 끈으로 궤를 다시 묶고 붉게 물들인 숙마로 짠 박다회 24파를 단 다음 궤자(櫃子)에 실었다. 이렇게 하면 태의 이송 준비는 모두 끝난 것이다. 의장과 취타대가 횃불 4자루를 들고 앞을 인도하여 궁궐의 정문을 나와 출발하였다. 이후 태봉에 도착하면 누자를 막차에 봉안하고 정군들이 이를 지키도록 하였다. 이 절차는 조선왕조의 가장 마지막 안태등록인 1874년(고종 11)의 순종 『원자아기씨안태등록』에 이르기까지 일관되게 준행되었다.

(3) 태항의 봉송

태항아리를 서울로부터 태봉으로 이송할 때는 특별한 의례를 찾아볼 수 없다. 다만, 『조선왕조실록』의 기사를 살펴보면, 안태사 일행의 행렬은 꽤 작지 않은 규모였다. 세종 대의 의장은 기본적으로 청양산(靑陽繖) 1개, 향

---

52 이조(吏曹)의 잡직(雜織) 속아문으로 왕명전달·알현 및 왕이 쓰는 붓과 벼루의 공급, 궐문 자물쇠와 열쇠의 관리, 궐문 안에 있는 정원의 설비 등의 일을 맡았다.

정자(香亭子) 1개, 오장(烏杖) 16개를 사용하였다.[53] 안태사가 지나가는 주현
(州縣)의 대문과 정청(正廳)과 태소(胎所)에는 모두 결채(結綵)하게[54] 하고, 각 도
(道) 감사와 수령들은 금고(金鼓)와 의장을 마련하고 공복(公服) 차림으로 교
외(郊外)에까지 마중 나오게 하였다.[55] 특히 경기·충청·경상 등 3도의 노변
(路邊)에 있는 백성들은 농사를 폐할 정도로 피해가 컸다고 한다. 세종이 이
를 금하게 한 것도 그만큼 관행적인 병폐가 되었음을 말해 준다.[56] 각 도의
수령들이 안태사를 접대할 때 그 폐해가 백성에게 미치므로 『육전(六典)』에
의거하도록 하였다.[57] 서울로부터 태봉으로 가는 태의 이송 경로에 해당하
는 도로는 해당 도에서 점검하고 이상이 없도록 보수하여 조치하였다.

(4) 안태의 절차

장태지에 도착한 안태사 일행은 정해진 일시에 맞추어 태를 묻었다. 정
조와 의빈 성씨(宜嬪成氏) 사이에서 태어난 문효세자의 안태 기록인 『원자아
기씨안태등록』(1783)에서[58] 태항을 땅에 묻는 안태의 절차를 살펴보면 다음
과 같다.

① 안태사 이하가 모두 시복(時服)을 입고 누자를 태봉 위로 모신다.
② 태항을 받들어 내어 작은 장막차(帳幕次)에 안치한다.
③ 전에 쌌던 것과 바깥 질항아리인 도항(陶缸)을 제거하고, 청향사(靑鄕絲)
   세 겹으로 꼰 끈 10자[尺]로 더 봉과(封裹)한다.

---

53 『세종실록』 20년(1438) 12월 6일.
54 색실, 색종이, 헝겊 따위를 문이나 다리, 지붕 위 등에 내다 걸어 장식하는 것을 이르는 용어이다.
55 『세종실록』 20년(1438) 12월 6일.
56 『세종실록』 20년(1438) 4월 9일.
57 『세종실록』 21년(1439) 1월 28일.
58 국립문화재연구소, 『국역 안태등록』, 민속원, 2007, 62~63쪽.

④ 안을 봉과한 것을 풀지 않고 그대로 더 봉과하여 주사(朱砂)로 '원자아기씨태 안태사 ○○○'라 쓴다.

⑤ 또 감탕(甘湯)으로 항아리 뚜껑의 틈에 욕사(鋊沙, 구리가루와 모래)를 바르고 청정주(靑鼎紬)로 태항을 잘 닦는다.

⑥ 오시에 석옹(石瓮) 속에 안치하되, 봉한 곳이 남쪽을 향하도록 한다.

⑦ 다음으로 지석을 세우고 태항 앞의 글자 면이 항아리를 향하도록 하여 '○○ ○월 ○일 ○시에 탄생한 원자아기씨태'라 새기고, 뒷면에 '(청황제 연호) ○○년 ○월 ○일 ○시에 묻음'이라 새긴다.

⑧ 청(靑), 황(黃), 적(赤), 백(白), 흑(黑) 다섯 가지 비단[綢] 각 3자를 해당하는 방위에 놓고, 금과 은 각 6푼[分]을 중앙에 놓은 뒤 청정주 3자, 겹보[甲褓] 1건, 단폭지(單幅紙) 1장으로 차례차례 항아리 위를 덮고, 주사 7돈[錢], 우황(牛黃) 2푼, 용뇌(龍腦) 2푼, 석웅황 2냥을 서로 섞어 항아리 바깥쪽 네 면에 산포(散佈)한다.

⑨ 마침내 개석(蓋石)을 덮는데, 마치 솥을 엎어 놓은 것과 같다.

⑩ 또 뇌록(磊碌)으로 옹석과 개석 내의 구멍을 칠하고 또 유회(油灰)로 개석의 틈을 바른 다음 좋은 황토로 단단히 다져서 땅을 고른 뒤에 태신(胎神)에게 지내는 안위제(安慰祭)를 실행한다.

⑪ 태실을 짓고 사토(沙土)를 봉하는데, 태실은 높이가 3자이고 지름이 10자이며 둘레가 30자이다. 영조척(營造尺)을 사용하였다. 후토(后土)에 사례하는 제사를 거행한다.

⑫ 표석을 세우는데 태실과의 거리는 3자이다. 전면에 '○○년 ○월 ○일 ○시에 탄생한 원자아기씨태실'이라 새기고, 뒷면에 '○○년 ○월 ○일에 세움'이라 새긴다.

안태는 장태길일로 정한 당일 태봉에서 이루어졌다. 안태사 일행이 태가 담긴 궤자를 태봉 위로 옮긴 뒤 태항을 받들어 장막차에 옮겨 놓았다. 태를 묻기 전에 이송을 위해 감쌌던 모장피와 바깥 질항아리를 제거하였고, 태가 담긴 외항을 청향사 끈 10자로 더 묶고 주사로 '원자아기씨태'라는 글자와 안태사의 이름을 적었다. 그다음 단계로 항아리 뚜껑의 틈을 구리가루와 모래를 섞은 욕사로 발라 봉하였고, 청정 명주 3자로 태항을 닦은 뒤 석옹 속에 태항을 안치하였다. 그리고 지석을 세웠는데, 글자 면이 항아리를 향하도록 하였다. 그런 다음 오색 비단 3자를 해당 방위에 놓고 금은 각 6푼을 중앙에 놓은 뒤 청정주, 겹보, 단폭지를 차례로 항아리 위에 덮고, 주사, 우황, 용뇌, 석웅황 등을 서로 섞어 항아리 바깥 네 면에 뿌렸다. 그런 다음 뚜껑돌을 덮었다. 또 뇌록으로 옹석과 개석의 틈새를 칠하고 유회로 개석의 틈을 발랐다. 그리고 황토로 단단히 다져서 땅을 고르게 했다. 이렇게 한 다음 태신안위제를 지냈다. 태를 묻는 작업은 이렇게 마무리되었다.

태실을 지은 다음에는 사토를 봉했는데, 태실은 영조척으로 높이가 3자이고 지름이 10자이며 둘레가 30자였다. 그런 다음 사후토제를 지냈다. 이어서 태실로부터 3자 거리에 표석을 세웠다. 이 표석의 전면에는 '○○년 ○월 ○일 ○시 생(生) 원자아기씨태실', 뒷면에는 '○○년 ○월 ○일 입(立)'이라 새겼다. 이렇게 하여 마련된 태실이 아기씨태실이다.

(5) 제사를 거행한 절차

태봉에 태를 묻고 난 뒤에는 제사를 행하였다. 안태 관련 의궤와 등록에는 '행의식(行儀式)'이라 하여 제사의 절차를 기록해 두었다. 『원손아기씨안태등록』(현종)의 내용을 살펴보면 다음과 같다.[59]

---

59 국립문화재연구소, 『국역 안태등록』, 민속원, 2007, 48~49쪽.

헌관(獻官)과 대축(大祝), 찬자(贊者), 알자(謁者), 축사(祝史), 재랑(齋郞)이 모두 제복(祭服)을 착용하고 제사를 거행하였다. 거행할 시각이 되면 찬자와 알자가 먼저 배위에 나아가 사배(四拜)하였다. 찬자는 여러 집사와 헌관을 인도하여 나아가 국궁(鞠躬)하여 절한 뒤 관세위(盥洗位)[60]에 나아가서 관세하였다. 알자는 헌관을 인도하여 신위(神位) 앞에 나아갔고, 세 번 향을 살라 올렸다. 이어서 헌관은 축사가 전해 주는 폐백을 바쳤다. 이후 초헌(初獻), 아헌(亞獻), 종헌례(終獻禮)의 순으로 제향이 이루어졌다. 초헌례는 헌관이 첫 잔을 올리고 대축이 축문을 읽는 의식이다. 아헌례에서도 헌관이 잔을 올렸다. 종헌례에서는 헌관이 국궁하여 사배하였고, 축사가 변두(籩頭)[61]를 거두어 옮겼다. 이후 헌관이 망예위(望瘞位)[62]에 나아갔고, 축사가 광주리로 폐백과 축문을 받아 구덩이에 놓고 흙을 채웠다. 알자와 집사들이 모두 배위에 나아가 국궁하고 사배한 뒤 나갔다. 즉 제사에는 향을 피우고 폐백을 올리는 절차가 가장 먼저 시행되었다. 이후 초헌, 아헌, 종헌례의 순으로 진행되었다. 이는 일반적인 제향의 기본 절차와 같았다.

(6) 태실의 조성과 관리

조성된 태실의 관리에 있어 가장 빈도가 높았던 문제는 인력 소모, 실화, 석물의 고의적 훼손, 금표 지역 안의 경작 등이었다. 이 가운데 첫 번째로 꼽을 수 있는 어려움은 인력 소모였다. 안태의 현장에서 태를 안장하기 위해서는 얼마의 인원이 필요하였을까? 성종 연간의 실록에는 태를 안치할 때 돌을 뜨는 곳이 태봉으로부터 멀리 있으면 운반을 원활히 하기 위

---

60 제향(祭享) 때 제관들이 손을 씻는 자리를 말한다.
61 변(籩)은 대나무로 만든 제기(祭器)이며, 두(頭)는 나무로 만든 제기를 말한다.
62 제사를 끝내고 축문이나 폐백을 묻을 때 헌관, 집례자가 이를 지켜보던 일을 망예라 하고, 그 자리를 망예위라 하였다.

해 300명이 필요하다고 하였다.[63] 또한 장태할 때에 군사를 뽑되 반드시 1,000명을 채워 관상감에서 역사를 감독하기도 하였는데, 폐단이 크다는 지적이 있었다.[64]

1439년(세종 21) 예조에서 중궁(中宮)의 태실에는 이전부터 품관(品官) 8인과 군인 8명을 정하여 수호하게 하였으므로, 지금 동궁의 태실을 수호하는 자는 품관 4인과 군인 4명으로 정하게 하였다.[65] 문종 연간에는 동궁태실의 영역이 상당히 큰 규모였다.

이처럼 금표를 정한 경우 백성들에게 문제가 된 것은 이미 들어와 있던 가옥(家屋) 및 경작지와 분묘(墳墓)의 이전이었다. 몇 가지 사례를 보면, 문종 대의 중추원부사 박연(朴堧)이 태봉 아래에 있는 백성들의 집과 전토를 철거하지 않도록 해 달라고 상언하였다.[66] 그러나 풍수학에서는 여전히 태봉에 사람이 너무 가까이 거주할 경우 화재 등의 부작용을 염려하는 입장이었다.

성종은 태실 내의 경작에 대해 유연한 입장을 보였다. 헌관에게 영릉(永陵)의 태실 경역 안에 경작을 허용할 만한 곳을 살펴보게 하였고,[67] 경작을 금해야 하는 백성들의 피해를 염려하여 왕비의 태실에 수호군(守護軍)을 정하지 못하게 하기도 하였다.[68]

이미 정해진 태실의 금화(禁火) 구역 안으로 전답(田畓)이나 가옥을 지었을 경우는 엄정하게 관리책임을 물었다. 1666년(현종 7년), 대사간 정만화(鄭萬和, 1614~1669) 등은 울산부사 남천택(南天澤, 1619~1684)이 입안(立案)을 사칭

---

63 『성종실록』 24년(1493) 11월 12일.
64 『성종실록』 24년(1493) 10월 10일.
65 『세종실록』 21년(1439) 1월 16일.
66 『문종실록』 원년(1451) 1월 22일; 2월 18일.
67 『성종실록』 원년(1470) 4월 12일.
68 『성종실록』 8년(1477) 1월 5일.

하여 금화 구역인 문종 태봉 안에 전장(田莊)을 설치하였기에 정죄를 청하였다.[69] 그리고 사간 이유(李秞, 1618~?)는 그 도신(道臣)인 전 감사 김휘(金徽)를 정죄하고, 신임 감사 민점(閔點)은 파직시키기를 청하였다.[70] 이외에도 사역(使役)에 동원된 백성들의 피해가 적지 않았다.

태를 봉안할 때 백성의 전답 약간이 금표 안에 들어가 농사를 짓지 못하게 될 경우 관둔전(官屯田)으로 보상해 주기도 하였다.[71] 1670년(현종 11)의 실록에 다음과 같은 기록이 있다.

안태사 민점이 아뢰기를, "두 공주의 태를 봉안할 때에 백성의 전답 약간이 금표 안에 들어가 올해부터 농사를 짓지 못하게 되었습니다. 관둔전으로 보상해 주도록 하소서" 하니, 상이 따랐다.

한편 1546년(명종 원년)의 실록에는 사헌부(司憲府)가 올린 상언(上言)에 다음과 같은 내용이 있다.

인종대왕 태봉의 돌난간을 고쳐 배치하는 일은 매우 중대한 일이므로 작은 폐단을 따질 수 없습니다. 지금 경상감사의 계본(啓本)을 보니, 거기에 쓰이는 돌을 7식(息) 혹은 4식의 거리에서 가져오기 때문에 운반 과정에서 밭곡식을 짓밟게 되면 굶주린 백성들이 무엇으로 살아가겠느냐고 했는데, 그 일이 비록 부득이한 일이나 민생의 곤췌(困瘁) 또한 우려하지 않을 수 없습니다. 몇 달 더 늦추었다가 추수가 끝난 후에 하게 하고, 서산(瑞山) 태봉의 역사도 추수 후에 하도록 하소서.[72]

---

69 『현종실록』 7년(1666) 4월 21일.
70 『현종실록』 7년(1666) 5월 12일.
71 『현종개수실록』 11년(1670) 3월 19일.
72 『명종실록』 원년(1546) 4월 22일.

태실의 조성이나 석물단장에서 문제가 되는 것은 석물을 멀리서 옮겨
오는 과정에 많은 인력이 동원되어야 하고, 농작물에 심각한 피해가 간다
는 점이었다. 또한 민총(民塚)이 있는 경우는 그것을 옮기게 하는 폐를 줄이
기 위해 아예 태봉지를 바꾼 경우도 있었다. 1783년(정조 7)에는 원자의 태
봉지에 민총이 있음을 알고서 태봉지를 예천으로 바꾸게 하였다. 순조(純
祖)는 선왕의 태봉 금표 안에 있는 민가와 민전(民田)을 헐거나 묵히지 말라
고 명하였다.[73] 이처럼 왕이 나서서 태실로 인한 백성들의 피해를 최소화하
고자 한 노력은 조선 초기부터 후기까지 지속되었다.

　　태실을 고의로 망가뜨린 뒤 그 관리책임이 있는 수령이나 관찰사를 곤
경에 빠트리고자 한 일들이 있었다. 이를 태실의 작변(作變)이라 한다.
1831년(순조 31) 11월 4일 경종태실의 개첨석·우상석(隅裳石)·좌대석(坐臺石)
과 정남쪽 아래 전석(磚石)·횡대석(橫帶石)·연엽주석(蓮葉柱石)에 모두 작변한
흔적이 발견되었다.[74] 공충감사가 태실 아래에 사는 백성과 감관(監官)을 체
포하여 조사하는 중이라고 조정(朝廷)에 보고하였으나 핵심은 지방관의 처
벌 여부에 있었다. 좌의정은 태봉에 변고가 생겼을 때 그 지역의 관찰사가
죄를 입은 전례는 없었다고 했다. 또한 소나무의 벌채를 금지하는 법에 불
만을 갖고 태직(胎直)이나 수령에게 해를 입히기 위해 방화(放火)를 한 사례
도 있었다.[75] 그러나 이런 경우는 상황을 고려하여 처벌하였다.

73　『순조실록』 원년(1801) 11월 8일.
74　『순조실록』 31년(1831) 11월 12일.
75　『태봉등록』 계미년(1643, 인조 21) 5월 13일.

3 안태의례의 변천

조선왕실의 안태의례가 변천해 온 과정은 크게 세 시기로 나뉜다. 첫째는 태조 대로부터 세조 대까지로, 안태의 관행이 제도화되는 시기이다. 이 시기 왕실의 태실 조성 과정을 통해 안태문화가 정착되는 양상을 살필 수 있다. 두 번째는 예종 대로부터 현종 대까지로, 태실의 조성은 꾸준히 이어졌으나 안태에 대한 관심이 약화되고 폐단을 경계했던 시기이다. 세 번째는 숙종 대부터 조선왕조의 마지막인 고종 대까지이다. 숙종 대 이후로는 태실의 간소화가 이루어졌으며 영조의 개혁적인 조치와 정조의 개선책 등 새로운 원칙과 기준을 만들어 낸 시기였다.

조선시대 국왕의 태실을 종합해 보면 '표 3'과 같다. 대부분 최초에 태를 묻은 태실에 국왕태실로서의 위의를 갖추기 위해 석물로 단장한 가봉태실이다.

1) 조선 전기의 안태

(1) 조선왕실 안태의 서막: 태조·정종·태종태실의 이봉(移封)

조선 초기의 태조·정종·태종의 태실은 출생지인 함경도에서 태를 옮겨 와 만들었다. 태조는 함경도에 있던 자신의 태를 옮겨 와 즉위년에 태실을 조성하였다. 그 과정에 대한 기록은 없지만, 고려시대 전통의 연장선에서 행해진 것으로 이해된다. 여말선초에는 가안태의 전통이 있었다. '가안태'란 정식으로 태실을 만들지 않고 임시로 태를 묻어 둔 상태를 말한다. 왕자

표 3 조선왕조 국왕태실의 현황

태실	태실 위치	문화재 지정 여부
태조태실	원: 충남 금산군 추부면 마전리 산4 이안: 충남 금산군 추부면 마전리 산1-86	충남 유형문화재 제131호
정종태실	경북 김천시 대항면 운수리 산84-2, 3	
태종태실	경북 성주군 용암면 대봉2리 산65	
세종태실	경남 사천시 곤명면 은사리 산27	경남 기념물 제30호
문종태실	경북 예천군 상리면 명봉리 산2	경북 유형문화재 제187호
단종태실	원: 경북 성주군 월항면 인촌리 이안: 경남 사천시 곤명면 은사리	경남 기념물 제31호
세조태실	경북 성주군 월항면 인촌2리 산8	사적 제444호
예종태실	전북 전주시 완산구 풍남동 3가 102 경기전	전북 민속자료 제26호
성종태실	원: 경기 광주시 태전1동 265-1 이안: 서울특별시 종로구 와룡동2-1 창경궁	
중종태실	경기 가평군 가평읍 상색1리 산112	
인종태실	경북 영천군 청통면 치일리 산24	경북 유형문화재 제350호
명종태실	충남 서산시 운산면 태봉리 산6-2	보물 제1976호
선조태실	충남 부여군 충화면 청남리 산227	충남 문화재자료 제117호
광해군태실	대구광역시 북구 연경1동 산135, 136-1	
인조태실	황해도 황주군 해주면 남본정	
현종태실	충남 예산군 신양면 황계리 189-20, 21	
숙종태실	충남 공주시 태봉1동 산64-9	충남 문화재자료 제321호
경종태실	충북 충주시 엄정면 괴동리 산34-1	충북 유형문화재 제6호
영조태실	충북 청주시 상당구 낭성면 무성1리 산6-1	충북 기념물 제69호
정조태실	강원 영월군 영월읍 정양리 산133, 134	강원 유형문화재 제114호
순조태실	충북 보은군 속리산 사내리 산1-1	충북 유형문화재 제11호
헌종태실	충남 예산군 산면 옥계2리 산6-2	
철종태실	강원 영월군 주천면 신일리 산356	
고종태실		
순종태실	충남 홍성군 구항면 태봉리	

들의 태를 가안태 단계를 거치지 않고 정식으로 길지를 골라 묻어 태실을 조성하는 전통은 세조 때부터 시작되었던 것으로 추측된다.

태조의 태는 출생지인 함경도 용연(龍淵)에 묻혀 있었다고 한다. 정식 태실을 조성한 것이 아니라 함경도 영흥의 준원전(濬源殿) 터에 있던 용연이라는 연못에 태를 안치해 둔 것으로 전한다.[76] 그 뒤 1393년(태조 2)에 함경도 영흥의 어태(御胎)를 전라도 진산(珍山)으로 옮겼다. 이 과정에서 태실증고사와 안태사의 역할이 컸다. 1392년(태조 원년) 11월 태실증고사를 양광도·경상도·전라도에 보내어 안태할 땅을 잡게 하였다.[77] 태조의 태실이 새로 자리 잡을 길지의 물색을 위해서였다. 이는 조선왕실의 안태 중 가장 이른 기록에 해당한다.

이듬해인 1393년 1월 2일, 태실증고사 권중화(權仲和)가 전라도 진동현(珍同縣)의 길지를 살피고 그 형세를 그린 산수형세도(山水形勢圖)를 바쳤다.[78] 이 산수형세도는 태실의 입지 조건과 풍수를 한눈에 볼 수 있는 그림으로 추정된다. 태조의 태실이 들어선 곳은 "토후수심(土厚水深)하고 봉우리가 우뚝 솟아 모양이 연꽃처럼 생겼다"고 되어 있다.[79] 태실 입지의 조건을 잘 시사해 준다. 이후 태실의 조성은 급속히 진행된 듯하다. 1월 7일에 태실을 옮기는 일이 완료되었다. 태실을 완산부 진동현에 안치하고 그 현을 승격시켜 진주(珍州)로 삼았다.[80] 태실이 자리 잡은 지역을 승격시킨 것은 고려시대의 전통을 따른 것으로 추측된다.

다음은 태조에 이은 정종과 태종의 태를 옮긴 일이다. 정종과 태종은 출생지가 같다. 태조의 옛 저택인 경흥전(慶興殿)이 있던 함흥의 귀주동(歸州洞)

---

76 이주환 외, 『조선의 태실』 I, 사단법인전주이씨대동종약원, 1999, 116쪽.
77 『태조실록』 원년(1392) 11월 27일.
78 『태조실록』 2년(1393) 1월 2일.
79 「珍山郡 建治沿革」, 『신증동국여지승람』.
80 『태조실록』 2년(1393) 1월 7일.

이다.[81] 그러나 정종의 태는 함흥에, 태종의 태는 함주(咸州)에 안치되어 있었고, 각각 태조 즉위 원년에 남쪽으로 태를 옮겼다. 정종의 태실은 1399년(정종 원년) 경상도 순흥의 금산현(金山縣)으로 옮겨 안치하였다.[82] 태종의 태실은 1401년(태종 원년) 경상도 성주의 조곡산(祖谷山)으로 이봉하였다.[83] 이때 민제(閔霽)가 함주에 가서 태함을 직접 받들어 왔고, 안태지를 물색한 태실증고사는 영사평부사 하륜(河崙)이었다.[84]

조선 초기의 태조·정종·태종의 태실은 모두 함경도에서 옮겨 온 것이다. 이때부터 세조 대까지의 태실은 주로 남쪽 지역인 경상도 일대에 많이 조성되었다. 그러나 이 시기에 왕자녀의 태를 묻었다는 기록은 보이지 않는다. 아직 왕실 자녀들의 태를 절차에 따라 빠짐없이 묻는 안태의 제도가 정립되지 못한 시기였다. 태종의 뒤를 이은 세종의 태실도 출생 시에 바로 태를 묻었던 곳에 조성한 것이 아니라, 가안태했다가 나중에 태를 옮겨 만들었다.

(2) 세종태실

세종의 태실은 즉위년인 1418년 경상남도 곤명면(昆明面)에 조성되었다. 『세종실록』의 즉위년 8월 14일 조에 "'이제 장차 길한 때를 가리어 태를 봉할 것이오니, 청컨대 전례에 좇아 태실도감(胎室都監)을 설치하여 길지를 택하도록 하소서'라고 하여 그대로 따랐다"[85] 하였고, 같은 해 10월 25일 조에는 "태실증고사 정이오(鄭以吾)가 진양(晉陽)으로부터 와서 태실산도(胎室山圖)

---

81 「咸興府 宮室 慶興殿」, 『신증동국여지승람』.
82 『정종실록』 원년(1399) 4월 5일. 『동국여지승람』에는 정종 원년 김천(金山) 황악산(黃岳山) 직지사(直旨寺)의 북쪽 봉우리에 어태를 안치하고 이를 기하여 금산현을 군으로 승격한 것으로 기록되었다.
83 『태종실록』 원년(1401) 10월 8일.
84 『태종실록』 원년(1401) 7월 23일.
85 『세종실록』 즉위년(1418) 8월 14일.

를 바치니, 그 산은 진주의 속현 곤명(昆明)에 있는 것이었다"[86]라고 한 기록이 있다.

안태를 위해 태실도감을 둔 기록은 유일하게 『세종실록』에 나오지만, 위에서 '전례를 좇아'라고 한 것은 세종 이전에도 태실도감이 운영되었음을 알려 준다. 그러나 선대의 실록에서는 도감에 대한 기록이 전혀 보이지 않는다. 태실증고사가 파견되고, 그가 둘러본 현황을 태실산도로 그려 올린 사실이 흥미롭다. 이는 태실의 길지를 고르기 위한 절차였다. 앞서 태조의 태실을 전라도 진동현에 정할 때 증고사 권중화가 산수형세도를 그려 올린 것과 같은 방식이었다.

세종도 출생 시에 안태를 하지 않았고, 어딘가에 가매안해 둔 다음 즉위한 해에 태실을 만들었다. 즉위년인 1418년 11월 경남 진주의 곤명에 태실 조성을 마쳤고, 사람을 두어 이를 지키고 관리하도록 하였으며,[87] 태실도감의 제조(提調)에게 물품을 내린 기록이 있다.[88] 세종의 왕자들 또한 출생 직후 태를 가매안해 두었다. 임시 매안의 장소는 정확히 알 수 없지만, 왕자들의 태실을 별도로 만든 전통은 이 시기에 없었던 것이라 하겠다. 세종의 태실은 1418년에 조성된 이후 1597년(선조 30) 정유재란 때 왜적에 의해 크게 훼손되었다. 1601년에 이곳을 수리하였고, 1734년(영조 10)에 다시 비석을 세워 정비하였다.

(3) '성주 세종대왕자태실'의 조성

세종 대 이전에는 왕자의 태를 묻고서 3년에 한 차례씩 태실안위제(胎室安慰祭)를 지냈다. 그러나 세종은 이를 계승하지 않고 폐지하였다.[89] 예조에

---

86 『세종실록』 즉위년(1418) 10월 25일.
87 『세종실록』 즉위년(1418) 11월 1일.
88 『세종실록』 즉위년(1418) 11월 3일.
89 『세종실록』 3년(1421) 10월 10일.

서 서운관(書雲觀)에 명하여 옛 규례를 살펴보게 한 결과, 태조와 정종은 안태한 뒤에 안위제를 지내지 않은 사실이 확인되었기 때문이다. 따라서 세종은 태조와 정종이 행한 선례가 없음에 근거하여 안위제를 폐지하게 한 것인데, 이는 세종 대에 추진한 전장제도(典章制度)의 정비와도 관련된 조치였다.[90]

세종 대에는 왕자의 태를 한곳에 매안한 집단 태실을 조성하였다. 『조선왕조실록』에서 왕자의 태실에 대한 언급은 세종 대에 처음 나오며, 세종 이전의 정종과 태종 대에 왕자의 태를 묻었다는 기록은 확인되지 않는다. 세종이 왕자들의 태실을 조성한 기록은 『세조실록』에 나오는데, 내용은 다음과 같다.

> 우리 세종장헌대왕(世宗莊憲大王)께서 즉위한 21년(1439)에 유사(有司)에 명하여 땅을 점(占)치게 하고 대군과 여러 군의 태를 성주 북쪽 20리 선석산(禪石山)의 산등성이에 조성하게 하고 각각 돌을 세워 이를 표하였다.[91]

이 기사에서 1439년(세종 21)에 성주의 태실지에 세종 왕자들의 태실이 조성되었음을 알 수 있다. 성주의 선석산은 전국 최대 규모의 태실지로서 수양대군(首陽大君)을 비롯한 세종의 왕자태실 18기와 왕손인 단종의 태실 등 총 19기가 안장되어 있다.[92] 수양대군과 의창군(義昌君)을 제외하고는 대부분 1439년 5월부터 8월 사이에 태실이 조성되었다. 현재의 위치는 경북

---

90 『세종실록』 3년(1421) 10월 10일. 차용걸, 「英祖大王胎室 加封儀軌에 대하여」, 『호서문화연구』 2, 충북대학교호서문화연구소, 1982, 7쪽.

91 『세조실록』 8년(1462) 9월 14일.

92 성주의 선석산에 세종 왕자들의 태실을 조성하기 전에 이 도국(圖局) 안에 있던 묘들은 모두 이장시켰다. 세종은 또한 경상도 순흥, 성주 등의 태실 도국 안의 고총(古冢)과 사사(寺社) 가운데 헐어야 할 것을 찾아 철거하게 하였고, 각 관으로 하여금 도면을 세밀하게 작성하여 올려 보내도록 하였다.

성주군 월항면(月恒面) 인촌리이며, 국가지정사적 제444호 '성주 세종대왕자 태실'로 되어 있다.[93] 이곳의 지형에 대해서는 『태봉등록』 계미(1643, 인조 21) 5월 13일 조의 경상감사(慶尙監司) 장계에 다음과 같이 묘사되어 있다.

> 태가 안장된 산록이 그 가운데 있는데, 주위의 3면과 4면이 다 구릉이고, 한쪽이 산맥인데 완만하고 평평하여 마치 단장(壇場)처럼 되어 있습니다. 그 길이가 남북 15보(步), 동서가 42보이며, 태실 13위가 두 줄로 나뉘어 안 배되어 있고, 석물이 엄연(儼然)하게 놓여 있습니다.[94]

인조 대의 기록이지만, 세종 이후 세종대왕자태실에는 큰 변화가 없었다고 하겠다. 세종대왕자태실에 조성한 대군과 왕자태실의 현황은 '표 4'와 같다.

1438년(세종 20) 3월 10일부터 1439년에 거쳐 단종과 왕자 당의 태실을 제외한 왕자들의 태실이 모두 안장되었다. 그렇다면 태실에 안태하기 이전에는 태를 어디에 간수하였을까? 앞에서도 다룬 바 있듯이 아마도 출생 시에 태를 임시로 가안태해 두었다가 각 해당 연도에 성주의 태실지로 옮긴 것으로 추정된다. 그런데 왕자들의 출생 시기와 비교해 보면, 안태 시기는 출생 후 짧게는 3개월 뒤인 경우도 있지만, 상당한 시간이 흐른 뒤에 이루어지기도 했으며, 약 20년이 넘은 경우도 있었다. 예컨대 수양대군의 경우 생년이 1417년(태종 17)인데 1438년에 안태한 사실로 미루어 보면, 가안태 기간이 20년이 넘은 셈이다. 선석산의 태실지에 세종 왕자녀의 태를 옮겨 묻은 기는 모두 8회로 파악되는데 이를 구분하면 다음과 같다.

---

93 성주 세종대왕자태실에 관한 연구로는 심현용, 「星州 世宗大王子胎室 硏究」, 『박물관연보』 2, 강릉대학교박물관, 2005; 심현용, 「星州 禪石山胎室의 造成과 胎室構造의 特徵」, 『성주 세종대왕자태실의 세계유산적 가치』, 경북대학교영남문화연구원, 2014.
94 국립문화재연구소, 『국역 태봉등록』, 2006, 20~21쪽.

표 4　성주 세종대왕자태실의 현황

군호	태실 설치	태실비 유무	비문 내용
수양대군(首陽大君, 1417~1468)	1438년 3월 10일	유	정통3년 무오 3월 10일(갑오) 입석
안평대군(安平大君, 1418. 9~1453)	미상	무	
임영대군(臨瀛大君, 1420. 1~1469)	1439년 5월 29일	유	정통4년 기미 5월 29일(병자) 입석
광평대군(廣平大君, 1425. 5~1444)	1439년 5월 24일	유	정통4년 기미 5월 24일(신미) 입석
금성대군(錦城大君, 1426. 3~1456)	미상	무	
평원대군(平原大君, 1427. 11~1445)	1439년 5월 26일	유	정통4년 기미 5월 26일(○○) 입석
영흥대군(永興大君, 1434. 4~1467)	1439년 8월 8일	유	정통4년 기미 8월 초8일(○○) 입석
왕세손 단종(端宗, 1441~1457)	1441년 윤11월 26일	무	
화의군(和義君, 1425. 9~1489 이후)	미상	무	
계양군(桂陽君, 1427. 8~1464)	1439년 5월 24일	유	정통4년 기미 5월 24일(신미) 입석
의창군(義昌君, 1428~1460)	1438년 3월 11일	유	정통3년 무오 3월 11일(기미) 입석
한남군(漢南君, 1429~1459)	미상	무	
밀성군(密城君, 1430~1479)	1439년 8월 8일	유	정통4년 기미 8월 초8일(계미) 입석
수춘군(壽春君, 1431~1455)	1439년 8월 8일	유	정통4년 기미 8월 초8일(계미) 입석
익현군(翼峴君, 1431~1463)	1439년 8월 8일	유	정통4년 기미 8월 초8일(계미) 입석
영풍군(永豊君, 1434. 8~1457)	미상	무	
영해군(寧海君, 1435. 3~1477)	1439년 8월 8일	유	정통4년 기미 8월 초8일(계미) 입석
담양군(潭陽君, 1439. 1~1450)	1439년 5월 24일	유	정통4년 기미 5월 24일(신미) 입석
왕자 당	1442년 10월 23일	유	정통7년 임술 10월 23일(경술) 입석

- 1438년 3월 10일: 수양대군

- 1438년 3월 11일: 의창군

- 1439년 5월 24일: 광평대군, 계양군, 담양군

- 1439년 5월 26일: 평원대군

- 1439년 5월 29일: 임영대군
- 1439년 8월 8일: 영흥대군, 밀성군, 수춘군, 익현군, 영해군
- 1441년 윤11월 26일: 원손 단종
- 1442년 10월 23일: 왕자 당

　왕자들의 태를 가안태하던 단계를 넘어 정상적인 태실을 조성하게 된 것은 세종조에 이루어진 새로운 선례가 되었다. 즉 이전에는 왕이 되어야만 만들던 태실을 왕자들에게로 확대하여 적용한 것이다. 『태장경』 등이 조선왕실의 태실 조성에 있어 따라야 할 전거가 되었음을 알게 된다. 문종의 태를 제외한 다른 왕자들의 태를 모두 경상도 성주의 선석산에 통합하여 안태한 것은 매우 이례적인 일이었다.

　태실의 배치는 왕자들의 출생순을 기준으로 하고, 대군(후열)과 군(전열)을 앞뒤로 구분하여 배치한 것으로 파악된다. 이는 태실을 조성하기에 앞서 설계도를 준비했으며, 약 4년 8개월 동안 계획적으로 태실지를 조성하였음을 알려 주는 단서이다. 이미 태봉의 정상 경사면에 석축을 쌓고 정상부를 평탄하게 해 둔 것을 보면 태실지 조성이 면밀한 계획하에 진행되었음을 살필 수 있다.[95]

　태실비가 남아 있지 않은 경우는 금성대군의 단종 복위사건으로 인해 파손되었기 때문이다. 세조는 재위 3년(1457)에 그를 반대하는 노산군(魯山君, 단종)과 금성대군, 화의군, 한남군, 영풍군을 종친에서 삭제하고 부록에 기록하자는 신하의 건의를 허락하고, 재위 4년에 자신의 태실과 같이 있는 금성대군 등 단종 복위사건에 연루된 형제들의 태실과 법림산(法林山)에 있는 노산군의 태실을 파괴하였다.[96]

95　심현용, 「星州 禪石山胎室의 造成과 胎室構造의 特徵」, 『성주 세종대왕자태실의 세계유산적 가치』, 경북대학교영남문화연구원, 2014, 135쪽.

태조 대부터 태실의 조성은 왕실의 중대사로 간주되었으며, 함경도에 있던 태조와 정종, 태종의 태를 남쪽 지역으로 옮겨 왔다. 세종 대까지는 왕자의 태를 가안태해 두었다가 즉위한 왕의 경우만 전국의 길지를 골라 태를 묻는 것이 전통이었다. 세종의 안태 시기와 태실의 조성 시점이 이를 말해 준다. 그러나 세종은 가안태 상태에 있던 왕자들의 태를 각각 태실로 만들어 조성하게 함으로써 새로운 관행이 정착될 수 있게 하였다.

조선 초에는 태조, 정종, 태조, 세종 등 왕의 태실만 조성하였다. 이러한 상황은 주로 왕이나 세자의 태실만을 조성하던 고려시대의 전통을 조선 초에 그대로 계승하였음을 보여 주는 것이다. 그런데 선석산 태실은 세종 때 처음으로 왕자들의 태실을 만들기 시작하였음을 드러낸다. 즉 15세기 전반 세종 때부터는 안태의 범위가 모든 왕자들로 넓어져 왕실의 태실제도가 자리 잡기 시작하였다.[97]

(4) 문종과 단종태실

세종은 앞서 살핀 바와 같이 왕자의 태를 묻고서 3년마다 지내는 태실안위제를 1421년(세종 3)에 폐지하게 하였다.[98] 그러나 태를 묻은 직후에 지내는 태실안위제는 이와 무관한 것이었다. 문종의 태실을 만들기 3년 전인 1436년의 실록에는 다음의 기사가 있다.

사왕(嗣王)의 태는 그가 왕위에 오름을 기다려 이를 편안하게 하는 것은 옛날 사람의 안태하는 법에 어긋남이 있으니, 원컨대 일행과 왕악의 태를 간수하는 법에 의거하여 길지를 가려서 이를 잘 묻어 미리 수와 복을 기

---

96   심현용, 「朝鮮時代 胎室에 관한 考古學的 硏究」, 강원대학교대학원 박사학위논문, 2015, 311쪽.

97   심현용, 「星州 禪石山胎室의 造成과 胎室構造의 特徵」, 『성주 세종대왕자태실의 세계유산적 가치』, 경북대학교영남문화연구원, 2014, 138쪽.

98   『세종실록』 3년(1421) 10월 10일.

르게 하소서.[99]

왕위에 오르고 나서 태를 안치하는 것은 안태법과 맞지 않다는 내용이다. 이는 출생 후에 임시적인 가안태가 있었음을 의미한다. 왕과 왕자의 태실을 즉위 시기나 재위 기간에 묻는 고려시대의 전통과 같은 셈이다. 이는 『태장경』의 내용보다 이전 시대의 유습이 더 강하게 적용되고 있었음을 알려 준다. 왕위에 오른 뒤에 정식으로 안태할 것을 염두에 둔 조처였음을 짐작할 수 있다. 세자의 출생 시에 태를 안태하지 않고 왕위에 오를 때까지 임시적으로 둔 일은 세종 대 이후에는 사례를 찾기 어렵다.

다만 문종(1414~1452)의 태실은 1436년(세종 18)에 신하들의 건의가 있은 지 3년 만에 조성하게 되었는데, 그 위치는 풍기였다. 그런데, 왜 문종은 출생 직후가 아닌 23세 때 태를 묻게 된 것일까? 신하들의 입장에서 세자의 태실 조성을 출생 후 23년이 지난 뒤에 건의했다는 것은 쉽게 납득이 가지 않는 부분이다. 어쨌든 문종의 태실은 예천 명봉산(鳴鳳山)에 있다.

문종의 태실을 조성하기 위해 1439년 1월 28일 장태개기사(藏胎開基使)인 판중추원사 이순몽(李順蒙)이 기천(基川)으로 떠났다.[100] 이후 2월 초3일에 안태사 판중추원사 안순(安純)이 태를 받들어 경상도 기천으로 떠났다고 되어 있다.[101] 문종의 태실이 조성된 기천은 문종 즉위년인 1450년 7월에 은풍현(殷豊縣)과 병합하여 풍기군(豊基郡)으로 승격되었다.

문종태실을 조성한 뒤 23년이 지난 1463년(세조 9)의 『세조실록』에는 예조의 "문종대왕 태실의 석난간(石欄干)과 전석이 조금 물러났다"는 보고가 있다.[102] 이는 세종태실의 난간(欄干)을 나무로 만들었다는 사실과 비교된

---

99 『세종실록』 18년(1436) 8월 8일.
100 『세종실록』 21년(1439) 1월 28일.
101 『세종실록』 21년(1439) 2월 초3일.
102 『세조실록』 9년(1463) 3월 4일.

다. 문종의 경우 동궁이던 23세 시절 태실을 만들었는데, 세종 대와 달리 세조 대의 기록에는 태실의 난간이 석난간으로 되어 있다. 다만, 석물로 가봉한 시기는 알 수 없다. 『신증동국여지승람』의 「풍기군 산천 조(山川條)」에 "은풍현 서쪽 16리에 명봉산이 있는데, 본조 문종의 태를 안치하였다"고 기록되어 있다. 당시에 세운 태실비는 현재 예천 명봉사 옆에 남아 있다.

단종부터는 태어난 해에 정상적으로 태실을 조성하였다. 문종 대부터 비로소 왕의 태실이 태어난 해에 조성되기 시작하였으며, 또 태실로 정하는 길지의 범위가 경기와 하삼도(下三道)까지로 확대되었다. 단종의 태실은 탄생한 해인 1441년(세종 23) 윤11월, 세종 왕자들의 집단 태실이 있던 성주 선석산 태실지에 조성되었다.[103] 숙부들의 태실지에 안치된 단종의 태실은 이후 두 번의 중요한 국면을 맞는다. 첫 번째는 다시 길지를 찾아 이봉된 것이고, 두 번째는 세조에 의해 태실을 철거당하게 된 것이다. 1451년(문종 원년)에 옮긴 단종태실은 가야산 자락인 성주의 법림산 중턱 태봉산에 자리 잡았다. 당시 태실의 규모는 사역(四域)의 거리를 통해 짐작할 수 있다. 동쪽과 남쪽을 각 9,600보, 서쪽을 9,590보, 북쪽을 470보로 하여 표(標)를 세웠다.[104] 이 태실은 단종의 즉위 이후 가봉되었던 것으로 추측된다.[105] 단종의 태실은 1977년에 발견되어 복원되었다. 현재 법림산 태실에는 가봉 당시의 석물이 몇몇 남아 있다. 이 유물로 보아 선석산에서 법림산으로 옮겨간 단종태실은 1452~1555년 사이에 가봉되었던 것으로 보인다.[106]

---

103 『세종실록』 25년(1443) 12월 11일. 이장경(李長庚)의 묘가 세종의 왕세자 태실 도국(圖局)에 있음을 제기하면서 문종의 태실에 대해 "처음에 원손의 태를 경상도 성주에 안치하였는데 …"라고 언급한 부분이 있다.

104 『문종실록』 원년(1451) 3월 6일.

105 이주환 외, 『조선의 태실』 I, 사단법인전주이씨대동종약원, 1999, 131쪽에는 단종의 가봉태실지로 추정되는 곳에 팔각의 지대석과 귀부 등이 남아 있는 것은 왕자나 왕녀의 태실이 아님을 뒷받침하는 근거라 하였다.

106 태실이 가봉되는 것은 왕으로 즉위한 후의 일이므로 단종이 재위에 있었던 1452~1455년에 가봉되었을 것으로 추측된다. 심현용, 「朝鮮時代 胎室에 관한 考古學的 研究」, 강원대학교대학원 박사학위

(5) 세조: 태실 입지에 대한 이론(異論)

세조는 세자나 세손이 아니었으므로 최초의 태실은 보통의 왕자태실과 같았다. 위치는 경북 성주의 선석산에 있는 세종 왕자들의 태실지에 속해 있다. 세조 대에는 성주 선석산의 태실지에서 세조의 태실을 다른 곳으로 옮기거나 철거하자는 신하들의 요청이 이어졌다. 『세조실록』 1458년(세조 4) 7월 8일 조에는 여러 대군과 군(君) 및 난신(亂臣) 이유(李瑜)의 태실이 선석산 사이에 섞여 자리하였고 법림산에는 노산군의 태실이 있으므로 이를 옮기고 철거하게 하라는 예조의 청에 세조가 그대로 따랐다고 되어 있으나,[107] 이는 실행되지 않았다. 세조는 세종 대의 관행을 가급적 따르고자 하는 입장이었다.

이후 1462년에는 예조에서 성주에 있는 세조의 어태실(御胎室)을 옮겨 선례에 따라 의물(儀物)을 설치할 것을 청하였으나, 세조는 이를 허락하지 않고 비(碑)만 세워 표시하도록 하였다.[108] 예관이 즉위 8년이 지났으므로 조종(祖宗)의 고사(故事)에 따라 어태를 따로 이안하기를 청하였으나, 허락하지 않았다. 『세조실록』에는 다음과 같이 기록되었다.

"형제가 태를 같이하였는데 어찌 고칠 필요가 있겠는가?" 하시고, 의물을 설치하기를 청하여도 역시 윤허하지 아니하시며 다만 표석을 없애고 비를 세워 기록할 것을 명하여 힘써 일을 덜게 하셨다.[109]

세조는 형제가 태를 같이하였으니 이를 고칠 필요가 없다는 것을 명분으로 삼았다. 다만 태실비는 귀부(龜趺)가 딸린 형태로, 왕의 태실에 설치하

논문, 2015, 311쪽.
107 『세조실록』 4년(1458) 7월 8일.
108 『세조실록』 8년(1462) 9월 14일.
109 『세조실록』 8년(1462) 9월 14일.

는 것과 같았다. 세조는 기본적으로 풍수와 길지에 대해 그다지 큰 관심을 두지 않았다. 일반적으로 국왕태실의 입지 조건은 강(岡)을 마주한 좌청룡 우백호의 지점이 아닌 들판에 우뚝 솟은 복발형(覆鉢形)의 지대를 말한다. 내맥이 연결되지 않은 복발형의 산 정상에 태실을 조성한 것은 정상에 집중된 땅의 지기(地氣)를 흡수하기 위한 것으로 해석된다.[110] 그러나 형제의 태를 하나의 산자락에 묻는다는 세조의 말은 이 원칙에 맞지 않는 것이다.

뒤에 영조도 동강동태(同岡同胎)를 주장하였는데, 이러한 주장 또한 태봉 입지의 원칙을 따르지 않는 것이었다. 그 이면에는 태실 풍수의 원칙을 절대적으로 신빙하지 않는 시각이 있었다. 태실의 조성에는 원칙론이 대세였으나, 때로는 현실론이 명분을 지니기도 하였다.

2) 조선 중기의 안태

(1) 성종·중종: 태실 풍수의 설은 허탄하다

각 왕대별로 태실을 조성하고 관리하는 방법에는 조금씩 차이가 있었다. 성종(成宗)과 중종(中宗)은 태실과 관련된 풍수의 설은 신봉하지 않는 태도를 보였다. 성종은 종전에 하삼도로 정하던 안태의 권역을 경기 지역으로 국한시켰다. 성종은 대비(大妃)의 전교(傳敎)를 인용하며 "일반 사람은 반드시 모두들 가산(家山)에다 태를 묻는데, 근래에는 나라에서 땅을 가리는 것이 비록 정결하기는 하나, 대길(大吉)한 응험(應驗)이 없으니, 풍수의 설은 허탄(虛誕)하다고 할 수 있다"고 하면서 안태할 땅을 경기 지역에 국한하여 선정토록 하였다.[111] 태를 묻기 위한 길지가 원근(遠近)과 무관하다는 것이었다.

1476년(성종 7)과 그 이듬해에 출생한 성종의 왕녀태실은 경기도 고양시

---

110 윤석인, 「朝鮮王室의 胎室石物에 관한 一研究」, 『문화재』 33, 국립문화재연구소, 2000, 103쪽.
111 『성종실록』 7년(1476) 11월 28일.

에 조성되어[112] 성종의 계획이 실행되었음을 보여 준다. 그러나 하삼도에 태실을 설치하지 않겠다던 성종의 계획은 지속되지 못했다. 왕자 안양군(安陽君, 1480~1505), 완원군(完原君, 1480~1509), 건성군(甄城君, 1482~1507)의 태실이 경상도 상주(尙州)와 강원도 양양에 조성된 것은[113] 결국 태실의 범위를 경기 지역으로 한정하고자 한 계획이 실행되지 못했음을 알려 준다.

1439년(성종 24) 첨지충주부사 권정(權侹)이 "강원도·황해도는 태봉을 많이 얻기가 쉽지 아니합니다. 신의 생각은 왕자군의 태 외에 옹주의 태는 한 곳에 묻도록 하고, 또 삼각산(三角山) 근처에 땅을 골라서 묻도록 하는 것이 적당할 듯합니다"[114]라고 한 대목도 하삼도 이상의 지역에서 태실을 구하도록 한 위의 상황과 밀접한 관련이 있음을 짐작하게 한다.

또한 성종은 태실로 인해 백성들이 받는 피해를 줄이고자 하였고, 특히 태실을 만들기 위해 백성들의 경작을 금하게 하는 것을 민감하게 여겼다.[115] 중종 역시 안태를 위한 길지의 선정에 있어 성종과 같은 입장이었다. 중종은 1517년(중종 12) 참찬관(參贊官) 이자(李耔)가 풍수의 설이란 황당한 것이며, 가까운 곳을 두고서 먼 곳에서 태실을 가려 백성에게 폐해를 끼친다고 한 말에 공감하였다.[116] 성종 연간의 선례처럼 태실을 고르기 위해 하삼도까지 왕래하는 것을 부당하다고 여겼으나 경우에 따라서는 절충안을 택하기도 하였다. 백성들의 피해를 막기 위해 집도 없고 전지(田地)도 없는 곳에 터를 잡으면 백성에게도 억울한 일이 없을 것이며, 경기 지역에 적당한 곳이 없으면 하삼도까지 확대하여 지리관(地理官)이 이를 살피게 하고, 길지

---

112 국립문화재연구소, 『조선왕실의 胎峰』, 2008, 4쪽에 수록된 「전국 조선왕실 태봉목록」의 안태일과 태실의 주소지 참조.
113 국립문화재연구소, 위의 책, 36쪽.
114 『성종실록』 24년(1493) 10월 10일.
115 『성종실록』 8년(1477) 1월 5일.
116 『중종실록』 12년(1517) 11월 23일.

가 선정되면 백성들에게 미리 그 영역을 알려 주는 것이 필요하다는 정광필(鄭光弼)의 의견을 옳게 여겼다. 결과적으로 태실의 길지를 고르는 풍수의 설은 믿을 수 없는 것이며 백성만 힘들게 하므로, 태실을 조성할 때 그 지역적 한계를 정해야 한다는 것이 중종의 생각이었다.[117] 이때 중종과 뜻을 함께한 신하들의 입장도 『중종실록』의 기사에서 확인할 수 있다.

> 유용근이 아뢰기를, "화(禍)를 당하고 복을 받으며, 오래 살고 일찍 죽는 데에는 반드시 하늘이 정한 바가 있는 것이니 이것은 다 보탬이 없는 일입니다. 원자라면 오히려 땅을 가려야 하겠으나, 번번이 그렇게 한다면 땅도 부족할 것입니다" 하고, 권벌(權橃)이 아뢰기를, "화복의 설이 무슨 관계되는 것이 있겠습니까? 상시 사대부의 집에서는 아들을 낳거나 딸을 낳거나 태는 죄다 불에 태우니, 이것은 화복에 관계되는 것이 아닙니다" 하니, 상이 이르기를, "이것은 예전 관례를 따라 예사로 하는 일인데 과연 보탬이 없으니, 유사에 물어서 다시 처치할 방법을 생각하도록 해야 하겠다" 하였다.[118]

위의 기사는 이른바 풍수의 설을 허망하게 보는 것이 다분히 성리학적 풍수관 및 안태관과 관련이 있음을 잘 시사해 준다. 태실로 인한 화복을 국가 차원보다 개인의 화복, 개인의 운명으로 이해하고 있음을 엿볼 수 있다.

(2) 선조: 풍수에 대한 집착과 안태 시기의 편차

선조는 성종, 중종 대의 예에 따라 태실 조성의 과도한 낭비를 경계했지만, 좋은 자리에 대한 집착은 버리지 못했다. 태실의 조성을 국가의 운명과 관련된 정성을 다해야 할 사안으로 생각하였다. 선조가 자신의 태실을

---

117 『중종실록』 12년(1517) 11월 23일.
118 『중종실록』 12년(1517) 11월 23일.

세 차례나 옮긴 사실이 이를 말해 준다. 원래 선조의 태는 잠저(潛邸)인 덕흥대원군(德興大院君)의 저택 후원(後園)의 북쪽 솔숲 사이에 묻혀 있었다. 이후 좋은 자리를 골라 묻어야 한다는 조정의 논의에 따라 강원도 춘천에 선조의 태실 예정지를 정했다. 그러나 공교롭게도 이 자리는 예전에 태를 묻었던 곳으로 밝혀져 다시 황해도 강음(江陰) 지방으로 옮겨 태실을 조성하려 하였다. 그러나 이곳에서도 옛날에 묻어 둔 작은 태항아리가 발견되어 역시 태실이 있던 곳으로 밝혀졌다.[119] 다시 깨끗한 자리를 물색한 끝에 임천(林泉)으로 옮겨 묻게 되었다. 『선조실록』에는 당시 굶주린 백성들이 돌을 운반하는 데 동원되어, 태 하나를 묻는 데 그 피해가 3개 도시에 미쳤으므로 식자들이 개탄하였다는 기사가 있다.[120] 당시의 사관(史官)은 이렇게 기록하고 있다. "태봉은 반드시 최고로 깨끗한 자리를 고르기 위하여 이렇게까지 하고 있는데, 이는 의리에 어긋나는 일일 뿐만 아니라 감여(堪輿, 풍수지리) 의 방술(方術)로 따지더라도 근거가 없는 일이다."

율곡(栗谷) 이이(李珥)가 다음과 같이 지적한 안태의 폐단은 이러한 관행에 대한 반감을 잘 예시해 준다.

흉년을 당하여 민생이 도탄에 빠진 때에 대신과 대간(臺諫)이 임금을 바로잡아 민생을 구제하는 데 급급하지 못하고, 태경의 설(設)에 현혹되어 누차 임금의 태를 옮겨 3도의 민력을 다하고도 가엾게 생각하지 않으니, 무어라 해야 하겠는가. 산릉(山陵)을 택하는 것이 태를 묻는 것보다 더 중요한데도 오히려 옛날 무덤을 피하지 않고 남의 분묘를 파내기까지 하는데, 태를 묻는 데만 옛 무덤을 피하는 것은 무슨 일인가. 또 국내의 봉만(峯巒)들은 수

---

119 『선조수정록』 3년(1570) 2월 1일. 당시 관찰사 구사맹(具思孟)은 이를 알리지 않은 채 태실 조성을 추진하여 공사가 마무리 단계에 들어간 뒤에야 조정에서 소문을 듣고 알게 되었다. 이 일로 구사맹은 관찰사직을 삭탈당했다.
120 『선조수정록』 3년(1570) 2월 1일.

효가 한정되고 임금의 역대(歷代)는 무궁할 것이니, 태를 묻는 곳을 두 번 쓰지 못한다면 나중에는 태 묻을 곳을 국외(國外)에 구할 것인가, 이는 계승해 나갈 일이 아님이 분명하다.[121]

선조태실을 옮겨 조성한 것이 흉년이 계속되는 가운데 진행된 것이어서 율곡이 비판한 것이다. 또 사가(私家)의 무덤을 파헤쳐 가며 태실을 조성한 것을 지적하였다. 율곡은 이런 태실 조성의 관행은 한계가 있을 수밖에 없다고 보았다. 이후 1570년(선조 3) 10월 14일 안태사 송인수(宋麒壽)가 선조의 태함(胎函)을 충청도 임천에 안치하고 태실비를 세웠다.[122] 선조의 태실은 현종 및 영조 연간에 수개, 수보, 개수(改修)가 이루어졌다. 모두 태실비석에 대한 수리였다. 이와 관련된 기록으로 『선조대왕태실비석개수의궤(宣祖大王胎室碑石修改儀軌)』(1711), 『선묘조태실비석수보의궤(宣廟朝胎室碑石修補儀軌)』(1727), 『선묘조태실비석개수의궤(宣廟朝胎室碑石改修儀軌)』(1747) 등이 작성되었지만 현재 전하지 않는다.

(3) 인조·현종: 태실에 대한 관심의 부재

인조는 자신의 태실을 봉심(奉審)하는 것을 형식적인 일로 여겨 관심을 두지 않았다. 신하들은 이를 백성들에게 피해를 주지 않기 위한 배려라 하였다. 다만 후일의 표식을 위해 담당 관청으로 하여금 전례를 상고하여 거행하게 하였다. 또한 대전(大殿)과 왕세자의 태장(胎藏)은 봉심하지 말고, 수직군(守直軍)을 정해서 최소한의 관리만 하도록 했다.[123] 이처럼 인조는 태실에 비교적 관심이 없었고, 관련된 기록도 거의 전하지 않는다.

---

121 이이, 『石潭日記』 권上, 융경 4년 경오(1570, 선조 3) 3월.
122 이주환 외, 『조선의 태실』 I, 사단법인전주이씨대동종약원, 1999.
123 『인조실록』 4년(1626) 8월 1일.

『태봉등록』 인조 을유년(乙酉年, 1645) 윤6월 17일 조에는 "지난 계미년 (1643)의 장태 시에 아기태실을 순서에 따라 한 봉우리에 함께 안치(安置)하라는 별도의 전교가 있었다"고 나와 있다. 이는 세조 때의 관행과 유사한 것인데, 기본적으로 태 하나에 한 봉우리씩을 차지하는 번거로움을 덜기 위한 조처이며, 안태가 절대적인 의례로 힘을 갖지는 못했음을 시사해 주는 내용이다.

또한 현종은 왕의 태실에 석물을 단장하는 규례를 잘 알지 못하였다. 1662년(현종 3) 희정당(熙政堂)에서 현종과 정태화(鄭太和)가 나눈 대화의 한 대목에서 이러한 실상을 엿볼 수 있다.

정태화가 아뢰기를 "상께서 즉위하신 후에 태봉의 석물을 즉시 더 설치해야 했는데, 신들이 고사(古事)를 잘 알지 못해 아직까지 거행하지 못했으니, 정말 흠전(欠典)이라 하겠습니다" 하니, 상이 이르기를, "태봉에 석물을 더 설치하는 것이 옛날의 규례(規例)인가?" 하였다. 태화가 아뢰기를, "명종조 (明宗朝)에 관원을 보내 수리한 일이 있었는데, 지금도 해조로 하여금 전례를 상고하여 거행토록 해야 할 것입니다" 하니, 상이 이르기를, "추수 때까지 기다렸다가 하도록 하라" 하였다.[124]

현종의 즉위년에는 태실을 석물로 단장하는 가봉이 이루어지지 못했다. 신하들이 가봉에 대한 이해가 전혀 없었던 것은 의외이다. '고사를 잘 알지 못해'라고 말한 것을 보면 당시 태실가봉의 관행이 거의 단절되어 있었다고 해도 과언이 아닐 것이다. 현종 자신도 태봉에 석물을 가봉하는 것이 옛날의 규례인지를 되물을 정도였다. 또한 그해 7월에 태실에 석물을 가봉하

---

124 『현종실록』 3년(1662) 6월 23일.

려 하였으나 기근으로 인해 이루어지지 못했다.[125] 즉 성상(聖上)태실의 가봉에 관한 규례가 정립되어 있지 않았던 것이다. 인조와 마찬가지로 『현종실록』에도 태실에 대한 기사가 많지 않다. 가봉과 태실이 위치한 대흥현(大興縣)을 군으로 승급한 것은 1681년(숙종 7)에 가서야 이루어졌다.[126] 다만 울산부사 남천택이 문종태실의 금화 구역 안에 전장을 설치한 것에 대하여 논죄한 기사가 『현종실록』에 여러 차례 나온다.[127]

인조와 현종 대에는 앞 시기의 태실 관련 선례가 거의 계승되지 않았고, 태실에 대한 왕의 관심도 그다지 높지 않았다. 한편으로 임진왜란과 병자호란을 겪으며 국가 의례에 관한 서적들이 소실되어 참고할 자료가 없었다는 정황도 고려되어야 할 것이다.

3) 조선 후기의 안태

(1) 숙종: 태실의 정비와 태실 조성 절차의 간소화

숙종 연간에는 기존의 국가 전례가 활발히 정비되었다. 안태의 경우 관행을 준수하는 것보다 태실의 관리에 큰 관심을 두었다. 1678년(숙종 4)에 있었던 태실에 관한 영의정 허적(許積)의 청과 숙종의 명은 기존 안태의 병폐를 논의하며 현실적인 대안을 찾고자 한 노력을 보여 준다. 허적이 말하기를 "태봉에 대한 규정은 어느 때 처음 시작되었는지 알 수 없지만, 왕자도 공주도 옹주까지도 모두 태봉을 갖게 되었으며, 각 태봉마다 산 하나씩을 점유하게 됩니다. 화소를 만들고 석물을 배치하는 일로 인하여, 백성들에게 큰 폐를 끼치게 됩니다. 예전부터 내려오는 규정인데 갑자기 고치기

---

125 『현종실록』 3년(1662) 7월 13일.
126 『숙종실록』 7년(1681) 10월 12일.
127 『현종실록』 7년(1666) 4월 21일.

어렵지만, 태봉의 길지를 따로따로 택하지 말고, 깨끗한 산 하나를 골라서 한꺼번에 나열하여 묻고, 다만 표석만 세우고 석물은 쓰지 않는 것이 마땅합니다"라고 하니, 상이 이르기를 "이제부터 이들 태봉은 따로 만들지 말고, 같은 산에 한꺼번에 만드는 것이 좋겠다"라고 하였다.[128] 숙종은 태실의 개보수에 관심을 가졌고, 안태와 가봉만큼이나 태실의 외양을 유지하는 것도 주요 사안으로 보았다. 개보수는 주로 태실의 비석과 석물을 대상으로 하였으며, 이때에도 그 과정을 기록한 의궤를 제작하여 훗날의 전거(典據)로 남겨 두었다.

1681년(숙종 7)에는 현종의 태실에 석난간을 가봉하였다. 재해와 흉년으로 미처 이루지 못하다가 이때에 이르러 시행했다고 한다. 또한 전례에 따라 태실이 있는 대흥현을 군으로 승격시켰다.[129] 외규장각본 『형지안』에 현종태실의 보수를 마치고 만든 『현종대왕태실석물가봉의궤(顯宗大王胎室石物加封儀軌)』(1681)가 기록되어 있다. 이외에도 숙종 연간에 이루어진 태실 석물수보에 대한 의궤로는 『인묘조태실석물수보의궤(仁廟朝胎室石物修補儀軌)』(1680), 『태조조태실석물수개의궤(太祖朝胎室石物修改儀軌)』(1686), 『명종대왕태실석물비석수개의궤(明宗大王胎室石物碑石修改儀軌)』(1711), 『현종태실수개의궤(顯宗胎室修改儀軌)』(1711) 등이 있으나 현재 전하지 않는다.

숙종은 1684년(숙종 10) 공주(公州) 경계에 있는 진산군(珍山郡)의 태조태실에서 백성들이 함부로 땅을 경작하고 나무를 베었으므로, 관찰사로 하여금 이를 엄중히 다스려 금단(禁斷)하게 하는 등 태실의 관리에 관심을 기울였다.[130] 이후 1686년에는 태조의 태실에 조성된 석물을 수리하였다.

1711년(숙종 37)에는 호서 지방에 있는 명종, 선조, 현종태실의 비와 비문

---

128 『태봉등록』 기묘년(1678, 숙종 4) 6월 24일; 국립문화재연구소, 『국역 태봉등록』, 2006, 62쪽.
129 『숙종실록』 7년(1681) 10월 12일.
130 『숙종실록』 10년(1684) 8월 29일.

(碑文), 상석(床石) 등을 보수하였다. 서산에 있는 명종태실은 비석이 손상되어 다시 세웠고, 임천에 있는 선조태실은 비석의 자획이 마멸되어 전면(前面)을 갈아 다시 새겼으며, 대흥에 있는 현종태실은 상석을 다시 개축하였다.[131] 이때 현종태실의 석물수개에 대해서는 별도의 『현종태실수개의궤』(1711)를 남겼다. 비석의 개수와 수개로 구분된 공사였다. 이러한 노력은 후대에 선왕의 태실을 수리하는 선례가 되었으며, 영조 대에 이르러 더욱 본격적으로 진행되었다.

(2) 영조 대 안태의례의 개선과 정비

영조는 의례와 정례(定例) 등의 규례를 정비하면서 예산을 절감하고 절차를 간소하게 할 것을 여러 차례 지시하였다. 이러한 입장은 안태의례에 대한 여러 조치에서 예외 없이 적용되었다. 대표적으로는 안태 범위의 축소, 형제의 태를 같은 장소에 묻어 절차를 간소화하는 동강동태론(同岡同胎論)의 제시, 그리고 궁중의 어원(御苑)을 안태의 장소로 삼은 일 등이다. 이러한 조치는 매우 혁신적인 사례이지만, 영조 대 이전에는 안태의례가 관행대로 지속되었고, 특별한 개선의 노력이 없었음을 짐작하게 한다.

① 안태 범위의 축소

영조는 왕자들의 태실에 차등을 두고자 했다. 예컨대 세자의 적실(嫡室) 소생 자녀를 제외한 왕손은 태실을 만들지 못하게 하였다.[132] 영조는 이를 원칙으로 삼아 새로 태어난 왕손의 안태를 국법에 없다는 이유로 허락하지 않았다. 왕실 내 왕자녀의 안태는 원자와 원손이 1등, 대군·공주가

---

131 『숙종실록』 37년(1711) 10월 22일.
132 『영조실록』 30년(1754) 2월 5일.

2등, 왕자·옹주가 3등으로 나누어져 있었다.[133] 이 기준에 따라 왕손은 태봉을 만들지 않는다고 한 것이다. 이에 대해 영의정 김재로는 대군·왕자·공주·옹주는 예외 없이 태봉을 두는 것이 고례(古禮)임에 비해 왕손의 안태는 전례가 없는 일이지만, 동궁이 낳은 왕손은 사저에서 태어난 왕손들과 사체(事體)가 다름을 강조하여 태실을 두도록 윤허를 받았다.[134] 결국 영조는 왕손에 대해서는 세자의 적실 소생 자녀까지만 태실을 조성할 수 있도록 범위를 한정했다.

영조는 또한 세자의 자녀에게 적용되는 안태의 관행과 절차에 대해서도 새로운 원칙과 차등을 둔 적용기준을 마련하였다. 『영조실록』에서 대표적인 사례 하나를 소개하면 다음과 같다.

"봉태하는 한 가지 일은 원손 이외에 대군·왕자도 차등을 두어야 한다. 세자의 여러 중자(衆子)·군주(郡主, 왕세자의 정실에게서 태어난 딸에게 주는 정2품의 봉작)·현주(縣主)의 장태에는 안태사를 차출하지 말고 다만 중관(中官)이 관상감의 관원과 함께 묻어 두되 석함은 쓰지 말 것이며, 석물군(石物軍)에 5명을 쓰고 담여군(擔舁軍)에 2명을 써서 가자(架子)에 담아 유둔(油芚)으로 덮고 돌을 세워 두었다가 봉태하기를 기다려 거행하라. 무릇 장태하는 곳은 번번이 먼 도로 의정(擬定)하여 들이는데, 이 뒤로는 반드시 가까운 도에 정하여 민폐를 덜도록 하라"하였다.[135]

태를 봉안함에 있어 원손 이외에 대군·왕자도 차등을 두도록 한 것을

---

133 『태봉등록』 계미년(1643, 인조 21) 8월 13일에는 임진왜란 이전에 작성된 장부에서 1등, 2등, 3등을 분명히 상고할 수 있다고 하였다. 그리고 세 곳의 후보지를 올려 한 곳을 낙점하는 것이 규례라 하였다.

134 『영조실록』 30년(1754) 2월 11일.

135 『영조실록』 30년(1754) 3월 22일.

보면, 이전에는 이러한 구분이 뚜렷하지 않았던 것으로 추측된다. 특히 세자의 자손들의 안태는 안태사가 아닌 담당 내관이 관상감의 관원과 함께 맡도록 하였다. 안태를 하게 될 주인공의 지위에 따라 의례의 격에 차이를 둔 것이며, 이를 통해 안태의 공식적인 성격을 약화시킨 것이다. 더 세부적으로는 세자의 자손들은 석함을 쓰지 못하게 하였고, 석물군 5명과 담여군 2명만을 쓰게 하였다. 특히 주목할 만한 것은 안태하는 날짜가 될 때까지 태를 가자에 담아 태실에 들인 뒤 유둔으로 덮고 돌을 세워 두도록 한 점이다. 즉 안태일까지 태를 간수하는 절차를 간소화하여, 특별한 의절을 하지 못하게 한 것이다. 또한 민폐를 줄이기 위해 안태의 장소를 멀리 있는 도에 정하지 말고 가까운 도에 정하도록 하였다. 이러한 영조의 조치는 곧바로 시행되었던 것으로 보이며, 영조가 왕실의례에 관하여 실행한 일련의 개선 사업과도 맥락을 같이한다.[136]

다음은 왕의 태실에 적용하는 석물가봉 사례이다. 가봉은 특히 석물을 많이 사용하는 공사였기 때문에 지방 백성들의 고초가 심하였다. 태실의 규모를 축소하여 민생을 살피고자 한 영조의 생각은 석물가봉에서도 예외가 아니었다. 이를 간략히 살펴보면, 첫째, 영조는 자신의 태실을 가봉하는 규모를 줄이고자 했다. 국왕의 태실을 석물로 단장하는 가봉의례는 안태에 이은 후속 의례였다. 영조는 우선 자신의 태실을 가봉할 때 금표의 범위를 늘리지 말고, 석물도 축소할 것을 명하였다. 선왕의 태실 금표는 그대로 유지하되 자신부터는 이를 늘리지 않겠다는 뜻을 분명히 한 것이다.[137] 또한 태실가봉 시에 상석과 비석의 크기도 줄이도록 전교하였다. 이 문제는 이를 반대하는 대신들과의 논쟁으로 이어졌다. 대신들은 석물의 크기는

---

136 영조는 국가의 재정과 혼례 등에 지침이 되는 여러 정례서인 『度支定例』(1749), 『國婚定例』(1749), 『宣惠廳定例』(1750), 『尙房定例』(1752) 등을 펴낸 바 있다.

137 『영조실록』 2년(1726) 9월 25일.

사리와 체모(體貌)가 걸려 있는 문제라고 하였다. 그리고 석물의 크기를 줄인다 해도 민폐를 줄이는 효과는 미흡하다는 의견이었다. 신료들은 또 공사에 걸리는 시간은 석재 채취 장소의 원근에 따른 문제라고 보았고, 석물의 크기를 줄이는 것은 옳지 못한 일이라 하였다.[138]

이에 대해 영조는 선조(先朝)에서는 왕릉의 석물제도도 줄여서 제작하였으므로 태실의 표석도 예외가 될 수 없다고 반론하였고, 왕자의 태실을 줄이는 것과 가봉은 다르다는 점도 강조하였다. 또한 석물을 1/3만 줄인다면 다른 석물의 크기도 같이 줄어 운반하는 데 나을 것이라 하였다. 자신이 이를 솔선하여 행하면, 뒷날에 이를 정식(定式)으로 삼아 준행할 것이며, 나아가 오늘날의 민폐를 제거할 뿐 아니라 뒷날의 폐해를 없애는 방도가 될 것이라고 하였다.[139] 비용의 절감과 백성의 피해를 덜어 주기 위한 조치였다.

② 동강동태론

영조는 안태에 대한 선왕조의 사례를 살펴보는 데 적극적인 관심을 보였다. 안태가 왕실의 오랜 관행이자 의례라는 데는 이견이 없었으나, 그 폐단을 보완할 수 있는 방안을 선대의 기록에서 찾아 효율적인 안태의 관행을 마련하고자 했다. 대표적인 사례가 재위 34년(1758) 숭문당(崇文堂)에서 반포한 태봉에 대한 윤음(綸音)이다. 전문을 옮겨 보면 아래와 같다.

"이제 상고해 온 『실록』을 보니, 광묘(光廟)의 잠저 때 태봉이 성주 선석산에 있는데, 여러 대군과 여러 왕자의 태봉이 같이 있기 때문에 예조에서 다시 봉(封)하기를 청하매, 그때 민폐를 위하여 동태(同胎)의 매장에 관한 하교가 있었는데, 단지 다시 돌만 세우게 하였으니, 아름답고 거룩하다. 이로써 보

---

138 『태봉등록』 기유년(1729, 영조 5) 9월 5일; 국립문화재연구소, 『국역 태봉등록』, 2006, 190쪽.
139 『영조실록』 5년(1729) 8월 29일.

　　　　　　　　　　　　　　　　　　제2장　조선왕실의 안태의례

건대, 근래에 태봉을 반드시 봉정(峯頂)에 하는 것은 바로 그릇된 예(例)이고 또 예조의 초기(草記) 가운데에 '동강(同崗)'이란 두 글자로써 보더라도 정상(頂上)이 아님을 알 수 있다. 동태의 아우를 형의 태봉 아래에 묻고 손아래 누이를 손위의 누이 태봉 아래에 묻는 것은 이치의 떳떳함이다. 하물며 예전의 고사가 있으니, 비록 동강에 묻는다 하더라도 무슨 혐의로움이 있겠는가? 지금은 한 태를 묻는 데에 문득 한 고을을 이용하니, 그 폐단은 이루 다 말할 수 없다. 이것도 마땅히 조종의 제도를 본받아야 될 것이니, 이 뒤로는 새로 정하지 말고 차례로 이어서 묻되, 한 산등성이가 비록 다하였을지라도 한 산 안에 또 다른 산등성이를 이용할 것이며, 그 이어서 묻는 곳은 서로의 거리가 2, 3보에 지남이 없도록 하라. 이른바 동생을 형의 태봉 아래에 묻는다는 것이다. 세자와 여러 서자(庶子)의 장태는 이미 그냥 두라고 명하였으나, 이 뒤에는 비록 여러 적자(嫡子)와 군주가 있을지라도 원손과 두 군주의 장태한 산을 같이 이용할 것이며, 일후에 대군·왕자 이하의 장태도 그렇게 하도록 하라. 대(代)의 멀고 가까움을 구애하지 말고 산등성이가 다하는 것으로 한정할 일을 운관(雲觀)에 분부하라" 하였다.[140]

영조는 선대의 안태 관행을 살피기 위해 실록을 꾸준히 검토하였다. 그 가운데 성주 선석산에 조성한 세조와 여러 대군 및 왕자들의 태실에 관한 기록을 자세히 살폈다. 세조가 즉위한 이후 여러 신하들은 국왕의 태실을 다른 곳으로 옮겨 왕의 격에 맞게끔 석물로 단장하자는 의견을 냈다. 그러나 "형제가 태를 같이하였는데 어찌 고칠 필요가 있겠는가"라며 태를 옮기지 말고 돌만 세우게 한 세조의 하교에 주목하였다. 영조가 세조의 이러한 결단을 아름답고 거룩한 일이라 한 것은 민폐를 덜기 위한 배려로 보았

140 『영조실록』 34년(1758) 3월 24일.

기 때문이다. 여기에 근거하여 영조는 태봉을 반드시 봉정에 할 이유가 없으며, 하나의 봉우리를 정해 아우를 형의 태봉 아래에 묻고, 손아래 누이를 손위의 누이 태봉 아래에 묻는 것이 떳떳한 이치라 하였다. 즉 형제들의 태를 한 봉우리에 함께 묻는 동강동태를 안태의 새로운 방안으로 제시한 것이다.

영조는 아울러 태 하나를 묻는 데 한 고을을 이용하는 오랜 관행을 폐단으로 지적하였다. 따라서 태를 하나의 산등성이에 이어서 묻되, 한 산등성이가 다 차면 한 산 안에 있는 다른 산등성이를 이용하도록 했다. 또한 여러 적자와 군주, 대군과 왕자의 장태도 산을 같이 이용할 것이며, 태실의 거리가 2, 3보에 지남이 없도록 하라고 했다. 그리고 대의 멀고 가까움을 구애하지 말고 산등성이가 다 채워질 수 있도록 실행할 것을 관상감에 지시하였다. 영조는 이러한 방안이 길지를 찾기 위해 여러 곳에 관리를 파견하는 번거로움과 고충을 없애는 좋은 방안이라 생각했다. 영조는 세종 대에 조성한 성주 선석산의 태실을 따라야 할 모범으로 여겼고, 안태의 폐단을 바꾸기 위한 대안으로 삼았던 것이다.

영조의 동강동태론 조치는 매우 혁신적인 일이었다. 재위 30년 동안 겪어 온 안태의 관행에 대한 오랜 고심이 있었기에 현실적인 개선책을 낼 수 있었던 것이다. 이는 세종과 세조의 훌륭한 선례를 계승한다는 차원에서 볼 때도 더욱 명분이 서는 일이었다. 따라서 영조의 개선안은 이후의 안태에 매우 강도 높은 원칙으로 작용할 수 있었다. 비효율적인 관행을 고치고 백성과 관리들의 고충을 줄이고자 한 영조의 결단은 민생을 가장 상위 개념에 두고자 한 생각과 노력의 결과였다.

③ 궁중 어원의 안태

1758년(영조 34)의 윤음을 통해 주장한 영조의 안태 관련 개선책은 다시

한번 큰 변화의 계기를 만나게 된다. 동강동태라는 새로운 안태 원칙을 하교한 지 7년 만인 1765년 영조는 매우 이례적인 명을 내렸다.[141] 앞으로의 안태는 어원의 정결한 곳에 도자기 항아리에 담아 묻는 형식으로 하겠다는 것이었다. 안태의 장소를 지방이나 하나의 산봉우리가 아니라 궁궐 안으로 정한 것은 획기적인 조치가 아닐 수 없다. 영조가 이전의 명을 바꾸어 새롭게 명을 내린 이유는 무엇일까?

영조의 이러한 결단은 위장(衛將)이 구궐(舊闕)인 경복궁의 근처에서 석함 하나를 얻어서 바친 일이 계기가 되었다. 영조가 석함을 가져오게 하여 살펴보니, 태를 담아 봉한 것이었다. 석함의 겉면에 "왕자로 을사년 5월 일 인시에 태어났다(王子乙巳五月日寅時生)"고 새겨져 있어 즉시 보략(譜略)을 상고하여 찾아보게 하였다. 이 일로 과거에 태를 담은 항아리를 태실이 아닌 궁궐의 후원에 묻었음을 알게 된다. 영조는 하교하기를 "장태의 폐단은 내가 익히 아는 바이다. 고례를 고치기 어려우나, 지금 구궐에서 장태한 석함을 보니 중엽 이후의 일이다. 지금부터 장태를 할 때는 반드시 어원의 정결한 곳에 도자기 항아리에 담아 묻게 하고 이로써 의조(儀曹)에 싣게 하라" 하고 이를 정식으로 삼게 하였다. 어원에 태를 묻은 선례도 그렇지만, 이를 정식으로 삼게 한 영조의 조치는 파격적인 일이었다. 이로 인해 1758년의 윤음을 통한 동강동태론의 조치는 중단되었고, 7년간만 존속된 셈이 되었다.

영조의 동강동태론과 어원의 장태는 안태의 새로운 원칙과 적용기준을 제시한 것이었다. 앞서 단행한 한 산자락에 여러 개의 태실을 두는 것은 이전 시기에 하지 못했던 효율적인 개선책에 속한다. 그러나 안태의 장소를 궐내의 정결한 곳으로 삼은 것은 선례에 비추어 볼 때 매우 파격적인 방안이었다. 태를 묻기 위해 전국에서 길지를 찾던 단계에서 하나의 산자락을

---

141 『영조실록』 41년(1765) 5월 13일.

태실의 범위로 정한 것은 큰 변화인데, 더 나아가 궁궐의 어원으로 태실을 한정한 것은 강도 높은 개선책이라 하지 않을 수 없다.

물론 이것이 모두 지켜진 것은 아니지만 합리적인 개혁을 추진하고자 한 영조의 부단한 노력을 엿볼 수 있다. 어원에 안태하게 한 영조의 조치는 "을유년(1765)의 전교"로서 훗날 오래도록 거론의 대상이 되었다. 정조 대에 가서는 영조의 전교를 두고서 해석상의 논쟁이 벌어지기도 하였으나 영조의 개선책이 이후 적용되었을 가능성이 높다. 국립문화재연구소에서 조사한 「전국 조선왕실 태봉 목록」에 보면, 영조 연간에 왕자녀들의 태를 지방의 태봉에 묻었다는 기록은 보이지 않는다.[142]

(3) 정조 대 안태의례의 개선과 정비

정조 대의 안태의례는 영조 대에 결정된 관행을 따르면서도 여러 개선책이 새롭게 정립된 시기였다. 이런 실상은 1783년(정조 7)의 문효세자(文孝世子)와 1790년에 있었던 원자의 안태 절차를 통해 구체적으로 살필 수 있다. 여기에 대해서는 1783년과 1790년에 만든 『원자아기씨안태등록(元子阿只氏安胎謄錄)』이 전하고 있어 자세한 내용을 파악하는 데 도움이 된다. 1783년의 안태가 영조 대의 관행을 충실히 따랐다면, 1790년의 안태는 정조가 추진한 혁신적인 조치가 보다 선명하게 드러난 사례였다. 아래에서는 이러한 개선책의 각 사례를 살펴봄으로써 정조 대에 있었던 안태가 이전과 어떻게 다른가를 알아보기로 한다.

① 영조 을유년(乙酉年, 1765)의 전교와 실행의 문제

정조의 원자인 문효세자의 태실은 경상도 예천군(醴泉郡) 용문산 아래로

---

142 국립문화재연구소, 『조선왕실의 胎峰』, 2008, 38쪽.

정해졌다. 안태의 길일은 1783년(정조 7) 9월 6일이었다. 안태일의 결정이 있기 전까지 안태를 둘러싼 여러 가지 일이 논의되었다. 정조는 안태와 관련된 사안에 있어 영조의 수교(受敎)를 철저히 따르고자 하는 태도를 보였다. 그러나 신료들의 관건은 영조의 을유년 전교를 어떻게 해석하고 실행할 것인가였다.

1783년 4월 27일, 원자(문효세자)의 태를 봉하는 일에 관하여 예조판서 서호수(徐浩修) 등이 상소를 올렸다. 요지는, 선왕의 수교를 살펴본 결과 '어원에다 태를 묻도록 정하라'고 한 것은 옛 대궐 안에서 얻은 석함에 새겨진 글로 인한 것인데, 여기에서 중요한 점은 등급을 살펴야 한다는 것이었다. 즉 태를 봉안하는 등급은 1등, 2등, 3등으로 구분되는데, 세자와 원자에 해당하는 역대의 1등 태봉은 모두 전국의 길지에 자리 잡고 있으며, 대궐 안에 있지 않음을 강조하였다. 따라서 석함에 있는 태는 2등 이하라는 것이 분명하다는 입장이었다. 영조의 수교에는 1, 2등의 구분이 없었지만, 석함이 2등 이하에 적용되는 것이라면 1등의 경우는 의절이 달라야 함을 역설했다. 여기에 대해 정조는 이 일을 대신들끼리 논의한 다음 다시 품처하라고 하였다.[143] 서호수를 비롯한 신하들의 상소는 정조에게 상당히 설득력 있게 전달되었다.

그다음 날, 신료들은 태실의 등급에 대한 연명 상소(上訴)를 올렸다. 내용은 첫째, 국초 이래로 열성조의 태봉은 모두 명산(名山)에 있었다는 것, 둘째, 어원에 태항을 묻는 것은 전례(典例)로 삼을 만한 기록이 없고 영조의 전교도 2, 3등에 국한된 것이라는 점, 셋째, 어원에 석함을 묻을 경우 돌에 표식을 새겨야 하는데 이것은 궁중의 예법에 맞지 않는다는 것이었다.[144] 그럼에도 불구하고 정조는 어원에다 태를 묻고자 한 선왕의 수교가 2등 이하

143 『정조실록』 7년(1783) 4월 27일.
144 『정조실록』 7년(1783) 4월 28일.

에 해당한다는 사실에 확신을 갖지 못했다. 그러나 이 석함이 만약 정말로 2등 이하에 적용된 것이라면, 명산에 태봉을 둔 1등 태실의 전례를 따르지 않을 수 없었다. 이에 대한 판단은 원자의 안태와 관련된 것이기에 계속 유보할 수도 없었다. 대궐 안에는 이미 안태할 만한 곳이 없다는 점도 고려해야 할 이유였다.[145] 따라서 정조는 문효세자의 태실을 이전에 정한 태봉 자리로 확정하고 규례대로 거행할 것을 명했다. 이러한 과정을 거쳐 문효세자의 태실은 경상도 예천군 용문산 자락에 조성될 수 있었다.

문효세자의 태실은 처음에 원주로 정했는데, 태실 근방에 민총이 발견되자 정조가 민총을 옮기는 폐해를 없애기 위해 아예 태봉지를 예천으로 옮겨 정하도록 하였다. 물론 시행 이전 단계에서 내린 판단이었다. 그리고 정조는 "태항아리 하나를 간수하기 위해 사람들의 총묘(塚墓)를 옮기는 것은 내가 차마 할 수 없는 일"이라 하였다.[146] 민생을 염두에 둔 이러한 배려는 영조의 애민의식이 반영된 의지의 표명이었다.

원자의 경우는 1등 태실이므로 궁궐 밖의 길지에 조성했지만, 2등 이하의 공주, 옹주의 태실은 궐내에 묻도록 한 것으로 추측된다. 정조는 2등 이하는 옛 규례에 따라 반드시 내원의 정결한 땅에 묻도록 한 영조의 명을 충실히 이행하고자 했다. 첫 번째 사례가 1793년(정조 17) 정조와 수빈 박씨(綏嬪朴氏)의 사이에서 태어난 서녀(庶女) 숙선옹주(淑善翁主, 1793~1836)의 태를 내원(內苑)에 묻은 일이었다. 여기에 대해『정조실록』에는 다음과 같은 내용이 있다.

갓 난 옹주의 태를 내원에 묻었다. 우리나라의 옛 고사에 왕자나 공주·옹주가 태어날 때마다 유사가 태를 묻을 곳 세 곳을 갖추어 올려 낙점을 받아

145 『정조실록』 7년(1783) 7월 5일.
146 『정조실록』 7년(1783) 8월 5일.

서 안태사를 보내 묻곤 하였다. 그런데 영조 갑술년(1754)에는 명하여 군주의 태를 묻을 적에 안태사를 보내지 말고 다만 중관을 시켜 묻도록 하였다. 그러다가 을유년(1765)에 태를 담은 석함을 경복궁의 북쪽 성 안에서 얻고 서야 비로소 중엽 이전의 옛 규례는 내원에 묻었음을 알았다. 그러고는 명하여 앞으로 태를 묻을 때는 반드시 내원의 정결한 땅에 묻도록 하였다. 그런데 이때에 이르러 유사가 옹주의 태를 묻을 의식 절차를 품하자, 상이 선왕조의 수교를 준행하여 이날 주합루(宙合樓)의 북쪽 돌계단 아래에 태를 묻게 하였다.[147]

영조는 1754년(영조 30) 군주의 태를 묻을 적에 차등을 두게 하였다.[148] 예컨대 안태사가 아닌 내관을 보내 묻도록 하여 절차와 인력을 축소하고자 했다. 이는 앞서 살펴본 것처럼 안태제도에 대하여 영조가 취한 개선책의 하나였지만, 실행된 기간은 길지 못했다. 1765년 궁궐에서 석함을 얻은 뒤 이를 선례로 삼아 내원에 태를 묻게 하였으나, 이는 태실의 등급에 따라 2등 이하에 적용되는 것으로 결정을 보게 되었다. 1등 태봉은 명산의 길지를 찾아 궐 밖으로 나갔고, 2등 이하의 안태만 내원으로 한정한 듯하다. 정조는 무엇보다 선왕의 뜻을 계승한다는 명분으로 이를 실행하고자 했던 것으로 추측된다.

② 안태 규모의 축소

1783년(정조 7)의 문효세자의 태실 조성에 민폐가 없도록 하라는 정조의 전교에 따라 관상감에서는 규모의 축소와 관련된 절목(節目)을 만들어 보고하였다. 정조는 안태지로 내려가는 인원이 너무 많음을 지적하면서 인원

147 『정조실록』 17년(1793) 4월 8일.
148 『영조실록』 30년(1754) 3월 22일.

을 줄이라 하였다. 그 내용은 「별단(別單)」으로 작성되었는데,[149] 역군(役軍)은 원래 정해진 350명에서 임신년(1752)에 200명으로 줄였고, 이번에는 150명으로 줄이며, 민력은 쓰지 않고 저치미(儲置米)로써 고군(雇軍)을 쓰겠다고 하였다.[150] 이외에도 원역(員役) 등 수행 인력을 줄여서 운영한다는 내용이 포함되었다. 또한 주시관(奏時官, 시간을 알리는 직책)은 미리 보내지 말고 태를 모시고 갈 때 동행하도록 하고, 개기와 시역 시에는 감역관(監役官)으로 하여금 검찰하도록 하였다. 이 또한 인력을 줄이는 방도였다. 감역관은 금루서원(禁漏書員)을 거느리고 거행하였고, 누자봉안청(樓子奉安廳)과 안태사 이하 제관(諸官)이 거처할 가가(假家)는 만들지 않도록 하여 민폐를 줄였다. 안태사 이하 데려갈 원역은 가급적 수를 줄였고, 군관도 인원을 적게 하여 외읍(外邑)에서 음식과 역마(驛馬)를 제공받는 폐단을 최소화하고자 했다. 정조는 이 과정에서 단호한 의지를 보였다.

예조의 계목(啓目)에는 태실 조성에 들어갈 잡물을 첩보한 대로 본도(本道)와 각 해사(該司)로 하여금 규례를 살펴 거행하도록 조치한 내용이 있다.[151] 태봉이 있는 예천군을 비롯하여 인근 22개의 군현에 안태에 필요한 제반 물품인 잡물을 나누어 준비하도록 분정하였다.[152] 잡물은 석물을 마련하여 표석을 만드는 장비, 감역관에게 제공할 음식물, 어람용(御覽用) 등록을 만들 재료 등이었다.

을유년(1765) 이후로 2등 이하는 궁궐에 묻는 것이 관행이 되었던 것으로 추측된다. 이후 왕자녀들의 태를 묻었다는 장소나 기록이 발견되지 않았으므로 궁궐에 태를 묻는 관행이 실제로 예외 없이 실행되었다고 볼 수 있다.

---

149 『元子阿只氏安胎謄錄』; 국립문화재연구소, 『국역 안태등록』, 민속원, 2007, 57쪽.
150 저치미는 각 지방에서 각종 세곡으로 받아들인 쌀로, 이를 저축하여 두고 관수물자의 조달에 사용했으며, 춘대추납(春貸秋納)의 구황(救荒)에도 사용하였다.
151 『元子阿只氏安胎謄錄』; 국립문화재연구소, 『국역 안태등록』, 민속원, 2007, 61쪽.
152 『元子阿只氏安胎謄錄』; 국립문화재연구소, 위의 책, 68~69쪽.

③ 정조 경술년(庚戌年, 1790)의 개선과 정비

경술년인 1790년(정조 14)에 정조의 원자(훗날의 순조)가 태어났다. 태실은 충청도 보은현(報恩縣) 내속리하(內俗離下)로 정해졌다. 정조는 1790년 6월 24일의 전교를 통해 안태할 길일을 가까운 날로 정하고, 해당 관청과 제조로 하여금 전례를 살펴서 진행하되 민읍에 폐를 끼치는 일을 줄이라 하였다.[153] 이러한 원자의 태실 조성 과정에서 정조가 실행한 추가적인 개선책을 살필 수 있다.

1790년 7월 7일, 상지관 조홍도(趙弘度)의 보고를 받은 정조는 안태할 처소로 충청도 보은현을 단망(單望)으로 올리게 하였다. 그리고 석물은 마련하지 말고 안태항(安胎缸)만 봉안하라는 이례적인 명을 내렸다.[154] 여기에서의 석물은 태항아리를 담아 땅에 묻는 석함을 말한다. 정조는 석함을 없애고 땅에 바로 태항아리를 묻고자 하였다. 이처럼 석물을 마련하지 말도록한 것은 선례가 없던 일이다.

또한 정조는 안태할 때의 모든 거행 내역을 홀기(笏記)로 써서 들이도록하였다. 그리고 홀기의 내용 중에서 바꾸어야 할 세부 내역을 직접 써서 내려 주었다.[155] 이를 옮겨 보면 '표 5'와 같다.

홀기의 항목은 안태에 필요한 인원과 물자의 규모를 써서 올린 것이고, 정조의 서하 내용은 여기에 대해 정조가 취하고자 한 내용을 기록한 것이다. 태실을 구성하는 옹석, 개석, 내지석 등에는 석물을 사용하지 말고 와옹(瓦瓮)과 와석을 쓰도록 하였다. 역군 100명은 부근에 사는 백성들을 쓰되저치미로써 역가를 주고 부리도록 하였다. 승군 100명은 '除之事', 즉 제외하라고 썼다. 이전에 늘 동원되던 승군을 없앤 점이 주목된다. 태항 봉안

153 『元子阿只氏安胎謄錄』; 한국학중앙연구원 장서각, 『조선왕실의 출산문화』, 이회, 2005, 68쪽.
154 『元子阿只氏安胎謄錄』; 한국학중앙연구원 장서각, 위의 책, 69쪽.
155 『元子阿只氏安胎謄錄』; 한국학중앙연구원 장서각, 위의 책, 72~73쪽.

표 5 　원자 안태 시의 홀기와 정조의 서하(書下) 내용

홀기의 항목	정조가 써서 내린 내용
석물(石物) 옹석(瓮石) 개석(盖石) 내지석(內誌石)	와옹(瓦瓮)이면 충분하다. 옹석과 개석은 그만두고, 내지석은 더더욱 긴요하지 않으니 그만두라[瓦瓮足矣. 瓮石及盖石, 置之, 內誌石, 尤不緊, 置之事].
역군(役軍) 100명(一百名)	부근에 사는 백성들의 저치미(儲置米)로써 역가(役價)를 주고 부리도록 하되, 이미 석물이 없는 이상에는 역군 또한 어찌 많이 부리겠는가[以附近居民, 儲置米給價使用, 旣無石役, 則亦何必多用事].
승군(僧軍) 100명(一百名)	제외하라[除之事].
태항(胎缸) 봉안 시(奉安時) 각사진배(各司進排)	
누자(樓子)	지위 없앴음[抹下].
단목칠궤(丹木漆櫃)	태항을 들여놓을 수 있도록 마련하되 그 길이와 폭이 서로 걸맞도록 하는 일은 난모가(煖帽家)와 같이 하라[容入措備, 長廣相稱, 如煖帽家事].
태항결과잡물(胎缸結裹雜物)	규례에 따라 하라[依例爲之事].
담지군(擔持軍) 30명(三十名)	궤자가 아주 작으니 적의(適宜)하게 명수(名數)를 정하라[櫃子旣小量, 宜定數事].
인로(引路)	
사령(使令)	
안태사(安胎使)	
종사관(從事官)	지위 없앴음[抹下].
감역관(監役官)	본읍과 수령을 맡으라[本邑守令事].
배태관(陪胎官) 본감관원(本監官員)	주시관과 전향관이 겸임하라[奏時兼傳香官事].
장태시제종(藏胎時諸種) 자해도분정거행(自該道分定擧行)	

시 각사에서 준비할 물품에는 아무 기록을 남기지 않았다. 이는 그대로 둔다는 뜻이다. 누자는 쓰지 말라는 뜻으로 지웠다. 단목(丹木)으로 만든 칠궤(漆櫃)는 태항을 들여놓을 수 있도록 마련하되 길이와 폭이 서로 걸맞도록

하라고 적었다. 담지군 30명에 대해서는 궤자가 아주 작으니 명수를 적당히 줄여 정하도록 하였다. 인로, 사령, 안태사는 그대로 두었고, 종사관은 없애라는 뜻으로 지웠다. 감역관은 본읍 수령이 맡으라 하였고, 배태관은 관상감의 관원이 맡되 주시관겸전향관(傳香官)이 겸임하라고 하였다.

이러한 과정을 통해 정조는 안태에 투입되는 인원의 규모를 대폭 축소하였다. 가장 큰 관건은 석물을 쓰지 못하게 한 것이다. 여기에 따라 석물과 관련하여 투입할 인원도 감축할 수 있었다. 무엇보다도 승군 100명을 줄인 것이 가장 큰 인력의 절감이었다. 이러한 정조의 조치는 이전의 관행에 비해 파격적이다. 정조는 자신의 생각을 다음과 같이 부연했다.

"'안태하고 장태할 때 쓸 잡물과 역민(役民)에 대해서는 모두 저치미를 사용하되, 한결같이 서하한 대로 거행하라'는 뜻을 관상감에게 즉시 말을 잘 만들어 행회(行會)하도록 하고, … 한 가지 물건이라도 백성으로부터 거두거나 한 사람의 백성이라도 역가(役價)를 치르지 않고 사역할 경우에는 도백(道伯)과 지방관(地方官), 그리고 봉명(奉命)한 사람을 처벌할 것이다. 이로써 엄히 신칙하라. 돌[石]이라는 이름을 지닌 물건은 일절 쓰지 말라. 나는 등극한 이후에도 역시 백성들에게 폐 끼치는 일을 염려한 나머지 태봉한 데에 가축(加築)하는 일을 아직까지 윤허하지 않았는데, 하물며 이번의 일이겠는가. … 또 더군다나 한결같은 생각으로 마음을 졸이며 일을 크게 벌이고자 하지 않는 경우임에랴. 이 하교를 들은 뒤에는 비록 아래로 경사(京司)의 이예(吏隷)들과 본읍의 관속(官屬)들이라 할지라도 어찌 혹시나마 이 일을 빙자하여 민읍(民邑)에 폐를 끼치겠는가. 이러한 뜻을 아울러 등서(謄書)하여 관문으로 분부하라" 하였다.[156]

---

156 『元子阿只氏安胎謄錄』; 한국학중앙연구원 장서각, 위의 책, 69~70쪽.

위의 글에는 잡물의 규모를 줄이고 백성에게 피해를 끼치지 않도록 하라는 정조의 의도가 잘 나타나 있다. 잡물을 거둔 대가나 노역의 대가를 저치미로 지급하게 하는 등 모든 노역의 행위에 보상을 해 준다는 것이 정조의 원칙이었다. 또한 어사(御使)를 보내어 실정을 파악할 것이며, 백성들로부터 물건을 거두거나 역가(力價)를 치르지 않고 사역할 경우에는 명을 받든 사람을 처벌할 것이라 하였다. 이는 백성들을 현장에서 살피는 관리들의 행위에 초점을 둔 후속 조치였다. 특히 '돌'이라는 이름의 물건을 쓰지 말게 한 대목이 매우 인상적이다. 정조는 안태의 과정에서 백성을 가장 고통스럽게 하는 것이 석물을 다루는 일이라고 보았다. 자신의 태실을 가봉하지 못하게 한 것도 이를 고려한 조치였다고 말했다.

『원자아기씨안태등록』을 보면, 준비할 물품 가운데 석물과 관련된 것은 모두 빠져 있다. 관상감에서는 안태에 석물을 쓰지 않으면 일이 간소해져 인력을 사용하는 날이 불과 수삼 일에 지나지 않을 것이라 했다. 안태 과정에서 동원된 인력과 물품을 보면, 석물을 사용하지 않았으므로 이전의 등록에 기록된 조역석수, 야장(冶匠), 각자장(刻字匠), 사토장(莎土匠) 등의 장인(匠人)과 뇌록(磊綠), 석회(石灰), 법유(法油) 등의 물품이 빠져 있다. 와옹은 석물의 대안으로서 호서(湖西) 지역의 연석(軟石)이 적합하다고 했다. 민간에서 이 연석에 구멍을 뚫어 그릇을 만들기도 하는데, 다루기는 지극히 쉽고 공력은 기와를 구워 내는 것보다 더 절약된다고 하였다.[157] 또한 단단하고 수명이 길어 도자 및 기와에 비견된다는 점을 들었다. 정조는 해당 도의 관찰사에게 관문을 보내 연석을 채취하여 옹기 모양으로 깎고 개석도 만들도록 하였다.

옹석과 개석은 충청도 충주(忠州) 지역에서 떠낸 연석의 석품(石品)이 가장

---

157 『元子阿只氏安胎謄錄』; 한국학중앙연구원 장서각, 위의 책, 74쪽.

좋았다. 연석을 태봉 아래에 운반해 놓고 다듬어서 제작하였다. 옹석은 높이 2자 5치, 둘레 7자, 중앙을 파낸 깊이 1자 3치 5푼, 원둘레 3자 9푼, 바닥을 뚫은 구멍 깊이 1자 1치 5푼, 둘레 4치이고, 개석은 높이 9치, 둘레 7자, 파낸 깊이 1치 5푼이었다.[158] 한편 충청도에서 인근 군현에 분정한 잡물은 1783년(정조 7)에 비해 현격히 줄었다. 분정의 대상이 된 군현도 보은을 비롯한 6개 군현에 불과했다. 감조관 등에게 음식물을 제공하는 지공(支供)이 빠진 점도 정조의 의도에 부합하는 일면이다.

이러한 내용을 7년 전 문효세자의 안태 과정과 비교해 보면 상당한 차이가 있다. 선왕의 수교를 준수하는 차원을 넘어 적극적인 개선책을 추구한 것이다. 왕실의례에 대한 정조의 강도 높은 개선 의지를 엿볼 수 있다. 당시 정조가 취한 물력 및 인원 절감 조치는 이후 순조~고종 대에 이루어진 안태에서 "경술년(1790)의 예"로서 예외 없이 준행되었다.

1765년(영조 41) 을유년 영조의 전교가 있은 뒤, 태봉에다 태를 묻는 사례는 없었던 것으로 파악된다. 특히 세자나 왕손이 아닌 경우 대부분 궐내에 태를 묻었던 것으로 추측된다.[159] 을유년 영조의 전교가 정조 대에 와서 현안 문제가 된 것은 전교가 있은 지 17년 뒤인 1782년(정조 6), 즉 문효세자의 태실 마련을 앞둔 시점이었다. 영조의 전교를 어떻게 해석할 것인가의 문제가 이때 다루어졌고, 1등 태실만 태봉에 안태하는 원칙을 따랐다. 1790년에 태어난 원자의 안태 때에 더욱 새로운 개선책들이 제시되었고, 이후 순종 대에 이르기까지 준수해야 할 선례가 되었다.

---

158 『元子阿只氏安胎謄錄』; 한국학중앙연구원 장서각, 위의 책, 76쪽.
159 국립문화재연구소에서 조사한 「전국 조선왕실 태봉 목록」에는 숙종의 왕자 영수의 태실을 1693년 1월에 만든 이후 헌종 대까지는 아무 기록이 없다. 국립문화재연구소, 『조선왕실의 胎峰』, 2008, 38쪽.

(4) 순조~고종 대 안태의례의 준행

순조 대부터 고종 대에 이르는 안태는 정조 연간에 나온 여러 개선안을 선례로 하여 추진되었다. 1801년(순조 1)에는 선왕 정조의 태실을 가봉하였고,[160] 그 뒤 1806년에는 순조 자신의 태실도 가봉을 마쳤다.[161] 효명세자(孝明世子)와 원손(훗날의 헌종)의 안태도 미루지 않고 시행하였다. 특히 정조 대에 개선된 안태의 절차를 준수하였는데, 이는 1809년 효명세자와 1827년 원손의 안태 과정을 기록한 의궤와 등록에서 자세히 살필 수 있다.[162]

1809년(순조 9) 12월에는 순조의 장자로 태어난 효명세자의 안태가 있었다. 1790년(정조 14) 정조가 개선책을 내놓은 이후 첫 번째로 시행된 안태였다. 태실의 후보지를 간심한 결과 효명세자의 태실은 경기도 영평현(永平縣) 상리면(上里面) 옛날 향교동(鄕校洞) 유좌(酉坐)의 언덕으로 결정되었다. 출생 후 다섯 달 만에 태를 묻는 장태법에 따라 안태일은 12월로 정해졌다. 여기에서 주목할 것은 경술년(1790)에 정조가 내린 특교(特敎)의 조항들이 지켜지고 있다는 점이다. 그 내용으로 첫째, 종사관을 제외한 감독관은 본읍의 수령이 맡고, 배태관과 주시관은 관상감의 관원 1원이 겸하여 거행하였다.[163] 수행 관리를 줄이고 겸직하게 하여 인력의 효율성을 높인 것이다. 둘째, 석물은 쓰지 않고 옹석과 개석만을 사용하였다.[164] 주로 태실에서 가장 가까운 지역에서 연석을 채취한 다음 태봉 아래로 운반하여 가공하게 하였다. 석물의 규모를 최소화하고, 석재를 연석으로 대체한 결과 이전에 비해 석물작업이 현저히 경감되었다. 셋째, 서울의 각 관청에서 준비해야 할

160 『순조실록』 1년(1801) 8월 10일.
161 『순조실록』 6년(1806) 10월 20일.
162 효명세자와 헌종의 안태 과정에 관해서는 『元子阿只氏藏胎儀軌』와 『元孫阿只氏安胎謄錄』이 규장각에 전한다.
163 『元子阿只氏藏胎儀軌』 기사년(1809) 8월 16일; 국립문화재연구소, 『조선왕실의 안태와 태실 관련 의궤』, 민속원, 2006, 26쪽.
164 『元子阿只氏藏胎儀軌』 기사년(1809) 9월 7일; 국립문화재연구소, 위의 책, 28쪽.

제2장 조선왕실의 안태의례

물종과 각 도에서 행해야 할 여러 일에 대해서는 앞 시기의 의궤에 준하여 준비하도록 하였다.[165]

1827년(순조 27)에는 원손의 태를 충청도 덕산현(德山縣) 서면(西面) 가야산(伽倻山) 명월봉(明月峯) 아래에 안태하였다. 이때도 경술년(1790)의 특교를 따랐으나 어람용 등록 외에 예람용(睿覽用) 등록이 하나 더 만들어진 것과[166] 잡물을 분정한 군현이 늘어난 점에 약간의 차이가 있다.[167] 경술년에 정조가 내린 특교는 이후에도 무리 없이 지켜졌으나 이처럼 현실적인 문제들이 조금씩 제기되는 경향을 보였다. 그러나 음식물을 제공하는 지공이 모두 빠져 있고, 석물이 아닌 연석을 사용한 관계로 물종이 지나치게 늘어나지는 않았다.

철종 대인 1859년(철종 10)에는 원자의 안태가 있었고, 고종 대인 1874년(고종 11)에는 순종의 안태가 있었다. 그 과정을 기록한 『원자아기씨안태등록』(1858)과 『원자아기씨장태의궤』(1874)가 남아 있어 순조 대의 관행과 달라진 점을 확인할 수 있다. 철종 원자의 태실은 강원도 원주부(原州府) 주천면 복결산 아래 임좌(壬坐) 언덕으로 낙점되었다. 1859년 2월이 출생 후 다섯 달에 준하는 길월이었다. 태를 묻는 절차는 경술년인 1790년(정조 14)의 예대로 하라는 전교가 있었다. 철종 원자의 안태는 앞선 1827년(순조 27) 원손의 사례와 크게 다르지 않지만, 인근의 군현에 잡물을 분정한 군현이 24개소로 늘었다는 점이 주목된다. 안태사와 배태관 등에게 제공할 지공이 포함된 점도 순조 대의 선례와 다르다. 즉 잡물 분정의 군현 수를 비롯하여 잡물의 종류와 양도 늘었다. 관찰사와 전향겸주시관 등이 머무는 가가도 잡물에 포함되어 있었다.[168] 정조가 내린 경술년의 개선책은 큰 틀에

---

165 『元子阿只氏藏胎儀軌』 기사년(1809) 9월 7일; 국립문화재연구소, 위의 책, 31쪽.
166 『元孫阿只氏安胎謄錄』; 국립문화재연구소, 『국역 안태등록』, 민속원, 2007, 45쪽.
167 『元孫阿只氏安胎謄錄』; 국립문화재연구소, 위의 책, 37, 40~41쪽.
168 강원도에 잡물을 분정한 내역에서 이전 시기에 없던 항목들이 확인된다. 『元子阿只氏安胎謄錄』; 국

서 지켜지고 있지만, 인원과 설비가 늘어나는 현실적인 변화가 있었음을 알게 된다.

고종 대인 1874년(고종 11)에는 충청도 결성현(結城縣) 구항면(龜項面) 난산 (卵山)에 순종의 태를 안태하였다. 이때 들어간 잡물은 19개의 군현에 분정 하였다. 철종 대와 같이 지공과 가가가 포함되었다.[169] 경술년(1790)에 정조 가 내린 안태 관련 개선책의 선례를 염두에 두었으나 관행을 준수하는 정 도가 이완된 측면을 확인할 수 있다. 그러나 이는 안태지의 지형적 조건에 따라 생길 수 있는 변화라는 점이 감안되어야 할 것이다.

경술년(1790)에 정조의 개선책에 따라 조성된 태실의 규모는 이후 고종 대까지 그대로 준수되었다. 예컨대 태실의 높이는 3자, 지름은 10자이며, 둘레는 30자였다. 표석을 세우지 않았고, 지석을 묻은 기록도 나오지 않았 다. 1790년에 내린 정조의 전교는 이후 거의 백 년간 준행되었다. 정조 대 이후의 안태에서는 앞 시기의 선례만 따를 뿐 더 이상의 개선과 변화의 필 요성을 인식하지는 못했음을 말해 준다. 다시 말해서 정조 대에 이루어진 개선 조치가 현실적인 문제를 어느 정도 해소하였다고 볼 수 있을 것이다.

조선 전기의 태조 대로부터 세조 대까지는 안태가 왕실의 의례로 자리 잡는 시기였다. 가안태의 시기를 거쳐 왕위에 오른 뒤에만 태실을 만들던 관행이 세종 대부터는 왕자의 태실을 별도로 조성하도록 바뀌었다. 예종 대로부터 숙종 대까지는 태실의 조성은 꾸준히 이어졌으나 안태에 대한 왕실의 관심이 저조했고, 과도한 인적·물적 손실을 경계하였다. 그럼에도 전국의 명당자리를 골라 왕실 자녀의 태를 묻고 태실을 조성한 관행은 꾸

립문화재연구소, 위의 책, 83~85쪽.
169 『元子阿只氏藏胎儀軌』 갑술년(1874) 4월 7일; 국립문화재연구소, 『조선왕실의 안태와 태실 관련 의 궤』, 민속원, 2006, 62~63쪽.

준히 지속되었다.

조선 후기의 영조와 정조 연간에 이르러서는 안태와 관련된 여러 현실적인 문제가 제기되었고, 이를 해결하기 위한 다양한 개선책이 실행되었다. 영조와 정조 연간에는 이전과 달리 현실적인 안태의 개선책을 추진했고, 이는 조선 말기까지 합리적인 관행으로 지속되었다. 즉 규모 절감을 통해 과도한 의례 부담을 줄이고, 궁극적으로 민생을 고려한 노력을 실천했다는 데 의의가 있다. 순조 대 이후로는 정조 대의 특교가 조금씩 이완되는 경향이 있었지만, 전반적으로 정조 대의 원칙들이 큰 문제 없이 지켜졌다. 정조 대에 이루어진 노력들이 태실 조성과 관련된 현실적인 문제를 어느 정도 개선해 주었다고 할 수 있겠다.

4 안태 관련 등록 및 의궤의 검토

현재 남아 있는 안태 관련 등록과 의궤는 18, 19세기에 작성된 6종이다. 표제(表題)에 등록 혹은 의궤로 적혀 있으나 내용은 차이가 없으며, 조선 후기 및 말기 왕실 안태의 상세한 정보를 접할 수 있는 자료이다. 가장 시기가 이른 것은 1783년(정조 7) 문효세자의 안태 기록인 『원자아기씨안태등록』이며, 가장 마지막으로 작성된 것은 1874년(고종 11) 순종의 안태 기록인 『원자아기씨장태의궤(元子阿只氏藏胎儀軌)』이다. 정조 연간의 안태등록이 2종, 순조 연간이 2종, 철종과 고종 연간의 기록이 각각 한 종씩이다. 특히 1790년(정조 14) 순조의 안태등록은 정조의 파격적인 개혁조치가 반영된 중요한 기록이다.

1) 의궤의 구성과 내용

여기에 소개하는 6종의 안태 관련 의궤와 등록의 표제는 '표 6'에서 보듯이 '안태등록', '장태의궤(藏胎儀軌)', '장태등록(藏胎謄錄)' 등으로 되어 있다. 그러나 내표제를 보면, 1809년(순조 9) 효명세자의 경우 '안태의궤(安胎儀軌)'라 한 것을 제외한 나머지 5종은 모두 '안태등록'이라 표기하였다. 이렇게 본다면 '안태등록'이 공식적인 표기로 자리 잡은 듯하다. 단 효명세자의 경우 왜 '안태의궤'로 표기했는지, 형식과 내용에 다른 특색이 있는지, 아니면 '등록'을 '의궤'로 적은 것이 오기일 가능성은 없는지에 대한 확인이 필요하다.

표 6 안태 관련 등록과 의궤의 현황

구분	자료명	연도	내용	청구기호
안태	원자아기씨안태등록	1783년(정조 7)	문효세자의 장태	규13977
	원자아기씨안태등록	1790년(정조 14)	순조의 장태	K2-2908
	원자아기씨장태의궤	1809년(순조 9)	효명세자의 장태	규13969
	원손아기씨안태등록	1827년(순조 27)	헌종의 장태	규13971 규13972
	원자아기씨안태등록	1858년(철종 9)	철종의 원자장태	규13974
	원자아기씨장태의궤	1874년(고종 11)	순종의 장태	규13975

안태 관련 등록과 의궤는 일반적인 등록류와 달리 형태가 특이하다. 세로 길이는 약 90㎝ 내외이고, 가로는 약 40㎝ 이내의 크기로 세로로 긴 형태이다. 원자의 출생 이후 안태의 길지를 결정하는 일부터 절차를 모두 마칠 때까지의 과정이 자세히 기록되었다.

원자가 출생하면, 10일 이내에 안태에 관한 논의가 이루어진다. 관상감에서 안태의 과정에 필요한 세부 절차와 관련하여 예조에 보고를 올리면, 예조에서 왕에게 다시 보고하였다. 이 과정에서 주고받은 공문서들이 등록 및 의궤에 날짜별로 정리되어 있다.

예조에서는 가장 먼저 관상감의 등록을 상고했다. 길지의 후보지 세 곳을 선정한 뒤에, 이 세 곳에 상토관(相土官)을 내려보내 길지의 조건을 살피게 했다. 이어 상토관의 간심(看審) 결과에 따른 일 순위의 길지를 첫 번째 후보지로 하여 왕에게 망단자(望單子)를 올려 낙점(落點)을 받았다. 다음으로 일관(日官)에게 태를 묻을 날짜를 정하게 하였다. 대부분 장태법(藏胎法)에 따라 5개월 안에 안태를 마무리하는 일정으로 추진되었다. 관상감에서는 장태길일, 시역일(始役日), 개기일(開基日) 등의 순으로 날짜를 정하여 예조에 보고하였다. 그다음으로는 석물을 다루는 사항을 결정하고, 종전의 의궤를 참고하여 안태사, 배태관(陪胎官), 전향주시관(傳香奏時官) 등의 실무담당자들을 차출하였다. 또한 안태를 위해 서울의 각 관청에서 준비해야 할 물종(物種)과 태실이 있는 해당 도에서 행해야 할 여러 일에 대하여 기존의 의궤를 상고하여 예조에 보고하였다. 필요한 물자 목록을 미리 통보하여 안태 일정에 차질을 빚지 않기 위해서였다. 이와 별도로 태실이 들어설 해당 도에서 준비해야 할 잡물은 의궤를 살펴본 뒤 목록을 작성하여 예조로 보냈다.

예조에서는 이를 왕에게 보고하여 허락을 받은 뒤에 해당 도의 감영(監營)에 보냈다. 여기에 본도에서 나누어 마련해야 할 잡물의 목록을 첨부하였다. 태실이 조성될 현과 그 인근의 고을에서 마련해야 할 물목(物目) 또한 자세히 기록하였다. 그 밖의 진행과정은 예조에서 왕에게 수시로 보고하였다. 안태일에 맞추어 안태사 일행이 태를 봉송하여 내려갔으며, 「태를 모시고 내려갈 때의 절차[陪胎下去時節次]」와 「태를 묻은 절차[安胎節次]」를 기록하였다. 이어서 고후토제, 태신안위제, 사후토제의 축문을 비롯하여 「제사를 거행한 의식[行儀式]」 등을 실었다. 마지막에는 산불 경계선을 표시하는 화소의 규모와 안태사가 왕에게 올린 치계(馳啓)의 내용, 진설도(陳設圖), 좌목(座目) 등을 순서대로 기록하였다. 이러한 구성과 체제에 대한 이해를 토대로 각 의궤 및 등록별 특징을 살펴보기로 하겠다.

2) 정조 대의 안태등록

정조 대에는 안태제도의 여러 개선책이 제시되어 새롭게 반영되었다. 이런 면을 가장 자세히 살필 수 있는 기록이 정조 대의 안태등록이다. 현재 2종이 전하는데, 1783년(정조 7)과 1790년(정조 14)의 『원자아기씨안태등록』이다. 1783년의 등록이 영조 대의 관행에 따른 의례의 과정을 보여 준다면, 1790년의 등록은 정조가 추진한 혁신적인 조치를 보여 준다. 이 2종의 등록 내용을 먼저 요약하여 살펴보기로 하겠다.

(1)『원자아기씨안태등록』1783년(정조 7)[170]

현존하는 안태등록 가운데 가장 시기가 이른『원자아기씨안태등록』은 1783년(정조 7) 8월 25일에 태어난 정조의 원자인 문효세자의 안태 기록이다. 등록은 세로 90㎝, 가로 38.4㎝ 크기의 장지 7장에 기록하였다. 표지에는 '건륭사십팔년구월일(乾隆四十八年九月日) 경상도 예천군 용문산(慶尙道醴泉郡 龍門山) 원자아기씨장태의궤'라고 적혀 있다. 그러나 내표제는 '원자아기씨 안태등록'으로 되어 있다. 내표제로 기록된 것이 정식 명칭이라 할 수 있다. 안태의 길일은 같은 해 9월 6일이고, 안태 장소는 경상도 예천군 용문산으로 결정되었으며, 8월 25일부터 안태를 위한 준비가 시작되었다. 등록에는 별도의 목차를 두지 않았고, 내용을 날짜 구분 없이 기록한 것이 특징이다.

앞부분에는 관상감의 상지관이 예천 용문사 뒤편의 임좌병향(壬坐丙向)을 간심하고 온 뒤 이곳을 길지로 올리자 왕이 이곳에 태실을 두기로 윤허한 기록이 나온다. 이곳을 길지로 꼽은 근거는 "태백산에서 소백산이 되고 소백산에서 용문산이 되는데, 주산이 수려하고 굳세며, 국세(局勢)가 완전하고 단단하며, 봉혈(峯穴)이 단아하고 반듯하며, 두 물줄기가 합하니 바로 장수를 누리고 총명하실 길지로 적합하다"는 것이었다. 주산, 국세, 봉혈, 물줄기 등이 길지를 결정하는 관건이었다. 처음에는 '자좌오향(子坐午向)'을 보았으나, 이보다 임좌병향이 국세가 평정하고 음양에 길하다고 하여 이로써 왕에게 윤허를 받았다.

등록의 내용 가운데「관상감에서 추택(推擇)하는 일」에는 관상감에서 안

---

170 등록의 내용은 국립문화재연구소,『국역 안태등록』, 민속원, 2007, 55~72쪽 참조.

태의 절차별 날짜를 정하여 예조에 보고한 내용이 적혀 있다. 관상감에서 추택한 날짜는 다음과 같다. 장태길일은 9월 초6일 오시, 시역은 8월 25일 진시, 개기는 8월 25일 미시, 고후토제는 8월 25일 효두(曉頭), 발태는 8월 29일 묘시, 태실안위제는 봉토 후 임시(臨時), 사후토제는 일을 모두 끝낸 뒤로 되어 있다.

관상감에서는 민폐가 없도록 하라는 전교를 받들어 규모를 줄인 절목을 만들어 보고하였다. 그 내용이 「별단」에 실려 있는데, 정조는 태봉이 법전에 기록된 바 있어 비록 규례와 같이 해야 하나 민폐를 끼치는 일이니, 전례와 비교하여 간략히 행하도록 명했다. 역군은 150명으로 거듭 줄이며, 저치미로써 고군을 쓰겠다고 하였다. 또한 주시관은 태를 모시고 갈 때 동행하도록 하였고, 개기와 시역 시에는 감역관이 겸찰하도록 하였다. 감역관은 금루서원을 거느리고 거행하고, 누자봉안청과 안태사 이하 제관이 거처할 임시 가옥인 가가는 만들지 않도록 하여 민폐를 줄였다. 안태사 이하의 데려갈 원역과 군관도 수를 줄여 외읍에서 음식과 역마를 제공받는 폐단을 막고자 했다.

관상감에서 예조에 올린 첩보(牒報)도 2건 기록되었다. 첫 번째 첩보는 예조에 필요한 잡물과 각사(各司)와 각 도(各道)에서 행해야 할 일들을 후록(後錄)하여 보낸 내용과, 잡물 준비의 기일을 맞추도록 요청한 기록이다. 더불어 예조의 계목에 대한 왕의 계하(啓下)도 실었다. 민폐를 줄이도록 하였고, 한 외읍이라도 전례에 따라 민간에 책판(責辦)하였다가 뒤에 선전관(宣傳官)에게 적발되면 지방관은 물론 해당 도의 관찰사까지 문책하겠다는 엄중한 경고의 내용이 들어 있다. 정조는 서호수를 안태사로 삼아 내려보내며, "호남과 영남은 이미 모두 흉년이 판명되었으니 갖가지 일들을 되도록 생략하게 하여 절대로 일대의 고을들에 폐해를 끼치지 말아야 한다"[171]고 강조하였다.

두 번째 첩보는 장태지의 수령을 차사원(差使員)으로 하여 준비에 만전을 기하도록 해야 한다는 내용이다. 이문 통지(移文通知)를 요청하고 민폐가 없도록 관원의 수를 줄이자는 예조의 계목에 대해 계하한 내용이 있고, 「후록」에는 부역군(赴役軍)과 준비해야 할 잡물이 적혀 있다. 예조의 계목은 태실 조성에 들어갈 잡물을 첩보한 대로 본도와 각 해사로 하여금 규례를 살펴 거행하도록 통지할 것을 청한 내용이다. 정조는 8월 18일의 계하에서 내려가는 인원이 너무 많음을 지적하면서 민폐가 없도록 관원을 줄이라고 했다.

「관상감제조가 상고하는 일」에는 감역관 도착 시 부역을 준비하는 일과 물종의 도착 시일을 엄수할 것에 관한 기록이 있다. 그다음에는 절차와 의식에 대한 것으로「태를 모시고 내려갈 때의 절차」,「태를 묻은 절차」,「후토고유제 축문」,「태신안위제 축문」,「사후토제 축문」,「제사를 거행한 의식」 등이 실려 있다.

「본도(충청도)에 잡물을 분정(分定)한 내역」에는 장태에 필요한 물력을 태봉 인근의 군현에서 조달하도록 나누어 정한 내용이 적혀 있는데, 시역 날짜에 맞추어 조달할 것을 주문하였다. 예컨대 철물(鐵物)은 경사 건으로 취하여 사용한 뒤 돌려주되, 철물 5근은 규례대로 준비할 수 있도록 각 차사원과 잡물을 분정한 수효를 관문으로 보냈다. 「후록」에는 각 군현에 분정한 물자 내역이 적혀 있다. 태봉이 있는 예천군을 비롯하여 인근 22개의 군현에 잡물을 나누어 준비하도록 하였다. 예천군에서 역군 등의 인력과 물자를 가장 많이 준비하였다. 잡물의 종류는 석물을 마련하여 표석을 만드는 장비, 감역관에게 제공할 음식물, 어람용 등록을 만들 재료 등이었다.

이어서「태를 묻을 때 감역소에서 거행한 목록」이 실려 있다. 8월 23일

---

171 『정조실록』 7년(1783) 8월 29일.

태봉에 도착하여, 24일 돌을 떠내는 상황을 간심한 내용을 적었다. 태봉에서 남쪽으로 20리 떨어진 곳인 제고곡면 관방리(關方里) 지역의 품질 좋은 돌에서 표석, 개석(蓋石), 옹석(瓮石), 대석(臺石) 등을 떠내었으며, 9월 6일까지 약 12일 동안 석물을 모두 완성하였다. 석물작업을 위해 경석수(京石手) 2명, 향석수(鄕石手) 5명이 동원되었다.

「장계초」에는 안태사 서호수가 8월 29일 태를 모시고 출발하여 9월 5일 태봉에 도착한 뒤, 9월 6일에 태를 차질 없이 장태하였고, 화소를 200보로 정표하였다는 최종 보고인 치계가 실려 있다. 이어서 「공장(工匠)등」에 경석수, 향석수, 각자장, 야장, 사토장, 책장(冊匠) 등의 명단을 적었다.

「잡물환하질(雜物還下秩)」은 사용하고 남은 물품에 대한 것으로 ① 예천: 가라(加羅) 2자루, 크고 작은 썰매[雪馬], 소내(所乃) 3좌, 교의(交椅) 3좌, 초둔(草芚) 7번, ② 문경: 큰 장막 1, 작은 장막 1, 흰 무명 욕방석[백목욕방석(白木褥方席)] 2닢, 흰 무명 안식[백목안식(白木案息)] 2부, ③ 예안: 삽 2, ④ 풍기: 괭이 2, 세 겹으로 꼬아 만든 줄 10꾸리, ⑤ 용궁: 작은 숙마줄 1꾸리, ⑥ 안동: 큰 숙마줄 1꾸리 등이었다. 이어서 〈진설도〉가 있고, 마지막에 「좌목」이 실려 있다.

「좌목」은 다음과 같다. 차사원통훈대부행예천군수 정지순(鄭持淳), 가선대부경상도관찰사겸순찰사 이병모(李秉模), 전향관겸감역관선무랑지리학교수 이명구(李命求), 배태관겸주시관어모장군행충무위부사과겸지리학교수 안사언(安思彦), 종사관겸서표관통훈대부행병조정랑 이동직(李東稷), 안태사자헌대부한성부판윤 서호수, 중사숭록대부내시부상선 김수광(金壽光)의 순이다.

이 의궤에는 의궤의 제작 수량과 분상처를 기록해 두었다. 의궤는 모두 **5건**을 삭성하여 어람봉 1건, 예조 1건, 관상감 1건, 감영 1건, 본관(本官) 1건 등으로 분상하였다. 어람용과 분상용으로 만들었음을 알 수 있으며, 이 문효세자 안태의궤는 어람용으로 제작된 것이다.

(2) 『원자아기씨안태등록』1790년(정조 14)[172]

이 등록은 1790년(정조 14) 6월 18일에 태어난 원자(훗날의 순조)의 태를 장태한 과정을 기록한 것이다. 세로 82.3㎝, 가로 37.8㎝ 크기의 장지 7장에 기록하였다. 표지에는 '건륭오십년팔월일(乾隆五十年八月日) 충청도 보은현 내속리하(忠淸道報恩縣內俗離下) 원자아기씨안태등록'이라 적혀 있다. 안태의 길일은 같은 해 8월 12일이고, 안태 장소는 충청도 보은현 내속리하로 결정되었으며, 같은 해 8월 4일부터 안태를 위한 작업이 시작되었다. 등록에는 별도의 목차를 두지 않았다. 등록에는 1790년 6월 24일 전교를 통해 장태할 길일을 가까운 날로 정하고 해감(該監)과 일제조(一提調)로 하여금 전례를 상고하게 하되 민읍에 폐를 끼치는 일을 줄이라는 내용이 실려 있다.

관상감에서 이전에 안태를 위해 미리 지정해 둔 후보지에 관한 등록을 상고해 본 결과, 원춘도(原春道, 강원도) 홍천북면(洪川北面) 문암산(文巖山) 아래 신좌(辛坐), 충청도 보은현 내속리 아래 을좌(乙坐), 음성현(陰城縣) 북쪽 5리 밖 방축동(方築洞) 미좌(未坐)의 세 곳이 물망에 올랐다. 입록(入錄)한 지가 여러 해 되었으므로, 관상감의 상지관을 보내어 무탈한지의 여부를 간심한 뒤 망단자를 올리게 하였다.

7월 7일, 상지관 조홍도가 돌아와 숙배(肅拜)하였다. 상지관의 보고를 받은 정조는 안태할 처소로 보은을 단망으로 올리게 하고, 석물은 마련하지 말고 안태항만 봉안함이 좋겠다고 하였다. 석물을 마련하지 말도록 한 것은 선례가 없던 파격적인 일이었다. 그리고 정조는 안태할 때의 모든 거행 과정을 홀기로 작성하여 올리도록 하였다. 안태할 때 들어가는 인원과 규모를 써서 올린 홀기에 정조는 세부적인 사항들을 써서 내려 주었다.

관상감에서는 안태와 관련된 추택 날짜를 다음과 같이 정하여 올렸다.

---

172 등록의 내용은 한국학중앙연구원 장서각, 『조선왕실의 출산문화』, 이회, 2005, 68~80쪽 참조.

- 장태길일: 8월 12일 진시(辰時)

- 시역: 8월 4일 묘시(卯時)

- 개기: 8월 8일 진시

- 고후토제: 8월 8일 효두

- 선행발태: 8월 4일 묘시

- 태신안위제: 봉토한 뒤 정한 때[臨時]

- 사후토제: 일을 마친 뒤 정한 때[事畢後臨時]

이어 관상감에서 안태할 때 서울의 각사에서 들일 진배물(進排物)에 대해 앞 시기의 의궤를 상고하여 첩정(牒呈)을 올리니 예조에서 각사에 기일 전에 통보할 것을 보고하였고, 진배할 물품 내역을 적어 두었다. 그 내역에 석물과 관련된 것은 모두 빠져 있다. 관상감에서는 안태에 석물을 사용하지 않을 경우 일이 지극히 간이(簡易)하고 생략되어 군정을 사역하는 것이 불과 수삼 일에 지나지 않을 것이므로, 저치미로 역가를 주고 부근에 사는 백성들을 부리겠다고 하였다. 그리고 잡물도 저치미로 계산하여 줄이도록 하고, 백성의 사역에 폐단이 없도록 할 것을 상고하였다. 잡물의 목록을 후록하여 충청도 감영에 관문으로 보냈는데, 석물을 사용하지 않았으므로 이전의 등록에 기록된 물품들은 빠져 있다. 관상감에서 태항을 봉안할 때 옹석을 쓰지 말고 와옹으로 대신할 것을 명하였다. 그러나 예조에서는 이것이 걸맞지 않은 일이라 하였다.

「태를 모시고 내려갈 때의 절차」를 보면, 8월 4일에 안태사 일행이 태항을 모시고 출발하여 8월 8일 보은현에 도착하였으며, 11일에 속리 아래의 태봉에 나아가서 누지를 막차(幕次)에 봉안하였다. 이어서 8월 12일 진시에 태를 묻는 절차가 진행되었다. 대부분의 절차는 1783년 문효세자의 장태 절차와 같았다. 태실을 짓고 사토를 봉했는데, 태실은 높이가 3자이고 지름이 10자이며 둘레가 30자로 역시 같았다. 표석을 세우지 않았고, 지석을 묻은 이야기도 나오지 않는다.

옹석과 개석은 지금의 충청도 충주 지역에서 연석을 떠낸 것이 석품이 가장 좋다고 했다. 연석을 태봉 아래에 운반해 놓고 연정(鍊精)해서 조성한 옹석은 높이 2자 5치, 둘레 7자, 중앙을 파낸 깊이 1자 3치 5푼, 원둘레 3자 9푼, 바닥을 뚫은 구멍 깊이 1자 1치 5푼, 둘레 4치이고, 개석은 높이 9치, 둘레 7자, 파낸 깊이 1치 5푼이었다.

더불어 충청도에서 인근 군현에 잡물을 분정한 내용이 적혀 있다. 잡물의 내역은 1783년(정조 7)에 비해 현격히 줄었다. 분정의 대상이 된 군현도 보은을 비롯하여 6개 군현에 불과했다. 그 다음에는 절차와 의식에 대한 것으로 「후토고유제 축문」, 「태신안위제 축문」, 「사후토제 축문」, 「제사를 거행한 의식」이 수록되어 있다. 태봉의 화소는 규례에 따라 200보로 정하였고, 태봉직(胎封直)은 2명을 본읍의 인력으로 충당하게 하였다. 안태사 오재순(吳載純)이 안태를 무사히 마치고 올린 치계가 실려 있다. 이어서 〈진설도〉와 「좌목」이 있다.

「좌목」에는 차사원겸감역관중훈대부행보은현감 신(臣) 김재익(金載翼), 가의대부충청도관찰사겸순찰사 신 정존중(鄭存中), 배태관겸전향관주시관통훈대부관상감교수 신 조헌택(趙憲澤), 안태사숭정대부행용양위사직규장각검교제학 신 오재순 등이 적혀 있다.

정조 대의 안태등록은 영조 대 이전 안태문화의 특징과 정조 대에 이루어진 개선책을 상호 연관하여 살펴볼 수 있는 자료이다. 특히 석물 사용 때문에 백성들이 입는 피해를 줄이고자 처음으로 구체적인 대안을 제시한 점이 눈에 띈다.

3) 순조 대의 안태등록

순조 대의 안태의궤와 등록은 대체로 앞 시기인 정조 대에 새롭게 정착된 관행을 그대로 따른 내용이다. 현재 2종이 전하는데, 1809년(순조 9)의 『원자아기씨안태의궤』와 1827년의 『원손아기씨안태등록』이다. 이 2종의 내용을 각각 살펴본 뒤 특색을 논하기로 한다.

(1) 『원자아기씨안태의궤』 1809년(순조 9)[173]

1809년(순조 9) 8월 9일 순조의 장자로 태어난 효명세자의 태실에 태를 안장한 과정을 기록한 의궤이다. 세로 82.4cm, 가로 39.4cm 크기의 장지 7장에 기록하였다. 표지에는 '기사가경십사년십이월이십일일(己巳嘉慶十四年十二月二十一日) 영평현(永平縣) 원자아기씨장태의궤'라 적혀 있고, 내표제는 '안태의궤'로 되어 있다. 안태의 길일은 같은 해 12월 21일이며, 안태 장소는 경기도 영평현 상리면 옛날 향교동 유좌의 언덕이다. 같은 해 11월 20일부터 안태를 위한 준비가 시작되었다. 등록에는 별도의 목차를 두지 않았다.

8월 16일 관상감에서 8월 9일에 탄생한 효명세자의 태실 후보지를 『관상감등록』에서 상고하여 세 곳을 선정하였다. 강원도 춘천부(春川府) 수청원(水淸院) 자좌(子坐) 언덕, 경기도 영평현 상리면 옛날 향교동 유좌의 언덕, 공충도 보은현 외속리산(外俗離山) 아래 대불사(大佛寺) 뒤 수정봉(水晶峯) 아래 유좌의 언덕이다.

입록해 둔 지가 오래되었으므로, 8월 17일 상지관 지리학교수(地理學敎授) 방경국(方慶國)이 간심을 위해 내려갔다가 9월 2일에 돌아와 숙배하였다. 간신이 결과에 따라 경기도 영평현 상리면 옛날 향교동 유좌의 언덕이 태실

---

173 의궤의 내용은 국립문화재연구소, 『조선왕실의 안태와 태실 관련 의궤』, 민속원, 2006, 22~45쪽 참조.

의 길지로 선정되었다. 9월 3일에는 장태법에 다섯 달만에 태를 묻는데 오는 12월이 다섯 달에 준하는 길월(吉月)이라 하여 안태 예정월을 12월로 잡았다. 순조는 경술년(1790, 정조 14) 특교에 따라 종사관을 제외하고 감독관은 본읍의 수령이, 배태관과 주시관은 본감(本監)의 관원 1원이 겸하여 거행하도록 할 것을 지시하였다. 관상감에서 안태 관련 일자를 추택하여 예조에 올린 내용은 다음과 같다.

- 장태길일: 12월 21일 오시(午時)
- 시역: 11월 20일 묘시
- 개기: 12월 9일 묘시
- 고후토제: 12월 9일 효두
- 선행발태: 12월 18일 묘시
- 태신안위제: 봉토한 뒤 정한 때
- 사후토제: 일을 마친 뒤 정한 때

9월 7일, 경술년(1790)의 예대로 석물은 쓰지 않고 옹석과 개석만을 사용하기로 하였다. 경각사(京各司)에서 진배할 물종과 한 도에서 행해야 할 여러 일들에 관하여 의궤를 상고한 다음 후록하여 첩정하니, 예조에서 각사와 해당 도에 먼저 진배하도록 통지를 요청하였다. 그 밖에 행해야 할 여러 가지 일들과 외방(外方)에서 준비해야 할 잡물들도 모두 종전의 의궤를 상고하여 후록하여 올렸으니, 해당 도에 이문(移文)하여 통지해 줄 것을 보고 및 요청하였다.

이는 1790년(정조 14) 정조의 개선책이 발표된 이후 두 번째로 시행된 것이다. 앞의 1790년보다 분정 군현의 수는 늘었지만, 잡물의 종류는 더 감소된 것이 특징이다. 음식물을 제공하는 지공이 모두 빠져 있고, 석물이 아닌 연석을 사용한 관계로 전체적인 물종이 줄어들었다.

경기감사 김재창(金在昌)이 예조에 올린 글에 "연석을 떠내어 연마(鍊磨)해야 하는데 지방관인 영평현은 깊은 산골 구석진 작은 고을이어서 모든 일을 거행함에 미치지 못할까 우려된다"고 하였다. 따라서 돌을 연마하는 일을 이미 양주목(楊洲牧)에 이정(移定)하였으니, 영평현에만 책임을 전담시켜서는 안 되며 양주목사 민명혁(閔命爀)을 도차사원(都差使員)으로 정하여 일을 감독하여 완공하게 했음을 알렸다.

「태를 모시고 내려갈 때의 절차」는 12월 18일 출발하여 12월 20일에 영평현에 도착하고, 21일에 불곡산(佛谷山) 아래의 태봉에 나아가서 막차에 봉안한 것으로 되어 있다. 「태를 묻은 절차」는 1790년의 『원자아기씨안태의궤』와 같다. 옹석과 개석은 황해도 토산(兎山) 지역의 품질이 가장 좋은 연석을 떠내어 태봉 아래로 운반하여 잘 다듬어 조성하였다. 옹석은 높이 2자 5치, 둘레 7자, 중앙을 파낸 깊이 1자 3치 5푼, 원둘레 3자 9푼, 바닥을 뚫은 구멍 깊이 1자 1치 5푼, 둘레 4치이고, 개석은 높이 9치, 둘레 7자, 파낸 깊이 1치 5푼이다.

그다음은 절차와 의식에 대한 것으로 「후토고유제 축문」, 「태신안위제 축문」, 「사후토제 축문」, 「제사를 거행한 의식」이 수록되어 있다. 태봉의 화소는 규례에 따라 200보로 정하였고, 태봉직은 2명을 본읍의 인력으로 충당하게 하였다. 안태사 정헌대부지돈녕부사 홍명호(洪明浩)가 12월 18일 명을 받들어 영평현에 도착하였고, 21일 불무산(佛舞山) 아래 태봉에 도착하여 오시에 안태를 무사히 마치고 올린 치게가 실려 있다. 이어서 〈진설도〉와 「좌목」이 있다. 「좌목」에는 겸감역관통훈대부행영평현령 조문검(曺文檢), 겸동도사사원동정내부행양주목사 민명혁, 가의대부경기관찰사겸순찰사 김재창, 배태겸전향주시관통훈대부관상감교수 방경국, 안태사정헌대부지돈녕부사정 홍명호 등이 적혀 있다. 이 의궤는 내표제도 '의궤'라고 표기하였지만, 앞서 살핀 안태등록의 내용과 특별히 상이한 부분은 발견할 수 없다.

(2)『원손아기씨안태등록』1827년(순조 27)[174]

1827년(순조 27) 원손의 태를 공충도 덕산현 서면 가야산 명월봉에 장태한 과정을 기록한 등록이다. 순조의 원손은 익종(翼宗)의 아들로 뒤에 헌종이 된다. 이 등록은 세로 82㎝, 가로 38.3㎝ 크기의 장지 9장에 기록하였다. 표지에는 '원손아기씨장태등록(元孫阿只氏藏胎謄錄)'이라 적혀 있고, 내표제는 '원손아기씨안태등록(元孫阿只氏安胎謄錄)'이라 되어 있다. 안태의 길일은 같은 해 11월 11일이며, 안태 장소는 공충도 덕산현 서면 가야산 명월봉 자좌 언덕이다. 같은 해 10월 19일부터 안태를 위한 준비가 시작되었다. 등록은 별도의 목차를 두지 않았고, 등록의 내용은 날짜별로 표기한 것이 특징이다.

7월 25일에는 태어난 지 7일이 된 원손아기씨의 안태를 위해 관상감에서 등록을 상고하여 3곳의 후보지를 골랐다. 공충도 덕산현 서면 가야산 명월봉 자좌 언덕, 회인현(懷仁縣) 북면(北面) 27리(里) 자좌 언덕, 강원도 춘천부 수청원 자좌 언덕의 세 곳이다. 입록한 지가 오래되어 탈(頉)이 없는지 알 수 없어 관상감의 상토관인 지리학 전(前) 정(正) 박주학(朴周學)이 내려가 간심하고서 망단자를 올리도록 하였다.

8월 23일, 세 곳 중 가장 길하다고 올린 공충도 덕산현 서면 가야산 명월봉이 낙점을 받았다. 8월 24일, 장태법에 다섯 달 만에 태를 묻는데, 오는 11월이 다섯 달에 준하는 길월이므로 11월로 정하였다. 경술년(1790, 정조 14)의 특교에 따라 종사관은 제외하고 감독관은 본읍의 수령으로, 배태관

---

174 등록의 내용은 국립문화재연구소, 『국역 안태등록』, 민속원, 2007, 31~52쪽 참조.

과 주시관은 본감 관원으로 차정하였다. 8월 25일, 관상감에서 안태와 관련된 추택 날짜를 다음과 같이 정해 올렸다.

- 장태길일: 11월 11일 신시(申時)
- 시역: 10월 19일 오시
- 개기: 10월 28일 묘시
- 고후토제: 10월 28일 효두
- 선행발태: 11월 6일 손시(巽時)
- 태신안위제: 봉토한 뒤 정한 때
- 사후토제: 일을 마친 뒤 정한 때

8월 26일, 태를 묻을 때 옹석, 개석, 내지석, 표석을 사용하는데, 경술년(1790, 정조 14)에는 특교로 옹석과 개석만 사용하였으므로 이때의 전례를 따르도록 하령하였다. 안태사로 공조판서 이지연(李止淵)이 임명되었다. 10월 초4일, 관상감에서 진배할 물종과 한 도에서 행해야 할 여러 일에 대해서 모두 종전의 의궤를 상고한 다음 예조에 후록하여 올렸다. 미리 진배하도록 각사와 해도에 기일 전에 통지하여 미치지 못하는 폐단이 없도록 할 것을 예조에 요청하였다. 경각사에서 준비해 올릴 물품을 기록해 두었는데, 10월 초4일, 외방에서 준비해야 할 잡물들은 종전의 의궤를 상고한 다음 후록하여 올리도록 했다. 전례대로 거행하도록 해도에 이문 통지해 줄 것을 예조에 보고하였다. 「후록」에는 잡물의 내역이 적혀 있다.

잡물 내역은 앞의 1809년(순조 9)과 대동소이하며 어람용 등록 외에 예람용 등목이 하나 더 만들어진 것이 선례와 다른 것이다. 어람과 예람용 등록은 공주에 분임되었다. 본도에서 인근의 군현에 잡물을 분정한 내역도 적혀 있다. 1809년의 예와 다른 것은 분정의 대상이 된 군현과 물종이 늘어난 점이다. 세 곳의 군현에서 석수(石手)를 지원한 점으로 보아 연석의 가공도 석물에 준하는 어려움이 있었음을 짐작할 수 있다.

10월 초4일, 도승지가 공충감영(公忠監營)에 옹석과 개석의 석품과 모양, 길이와 너비를 한결같이 경술년(1790년, 정조 14) '보은태봉등록(報恩胎封謄錄)'의 예대로 상고하여 시행하라는 관문을 보냈다. 10월 13일, 시역은 본도에서 해읍(該邑)에 통지한 다음 간역하여 거행하되, 시역할 때는 후토에 지내는 고유제(告由祭)가 없다는 뜻을 통지하여 거행할 것으로 공충감영에 관문을 보냈다. 11월 6일, 안태사 이지연, 배태관인 관상감 전 정 박주학, 전향 겸주시관(傳香兼奏時官)인 관상감교수 김식(金栻)이 숙배한 뒤 원손아기씨의 태를 묻을 일로 공충도 덕산(德山) 지역으로 내려갔다.

「태를 모시고 내려갈 때의 절차」에는 11월 초10일에 덕산현에 도착하고, 11일에 가야산 아래 명월봉의 태봉에 나아가 막차에 봉안한 것으로 되어 있다. 「태를 묻은 절차」는 1790년(정조 14) 순조의 태를 장태할 때의 기록인 『원자아기씨안태등록』과 동일하다. 옹석과 개석은 공충도 충주 지역에서 연석을 떠낸 것이 석품이 가장 좋았으므로, 이 돌을 태봉 아래로 운반하여 잘 다듬어 조성하였다. 옹석은 깊이 2자 5치, 둘레 7자, 중앙을 파낸 깊이 1자 3치 5푼, 원둘레 3자 9푼, 바닥을 뚫은 구멍 깊이 1자 1치 5푼, 둘레 4치, 개석은 높이 9치, 둘레 7자, 파낸 깊이 1치 5푼이다.

이어서 「후토고유제 축문」, 「태신안위제 축문」, 「사후토제 축문」, 「제사를 거행한 의식」이 수록되어 있다. 태봉의 화소는 규례에 따라 200보로 정표하였고, 태봉직은 2명을 본읍의 인력으로 충당하게 하였다. 11월 11일, 안태사 이지연이 11월 6일 태를 모시고 내려가 10일에 덕산현에 도착하였고, 11일에 가야산 아래 명월봉 태봉소에 나아가 안태를 무사히 마치고서 올린 치계가 실려 있다.[175] 이어서 〈진설도〉와 「좌목」이 있다.

「좌목」에는 차사원겸감역관통훈대부행덕산현감 정세교(鄭世敎), 가선대부공충도관찰사겸순찰사 서준보(徐俊輔), 전향겸주시관천문학겸교수 김식, 상토관남양감목관 최상일(崔相一), 배태관관상감첨정 박주학, 안태사자헌대부공조판서겸지경연사 이지연 등이 적혀 있다. 이 의궤는 원손의 태를 묻은 기록이지만, 내용은 원자의 경우와 동일하며 물력의 사용과 규모에도 차이가 없다.

4) 철종·고종 대의 안태등록

철종과 고종 대의 안태등록은 19세기 후반기에 해당하며, 1859년(철종 10)의 『원자아기씨안태등록』과 1874년(고종 11)의 『원자아기씨장태의궤』 2종이 남아 있다. 정조가 안태의 과정에 석물을 사용하지 말도록 한 혁신적인 조치를 충실히 반영한 안태문화의 실상을 살필 수 있는 자료이다. 각 자료의 내용을 살펴본 뒤 그 특징을 알아보기로 한다.

(1) 『원자아기씨안태등록』 1859년(철종 10)[176]

1858년(철종 9) 원자의 태를 장태한 과정을 기록한 등록이다. 철종의 원자는 이해 10월 17일에 태어났다. 이 등록은 세로 83㎝, 가로 37㎝ 크기의 장지 9장에 기록하였다. 표지에는 '함풍구년이월이십오일(咸豊九年二月二十五日) 강원도 원주부 주천면 복결산하 임좌병향지(江原道原州府酒泉面伏結山下壬坐丙向地) 원자아기씨장태의궤'라 적혀 있다. 내표제는 '원자아기씨안태등록'이라 되어 있다. 안태의 길일은 이듬해인 1859년 2월 25일이며, 안태 장소는 강원도 원주부 주천면 복결산하 언덕이다. 같은 해 2월 1일부터 안태를

---

175 『순조실록』 27년(1827) 11월 12일. 1827년 11월 11일에 보낸 치계는 하루 만인 12일에 왕에게 보고되었다.

176 등록의 내용은 국립문화재연구소, 『국역 안태등록』, 민속원, 2007, 75~94쪽 참조.

위한 준비가 시작되었다. 등록에는 별도의 목차를 두지 않았다.

10월 25일, 관상감에서 10월 17일에 태어난 원자아기씨의 안태를 거행하기 위해 등록을 상고하여 길지 3곳을 선정하였다. 충청도 음성현 5리 밖 방축동(防築洞) 미좌 언덕, 회인현 북면 27리 자좌 언덕, 강원도 원주부 80리 주천면 복결산 아래 임좌 언덕의 세 곳이다. 10월 26일, 상토관 지리학훈도 김석희(金錫熙)가 숙배한 뒤 안태 후보지를 간심하기 위해 내려갔다가 11월 21일에 올라왔다. 간심한 결과에 따라 강원도 원주부 80리 주천면 복결산 아래 임좌 언덕이 수망으로 낙점되었다. 간심 이후 낙점까지 시간이 많이 걸린 셈이다.

11월 22일, 장태법에 다섯 달 만에 태를 묻는데, 기미년(1859) 2월이 다섯 달에 준하는 길월이라 하여 달을 정하였다. 11월 25일, 태를 묻는 절차는 경술년인 1790년(정조 14)의 예대로 하라는 전교가 있었다. 11월 26일, 관상감에서 태를 묻을 길일과 길시 등을 다음과 같이 정하였다.

- 장태길일: 2월 25일 오시
- 시역: 2월 1일 진시
- 개기: 2월 13일 손시
- 고후토제: 2월 13일 효두
- 선행발태: 2월 19일 손시
- 태신안위제: 봉토한 뒤 정한 때
- 사후토제: 일을 마친 뒤 정한 때

11월 28일, 안태사는 대호군 서대순(徐戴淳)으로 단망하여 낙점받았다. 같은 날 관상감에서 경각사에서 진배할 물종과 한 도에서 행해야 할 여러 가지 일을 종전의 의궤를 상고하여 예조에 후록하여 올렸다. 미리 진배하도록 각사와 해도에 기일 전에 통지할 것을 보고하여 요청하였다. 「후록」에는 물력과 인력의 내용이 적혀 있다. 1827년(순조 24) 『원자아기씨안태등록』의 내용과 동일하다.

12월 8일, 석물은 옹석과 개석만을 사용한 경술년(1790)의 예대로 하라고 계하하였다. 관상감에서 첩보를 올려 지방관을 차정하여 적합한 돌을 떠내어 조성하도록 하며, 그 밖에 행해야 할 여러 가지 일들과 외방에서 준비해야 할 잡물들은 종전의 의궤를 상고하여 올리니 이문 통지해 줄 것을 예조에 보고하였다. 「후록」 내용은 앞의 1827년(순조 27)의 사례와 크게 다르지 않지만, 어람용 등록과 의궤의 제작을 위한 잡물이 포함되어 있다. 12월 11일 본도에서 인근의 군현에 분정한 잡물의 내역도 적혀 있다.

1월 초8일, 안태사 서대순을 평안감사로 이배(移拜)하고 대신 한성부판윤 김병교(金炳喬)를 단독으로 임명하였다. 1월 25일에는 전향관 김재기(金在璣), 감역겸상토관 김석희가 숙배한 뒤 원자아기씨의 태를 묻는 시역을 위해 강원도 원주 지역으로 내려갔다. 2월 19일에는 안태사인 한성부판윤 김병교, 배태관겸전향관주시관인 관상감정 김재기가 숙배한 뒤 원자아기씨 태를 묻을 일로 강원도 원주 지역으로 내려갔다.

그다음의 「태를 모시고 내려갈 때의 절차」, 「태를 묻은 절차」는 모두 1790년(정조 14)의 예와 같다. 옹석과 개석은 충청도 제천(堤川) 지역의 연석을 사용하였고, 크기와 규모는 이전의 사례와 같다. 이어서 「후토고유제 축문」, 「태신안위제 축문」, 「사후토제 축문」, 「제사를 거행한 의식」이 수록되어 있다. 태봉의 화소는 규례에 따라 200보로 정표하였고, 태봉직은 2명을 본읍의 한정(閑丁)으로 충당하게 하였다. 안태사 김병교가 2월 19일에 태를 모시고 출발하여 24일 강원도 원주목 주촌면에 도착하였고, 25일 복결산 아래 태봉소에 나아가 안태를 무사히 마치고 올린 치계가 실려 있다. 이어서 〈진설도〉와 「좌목」이 있다.

「좌목」은 다음과 같다. 안태사정헌대부한성부판윤 김병교, 배태겸전향주시관관상감정 김재기, 상토관관상감훈도 김석희, 가선대부강원관찰사겸순찰사 정시용(鄭始容), 도차사원겸감역관통훈대부행원주목판관 조영화(趙永和) 등이 적혀 있다.

(2)『원자아기씨장태의궤』1874년(고종 11)[177]

1874년(고종 11) 충청도 결성현 구항면 난산 소재 순종태실에 태를 안장한 기록이다. 이 등록은 세로 85.6㎝, 가로 33㎝ 크기의 장지 9장에 기록하였다. 표지에는 '원자아기씨장태의궤'라 적혀 있다. 내표제는 '원손아기씨안태등록'이라 되어 있다. 안태의 길일은 같은 해 6월 8일이며, 안태 장소는 충청도 결성현 구항면 난산 갑좌(甲坐)의 언덕이다. 같은 해 5월 6일부터 안태를 위한 준비가 시작되었다.

1874년 음력 2월 8일에 관물헌에서 탄생한 순종의 안태를 위한 길지 후보지를『관상감등록』을 상고하여 세 곳으로 정하였다. 충청도 결성현 구항면 난산 갑좌의 언덕, 강원도 원주부 신림역(新林驛) 백운산(白雲山) 아래 오좌(午坐)의 언덕, 경기도 양주목(楊州牧) 가정자(假亭子) 오좌의 언덕이다. 2월 24일, 상토관 지리학교수 이희규(李熙奎)가 간심을 위해 내려갔다가 3월 26일 돌아와 숙배하였다. 간심의 결과에 따라 충청도 결성현 구항면 난산 갑좌의 언덕으로 망단자를 올려 낙점을 받았다.

3월 27일, 장태법에 다섯 달 만에 태를 묻는데, 오는 6월이 다섯 달에 준하는 길월이라 하여 달을 정하였다. 3월 29일, 경술년과 기사년(1869, 고종 6) 두 해의 특교에 따라 종사관은 제외하고 감독관은 본읍 수령을 차정하고, 배태관겸전향관, 주시관은 관상감의 관원 1원이 겸할 것을 결정하였다.

---

177 의궤의 내용은 국립문화재연구소,『조선왕실의 안태와 태실 관련 의궤』, 민속원, 2006, 48~76쪽 참조.

3월 29일, 관상감에서 안태와 관련된 길일과 길시를 다음과 같이 추택하였다.

- 장태길일: 6월 8일 오시
- 시역: 5월 6일 사시(巳時)
- 개기: 5월 26일 오시
- 고후토제: 5월 26일 효두
- 선행발태: 6월 2일 오시
- 태신안위제: 봉토한 뒤 정한 때
- 사후토제: 일을 마친 뒤 정한 때

4월 6일, 석물은 경술년(1790, 정조 14)의 예대로 옹석과 개석만을 사용하기로 하였다. 안태사는 대호군 김익진(金翊鎭)을 단망하였고, 이조에서 배태관은 관상감훈도 한교직(韓敎直)을, 전향겸주시관은 관상감교수(觀象監敎授) 이희규를 차출하였다. 4월 7일, 관상감에서는 경각사에서 진배할 물종과 한 도에서 행해야 할 여러 일들에 대해 의궤를 상고한 다음 후록하여 첩정하였다. 각사와 해도에 먼저 진배하도록 예조에 통지를 요청하였다.

후록한 물품은 앞의 예와 같다. 도로를 보수하는 일을 경기, 광주, 수원, 충청 등의 관찰사와 수령이 거행하게 한 이문 통지를 허락하였다. 4월 7일, 그 밖에 행해야 할 여러 가지 일들과 외방에서 준비해야 할 잡물들은 모두 종전의 의궤를 상고해 후록하였으며 미리 거행토록 해도에 이문 통지할 것을 요청하였다.

본도에서 인근의 19개 군현에 잡물을 분정하여 준비하게 했다. 4월 7일, 감역겸전향주시관(監役兼傳香奏時官) 이희규가 숙배한 뒤 원자아기씨 태를 묻는 데 시역하기 위하여 충청도 결성 지역으로 내려갔다. 6월 2일에는 안태사 대호군 김익진, 배태관인 관상감훈도 한교직, 주시관인 관상감 전 첨정 (僉正) 피병간(皮秉侃)이 숙배한 뒤 원자아기씨의 태를 묻을 일로 충청도 결성 지역으로 내려갔다.

6월 2일, 「태를 모시고 내려갈 때의 절차」, 「태를 묻은 절차」가 실려 있다. 옹석과 개석은 본도 홍주(洪州) 지역에서 연석을 떠낸 것이 석품이 가장 좋았으므로 이 돌을 태봉 아래로 운반하여 잘 다듬어 조성하였다. 돌의 치수는 앞의 의궤와 같다. 이어서 「후토고유제 축문」, 「태신안위제 축문」, 「사후토제 축문」이 수록되어 있다. 「제사를 거행한 의식」이 있고, 이어서 각종 제사의 헌관은 지방관으로 차정하여 그대로 종헌례를 행하고, 집사도 본관의 유생으로 차정하며, 대축, 재랑, 축사, 찬자는 산재(散齋) 2일과 치제(致齋) 1일을 행하였다고 되어 있다. 태봉의 화소는 규례대로 200보를 정식으로 삼았으며, 태봉직 2명은 본읍의 한정으로 충당하였다. 안태사 대호군 김익진이 6월 2일 태를 모시고 출발하여 6월 7일 충청도 결성현 구항면 난산의 태봉에 도착하였고, 8일 오시에 안태를 무사히 마쳤다고 올린 치계가 있다.

〈진설도〉에 이어 「좌목」은 다음과 같다. 안태사자헌대부행용양위대호군 신 김익진, 배태관관상감지리학훈도 신 한교직, 주시관관상감지리학전첨정 신 피병간, 전향관겸감역관관상감지리학교수 신 이희규, 가선대부충청도관찰사겸순찰사 신 성이호(成彝鎬), 도차사원겸감역관통훈대부결성현감 신 임좌한(林佐漢) 등이 적혀 있다.

이상에서 조선왕실에서 이루어진 안태 전반에 관하여 살펴보았다. 안태가 지닌 궁중의례로서의 특색을 살피기 위해 안태의 기원과 전통, 안태의 기록과 절차, 안태의례의 변천순으로 본문을 구성하였다. 무엇보다 안태의례의 변천은 구체적인 기록을 통해 추론해 보고자 했다. 안태의 기원은 삼국시대와 중국의 당대 이후 시작된 기록이 있지만, 분명한 것은 조선왕실의 안태문화가 삼국시대와 고려시대를 거쳐 마련된 전통의 연장에서 이루어졌다는 점이다.

안태 관련 등록과 의궤는 장태의 과정을 가장 구체적으로 기록해 둔 자료이다. 각 의궤와 등록에서 다루어진 주요 사항을 살펴보면, 우선 관상감에서는 태봉의 후보지를 사전에 여러 곳 선정하여 기록해 둔 점이 확인된다. 태실을 조성하게 될 때는 이들 선정해 둔 길지 가운데 세 곳을 골라 후보지로 삼았다. 최초 입록한 지 여러 해가 지났을 경우에는 현장의 상태를 살피기 위해 관상감의 상지관이 현지에 내려가 간심하는 절차를 두었고, 그 결과에 따라 태실의 후보지를 결정하였다.

왕자나 왕손의 장태일은 출생일로부터 5개월 뒤로 정해졌는데, 이는 『태장경』의 '육안태법'에 남자는 연장태 5월, 중부태 5년, 향양태 7년이라는 기록에 근거를 둔 것으로 여겨진다. 정조 대 이후에는 남자의 경우 태어난 지 5개월 만에 태를 묻는 '육안태법'을 따랐음을 알려 준다.

추택일자를 살펴보면, 시역과 개기일자는 대부분 달랐다. 특히 높은 산자락에 조성할 경우 진입로와 물자의 운반로를 먼저 만들기 위해 시역 후 약 4일에서 20일 뒤에 개기를 한 사례가 많다. 예컨대 순조의 태봉인 충청도 보은현 내속리, 헌종의 태봉인 공충도 덕산현 가야산 명월봉, 철종 원자의 장태지인 강원도 원주부 주천면 복결산 등에서는 시역 후 개기까지 약 10일 정도 소요되었고, 순종의 장태지인 충청도 결성현 구항면 난산에서는 시역에서 개기까지 20일이 소요되었다. 개기일에는 고후토제를, 봉토한 뒤에는 태신안위제를, 일을 다 마친 뒤에는 최종적으로 사후토제를 지내는 것이 원칙이었다. 태를 봉송하기 위해 출발하는 발태일은 안태지가 경상도일 경우 장태일로부터 약 8일 전, 강원도일 경우 6일 전, 충청도일 경우 5일 전, 경기도일 경우 3일 전으로 정해졌다.

1790년(정조 14) 정조가 시행한 안태 과정의 개선책에 따라 이때 조성된
태실의 규모는 높이 3자이고 지름 10자이며, 둘레 30자였다. 표석을 세우
지 않았고, 지석을 묻은 기록도 나오지 않는다. 정조 대에서 고종 대에 걸
쳐 작성된 현존하는 6종의 안태등록과 의궤는 18세기 후반기 이후 안태의
례가 어떻게 시행되었고, 어떤 전거와 원칙에 따라 이루어졌는가를 살필
수 있는 가장 구체적인 자료이다.

조선왕실의 태실가봉

태실의 가봉(加封)은 안태에 이은 후속 의례로서 태실의 주인공이 왕위에 오른 경우에 시행되었다. 최초의 태를 묻은 태실에 국왕태실로서의 위엄을 갖추기 위해 석물을 배설하였는데, 이를 가봉이라 한다. 현존하는 국왕의 태실은 대부분 석물로 단장한 상태이지만, 최초에 가봉된 모습이 그대로 남아 있는 경우는 드물다.

본문의 제1절에서는 조선 초기 태실가봉의 내력을 살펴보겠다. 태실의 가봉기록은 현종 대 이후부터 구체적으로 파악되며, 그 이전의 현황은 문헌자료의 일실(逸失)로 자세히 밝히는 데 한계가 있다. 단편적인 자료를 재구성하여 조선 초기 태실가봉의 실태를 알아보기로 하겠다. 제2절에서는 영조 때 간행한 규장각 소장의 『태봉등록』에 기록된 태실가봉에 대한 자료를 검토하여 정리할 것이다. 현종, 숙종, 경종, 영조태실의 가봉 관련 부분이 여기에 해당한다. 이 자료들은 의궤나 실록에서 볼 수 없는 세부 사실을 다루고 있어 참고가 된다. 제3절에서는 영조 대에서 헌종 대에 걸쳐 제작된 5종의 태실가봉의궤를 검토하겠다.[1] 먼저 의궤의 형식과 특징을 알아보고, 주요 항목을 기준으로 태실가봉의 주요 절차를 살필 것이다. 이들 의궤의 시기는 조선 후기에 해당하지만, 가봉의례의 실상을 살필 수 있는 구체

---

[1] 5종 가운데 『英祖大王胎室加封儀軌』는 차용걸, 「英祖大王胎室 加封儀軌에 대하여」, 『호서문화연구』 2, 충북대학교호서문화연구소, 1982, 5~31쪽에 수록되어 있다. 정조, 순조, 익종, 헌종태실의 가봉 관련 의궤는 2006년 국립문화재연구소에서 『조선왕실의 안태와 태실 관련 의궤』라는 번역본을 낸 바 있다.

적인 내용이 실려 있다. 마지막 제4절에서는 가봉이 완료된 태실의 현장을 그린 태봉도를 다루겠다. 태봉도는 최근 소개된 4점 정도만이 전하며,[2] 태실가봉이 완료된 시기에 제작되어 일종의 기록화로서의 성격을 지닌다.

이 장에서는 안태의 후속의례로서 정례화된 태실가봉에 관하여 살펴봄으로써 안태의례의 세부 영역을 보다 체계적으로 정리하고자 한다.

---

2 태봉도에 대해서는 윤진영, 『조선왕실의 태봉도』, 한국학중앙연구원출판부, 2016.

1 조선왕조 태실가봉의 전통

조선왕실에서 태실을 최초로 가봉한 정확한 시점은 미상이다. 조선 초기의 태조와 세종의 태실을 보수한 수개 연도만 기록이 있을 뿐이다. 정종과 태종의 태실도 가봉과 수개가 이루어진 시기를 알 수 없으며, 가봉기록이 확인되는 것은 문종 대부터이다.

문종태실(文宗胎室)의 가봉은 즉위년인 1450년에 이루어졌다.[3] 그러나 관련 의궤와 기록은 남아 있지 않다. 태실가봉의궤는 영조 대에서 헌종 대에 걸쳐 제작된 석난간조배의궤(石欄干造排儀軌) 5종이 전한다. 이들 의궤에는 태실가봉 의례의 절차가 자세히 기록되어 있다. 이외에 1643년(인조 21) 4월부터 1740년(영조 16) 10월까지의 태실 조성 및 보수와 관리에 관한 기록을 모아 놓은 『태봉등록』에서 가봉에 관한 사실만을 발췌하여 살필 수 있다.

태실가봉의 결정은 신하들이 올린 청을 왕이 수락하는 형식으로 이루어졌다. 왕자녀의 안태는 장태법을 적용한 관계로 정해진 일자를 지켜서 시행되었으나 가봉의 경우는 그렇지 않았다. 흉년이 있는 경우는 몇 년씩 미루어지기도 했고, 국장(國葬)이 있을 때도 연기되었다. 또한 시행 날짜를 보면 농번기를 피하여 대부분 가을 이후나 봄 이전에 행해진 사례가 많았다.

가봉은 왕명을 받아 예조에서 주관하였고 관상감과 선공감(繕工監)에서

---

3   『문종실록』 즉위년(1450) 7월 4일.

실무를 담당하였다. 태실이 위치한 도의 관찰사가 현지에서 실행되는 공역의 책임을 맡았고, 해당 군현의 수령들도 크고 작은 인력과 물자를 준비하는 일 등을 분담하여 추진하였다. 예조에서는 가봉일이 정해지면 필요한 역군과 잡물(雜物)을 기록하여 각 도에 통보하였고, 해당 도에서는 이를 인근 군현에 분정하여 준비하게 하였다. 그리고 일정에 맞추어 관상감이나 선공감의 제조 한 사람이 현지에 내려가 일을 감독하였고, 서사관(書寫官)과 전향관 등 의례를 주관할 관원도 정해진 시기에 내려가서 맡은 일을 수행하였다. 가봉의 준비과정에서 가장 힘든 일이 석물의 채취와 이동, 그리고 돌을 깎고 새기는 작업이었다. 따라서 석물을 다루는 석물시역(石物始役)이 가봉 과정에서 가장 먼저 실행되었으며 관상감에서 감역관과 경석수가 내려가 일을 감독하였다.

석물 제작의 지침은 앞 시기의 의궤를 참고하였으며, 제작된 석물은 배설길일에 결합하였는데, 석물 배열이 끝나면 가봉의 행사가 완료되었다. 가봉작업의 중간과 마지막에 제례(祭禮)가 들어가는데, 터를 닦는 개기시역일(開基始役日)에는 선고사유제(先告事由祭)와 고후토제를 지냈고, 석물 배열을 완료한 뒤에는 사후토제를 지냈다. 이때 제례의 집전은 대부분 지역의 유생(儒生)들이 맡았다. 가봉태실의궤에는 제사를 거행하는 의식을 기록하였고, 각 제례의 축문도 수록해 놓았다.

가봉이 완료된 뒤에는 후속 조치로 접근 금지를 알리는 금표를 세웠고, 화재가 발생했을 때 불길을 차단하는 저지선인 화소를 정하였으며, 왕실에 보고하기 위한 태실비 탁본(拓本)과 지리적 형세를 그린 태봉도를 제작하였다. 그리고 장인들의 이름을 기록한 공장질(工匠秩)과, 쓰고 남아서 돌려줄 물건을 기록한 환하질(還下秩) 등이 의궤에 기록되어 있다. 의궤에 기록된 이러한 전 과정이 바로 국왕의 태실을 대상으로 한 가봉의례의 중심 내용이다.[4]

1) 태실가봉의 기록

이 절에서는 가봉비문(加封碑文)과 문헌기록에 근거하여 역대 국왕의 태실가봉 현황을 살펴보기로 하겠다. 다만, 태실이 파괴되어 가봉비(加封碑)가 일실된 경우는 제외하였다. 예컨대 태조의 태실은 가봉비의 후면(後面)에 '강희이십팔년삼월이십구일중건(康熙二十八年三月二十九日重建)'이라 적혀 있어 1689년(숙종 15)에 중수(重修)가 있었음은 확인되지만, 정확한 가봉 연도는 알 수 없다. 태조태실은 이 밖에도 몇 차례 태실의 보수가 있었다.[5] 경남 사천시 곤명면 은사리 산27번지에 위치한 세종태실 또한 가봉비에 '숭정기원후일백칠년갑인구월초오일건(崇禎紀元後一百七年甲寅九月初五日建)'이라 되어 있어 1734년(영조 10)에 세웠음이 확인되지만, 가봉에 관한 기록은 찾을 수 없다

가봉과 관련된 좀 더 구체적인 기록으로, 세종 즉위년(1418) 11월의 『세종실록』에는 태실에 돌난간[石欄]을 설치하면 땅의 지맥(地脈)을 손상시키므로 돌난간 대신 나무 난간을 세우게 한 기록이 보인다.

전교를 내리기를, "태실에 돌난간을 설치하면서 땅을 파서 지맥을 손상시켰으니, 지금 진주(晋州)의 태실에는 돌난간을 설치하지 말고, 다만 나무를 사용하여 난간을 만들었다가 썩거든 이를 고쳐 다시 만들 것이다. 이를 일정한 법식으로 삼을 것이다" 하였다.[6]

---

4 국왕의 태실가봉에 관해서는 김영준, 「조선시대 국왕 태실의 '加封'에 관한 연구─순조 태실의 가봉 사례를 중심으로」, 경상대학교교육대학원 역사교육전공, 2018.

5 외규장각에 있던 『형지안』(1856)에 『太祖朝胎室石物修改儀軌』(1686, 숙종 12), 『太祖朝胎室修改儀軌』(1726, 영조 2)의 기록이 있고, 규장각한국학연구원 소장의 『太祖大王胎室修改儀軌』(1866, 고종 3)가 있다. 『태봉등록』에도 기사년(1689, 숙종 15) 3월의 수개 사실이 기록되어 있다.

6 『세종실록』 즉위년(1418) 11월 3일.

여기에서 말한 진주의 태실이란 지금 경남시 사천에 있는 세종태실로 추정되는데, 애초에 조성한 왕자녀의 아기태실에 석물로 난간을 만들었음을 알 수 있다. 태실에 석난간을 설치하고 수리하는 관행은 문종 때부터 시행된 것으로 추측된다. 현존하는 왕의 가봉태실 가운데 연대가 가장 올라가는 것은 문종태실이다.[7] 문종태실의 가봉은 문종 즉위년인 1450년에 있었다. 『문종실록』 즉위년 7월 4일 조에 예문관 대제학 권맹손(權孟孫) 등이 주상(主上)의 태를 봉안한 경상도 기천현을 군으로 승격시킬 것을 주청한 내용이 있어 이때 태실의 가봉이 있었음을 알게 된다. 『세조실록』에도 이를 추측하게 하는 다음의 기사가 있다.

예조에서 아뢰기를, "옛 순흥(順興)의 소헌왕후태실(昭憲王后胎室)과 옛 은풍(殷豐)의 문종대왕태실(文宗大王胎室)은 석난간(石欄干)과 전석이 조금 물러났으니, 청컨대 풍수 학관(風水學官)을 보내어 봉심하고 수즙(修葺)하게 하소서" 하니, 전교하기를, "어찌 반드시 따로 보내야 하겠느냐? 마땅히 도순찰사(都巡察使) 이극배(李克培)로 하여금 봉심하여서 아뢰게 하라"라고 하였다.[8]

위의 『세조실록』 기사는 순흥의 소헌왕후태실과[9] 옛 은풍의 문종대왕

---

7 문종태실의 위치는 경북 예천군 상리면 명봉리 명봉사 뒤편이었지만, 태실석물은 현재 완전히 파손된 상태이다. 명봉사 법당 옆으로 옮겨진 가봉비 후면에 '崇禎紀元後百八十乙卯九月二十五日建'이라 적혀 있다. 이는 수개가 이루어진 다음인 1795년(정조 19)에 비를 세웠음을 알려 준다. 『형지안』(1856)에 수록된 『文廟朝胎室表石修改儀軌』(1735, 영조 11)가 있다. 『태봉등록』에는 경술년(1730, 영조 6) '英宗庚戌五月修改', 갑인년(1734, 영조 10) '甲寅五月修改'의 기록이 있다.

8 『세조실록』 9년(1463) 3월 4일.

9 『태봉등록』 병오년(1666, 현종 7) 5월 24일에는 풍기군 북면 소헌왕후(昭憲王后, 1395~1446, 세종의 비 심씨)의 태실이 오랫동안 개수하지 않고 버려진 상태였는데 군수 어상준(魚尙儁)이 봉심한 결과 팔면난간과 기둥이 손상 훼손되었음을 알게 되었다는 기사가 있다. 왕후의 태실이 대신이 가봉대신이 형태를 취했다는 점이 특이하지만, '팔면난간'과 '기둥'을 언급한 것을 보면, 일반적인 국왕의 태실과 같은 형태였던 것으로 짐작된다. 조선 전기 왕후의 태실에 관해서는 홍성익, 「조선 전기 왕비 가봉태실에 관한 연구」, 『사학연구』 117, 한국사학회, 2015, 265~298쪽.

태실에 있는 석난간과 전석이 조금 손상되었다는 기록이다. 문종의 태실에 석난간이 둘러져 있는데, 이는 이전에 문종의 태실에 가봉이 이루어졌음을 말해 주는 단서가 된다. 두 번째는 1462년(세조 8) 8월의 기록으로 예조에 어태 및 왕세자·원손의 태실에 석난간을 설치하지 말도록 한 내용이다.

> 예조에 전지(傳旨)하기를, "금후로는 어태 및 왕세자·원손의 태실은 모두 석난간을 설치하지 말게 하라" 하였다.[10]

이는 앞서 세종 대에 석난간을 금지하게 한 것과 관련이 있다. 즉 세조 대 이전까지는 왕의 태실과 왕세자, 원손의 태실에 석난간을 설치했던 것으로 추측된다. 이렇게 되면, 왕세자와 원손이 등극하게 될 경우 별도로 석물을 단장하지 않아도 되었을 것이다. 그러나 이것이 실제로 실행된 것인지는 알 수 없다.

좀 더 구체적으로 세조 대 태실의 석난간 형식에 관해 알아보자. 세조의 태실은 경북 성주군 월항면 인촌리의 세종조 왕자들의 태실에 속해 있었다. 세조는 세자나 세손이 아니었으므로 태실도 보통의 왕자태실과 같았다. 예조에서는 세조의 태실이 여러 대군과 군의 태실 곁에 있고, 의물도 없으니 장소를 골라 옮긴 뒤 의물을 설치할 것을 청하였다. 그러나 세조는 이를 허락하지 않았다. 다만, 그 자리에 아기태실의 표석을 없애고 비를 세워 구별하도록 하였다.[11] 석물 단장은 생략하였지만, 가봉의례의 의미는 비를 세우는 데 집약되었다. 세조는 안태의례에서 "형제가 태를 같이하였는데 어찌 고칠 필요가 있겠는가?"라고 하여[12] 태실 조성에 소극적인 태도를

---

10 『세조실록』 8년(1462) 8월 22일.
11 『세조실록』 8년(1462) 9월 14일.

보였다. 이전에는 어태와 왕세자와 원손의 태실에 모두 석난간을 설치하는 것이 관행이었던 것으로 추측되지만, 세종은 석난간 대신 나무를 사용하게 했고, 세조는 석난간을 모두 설치하지 못하게 하였으며 자신의 태실에도 예외 없이 적용하였다.

16세기에 가봉한 태실은 예종·성종·중종·인종·명종·선조태실 등이다. 예종태실의 가봉비에는 '만력육년시월초이일건(萬曆六年十月初二日建)/후일백오십육년갑인팔월이십육일개석(後一百五十六年甲寅八月二十六日改石)'이라 새겨져 있어 가봉비는 만력 6년인 1578년(선조 11)에 세워졌음이 확인된다.[13] 예종의 즉위 이후 110년이 지난 뒤에 세운 것이다. 성종의 태실은[14] 가봉비의 후면에 성화(成化) 7년(1471, 성종 2) 윤9월에 비를 세웠고, 이후 1578년(선조 11), 1652년(효종 3), 1823년(순조 23)에 비를 고쳐 세웠다는 기록이 있다.[15] 문종과 성종의 경우는 즉위 초기에 바로 태실가봉을 했음을 알 수 있다.

중종태실은 1515년(중종 10)에 가봉하였는데, 가봉비의 후면에 '정덕십년이월일립(正德十年二月日立)'이라 적혀 있다. 즉위 이후 약 10년이 지난 뒤에 가봉비를 세운 것이다. 인종태실은 『명종실록』 즉위년 11월 20일의 기록에 근거하여 1546년(명종 원년)에 가봉되었음을 알 수 있다.[16] 명종태실에는 2기의 가봉비가 세워져 있는데, 가봉비를 세운 시기는 '가정이십오년시월일립(嘉靖二十五年十月日立)'으로 기록된 1546년이다.[17] 선조태실의 최초 가봉비에는 '융경사년시월이십일일립(隆慶四年十月二十一日立)'이라 새겨져 있어 1570년(선조 3)에 세웠음을 알려 준다.[18]

---

12 『세조실록』 8년(1462) 9월 14일.
13 『태봉등록』 갑인년(1734, 영조 10)에는 '英宗甲寅八月修改'라고 기록되었다.
14 성종태실은 원래 경기 광주시 태전동에 있던 것을 일제강점기인 1930년에 창경궁으로 옮겨 놓았다.
15 '成化七年閏九月日立/萬曆六年五月日改立/順治九年十月日改立/道光三年五月日改立'
16 보수에 대해서는 『형지안』(1856)에 수록된 '仁廟朝胎室石物修補儀軌'(1680, 숙종 6)가 있다.
17 『태봉등록』 병오년(1546, 명종 원년)에는 '卽位翌年丙午十月加封'으로 기록되었다.
18 선조태실의 2차 가봉비 후면에는 '崇禎紀元後一百二十年(1747, 영조 23)丁卯五月初三日立/隆慶四年

이처럼 현존하는 국왕태실의 가봉비문을 통해 비를 세운 시기를 파악하게 된다. 그러나 현재의 상태가 처음 비를 세운 상태라고 할 수는 없다. 기록을 남기지 않은 채 중간에 여러 차례 보수가 있었을 가능성이 있기 때문이다. 그러나 16세기 당시에 가봉비를 세웠다는 것은 가봉의례가 정례화되었음을 말해 준다.

17세기에는 현종태실과 숙종태실이 가봉되었다. 현종태실의 가봉은 『태봉등록』에서 확인된다. 1681년(숙종 7) '숙종신유시월가봉(肅宗辛酉十月加封)'이라고 한 기록이 근거이다.[19] 숙종태실은 충남 공주시 태봉동에 위치해 있으나 석물은 남아 있지 않고, 가봉태실비만이 남아 있다. 후면에 '강희이십이년시월십오일건(康熙二十二年十月十五日建)'이라 새겨져 있어 태실가봉이 1683년에 있었음을 알 수 있다. 구체적인 내용은 뒤에서 자세히 살펴보기로 하겠다.

18, 19세기에는 경종으로부터 헌종태실에 이르기까지 가봉이 이루어졌다. 경종태실은 가봉태실비 후면에 '옹정사년구월초팔일건(擁正四年九月初八日建)'이라 되어 있으므로 태실가봉은 1726년(영조 2)에 있었던 것이 된다.[20] 영조태실의 가봉은 1729년에 있었다. 가봉태실비 후면에 '옹정칠년시월십사일건(擁正七年十月十四日建)'이라 새겨져 있다. 『형지안』(1856)에 『영묘조태실석난간조배의궤(英廟朝胎室石欄干造排儀軌)』(1729)가 수록되어 있고,[21] 이 의궤를 만들 당시에 지방에서 필사(筆寫)해 둔 의궤가 『당저태실석난간조배의궤(當

(1570, 선조 3)庚午十月二十一日所立碑字歲久刻缺故改石'이라 새겨져 있다. 현재 이 비는 오덕사 대웅전 부근에 옮겨져 있다. 『태봉등록』 경오년(1570, 선조 3)에는 '卽位三年庚午十月始爲胎峯仍排石欄干'으로 기록되었다.

19 수개 기록으로는 『태봉등록』에 갑인년(1734, 영조 10) '英宗甲寅八月修改', 갑신년(1764, 영조 40) '甲申五月修改'로 기록되었다.

20 『태봉등록』 병오년(1726, 영조 2)에는 '英宗二年丙午九月加封'으로 기록되어 있고, 『형지안』(1856)에 『景廟朝胎室石欄干造排儀軌』(1726)의 목록이 들어 있다.

21 『태봉등록』 기유년(1729, 영조 5)에는 '卽位五年己酉十月加封'으로 기록되었다.

竹胎室石欄干造排儀軌』(1729)라는 이름으로 청주군청에 소장되어 있다.[22]

영조 대에서 헌종 대에 걸쳐 제작된 가봉의궤는 현재 5종이 전한다. 이들 의궤에는 태실가봉 의례의 구체적인 과정이 기록되어 있다.[23] 의궤의 내용은 제3절에서 자세히 살펴보기로 하겠다.

조선왕조의 가봉태실 가운데 이례적인 것이 장조태실(莊祖胎室)이다. 경북 예천군 상리면 명봉리(鳴鳳里) 명봉사(鳴鳳寺) 뒤편에 위치한 장조태실은 '경모궁태실(景慕宮胎室)'로 불리지만, 왕이 아닌 세자의 태실을 왕에 준하는 격식으로 가봉한 것인데, 이러한 경우는 선례가 없다. 장조태실의 가봉은 『정조실록』 1785년(정조 9) 3월 18일 조에 나온다. 장조의 추존(追尊)은 1899년(고종 34)에 있었다. 추존되기 이전에 가봉이 이루어진 것이다. 여기에 대해서는 제2절에서 좀 더 자세히 다루겠다.

정조태실의 가봉은 1801년(순조 1)에 있었고, 순조태실의 가봉은 가봉비 후면에 새긴 '가경십일년시월십이일건(嘉慶十一年十月十二日建)'에 따라 1806년에 있었음을 알 수 있다.[24] 헌종태실은 규장각 소장 『성상태실가봉석난간조배의궤(聖上胎室加封石欄干造排儀軌)』가 전하고 있어 1847년(헌종 13)의 가봉 사실이 확인된다. 국왕태실의 가봉 시기는 태조에서 세종 대까지는 미상이며, 문종 대부터 파악된다. 문종과 성종은 즉위 초기에 가봉하였으나 이외에는 즉위한 이후 수년이 지나거나 사후(死後)에 이루어진 경우도 있었다.

---

22 여기에 대해서는 차용걸, 「英祖大王胎室 加封儀軌에 대하여」, 『호서문화연구』 2, 충북대학교호서문화연구소, 1982, 5~31쪽 참조.

23 김상환, 「조선왕실의 원자아기 안태의궤 및 태실석물 개보수와 가봉 관련 의궤」, 『조선왕실의 안태와 태실 관련 의궤』, 국립문화재연구소, 2006, 9~19쪽 참조.

24 『순조실록』 6년(1806) 10월 20일.

2) 태실가봉의 형식

가봉태실은 태실에 승려의 사리탑(舍利塔)인 부도(浮屠)와 비슷한 형태의
석물을 만들고, 외곽에 돌로 난간석(欄干石)을 둘렀으며, 태실에서 1보가량
떨어진 곳에 비를 세운 것이 기본 형식이다.[25] 이러한 가봉태실의 형식은
현존하는 국왕의 태실에서 그 특징을 살필 수 있다. 세부적인 석물의 모양
은 태실가봉의궤에 수록된 석물의 도설(圖說)을 통해 보다 구체적인 정보를
얻을 수 있다. 태실가봉 관련 의궤에 실린〈석난간조작도(石欄干造作圖)〉를
보면, 가봉태실의 형식을 이해하는 데 많은 도움이 된다. 우선 석물의 종류
와 명칭을 정리하면 다음과 같다.

- 귀롱대석(龜籠臺石): 화강암으로 만든 거북이 모양의 받침돌로서 비석을
  받치는 기능을 했다. 비좌(碑座)라고도 하며, 비를 꽂는 거북이 형태의 귀
  부와 그것을 받치는 지대석(地臺石)으로 구성되어 있다.
- 가봉비(加封碑): 비의 위쪽에 용이 서린 모양을 조각한 이수(螭首)와 비석
  으로 구성되어 있다. 이수에는 좌우 대칭의 용 2마리를 새겼고, 이수와
  비신(碑身)은 하나의 돌로 되어 있다.
- 개첨석(蓋簷石): 주로 부도에 올리는 팔각형의 지붕과 같은 형태의 돌이
  다. 태실의 중심에 놓은 중동석 위에 올리는 뚜껑돌에 해당한다.
- 중동석(中童石): 배가 불룩한 형태의 중심돌로서 위쪽에 뚜껑돌인 개첨석
  과 연결되는 돌기가 있다. 아랫면에는 사방석의 돌기를 끼울 홈이 파여
  있다.

---

25 가봉태실의 형식과 구조에 관해서는 심현용, 「朝鮮時代 胎室에 관한 考古學的 研究」, 강원대학교대학
   원 박사학위논문, 2015, 115~366쪽; 이귀영·홍대한, 「태실 조성의 특징과 수호사찰의 운영」, 『조선
   왕실의 태실 의궤와 장태문화』, 한국학중앙연구원출판부, 2018, 105~110쪽.

- 사방석(四方石): 중동석의 받침돌이며, 2단으로 되어 있고 가운데가 철(凸) 형으로 다듬어져 있다. 중동석의 아래에 있는 홈에 끼우면 밀착되어 견고한 상태가 된다.
- 주석(柱石): 태실의 난간을 올려놓는 기둥돌이다. 즉 바탕돌인 우전석(隅磚石) 위에 놓아, 난간석인 죽석(竹石)을 받치는 기능을 한다. 태실의 모서리 8곳에 각각 들어간다.
- 동자석(童子石): 바닥에 끼는 면전석(面磚石) 위에 놓아 난간돌인 죽석을 받치는 돌이다. 중간 부분이 불룩한 장고 모양이다. 여기에 연꽃잎 모양을 새긴 것을 연엽주석이라 한다.
- 죽석(竹石): 단면 팔각형인 긴 막대기 모양으로 연엽주석과 동자석에 얹는 난간대이다.
- 상석(裳石): 한쪽 끝을 전석 위에 걸쳐 전석과 사방석 사이의 공간을 메우는 돌이다. 바깥을 향한 가장자리가 일직선인 경우는 면상석(面裳石)이고, 가장자리가 꺾이는 경우는 우상석이다.
- 전석(磚石): 태실 제일 바깥쪽에 위치하는 석물로 그 위에 동자석과 주석이 놓인다. 우전석은 가장자리가 꺾이는 모서리 부분이 있는 돌이고, 끝이 일직선인 면전석은 우전석의 사이에 들어간다.

『정종대왕태실가봉의궤』의 〈석난간조작도〉에는 태실과 표석에 해당하는 모든 석물이 해체된 상태로 그려져 있다. 〈석난간배설도(石欄干排設圖)〉는 석물들을 조립하여 완성한 그림이다.

석물을 배열하는 순서는 다음과 같다.

① 태항아리를 넣은 석함이 묻힌 지면 위에 사방석을 깔고, 그 중심에 중동석을 놓는다. 중동석 위에 개첨석을 올린다.

② 맨 아래쪽의 사방석 주위에 상석을 맞추어 깐다.

③ 그 바깥쪽으로 전석을 배치한다.

④ 전석에 작은 구멍을 판 뒤 주석과 동자석 아래의 돌기 부분을 맞춰서 세운다.

⑤ 주석 측면에 있는 받침과 동자석의 윗부분에 난간석인 죽석을 걸친다.

이러한 절차로 완성된 것이 석난간으로 둘러진 태실이다. 태실로부터 한 걸음 떨어진 곳에 표석을 세웠는데, 이 또한 태실에 포함되는 것으로 의궤의 도설에도 그려져 있다. 표석은 귀룡대석을 아래에 놓고 그 위에 끼우는 방식으로 조립하였다. 이와 같은 태실석물의 형태와 구조는 어디에서 유래된 것일까? 고승들의 사리탑인 부도와 왕릉의 난간석에서 이와 유사한 형태를 발견할 수 있다. 특히 부도와 난간의 조합은 양주(楊洲) 천보산(天寶山) 회암사(檜巖寺)에 있는 무학대사(無學大師, 1327~1407)의 부도에서 앞선 시기의 형식을 찾고 있다.[26]

1396년(태조 5) 무학대사가 주관하여 태조의 태를 금산으로 옮긴 사실로 볼 때, 태조태실을 가봉한 석물의 형태는 무학대사의 부도와 관련이 있을 것으로 짐작되는데, 여기에 대해서는 보다 면밀한 고찰이 필요하다. 무학대사의 부도는 1407년(태종 7)에 조성되었다. 부도를 가운데 안치하고 그 둘

---

26 김영진, 「충주 경종태실 소고―작변과 복원을 중심으로」, 『청주대학교 박물관보』 7, 청주대학교박물관, 1994; 경상북도문화재연구원·영천시, 『仁宗胎室 發掘調査報告書』, 1999, 11쪽; 홍성익, 「부도형 불사리탑에 대한 연구」, 『전북사학』 43, 전북사학회, 2013, 72쪽; 심현용, 「朝鮮時代 胎室에 관한 考古學的 研究」, 강원대학교대학원 박사학위논문, 2015, 126쪽. 무학대사는 공민왕과 태조 이성계의 스승이었다. 무학대사 부도의 조성시기는 1397년(태조 6)으로 비정된다. 변계량(卞季良)이 지은 무학대사의 비에 나와 있다. 이 부도는 3단으로 쌓은 장대석(長大石)과 동자석 기둥에 도란대를 끼워서 만든 팔각난간 안에 안치된 형식을 취했다. 부도의 각 층마다 용·구름·연꽃을 섬세하게 조각하여 예술적 수준을 높였다. 8각의 석단은 8매의 큰 돌로 짜 맞추어 2단으로 쌓았고, 그 석단 위에 각 우주(隅柱)마다 방형의 기둥을 세우고 기둥 꼭대기를 보주형(寶舟形)으로 조각했다. 각 돌기둥 사이에 장대석을 세우고 그 위에 동자주(童子柱)를 놓은 다음 난간기둥을 둘렀다. 결국 8각 석단 안에 세워진 부도는 8방의 기둥과 난간석에 둘러싸여 보호를 받으면서 장엄한 구조물의 형태를 취했다.

레를 난간으로 장식하였다. 난간은 8개의 장대석(長大石)을 2단으로 넓고 높직하게 쌓은 후 각 모서리마다 꼭대기를 보주형(寶珠形)으로 장식한 주석을 세운 형식이다. 그리고 주석마다 넓은 장대석을 1매씩 끼워 넣고 위로 도란대를 괸 다음 죽석을 걸쳤다. 이처럼 중앙에 부도를 세우고 둘레를 난간으로 장식한 형식은 태실의 형태와 매우 유사하다. 이후 주석 사이에 동자석을 세우고 주석에 도란대를 결합시킨 것이 조선시대 가봉태실의 형태이다.[27]

장서각 소장 태봉도 3점에는 석난간과 중심돌인 중동석이 좌우 대칭형으로 그려져 있다. 그 앞에 있는 거북이 형상의 귀부와 비석돌의 구조도 서로 비슷하다. '석난간조배의궤'의 배설도와도 유사한 점이 많다. 일례로 『(순조)태실석난간조배의궤』의 뒤편에 실은 〈난간석조작도(欄干石造作圖)〉와 〈난간배설도(欄干排設圖)〉는 석물의 구조를 알기 쉽게 그린 것이다. 석물의 세부구조와 명칭, 그리고 전체의 모습을 이해하는 데에 참고가 된다.

배설도에서 귀부는 측면으로, 비면은 정면으로 그렸는데, 태봉도의 석물과 같은 형태이다. 태봉도의 석물 그림이 배설도와 관련을 갖고 그려진 것으로 추측된다. 태봉도의 핵심이 가봉된 태실의 모습인 만큼 그 특징을 정확히 전달하고자 의궤 배설도를 참고하였을 수 있다.

위에서 간략히 살펴본 가봉태실은 조선 후기의 국왕태실에서 사례별 특징을 살펴볼 수 있다. 가봉태실의 중동석을 비롯한 석물은 이른 시기 최초의 사례를 찾기가 어렵다. 시대가 이른 왕의 태실도 후대에 조성된 사례가 많을 뿐 아니라 원래의 형태를 간직하였다고 보기 어렵다. 따라서 1407년에 세운 무학대사의 부도가 분명 가봉태실의 석물 형태에 기본 양식을 제공했을 것으로 추측된다.

27 경상북도문화재연구원·영천시, 『仁宗胎室 發掘調査報告書』, 1999, 11쪽.

2 『태봉등록』과 태실가봉

　『태봉등록』은 태실의 조성 및 보수에 관한 공문을 모아 예조에서 필사한 책이다. 1643년(인조 21) 4월부터 1740년(영조 16) 10월 사이에 있었던 기록을 담고 있다. 왕실 자녀의 아기태실 조성, 왕의 태실을 단장하는 가봉, 태실의 수리와 보수 등에 관한 것이 주된 내용으로 계사, 장계, 감결, 관문 등의 문서를 옮겨 기록한 것이다.[28]

　책의 앞부분에는 역대 왕의 태봉인 열성태봉의 지명(地名)과 좌향을 적었고, 그 아래 가봉년과 수개년(修改年)을 기록하였다. '표 7'은 『태봉등록』에 수록된 영조 대 국왕태실의 현황을 기록한 것이다. 이 절에서는 『태봉등록』에 기록된 현종, 숙종·경종, 영조태실의 가봉의례에 대해 살펴보기로 하겠다.

표 7　『태봉등록』에 수록된 열성태봉(列聖胎峯)

왕명	위치	가봉년/수개년
태조대왕	태봉 진산 만인산 (胎峯珍山萬仞山)	가봉년조 미상(加封年條未詳) 숙종 기사(1689) 3월 수개(肅宗己巳三月修改)
정종공정 대왕	태봉 금산 직지사후 (胎峯金山直指寺後)	
태종대왕	태봉 성산 조곡산 (胎峯星山祖谷山)	

28　국립문화재연구소, 『국역 태봉등록』, 2006, 16~19쪽.

왕명	위치	가봉년/수개년
세종대왕	태봉 곤양 소곡산 (胎峯昆陽所谷山)	가봉년조 미상(加封年條未詳) 영종 경술(1730) 5월 수개(英宗庚戌五月修改) 갑인(1734) 5월 수개(甲寅五月修改)
문종대왕	태봉 풍기 명봉사후 (胎峯豊基鳴鳳寺後)	가봉년조 미상(加封年條未詳) 영종 경술(1730) 5월 수개(英宗庚戌五月修改) 갑인(1734) 5월 수개(甲寅五月修改)
단종대왕	태봉 곤양 (胎峯昆陽)	
세조대왕	태봉 성주 선석산 (胎峯星州禪石山)	
덕종대왕		
예종대왕	태봉 전주 태실산 (胎峯全州胎室山)	가봉년조 미상(加封年條未詳) 영종 갑인(1734) 8월 수개(英宗甲寅八月修改)
성종대왕	태봉 광주 경안역 (胎峯廣州慶安驛)	
중종대왕	태봉 가평 서면 (胎峯加平西面)	
인종대왕	태봉 영천 공산 (胎峯永川公山)	숙종 경신(1680) 4월 수개(肅宗庚申四月修改)
명종대왕	태봉 서산 동면 (胎峯瑞山東面)	즉위 익년 병오(1546) 10월 가봉 (卽位翌年丙午十月加封)
선조대왕	태봉 임천 서면 (胎峯林川西面)	즉위 3년 경오(1570) 10월 시위태봉 잉배석난간 (卽位三年庚午十月始爲胎峯仍排石欄干)
현종대왕	태봉 대흥원 동면 (胎峯大興遠東面)	숙종 신유(1681) 10월 가봉(肅宗辛酉十月加封) 영종 갑인(1734) 8월 수개(英宗甲寅八月修改) 갑신(1764) 5월 수개(甲申五月修改)
숙종대왕	태봉 공주 남면 (胎峯公州南面)	즉위 9년 계해(1683) 10월 가봉 (卽位九年癸亥十月加封)
경종대왕	태봉 충주 (胎峯忠州)	영종 2년 병오(1726) 9월 가봉 (英宗二年丙午九月加封)
영조대왕	태봉 청주 산내일동면 (胎峯淸州山內一東面)	즉위 5년 기유(1729) 10월 가봉 (卽位五年己酉十月加封)

제3장 조선왕실의 태실가봉

1) 현종태실의 가봉

현종태실의 가봉은 1662년(현종 3)에 논의가 있었으나 최종 가봉은 20년 뒤인 1681년(숙종 7)에 이루어졌다.[29] 약 20년 가까운 세월 동안 석물가봉이 연기된 데에는 거듭된 흉년과 농번기를 피해야 하는 일반적인 이유만 있었던 것이 아니다. 현종 대에는 국왕태실의 석물가봉 의례가 정례화되어 있지 않았다. 무엇보다 대신들이 태실가봉에 대한 이전의 선례를 알지 못해 거행할 시기를 놓치는 일이 발생했다. 1662년 6월 23일 희정당에서 현종과 정태화가 나눈 대화의 한 부분은 그러한 정황을 잘 보여 준다.

정태화가 아뢰기를 "상께서 즉위하신 후에 태봉의 석물을 즉시 가봉했는데, 신들이 고사를 잘 알지 못해 아직까지 거행하지 못했으니, 정말 흠전이라 하겠습니다" 하니, 상이 이르기를, "태봉에 석물을 가봉하는 것이 옛날의 규례인가?" 하였다. 태화가 아뢰기를, "명종조에 관원을 보내 수리한 일이 있었는데, 지금도 해조로 하여금 전례를 상고하여 거행토록 해야 할 것입니다" 하니, 상이 이르기를, "추수 때까지 기다렸다가 하도록 하라" 하였다.[30]

현종의 즉위년에는 태실가봉이 이루어지지 못했다. 왕과 신하들이 가봉의 선례를 몰랐기 때문이다. 즉 '고사를 잘 알지 못해'라는 말은 태실가봉의 관행이 원활히 이어지지 못했던 당시의 현실을 시사한다. 현종 자신도 태봉에 석물을 가봉하는 것이 옛날의 규례인지를 되물을 정도로 이해가 부족했다. 적어도 선왕 대인 효종의 재위 10년간 가봉이 없었기에 태실의

---

29   국립문화재연구소, 『국역 태봉등록』, 2006, 73쪽.
30   『현종실록』 3년(1662) 6월 23일.

보수가 관심받는 현안이 될 수 없었던 것으로 추측된다. 현종태실의 석물 가봉과 관련된 논의와 실행의 과정을 아래에서 살펴보기로 하겠다.

(1) 1662년(현종 3)의 추진과 논의

현종의 태실가봉 논의는 1662년(현종 3)에 처음 제기되었다. 현종은 이해 7월 자신의 태실에 석물을 배설하도록 허락하여 공사의 길일을 정하게 했다. 돌 뜨는 것은 9월 18일, 난간석 배설과 개기일은 10월 24일 묘시, 조배는 11월 7일로 정해졌다. 전례를 참고하기 위해 관상감에 보관된 명묘조(明廟朝)『태봉난간석표석등조배시등록(胎封欄干石標石等造排時謄錄)』을 상고했다. 등록에서 참고한 내용은 부석차사원(浮石差使員)을 해당 도의 수령 중에서 차정하고, 일꾼[役夫]과 운반군[曳運軍]은 연군(煙軍, 가구마다 출역하는 부역 인부)과 승군을 사용하기로 한 것이다. 이와 관련된 세부 내용을 『태봉등록』에서 살펴보면 다음과 같다.

첫째, 다른 태실의 경우도 마찬가지이지만, 도내(道內)에서 석공들을 뽑은 뒤, 서산군 명종태실의 난간과 표석, 귀석(龜石), 대석의 치수와 모양을 그대로 본떠 큰 덩어리로 돌을 깎고, 이를 태실 밑으로 옮겨 정밀한 작업을 하게 하였다. 석물에 새길 그림을 그려 넣을 화공은 서울에서 내려보낼 것을 청하여 윤허를 받았다.[31]

둘째, 1662년 7월 26일 홍문관(弘文館) 교리 이민서(李敏敍)는 계문(啓文)을 올려 태실의 석물공사는 가을을 기다릴 것을 명받았지만, 기근과 수해(水害)로 인해 정지할 것을 건의했다. 이에 현종은 다시 품처하라고 지시하였다.[32] 그러나 가봉은 이루어지지 못했다. 계문에는 날짜가 긴급할 경우 설치할 난간석의 크기를 이전의 것보다 줄이고, 표석은 이전 것을 그대로 쓸

31　『태봉등록』 임인년(1662, 현종 3) 7월 7일.
32　『태봉등록』 임인년(1662, 현종 3) 7월 26일.

다면 이수와 귀부는 다시 깎을 필요가 없다고 했다. 이렇게 되면 공사 규모는 당연히 축소될 것이고, 그 밖의 피해도 줄어들 것임을 강조했다. 그러나 현종은 구차스럽게 할 일이 아니라며 중지할 것을 명했다.[33]

셋째, 1662년 8월 4일, 태봉에 가봉할 석물의 규모를 정하지 못하는 문제가 생겼다. 충청감사 오장위의 장계에, 임천의 선조태실을 봉심한 석물의 치수와 서산의 명종태실 석물의 치수가 『관상감등록』의 것과 맞지 않아 어느 것을 기준으로 할지 결정해 줄 것을 건의하였다.[34]

현종의 태봉을 조사해 본 결과 서향(西向)으로 동서가 45자, 남북이 27자이며, 태봉 머리의 뾰족한 부분의 모양이 마치 벗단 같다고 했다. 태실의 지형에서 남북의 거리가 짧아 석물을 여유 있게 배설할 형편이 되지 못했다. 선조태실의 돌난간 치수대로 설치하면 동서의 공지(空地)는 15자, 남북의 공지는 6자이고 동서의 지대가 험준하지 않아 흙을 조금만 보충하면 표석은 설치할 수 있다고 했다. 그러나 남북으로 남는 땅이 겨우 6자 뿐이며, 절벽이 있어 세월이 지나 땅이 기울어지고 무너질 염려가 있다고 하였다. 이에 대한 대안으로 선조태실의 난간석 둘레보다 안쪽 길이를 10여 자 줄일 경우, 동서남북이 각각 11자씩이고, 둘레가 34자 남짓 되는바 땅의 형편과 맞게 된다는 것이었다. 예조에서 예관(禮官)을 내려보내 봉심한 뒤에 거행할 것을 건의하였다. 현종은 돌난간 설치를 우선 정지하고, 금년 농사의 형편을 보아서 다시 품지하겠다고 하였다. 이해에 결국 가봉은 이루어지지 못했다. 그러나 석물의 규모와 태봉 현장의 문제점을 논의한 뒤 대안을 마련해 놓은 상태였다.[35]

---

33 『태봉등록』 임인년(1662, 현종 3) 7월 26일.
34 『태봉등록』 임인년(1662, 현종 3) 8월 4일.
35 『태봉등록』 임인년(1662, 현종 3) 8월 4일.

(2) 1665년(현종 6)~1681년(숙종 7)의 논의

현종태실의 가봉에 관하여 1665년(현종 6) 2월 29일 예조에서 다시 건의를 올렸다. 이때 현종은 3년 전인 1662년(현종 3), 태실의 가봉을 추수 이후에 하라고 한 전교를 언급하며, 추수 이후에 다시 가봉할 것을 품처하겠다고 했다.[36] 그런데 이해 가을 예조판서가 유고(有故)인 관계로 가봉 건을 제때에 품처하지 못한 일이 발생했다. 이에 같은 해 12월 1일 좌의정 홍명하(洪命夏)가 판서 유고 시에는 참판이 앙품(仰品)했어야 함을 지적하자 현종은 해당 당상관을 추고(推考)할 것을 명하였다.[37] 이후 현종의 태실가봉은 현종 대에 이루어지지 못하고 숙종 대로 넘어갔다.

현종의 태실가봉은 1677년(숙종 3)에 다시 논의되었다. 1677년 7월, 좌의정 권대운(權大運)은 가봉을 미루어 온 것은 체모상 미안하기 그지없다고 하면서 흉년을 피해 온 선대의 뜻을 받들어 내년 가을에 현종태실과 숙종태실을 함께 가봉할 것을 건의하였다. 이에 숙종은 이듬해 가을에 다시 품정하자고 했다.[38] 이듬해인 1678년 6월 예조판서 목내선(睦來善)이, 선왕(현종)과 숙종의 태실가봉을 금년 가을에 시작해야 하지만, 각 능(陵)을 개수하는 일과 흉년이 겹쳐 계획을 미룰 것을 건의했다.[39] 그러나 그다음 해에도 가봉은 이루어지지 못했다.[40]

다음은 1681년(숙종 7)의 실행에 관한 것이다. 그해 1월 4일, 예조에서 흉작으로 미루어 왔던 현종과 숙종태실의 석물가봉을 속개할 것을 건의하였다. 숙종은 금년 봄에는 사정이 어려우니 가을에 거행할 것을 하교했으나[41] 좌의정이 현종의 태봉만이라도 금년 가을에 개수할 것을 청하여 허락

---

36 『태봉등록』 을사년(1665, 현종 6) 12월 1일.
37 『태봉등록』 을사년(1665, 현종 6) 12월 1일.
38 『태봉등록』 정사년(1677, 숙종 3) 7월 13일.
39 『태봉등록』 무오년(1678, 숙종 4) 6월 24일.
40 『태봉등록』 기미년(1679, 숙종 5) 9월 10일.

을 받았다.[42] 1681년 8월 3일, 충청도 대흥의 현종태실을 가을에 가봉하라는 전교가 있었다. 공사의 일정을 보면, 석물 배치가 10월 12일 묘시, 터 닦기 시작이 9월 30일 묘시, 고유제(告由祭)·후토제(后土祭)·사후토제는 같은 날, 임시 시역은 8월 22일로 정해졌다.

1662년(현종 3) 7월, 예조에서는 당시 현종태실의 가봉을 위해 관상감의 명묘조『태봉난간석표석등조배시등록』을 살펴보았다. 이를 검토한 뒤 적용한 결과는 다음과 같다.

- 부석차사원을 도의 수령 중에서 차정함.
- 일꾼과 운반꾼은 연군과 승군들 중에서 차정함.
- 해당 도로 하여금 근간차사원(勤幹差使員)을 뽑아서 대흥현 인근에서 석재를 채취하도록 함.
- 도내에서 석공들을 뽑은 뒤, 서산군 명종대왕 태봉의 난간과 표석, 귀석, 대석의 치수와 모양을 그대로 본떠 석재 생산지에서 대충 다듬은 다음, 태봉 인근으로 운반한 뒤 태봉 밑으로 옮겨 정밀한 작업을 하게 함.
- 화공은 해당 도에서 쉽게 구할 수 없으니 서울에서 내려보내 줄 것을 요청함.[43]

이후 공사에 투입할 석공과 잡물은 첩(牒, 서면보고서)대로 본도와 해당 관청에 공문을 보내 통보하였다. 1681년(숙종 7) 9월 28일에는, 현종태실에 석물을 배치할 때 관상감제조가 가야 하지만, 사정이 있어 예조판서 여성재(呂聖齊)가 선공감제조로 가기로 했다. 이후의 구체적인 공사 과정은 『태

41 『태봉등록』 신유년(1681, 숙종 7) 1월 4일.
42 『태봉등록』 신유년(1681, 숙종 7) 7월 25일.
43 『태봉등록』 신유년(1681, 숙종 7) 8월 3일.

봉등록』에 나와 있지 않지만, 공사는 예정대로 진행되었다. 같은 해 10월 20일에 현종태실에 석물을 안배하는 일을 마쳤다. 화소의 한계를 측정하여 300보 지점에 표석을 세우고, 수직군 8명으로 하여금 지키도록 명한 내용을 보고했다.[44] 이듬해(1682, 숙종 8) 1월 25일에는 선왕의 태실이 있는 대흥현의 호(號)를 승격하였다.

현종조에는 가봉의 전통이 뚜렷이 전승되지 않았다. 석물의 가봉 시기도 담당 관원이 인지하여 보고하지 않으면 잊히기 쉬운 사안이었다. 1662년(현종 3)에 처음 제기된 태실가봉 건이 현종의 재위 기간(14년) 동안에는 완성되지 못한 채 20년 뒤에 이루어진 것도 이러한 정황을 뒷받침한다. 그러나 가봉의 현장에서 제기된 문제들은 17세기 중엽 가봉태실의 조성 과정을 이해하는 데 도움을 준다. 석공들의 부석(浮石) 동선(動線), 날짜에 임박한 경우 석물의 크기를 줄이자는 의견, 태실의 지면(地面)이 좁아 석물 가봉에 어려움이 있는 경우, 담당 관리의 유고(有故)로 품처의 시기를 놓친 경우, 계속된 흉년과 명종 대의 등록을 참고한 점, 차사원의 선정과 석물을 다루는 방법 등이 그것이다.

2) 숙종·경종태실의 가봉

숙종과 경종의 태실가봉은 의궤나 등록으로 남아 있지 않다. 폭넓은 시기를 다룬 것은 아니지만, 『태봉등록』에 실린 내용들이 그나마 17세기 후반에서 18세기 전반까지의 태실가봉 기록의 공백을 메워 주는 자료이다.

---

44 『태봉등록』 신유년(1681, 숙종 7) 10월 20일.

제3장 조선왕실의 태실가봉

(1) 숙종태실의 가봉

숙종의 태실은 충남 공주시 태봉동에 있다. 일제강점기 이후 원형(原形)
이 심하게 훼손되었다. 숙종태실의 가봉은 1683년(숙종 9)에 이루어졌지만,
기록은 자세하지 않다. 『태봉등록』에는 몇 가지 단편적인 사실만이 들어
있을 뿐이다. 숙종태실의 가봉에 대해서는 1677년(숙종 3) 7월 3일, 이듬해
에 숙종의 태실가봉을 추진할 것을 건의하였으나[45] 흉년과 국장 등으로 인
해 가봉까지는 6년이나 지체되었다.[46]

현종태실이 가봉된 다음 해인 1682년(숙종 8) 9월 4일, 예조판서 남용익
(南龍翼)이 숙종태실의 가봉을 가을에 시행할 것을 건의하였으나 숙종은 내
년을 기다리자고 했다. 다음 해인 1683년 7월 12일, 태실가봉을 거행할 것
을 하교하였다.[47] 같은 해 8월 3일부터는 숙종태실의 석물가봉 준비가 시
작되었다. 관상감, 선공감 및 충청도감사에게 받아 놓은 길일에 거행하도
록 공문을 보냈고, 숙종의 태실석물 배치 시에 석공과 잡물은 보고한 대로
충청도와 해당 관청에 명하여 즉시 거행하라는 공문을 보냈다.[48] 10월 2일,
태실가봉 현장에 관상감제조가 가야 하지만, 사정으로 인해 공조(工曹)의
당상관을 대신 보냈다.[49]

이조참판 홍만용(洪萬容), 공조참판 심재(沈梓)가 연명하여 1683년 10월
17일에 올린 장계에, 10월 12일 공주로 내려와 준비된 석물을 확인하였고,
15일 묘시에 석물을 차례대로 세웠으며, 화소도 확정하였다고 했다. 10월
16일에는 사초(莎草) 건을 포함한 모든 일을 마무리하였다.[50]

---

45 『태봉등록』 정사년(1677, 숙종 3) 7월 13일.
46 『경종실록』 4년(1724) 7월 23일.
47 『태봉등록』 계해년(1683, 숙종 9) 7월 12일.
48 『태봉등록』 계해년(1683, 숙종 9) 8월 3일.
49 『태봉등록』 계해년(1683, 숙종 9) 10월 2일.
50 『태봉등록』 갑자년(1684, 숙종 10) 1월 3일.

(2) 경종태실의 가봉

경종의 태실가봉은 1726년(영조 2) 7월 5일에 논의가 있었다. 한 해 전인 1725년(영조 원년) 9월에 공사를 검토했으나 흉년으로 인해 한 해를 미루었다. 호서 지역의 농사가 흉작이라 인부 동원이 어려울 것으로 예상되었다. 대신들이 가을에 거행할 것을 건의하였고, 영조는 결정을 잠시 미루었다.[51]

원래 즉위 초에 거행해야 할 태실의 가봉이 경종의 승하 후 3년이 지나도록 지연되었기에 대신들은 시급히 실행할 것을 주청하였다. 이때 좌의정 홍치중(洪致中)이 "태봉의 석물은 상석 하나와 표석 하나에 불과하여 공사 규모는 크지 않다"고 했다. 또 "충주가 흉작은 면했다고 하니 가봉을 시행해도 무리가 없을 것"이라 하자 영조는 이를 받아들여 이해 가을에 거행할 것을 명하였다.[52]

석물의 배설길일은 9월 8일 묘시, 개기 공사의 시작은 8월 23일 묘시, 선고사유제는 동일 새벽, 고후토제는 동일 묘시, 사후토제는 적당한 시기로 정한다고 했다. 공사의 시작은 8월 6일 묘시로 정해졌다. 예조에서는 전례를 따라서 다음 사항을 왕에게 청하여 허락을 받았다.[53]

- 관상감 관원과 선공감 감역관을 각각 1명씩 본감으로 하여금 택정케 하여 기한 전에 내려보내서 본도와 함께 공사를 감독할 것.
- 관상감 관원은 내려갈 적에 고유제에 쓸 향과 축문을 받아 가지고 내려가서 설행할 것.
- 관상감제조와 선공감제조는 석물을 배설할 날짜가 임박했을 때 내려가 공사를 독려할 것.

51 『태봉등록』 병오년(1726, 영조 2) 7월 5일.
52 『태봉등록』 병오년(1726, 영조 2) 7월 19일.
53 『태봉등록』 병오년(1726, 영조 2) 7월 19일.

태실가봉을 위해 배설될 석물은 난간석, 중동자석(中童子石), 개첨석, 상석, 귀롱대석, 표석, 장석(礦石) 등이었다. 7월 23일, 석물가봉과 관련된 "군인과 잡물의 준비는 한결같이 공주에 있는 숙종태실의 석물을 기록한 의궤를 베껴서" 이를 기준으로 삼았다. 본도와 각사에 미리 통보하여 8월 6일 공사의 시작에 차질이 없도록 하였다.[54] 이와 같이 정해진 공사개시일 전에 필요한 물자와 잡물을 준비해 두는 것이 관행이었다.

『태봉등록』의 다음 기사는 9월 13일로 중간에 여러 날짜의 기록이 빠져 있다. 9월 13일 자에는 현장에 내려간 선공감제조 예조판서 심택현(沈宅賢)과 관상감제조 정형익(鄭亨益)의 장계에, 예정대로 9월 8일에 석물을 안배하였고, 사초 등의 공사도 9일에 완료되었다고 했다. 화소의 범위는 등록에 따라 300보로 하고, 본관에서 해자를 만들도록 하였고 수직군 8명을 정하여 지키도록 충주목사(忠州牧使)에게 일임하였다고 보고했다.[55] 1726년(영조 2) 태실가봉 이후 제조 이하 관리들에게 아래와 같이 상을 내렸다.

- 선공감제조 심택현, 관상감제조 정형익: 반숙마(半熟馬) 1필씩 사급(賜給).
- 서표관(書標官) 유기서(柳基緖), 도차사원 정석(鄭錫): 아마(兒馬) 1필씩 사급.
- 지방관 박치원(朴致遠): 상현궁(上弦弓) 1장 사급.
- 감역관 임경(任敬): 직급을 6품으로 올림[遷轉].
- 교수 김우하(金佑夏): 품계에 맞는 직임에 제수함[相當職除授].
- 주시관 이정화(李挺華): 상현궁 1장 사급.
- 원역, 공장(工匠): 해당 부서와 본도에서 쌀과 베 등을 균등하게 나누어 줌.

숙종태실의 가봉 과정에서는 『숙묘조태실석난간조배의궤(肅廟朝胎室石欄

---

54 『태봉등록』 병오년(1726, 영조 2) 7월 23일.
55 『태봉등록』 병오년(1726, 영조 2) 9월 13일.

干造儀軌)』를 남겼으나 전하지 않는다. 숙종의 태실가봉은 1677년(숙종 3)에 논의를 시작했고 6년 뒤인 1683년에 실행되었다. 경종태실의 가봉 시에도 『경묘조태실석난간조배의궤(景廟朝胎室石欄干造排儀軌)』가 제작되었지만 현재 전하지 않는다. 경종태실은 1725년(영조 원년)에 건의가 있었고, 다음 해인 1726년에 바로 가봉이 이루어졌다. 숙종과 경종태실의 조성 기록을 보면, 일정의 전개에 따른 다양한 논의 과정과 최종 결정, 그리고 그것의 실행이 어떻게 이루어졌는가를 자세히 엿볼 수 있다.

3) 영조태실의 가봉

영조의 태실은 충청도 청주(淸州) 산내(山內) 일동면 무쌍리에 있다. 영조의 태실가봉은 1729년(영조 5)에 이루어졌다. 길일은 10월 14일 오시, 태실 개기는 9월 20일 묘시, 선고사유제는 동일 새벽, 고후토제는 동일 묘시, 사후토제는 일이 끝난 뒤의 적당한 시간, 공사 시작은 9월 11일 오시로 정하였다. 관상감, 선공감, 본도로 하여금 길일에 맞추어 거행할 것을 공문을 보내 통보하였다.[56]

1729년(영조 5) 9월 1일 관상감의 첩정에, 영조태실의 군인과 잡물은 충주의 경종태실 가봉 때의 의궤를 베껴서 참조하였고, 그대로 따라서 시행할 것을 본도와 각사에 알리도록 명하였다. 선대왕의 가봉 기록을 참조하는 것이 관행이었다.

석물과 화소의 축소

1729년(영조 5) 9월 5일, 영조는 이미 택일된 가봉일을 추수 이후로 미루

---

56 『태봉등록』 기유년(1729, 영조 5) 8월 27일.

고, 상석과 비석의 크기를 줄이도록 전교하였다. 이 문제는 대신들과의 논쟁으로 이어졌다. 당시에 주고받은 논의가 『태봉등록』 기유년(1729, 영조 5) 9월 5일 조에 나와 있다. 내용을 살펴보면, 예조판서가 예조에 있는 관상감의 등록을 검토하여 석물의 현황을 알렸다. 숙종조 때 공주의 태봉은 안배한 석물이 62개였고, 종류는 12가지였다. 그 가운데 가장 크고 무거운 것은 귀롱석과 비석, 중동석, 대석, 개석의 5종류이며, 나머지는 길이와 너비, 두께가 이 5종류에 비해 조금 작았다. 대신들은 영조가 석물의 크기를 줄이도록 한 것은 왕실의 사리와 체모가 걸려 있어 미안한 일이라 하였다. 석물의 크기를 줄인다 해도 큰 차이가 없으므로 민폐를 줄이는 데도 효과가 별로 없을 것이라는 의견이었다.[57]

한편 백성들의 사역과 관련하여 예조판서는 가봉의 규정된 기간은 한 달이고, 부역 인원은 200명으로 제한되어 있지만, 석물의 운반 일꾼[曳石軍]은 통상 1천 명이 소요된다고 했다. 다만 공사에 걸리는 기간은 석재를 채취하는 장소의 멀고 가까움에 달렸다고 했다. 지난 양대(兩大) 조정의 가봉 의궤를 상고(詳考)하였더니 숙종태실의 가봉 때는 공사 시작일로부터 마치는 날까지 합하여 53일이 걸렸고, 경종태실의 가봉 때는 32일이 걸린 것을 예로 들었다. 숙종태실의 가봉에 경종태실보다 많은 날짜가 소비된 것은 돌을 뜨는 곳이 각각 70리와 40리 거리였기 때문이었다. 즉 신하들은 공사에 걸리는 시간은 석재 채취 장소의 원근에 따른 문제라고 보았다. 석물의 크기를 줄이는 것은 결코 옳지 못한 일이라 하였다.[58]

여기에 대한 영조의 반론은 다음과 같았다. 선조에서 왕릉(王陵)의 석물 제도도 줄여서 제작하였는데, 태실의 표석도 예외가 아니라고 했다. 영조는 왕자의 태실을 줄이는 것과 가봉은 다르다는 점을 강조하였다. 따라서

---

57 『태봉등록』 기유년(1729, 영조 5) 9월 5일.
58 『태봉등록』 기유년(1729, 영조 5) 9월 5일.

영조는 석물을 1/3만 줄인다면 다른 석물의 크기도 같이 줄어 그것을 운반하는 데 나을 것이라 하였다. 또한 한번 줄여서 시행하면 오늘의 민폐만이 아니라 훗날의 폐단도 줄일 수 있다는 생각이었다. 멀리서 좋은 석재를 구하지 말고, 가까운 곳에 쓸 수 있는 석재가 웬만큼 있다면 그것을 사용하라고 했다. 백성들의 노고를 덜어 주는 것이 중요하다고 강조하였다.

화소의 거리도 문제가 되었다. 영조는 화소의 제한 거리를 멀리 잡은 것은 화재를 막기 위함이라 하며, 150보만 해도 적은 거리가 아닌데 200보면 충분하다고 했다. 그러나 좌의정이 모든 일에는 등급이 있고 그것을 지켜야 하는 중요성을 언급했다. 만약 200보로 줄이고 나면, 대군이나 왕자의 태봉은 어떻게 구분할 것인지를 논하며 300보로 한계를 정해야 하는 당위성을 말하였다.[59]

예조판서는 산이 낮은 경우는 십중팔구 민가(民家)와 논밭이 태실의 경계에 들어간다고 하였다. 영조는 대군과 왕자의 태봉도 200보로 줄이고자 했으나 좌의정의 등급설을 따르지 않을 수 없었다. 따라서 이전 제도를 따라 거행하되, 거리를 자로 잴 때 안에 밭이 들어갈 경우 융통성 있게 처리할 것을 당부하였다. 특히 가옥이 경내(境內)를 침범하였을 경우 절대로 가옥을 철거하지 말도록 분부하라고 했다. 이러한 영조의 언급은 모두 대민피해의 방지를 우선시한 것이었다. 영조의 태실가봉과 관련된 구체적인 내용은 뒷장에서 의궤를 고찰하면서 자세히 다루도록 하겠다.

4) 경모궁태실의 가봉

1785년(정조 9) 3월 18일, 경모궁태실의 가봉이 완료되었다.[60] 즉위한 왕

---

59 『태봉등록』 기유년(1726, 영조 2) 9월 5일.
60 『정조실록』 9년(1785) 3월 18일.

의 태실을 석물로 단장하는 것이 태실가봉의 원칙인데, 세자로 죽은 사도
세자의 태실에 가봉을 한 것은 어떤 이유에서일까? 경모궁태실의 가봉에
대한 논의가 대신들 사이에서 제기된 것은 1784년(정조 8) 9월이다. 그런데
여기에 대한 기록은 자세하지 않다. 원칙적으로 경모궁의 태실가봉은 근
거할 사례가 없다. 그러나 신하들은 세자의 태실에 석물을 가봉한 전례는
없지만, 사도세자의 태실은 가봉으로 예우해야 한다는 입장이었다. 비운
의 삶을 마감한 사도세자를 바라보는 국왕 정조의 입장에서도 태실의 가
봉은 정례의 범위를 넘어서는 일이었다. 그러나 정조의 입장은 단호하고
적극적이었다. 예조의 관원을 태실에 보내 형지(形址)를 봉심하여 보고한
뒤에 품처하겠다고 했다.[61] 정조는 1776년 즉위와 동시에 아버지 사도세자
의 사당인 수은묘(垂恩廟)를 경모궁으로 개축(改築)하는 등 꾸준히 사도세자
를 위한 추숭(追崇) 사업을 펼쳤다. 사도세자의 태실가봉도 이러한 연장선
에서 추진된 일로 이해된다.

1784년(정조 8) 10월 8일, 예조판서 김노진(金魯鎭)이 경모궁태실의 봉심
결과를 보고하였다. 가봉의 절차는 조금 늦은 감이 있지만, 명봉산 내에 사
용 가능한 석재가 많다고 했고, 국내(局內)에 문종의 가봉태실이 있어 그 크
기의 척수(尺數)를 취하여 제도로 삼을 수 있다고 했다.[62] 이에 정조는 이듬
해(1785) 봄에 가봉을 거행할 것을 명하였다.[63] 정조는 자신의 태실가봉에

---

61 『승정원일기』정조 8년(1784) 9월 15일. "李獻慶以禮曹言啓曰, 景慕宮胎封, 尙未加封, 雖無可據之例, 豈
可不創而行之? 禮堂一員進去, 奉審形止, 回奏後稟處, 可也."
62 『태봉등록』을묘년(1735, 영조 11) 4월 17일 기록에 장조의 태봉은 문종태실 바로 위에 있다고 하였
다. 경모궁태실과 문종태실의 위치는 장서각 소장의 〈장조태봉도(莊祖胎封圖)〉에서 확인할 수 있다.
63 『승정원일기』정조 8년(1784) 10월 8일. "魯鎭曰, 景慕宮胎峯, 纔已奉審矣. 加封之節, 旣不容少緩, 而鳴鳳
山局內, 旣多石材之可以取用者, 至於碑石, 則以此凍節, 前期留求得, 然後可無臨時窘急之弊, 而一局之內,
且有文宗大王加封胎室, 石物長端長湍尺數, 可以取而爲制, 及此未凍之前, 令地方官兼監役, 浮石整待, 以隣
近守令, 定差員監董, 待明春擧行之意, 卽爲分付於該道道臣, 而明春擇日後, 令雲觀繕工監, 如例進排設, 則
可無費日字之患, 亦爲省民弊之端, 敢此仰達矣. 上曰, 以此出擧條, 待明春解凍, 卽爲擧行, 可也. 上曰, 沿路
年事, 何如? 魯鎭曰, 到處大登, 民事誠多幸矣. 仍命退, 諸臣以次退出."

대해서는 관심이 없었지만, 사도세자의 태실가봉에는 주저함이 없었다. 특별한 사례인 경모궁태실의 조성에는 이러한 정조의 내심이 있었다.

1785년(정조 9) 1월 19일, 작년 10월에 논의된 경모궁태실의 가봉 건에 대한 재론이 있었다.[64] 예조에서는 관상감에 명하여 택일하고, 전례에 따라 관상감 관원과 선공감 관원 각 1명을 본감(예조)에서 택정한 뒤 기한 전에 본도에 내려보냈다. 이때 두 관원이 함께 작업하게 할 것과 관상감 관원이 내려갈 때 고유제의 향축(香祝)을 받아 가서 설행하게 할 것, 그리고 관상감 및 선공감제조는 석물을 배설할 때 내려가 감독하도록 분부하자고 하였다. 여기에 대해 정조는 임무를 겸하게 하여 내려보내는 관원들을 줄이고자 했다. 즉 정조가 내린 조치는 ① 선공감과 관상감의 당상은 한 사람이 겸하여 감역(監役)을 하고, ② 지방관이 겸하여 감역을 맡으며, ③ 상지관과 관삼감 원역은 함께 가고, ④ 선공감에서는 내려가지 말고 그 일을 모두 해당 지방에서 거행하게 하라고 하였다.

같은 해(1785) 1월 25일에는 몇 가지 구체적인 사안에 대해 의견이 나왔다.[65]

---

64 『승정원일기』 정조 9년(1785) 1월 19일. "洪秀輔, 以禮曹言啓曰, 昨年十月初八日, 時原任大臣‧備局堂上入侍時, 因行司直金魯鎭所啓, 景慕宮胎峯石物加封, 待明春解凍, 卽令擧行可也事, 命下矣. 石物工役, 前期整待之意, 已爲出擧條, 分付於該道道臣, 而今則歲翻已久, 解凍不遠, 胎室石物加封吉日, 卽令觀象監推擇, 而依前例, 觀象監官員及繕工監監役官各一員, 令本監擇定, 前期下去本道, 眼同看役, 而觀象監官下去時, 告由祭香祝, 仍爲受去設行, 觀象監及繕工監提調, 則石物排設臨時, 下去董役事分付, 何如? 傳曰, 允. 繕工監‧觀象監堂上, 以一員兼進監役, 以地方官, 兼監役擧行, 此外只相地官及觀象監員役帶去, 而繕工監則勿爲進去, 皆令本地方擧行, 以除廚傳之弊事, 分付. 觀象監提調二員, 俱是老病人, 竝許遞, 今日政使之各別擇擬, 可也."

65 『승정원일기』 정조 9년(1785) 1월 25일. "命善曰, 景慕宮胎室加封吉日, 禮曹纔已啓下, 觀象提調當趁期出去, 而有稟定後擧行者, 敢此仰達矣. 胎室標石前面書式, 列聖朝加封, 在於御極後, 則前面書以'主上殿下胎室', 若在於追封時, 則書以'廟號大王胎室', 後面則以'年號幾年月日立'書壇. 今番則前面何以書壇乎? 上曰, 以景慕宮胎室書之, 可也. 命善曰, 書標官, 例以重文正字差送, 而再昨年, 有從事官筆行之命矣. 今番則無從事官, 令本監提調兼行, 何如? 上曰, 依爲之. 命善曰, 奏時官, 曾有本監監役官筆行之例. 今番亦令監役官, 率禁漏員役, 下去擧行, 以除廚傳之弊, 何如? 上曰, 依爲之. 命善曰, 胎峯禁標, 以二百步爲限, 而加封後則例加百步, 守護軍元定二名, 加封後則例加六名. 今亦依此, 分付於該道道臣處, 何如? 上曰, 依爲之."

- 관상감제조는 기한에 맞추어 내려갈 것.
- 표석 전면은 '경모궁태실'로 쓸 것.
- 서표관은 승문원(承文院) 정자(正字)로 보내고, 종사관을 겸행하게 할 것.
- 주시관은 관상감의 감역관이 겸행하며, 금루원역(禁漏員役)을 데리고 내려감.
- 태실의 금표는 200보로 했지만 가봉 후에는 100보를 더 늘리고, 수호군은 원래 2명이지만 가봉 후에 6명을 더 늘릴 것.

경모궁태실을 가봉하는 공사가 끝나자, 서표관 이하의 관리들에게 차등을 두고 상(賞)을 주었다.[66] 정조는 경모궁태실을 가봉하면서 참여하는 관리들의 수를 줄였다. 관원들의 겸직을 늘리고, 지방관도 겸직하도록 조치했으며, 제조가 서표관을 겸하고, 관상감의 감역관이 주시관을 겸하도록 하였다. 이러한 조치는 정조 대 이후 하나의 선례가 되어 지속적으로 적용되었다.

경모궁태실비는 1940년경 표면이 깎여서 '명봉사 사적비(史蹟碑)'로 바뀌었다. 왕조가 끝나고 서삼릉으로 어태가 이전되자 가봉비의 존재가 유명무실하다 판단하여 아마 사찰에서 달리 이용한 것으로 추정된다. 사도세자의 태실지는 영조가 정했지만, 태실을 가봉하여 격상시킨 것은 정조였다. 영조가 문종태실의 인근에 정조의 태실을 정한 것도 이례적이지만, 장조의 태실을 가봉한 정조의 결정도 매우 파격적인 일이다.

조선 초기에 이루어진 태실가봉은 『문종실록』에서 처음으로 확인되며, 그 형식의 원류는 무학대사의 부도탑(浮屠塔)에서 찾을 수 있다. 조선 후기의 태실가봉 형식은 조선 초기부터 비롯된 전통의 연장선에 있다고 하겠다.

---

66 『정조실록』 9년(1785) 3월 18일;『승정원일기』 정조 9년(1785) 3월 18일.

장조태실지 선정의 의미

장조의 태실이 예천군 명봉사 뒤편에 자리 잡은 것은 1735년(영조 11)이다. 이처럼 한 능선에 두 왕자의 태를 묻는 것을 '동강동태'라 부를 수 있겠다. 영조가 동강동태에 관한 훈유문을 내리기 23년 전이다. 영조가 1758년(영조 34)에 공포한 동강동태론은 언제부터 구상한 계획인지 알 수 없다. 하지만, 영조가 문종의 태실 위에 장조의 태실을 두게 한 것은 평범한 결정으로 보기 어렵다. 문종과 장조의 태실이 하나의 능선에 위치한 점은, 1758년 영조가 표방한 동강동태론의 관점에서 생각해 볼 여지가 있다.

1735년 3월 7일의 『승정원일기』에는 장조(사도세자)의 태실 선정 과정이 자세히 나와 있다. 장조의 태실을 정하기 위해 관상감에서 지관(地官)을 여러 도로 내려보냈다. 그 결과 후보지의 대상으로 올라온 것은 모두 12곳이었다.[67] 이 12곳 가운데 세 곳을 최종 후보지로 압축하였다. 첫째가 경상도 풍기현 소백산 축좌미향(慶尙道豊基縣小白山丑坐未向), 둘째가 예천 소백산 자좌오향(醴泉小白山子坐午向), 셋째가 강원도 원성현 치악산 오좌자향(江原道原城縣雉岳山午坐子向)이다. 이 3곳 가운데 한 곳이 장태지로 선정되었는데, 낙점된 곳은 제1순위인 풍기현 소백산 아래의 문종대왕 태실국내(胎室局內)였다. 장조 태실이 지금의 위치에 들어서게 된 것은 이곳을 후보지 3곳 가운데 첫 번째로 올렸기 때문이다. 첫 번째로 올라간 것은 지형상의 조건이 가장 좋았음을 의미한다.

1758년에 영조가 제기한 동강동태론은 그로부터 23년 전, 문종태실 위

---

67 『승정원일기』 영조 11년(1735) 3월 7일. "洪尙賓, 以觀象監官員, 以提調意言啓曰, 元子阿只氏胎峯占得次, 本監地官李器弘, 發送於諸道矣. 江原道原城縣雉岳山下, 酒泉面伏龍山下, 洪川縣兀雲山下, 平昌郡獅子山下, 實帳山下, 各占一處, 而仍尋山脈, 慶尙道順興府小白山麓一處, 永川縣太白山下一處, 豊基縣小白山下文宗大王胎室局內一處, 醴泉縣小白山下一處占得, 而轉往忠淸道報恩縣俗離山下內外, 各占一處, 合十二處, 而其中慶尙道豊基縣小白山丑坐未向, 醴泉小白山子坐午向, 江原道原城縣雉岳山午坐子向之地, 最優云, 以此三處, 擬望擇定, 以爲藏胎之地, 而其餘所占處, 則分付各道該邑, 禁其土民, 侵占穿鑿之弊, 何如? 傳曰, 允."

에 장조의 태실을 정한 것과 어떤 관련이 있을까? 확인할 수는 없지만, 영조는 하나의 산봉우리에 태실 하나를 둔다는 원칙을 고쳐야 될 폐습으로 여겼음을 시사해 준다. 이 문제는 문헌으로 실증하기 어렵기 때문에 정황상으로 해석의 여지를 남겨 둔다고 할 수 있겠다.

3 조선 후기 의궤를 통해 본 태실가봉

태실가봉 관련 의궤에는 가봉의 절차와 물력(物力) 및 인력의 현황이 자세히 기록되어 있다. 현재 가봉 관련 의궤는 영조·정조·순조·익종·헌종에 해당하는 5종이 전한다. 이 가운데 영조의 가봉의궤 한 종은 민간에서 전해지던 본이며, 나머지 4종은 어람본(御覽本)으로 제작된 것이다.

1856년(철종 7)에 간행된 『형지안』에 수록된 태실 관련 의궤의 목록에 아래의 5종이 확인된다.[68] 내용을 살필 수는 없지만 17세기 후반과 18세기 자료에 해당한다.

① 『현종대왕태실석물가봉의궤』, 1681년(숙종 7)
② 『숙묘조태실석난간조배의궤』, 1743년(영조 19)
③ 『경묘조태실석난간조배의궤』, 1726년(영조 2)
④ 『영묘조태실석난간조배의궤』, 1729년(영조 5)
⑤ 『경모궁태실의궤』[69]

이 의궤들은 외규장각 소장본으로서 모두 전하지 않는다. 이 절에서는 현존하는 태실가봉 관련 의궤의 사례와 개요를 살펴보고 그 내용을 검토하고자 한다. 의궤의 내용은 수록 순서를 기준으로 각 의궤에서 공통되거

[68] 김초, 「조선 왕신이 藏胎 儀式과 관련 儀軌」, 『한국학보』, 인지사, 2003, 164~199쪽.
[69] 여기에 사도세자의 태실의궤인 『경묘궁태실의궤』가 이례적으로 포함되어 있다. '석난간조배'라는 말이 제목에 붙지 않았지만, 포쇄목록에는 가봉의궤로 분류되어 있다. 실제로 사도세자의 태실은 정조에 의해 석물가봉이 이루어졌고, '경모궁태실'이라는 이름도 정조가 붙인 것이다.

나 특징적인 부분들을 살펴보기로 하겠다.

1) 태실가봉의궤의 사례

태실가봉의궤에는 가봉을 실행하기 위한 논의 과정, 가봉의 절차, 석물의 제작, 공사에 필요한 인원과 물품, 물품 공급을 위한 분담, 제례 절차, 가봉의 완료 이후 후속 조치 등에 대한 자세한 내용이 실려 있다. 현존하는 태실가봉의궤는 모두 조선 후기에 제작된 것인데 현황은 '표 8'과 같다.

표 8   현존하는 태실가봉 관련 의궤

의궤명	연도	내용	청구기호
영조대왕태실석난간조배의궤	1729년(영조 5)	영조태실의 석물가봉	
정종대왕태실석난간조배의궤	1801년(순조 1)	정조태실의 석물가봉	규13967
(순조)태실석난간조배의궤	1806년(순조 6)	순조태실의 석난간수보	규13968
익종대왕태실가봉석난간조배의궤	1836년(헌종 2)	익종태실의 석물가봉	규13970
성상태실가봉석난간조배의궤	1847년(헌종 13)	헌종태실의 석난간가봉	규13973

위의 의궤 5종에는 모두 '석난간조배의궤'라고 이름을 붙였다. 태실가봉의궤의 외장(外裝) 형식은 일반 의궤와 차이가 있다. 우선 크기는 세로가 82~87㎝, 가로가 35~39㎝로 세로 길이가 길다. 본문은 붉은 선[朱線]으로 14~15행을 그은 뒤 필사하였다. 안태의궤와 크기 및 형식이 같다. 영조의 의궤를 제외한 나머지 4종은 모두 규장각 소장본으로 표지에 고급 비단을 대었고, 장석으로 편철(編綴)한 어람본이다. 의궤 5종의 내용을 간단히 정리하면 다음과 같다.

(1) 『영조대왕태실석난간조배의궤』

1729년(영조 5) 10월에 제작한 필사본으로 현재 청원군 낭성면 무성리 태봉마을의 이장인 이상린(李相麟) 씨가 소장하고 있다.[70] 『영조대왕태실가봉의궤』는 가로 36㎝, 세로 73㎝로 세로 길이가 긴 편이다. 표지를 제외하고 전체 9장으로 묶여 있으며, 매 면 16행에 매 행 약 50~60자씩 불규칙하게 필사한 상태이다. 겉표지에는 '태실가봉의궤'라고 적혔지만, 안쪽 첫 면에는 '당저태실석난간조배의궤'라고 쓰여 있다. 의궤의 맨 마지막 장에는 이필근(李必根), 이일상(李日尙) 등 태봉직으로 추정되는 사람의 이름이 적혀 있다. 의궤의 전체적인 구성은 규장각 소장 『정종대왕태실가봉의궤』와 크게 다르지 않다. 다만, 『영조대왕태실석난간조배의궤』에는 의궤의 뒤편에 수록된 〈진설도〉와 〈석난간조작도〉가 빠져 있다. 이 의궤는 어람본을 제작할 때, 관청에 보관본으로 만들어 둔 것을 집안에서 한 본을 베껴 보관하던 것으로 추정된다. 내용은 원본을 그대로 필사한 것으로 보이며, 영조 가봉 태실의 자세한 조성 과정을 알려 주는 유일본 의궤이다.

(2) 『정종대왕태실가봉의궤』

1801년(순조 1) 강원도 영월 계죽산(鷄竹山) 소재 정조태실(正祖胎室)의 석물 가봉 과정에 대한 기록이다. 가로 35㎝, 세로 86.2㎝의 크기에 12장으로 장황(粧繢)되었다. 표제는 '정종대왕태실가봉의궤(正宗大王胎室加封儀軌)'이다. 1786년(정조 10) 4월 20일, 처음으로 가봉에 대한 논의가 있었다. 그러나 이후 흉년과 국사(國事)로 인해 가봉은 계속 미루어졌다. 가봉이 실행된 것은 정조의 사후(死後) 1801년 4월 16일이다. 1786년 7월부터 부석처(浮石處)

70　차용걸, 「英祖大王胎室 加封儀軌에 대하여」, 『호서문화연구』 2, 충북대학교호서문화연구소, 1982, 5~6쪽. 1981년 충청북도 문화재계와 청원군 문화공보실에서 영조태실의 현황 조사를 진행하던 중 이상린 씨의 소개로 의궤의 존재가 알려지게 되었다.

와 석물에 대한 논의가 있었고, 석물시역 9월 12일, 태실개기(胎室開基) 10월 11일, 석물조배일(石物造排日) 11월 4일로 택일되었다. 공장과 군인, 잡물의 준비는 영조태실의 사례를 따랐다. 그러나 가봉의 완료일은 10월 27일로 변경되었다. 의궤의 뒤편에는 〈진설도〉와 〈난간석조작도〉, 〈석난간배설도〉가 실려 있다. 의궤 끝의 수결(手決)에는 제조겸서표관(提調兼書標官) 정대용(鄭大容), 감역겸도차사원(監役兼都差使員) 허질(許晊), 감역겸전향주시관 안사언, 부석차사원 홍재연(洪載淵), 운석차사원(運石差使員) 정래승(鄭來升), 강원도 관찰사(江原道觀察使) 이노춘(李魯春) 등 관계관을 비롯한 5명의 이름이 적혀 있다.

(3) 『순조대왕태실석난간조배의궤』

1806년(순조 6)에 공충도 보은현 속리산에 있는 순조태실의 석물가봉 과정을 기록한 의궤이다.[71] 가로 35㎝, 세로 87.4㎝의 크기에 필사한 10장으로 묶여 있다. 표지에는 글씨가 적혀 있지 않고, 안쪽에 '가경십일년병인시월일(嘉慶十一年丙寅十月日) 공충도 보은지(公忠道報恩地) 성상태실석난간조배의궤(聖上胎室石欄干造排儀軌)'라 적혀 있다. 영의정 이병모가 1806년 4월 20일에 태실가봉을 청한 글이 있고, 순조의 허락을 받아 8월 1일부터 본격적인 준비가 시작되었다. 관상감에서는 석물시역 8월 20일, 태실개기 9월 29일, 석물조배 10월 12일로 택일하였다. 석물의 치수 등은 1801년(순조 1) 정조태실 가봉 시의 예에 따랐다. 의궤의 마지막에는 〈진설도〉, 〈난간석조작도〉, 〈난간배설도〉를 수록하였고, 관련된 관원의 명단으로 제조겸서표관 김사목(金思穆), 감역겸도차사원 김익행(金翼行), 감역겸전향주시관 최선기(崔選基),

---

71 순조의 태실은 출생한 해인 1790년(정조 14)에 조성되었다. 이때 원자의 태봉 길지를 보은현 속리산 아래로 정하였다는 『정조실록』의 기사가 있다(『정조실록』 14년(1790) 7월 6일). 순조태실의 석물가봉은 순조가 왕위에 오른 뒤 6년이 지난 1806년에 이루어졌다.

부석차사원 이후식(李厚植), 공충도관찰사 조덕윤(趙德潤)의 이름과 수결이
있다.

(4) 『익종대왕태실가봉석난간조배의궤』

1836년(헌종 2)에 경기도 영평현 상리면 고향교동(古鄕校洞) 소재 익종태실
의 석물가봉 과정을 기록한 의궤이다.[72] 가로 39cm, 세로 82.6cm의 크기에
필사본 10장으로 장황되어 있다. 표지는 글자를 쓰지 않은 공백이며, 안쪽
내용 시작 부분에 '도광십육년병신삼월일(道光十六年丙申三月日) 경기 영평현
(京畿永平縣) 익종대왕태실가봉석난간조배의궤(翼宗大王胎室加封石欄干造排儀軌)'라
적혀 있다. 1835년(헌종 원년) 5월, 영의정 심상규(沈象奎)는 익종의 추숭에 따
라 태실의 가봉을 청하였다. 그러나 가봉의 좌향에 꺼려지는 바가 있다고
하여 이듬해인 1836년 봄에 가봉하였다.

익종태실 가봉의 준비는 1835년 11월부터 시작되었다. 11월 19일에는
관상감의 택일이 결정되었다. 석물시역은 1836년 1월 27일, 개기시역은
3월 11일, 석물조배는 3월 21일 등으로 택일되었다. 도설로는 〈진설도〉,
〈난간석조작도〉, 〈난간배설도〉 모두가 수록되었으며, 관계관의 명단으로
는 제조겸서표관 신재식(申在植), 감역겸도차사원 유기상(柳基常), 겸감역 이
재가(李在稼), 감역겸전향주시관 한정후(韓廷厚), 부석차사원 심흥조(沈興祖),
경기도관찰사 김도희(金道喜) 등이 적혀 있다.

(5) 『성상(헌종)태실가봉석난간조배의궤』

충남 예산군 덕산면 옥계리에 위치한 헌종태실의 가봉 과정을 기록한
의궤이다. 헌종태실의 석물가봉은 즉위한 지 13년이 지난 1847년(헌종 13),

---

72 『聖上胎室加封石欄干造排儀軌』(奎13973) 해제(http://e-kyujanggak.snu.ac.kr) 참조.

헌종의 나이 21세 때 이루어졌다. 헌종의 재위 기간인 15년 가운데 9년에 걸쳐 큰 수재(水災)가 발생했고, 잦은 모반(謀反) 사건이 일어나는 등 정국이 혼란한 시기였다. 따라서 태실의 석물 조성에 적절한 여건이 되지 못했다. 헌종태실의 석물 조성은 1845년(헌종 11) 좌의정 김도희의 청으로 1846년 10월부터 추진되었으며, 1847년 3월 21일에 그 역사를 마쳤다. 의궤의 마지막에는 〈진설도〉, 〈석난간조작도〉, 〈석난간배설도〉를 수록하였고, 관련된 관원의 명단으로 제조 서기순(徐箕淳), 서표관 홍학연(洪學淵), 감역겸도차사원덕산현감 박준양(朴峻陽), 감역겸전향주시관 한정후, 부석차사원해미현감 성재소(成載韶), 충청도관찰사겸순찰사 조운철(趙雲澈)의 이름과 수결이 있다.

의궤에 기록된 태실가봉의 절차와 준비는 선례에 따라 진행되었고, 그 과정에 있어 위차에 따른 보고와 결정, 그리고 실행이 면밀하게 추진되었다. 날짜에 미치지 못하거나 불의의 사고로 석물이 손상되어 가봉이 이루어지지 못한 사례는 없었다. 태실가봉은 왕실의 주요 행사였고, 그것을 기록한 가봉의궤는 훗날의 고증 자료이자 가장 구체적인 기록물의 하나였다.

2) 태실가봉의궤의 내용과 특징

태실가봉의궤는 대체로 길일의 택정, 인력과 물품의 분정 등 의례의 절차에 따른 내용을 기술하였고, 공문서류가 있어 객관적 사실을 알 수 있는 자료이다. 이 절에서는 현존하는 태실가봉의궤 5종의 내용을 각 항목마다 종합적으로 비교하여 살펴보기로 하겠다.

(1) 실행의 논의와 준비
즉위한 국왕의 태실에 석물을 가봉하는 것은 국왕의 격에 맞는 태실의 위엄을 갖추기 위해서였다. 예컨대 1786년(정조 10) 정조의 태실가봉을 위해 좌승지 이시수(李時秀)가 언급한 다음의 내용은 여기에 시사하는 바가 크다.

신이 작년 가을에 영월(寧越)을 순방(巡訪)하였을 때 태를 묻은 곳에 나아가 상세히 간심해 보니, 봉축(封築)한 아래 작은 비석이 거칠고 짤막하여 참으로 이미 체모를 이루지 못했고, 비석면에 새겨져 있는 7자(字)도 아직까지 고치지 않은 상태였습니다. 국체(國體)로 헤아려 볼 때 참으로 매우 미안하니 급히 거행하지 않을 수 없습니다.[73]

안태 시에 세운 작고 거친 표석이 왕의 태실로서의 체모에 걸맞지 않음을 강조하였다. 국왕의 태실이 비록 깊은 산중에 위치해 있지만, 체모가 온전하지 않은 것을 그대로 방치해 둘 수 없다는 입장이었다. 또한 비석면에 새긴 글자도 왕의 등극(登極) 사실에 따라 고쳐야 한다는 것을 가봉이 필요한 이유로 들었다.

정조는 태실가봉이 백성에게 미치는 폐단을 가장 염려한 왕이었다. 1786년(정조 10) 4월 20일, 태실을 간심한 좌승지 이시수가 정조에게 가봉을 청하였다. 그동안 민읍에 미칠 폐단 때문에 미루어 왔지만, 거를 수 없는 전례(典禮)임을 강조하였다. 그러나 정조는 가봉을 여러 차례 연기하였고, 결국 생전에 이루어지지 못했다. 가봉은 사후(死後)인 1801년(순조 1)에 실행되었다.[74] 재위 24년 동안 여러 차례 가봉의 건의가 있었지만, 정조는 이를 폐단이라 생각하였다.

---

73 『정종대왕태실가봉의궤』, 병오년(1786) 4월 20일; 국립문화재연구소, 『조선왕실의 안태와 태실 관련 의궤』, 민속원, 2006, 78쪽.
74 『순조실록』 원년(1801) 10월 9일.

순조와 익종의 태실가봉은 크게 지체됨이 없이 이루어졌다. 순조의 태실가봉은 등극한 뒤 바로 시행하지 못했기에 영의정 이병모가 추수를 기다린 뒤에 거행할 것을 청하여 허락을 받았고,[75] 이후 특별한 변동 없이 그대로 진행되었다.[76] 익종의 태실가봉은 추존에 맞추어 신속히 논의되었다. 영의정 심상규가 익종의 추숭에 따라 당해 가을에 익종의 태실을 가봉할 것과 동시에 헌종의 태실도 함께 가봉할 것을 청하였다. 이에 대왕대비는 익종의 태실은 사체가 남다른 것임을 강조하여, 즉시 거행하도록 하였다.[77] 관상감에서 당해인 1835년(헌종 원년)은 좌향에 꺼리는 바가 있으므로 익종의 태실가봉은 내년(1836) 봄이 적합하다는 의견을 올리자 대왕대비가 이를 따랐다.[78]

헌종의 태실가봉은 1835년(헌종 원년)에 구체적인 언급이 있었으나, 최초의 계획 이후 12년이나 지난 1847년에 이루어졌다. 1845년 8월, 영의정 김도희가 태실가봉은 국조(國朝)의 도리이며, 성상의 즉위 11년째인데 아직 가봉을 못 했으니 전례대로 거행할 것을 청하였다. 헌종은 다음 해 봄에 거행을 허락하였다.[79] 그러나 이듬해의 좌향이 풍수에 적합하지 않은 바가 제기되어 결국 1847년 3월에 거행되었다.[80]

가봉의 시기를 정할 때 수확의 시기와 흉년의 여부 등 민생의 형편을 먼저 살펴야 했다. 정조가 1790년(정조 14) 7월, 충청도 보은현에 순조의 태실을 만들 당시의 전교에서 "돌이라는 이름을 지닌 물건은 일절 쓰지 말라.

75 『순조대왕태실석난간조배의궤』 병인년(1806) 4월 20일; 국립문화재연구소, 『조선왕실의 안태와 태실 관련 의궤』, 민속원, 2006, 120쪽.
76 국왕의 태실가봉에 관해서는 김영준, 「조선시대 국왕 태실의 '加封'에 관한 연구─순조 태실의 가봉 사례를 중심으로」, 경상대학교교육대학원 역사교육전공, 2018.
77 『익종대왕태실석난간조배의궤』 을미년(1835) 5월 10일; 국립문화재연구소, 『조선왕실의 안태와 태실 관련 의궤』, 민속원, 2006, 246쪽.
78 『익종대왕태실석난간조배의궤』 을미년(1835) 윤6월 15일; 국립문화재연구소, 위의 책, 246~247쪽.
79 『헌종대왕태실석난간조배의궤』 을사년(1845) 8월 15일; 국립문화재연구소, 위의 책, 282쪽.
80 『헌종대왕태실석난간조배의궤』 을사년(1845) 8월 15일; 국립문화재연구소, 위의 책, 282~283쪽.

나는 등극한 이후에도 백성들에게 폐 끼치는 일을 염려한 나머지 태봉한 데에 가축하는 일을 아직까지 윤허하지 않았다"라고 한 대목에서 잘 드러난다. 민폐를 없애고자 하는 선례를 철저히 따랐던 것이다.

민폐에 대한 조치는 가봉이 끝난 뒤에도 살펴야 하는 사안이었다. 태실을 가봉할 때 백성의 전답이 금표 안에 들어가 농사를 짓지 못하게 될 경우 관둔전으로 보상해 주었다.[81] 또한 이보다 앞선 기록인 1546년(명종 원년)의 실록에는 인종태실의 석난간을 고쳐 배설할 당시 사헌부가 올린 상언에 이 같은 사정이 잘 나타나 있다. 그 내용을 요약해 보면, 태실의 조성이나 석물단장에서 문제가 되는 것은 석물을 밀리서 옮겨 오는 과정에 많은 인력이 동원되어야 하고, 그 과정에서 농작물에 심각한 피해가 간다는 것이었다. 충주의 경종태실을 가봉할 때에 지경연 심택현이 석물을 끌고 지나가는 길 옆의 밭곡식이 많이 손상되었으므로 값을 보상해 주거나 역사를 감해 줄 것을 건의하자 영조는 관찰사에게 통보하여 처리하도록 하였다.[82] 태실가봉의 날짜를 정하는 것은 길일을 택하는 것이지만, 당시 민생의 여러 상황을 살피는 일도 필수적으로 뒤따라야 했다.

가봉은 안태보다 인력과 시간이 더 소요되는 의례였다. 석재의 채취와 석물의 가봉이 사실상 주요 사안이었기 때문이다. 따라서 많은 민력을 동원해야 했기에 흉년을 피했고, 국장이나 국가의 행사와 겹치지 않도록 시기를 조정하였다. 가봉이 쉽게 행해진 사례도 있지만, 많은 시간이 걸려 어렵게 진행된 경우도 많았다.

① 길일의 택정

왕과 신하들의 논의를 거쳐 태실의 가봉이 결정되면, 관상감에서는 가

81 『현종실록』 11년(1670) 3월 19일.
82 『영조실록』 2년(1726) 9월 25일.

봉의 길일과 길시를 정하여 예조에 보고하였다. 정해야 할 길일은 '석물시역일(石物始役日)', 터를 닦는 '개기시역일', 그리고 다듬어 놓은 석재를 배열하고 조립하는 '석물배설일(石物排設日)' 등이었다. 먼저 개기시역이 있는 날에 선고사유제와 고후토제를 지냈고, 사후토제는 석물배열을 마친 뒤에 올렸다. 선택된 길일을 기준으로 전체 일정을 짜서 계획적으로 추진하였다. 석물시역으로부터 배열까지 전체 가봉에 소요된 기간은 짧게는 약 30일, 길게는 50여 일 정도였다. 가봉태실의 위치, 인력의 이동 거리, 석물 작업의 소요 기간 등을 고려하여 길일의 날짜를 정한 것으로 추측된다. 영조 대에서 헌종 대까지 시행된 시역 일자를 정리하면 '표 9'와 같다.

표 9 **가봉태실의 택일 내역**

태실명	가봉연도	석물시역	개기시역	석물배열	선고사유제	고후토제	사후토제
영조 태실	1729년 (영조 5)	9월 11일 오시	9월 20일 묘시	10월 14일 오시	개기시역일 새벽		작업 종료 시
정조 태실	1801년 (순조 1)	9월 12일 진시	10월 11일 진시	10월 27일 오시	개기시역일 새벽	개기시역일 진시	
순조 태실	1806년 (순조 6)	8월 20일 묘시	9월 29일 묘시	10월 12일 오시	개기시역일 새벽	개기시역일 묘시	
헌종 태실	1847년 (헌종 13)	1월 28일 진시	2월 28일 진시	3월 21일 묘시	개기시역일 새벽	개기시역일 진시	

영조 대부터 헌종 대까지의 석물가봉은 대개 추수가 끝난 뒤인 10월이나 농번기가 시작되기 전인 3월에 실행되었다. 석물을 채취하여 옮기고 연마하는 데 시간이 많이 걸렸으므로 석물시역은 터를 닦는 개기시역보다 10일이나 1개월 정도 먼저 앞당겨 시행하였다. 석물배열은 개기시역으로부터 짧게는 10일, 길어도 1개월 안에 마무리되었다.

택정된 일자는 대부분 그대로 적용되었다. 아주 특별한 경우에만 배설일이 변경된 일이 있었다. 예컨대 정조태실의 석물배설 길일이 원래 1801년(순조 1) 10월 11일이었으나 11월 4일로 바꾸었다가 다시 10월 27일로 당겨 조정하였다. 이는 태실의 지세(地勢)가 높고 험하며, 태봉 꼭대기의 땅이 얼어 작업에 절대적인 시간이 더 필요한 상황이 발생했기 때문이다. 일관이 다시 추택하여 며칠을 단축한 10월 27일로 최종 배설길일을 잡았다. 이외의 모든 작업공정은 택일한 일정에 맞추어 추진되었다.

② 관원의 하송(下送)

태실가봉의 역사가 시작되기 전에 선공감과 관상감에서는 관원을 내려보내 작업공정을 감독하였다. 특히 석물시역에는 관상감에서 가봉의 현장으로 감역관을 내려보냈다. 이때 향축과 인신(印信)을 함께 가져갔다.[83] 관상감의 제조도 가봉 현장에 3일에서 1일 전에 도착하여 가봉된 상태를 확인하였다.

『순조대왕태실석난간조배의궤』에는 관상감에서 첩보하기를, 태실가봉시에 감역관겸전향주시관 전 첨정 최선기가 이달 8월 13일에 향(香)을 받아 그대로 출발하였다고 되어 있다.[84] 이때 동행한 사람들은 문서집리(文書執吏) 1명, 고직(庫直) 1명, 금루서원 1명, 각자장 1명, 향배교생(香陪校生) 및 노자(奴子) 1명 등이다.

관상감제조는 10월 8일 보은현에 도착하였고, 9일에 속리산 역소(役所)로

---

83 선대왕의 태실을 가봉할 때 제사를 지낼 향축은 으레 관상감에서 본도의 감영에 전하는 것이 원칙이었다. 그러나 지방관과 거리가 가까우면 바로 해당 지방관인 수령에게 전하기도 하였는데, 이것이 근래에 되었다. 에그에게는 감역관이 기져갈 인신 1개를 규례대로 개급해 주었고, 감역겸전향주시관이 이를 받아 가지고 갔다.

84 『순조대왕태실석난간조배의궤』 병인년(1806) 8월 11일; 국립문화재연구소, 『조선왕실의 안태와 태실 관련 의궤』, 민속원, 2006, 128쪽.

나아갔다고 되어 있다. 제조는 순조의 태실에서 각종 석물을 확인하고 운반하여 임시로 안치한 뒤 관찰사와 함께 봉심하였고, 석물배설일인 10월 12일 오시에 일제히 배설을 마쳤다.[85]

『정종대왕태실가봉의궤』의 내용을 살펴보면, 정조 대 이전에는 가봉할 때 관상감과 선공감의 두 제조와 관원이 모두 내려가 일을 감독하였다. 그런데 1785년(정조 9) 경모궁태실을 가봉할 당시에는 정조의 특교로 몇 가지 관행이 아래와 같이 바뀌게 되었다. 이것이 정조 대 이후에 적용된 기준이 되었다.

- 관상감과 선공감의 두 제조 중 한 사람이 겸하여 가봉 현장에 내려감.
- 지방관이 감역(監役)을 겸하였으므로 본원 관원은 1원(員)만 내려감.[86]
- 관상감 관원 1원이 내려가 감독하는데, 주시관을 겸하게 함.
- 서표관도 제조가 겸함.[87]

『정종대왕태실가봉의궤』의 마지막 장에는 역사를 담당한 책임자들의 직함과 이름 및 수결을 남겼다. 여기에 제조는 '제조겸서표관'으로, 감역은 '감역겸주시관(監役兼奏時官)'으로 적혀 있다. 지방관은 강원도관찰사겸순찰사 외에 운석차사원과 부석차사원, 감역겸차사원(監役兼差使員)을 해당 지역의 지방관이 맡았다. 이는 정조 대 이후 모든 태실의 석물가봉에 적용된 원칙이었다.

석물배설일에 역사가 마무리된 후 제조와 관찰사가 최종 보고문인 치계문(馳啓文)을 올렸다. 예컨대 익종의 태실 석물가봉이 완료된 뒤에 올린 관

---

85 『순조대왕태실석난간조배의궤』 병인년(1806) 10월 12일; 국립문화재연구소, 위의 책, 148쪽.
86 『정종대왕태실가봉의궤』 신유년(1801) 4월 16일; 국립문화재연구소, 위의 책, 81쪽.
87 『순조실록』 1년(1801) 8월 10일.

상감제조와 경기도관찰사의 치계문은 다음과 같은 내용으로 요약된다. 관상감제조 신재식은 배설일 하루 전인 1836년(헌종 2) 3월 20일에 현지에 도착하였고, 21일 상리면 익종대왕 태실가봉지에 나아가 관찰사 김도희와 함께 봉심하였다. 각양(各樣) 석물이 이미 조성되어 정치하게 되었다고 했다. 이를 바로 운반해 21일 진시에 일제히 안배한 뒤 사후토제를 지냈다. 화소의 한계는 정식대로 지방관과 함께 사표(四標)를 세운 다음 수호군 8명도 임명하였다. 끝으로 떠를 입히고 흙을 보충하는 일을 간검(看儉)하여 일을 마친 뒤 감역관 한정후와 함께 돌아왔다는 내용이다. 중앙에서 가봉을 주관한 관리 외에도 수준급의 공장들이 함께 내려와 임무를 수행하였다. 해당 도에서는 관찰사와 현감이 차사원을 맡아 공역을 감독하였고, 원활한 협업을 통해 일정을 추진하였다.

(2) 인력과 물품의 분정

관상감에서는 가봉에 필요한 인력과 잡물 내역을 작성하였다. 이때 기준이 되는 것은 선왕 대에 작성된 태실석물 가봉의궤였다. 선대의 의궤에 적힌 공장, 군인, 잡물, 기계(機械) 등을 상세히 채록하여 각 관청과 해당 도에 분정하여 미리 통보하였다. 각 의궤에는 분정 내역이 세 번 기록되었다. 첫째는 각 관청과 해당 도에서 준비할 내역, 둘째는 각 도에서 각 읍(各邑)에 분정할 내역, 셋째는 석물의 부출(浮出)을 위해 각 읍에 급히 분정한 내역 등이다.

각 내역은 준비할 시간을 두고서 상세한 물목을 첨부하여 각 분장처에 통보하였다. 중앙 관청에서 필요한 것은 관상감과 선공감에서 주로 준비하였다. 그러나 태실이 위치한 도에서 준비해야 할 부분이 많았다. 예조로부터 태실가봉의 날짜와 물력 및 인력의 준비 현황을 통보받은 관찰사는 각 읍마다 잡물을 다시 분정하고 시역 전에 납품되도록 하였다. 이외에 필요한 역군과 장인, 승군 등의 동원은 각 군현별로 차출하였다.

① 영조의 가봉태실

1729년(영조 5)에 있었던 영조의 태실가봉 과정을 여기에서 살펴보자. 부석과 이를 옮기는 데 많은 인력이 동원되었다. 더구나 평지가 아니라 산을 넘어서 이동해야 하므로 더 많은 시간이 소요되었다. 역군과 장인, 승군 등의 동원은 행정구역별로 차출하였다. 의궤에는 총 부역군이 6,000명으로 되어 있으나 실제 부역은 2,894명, 미부역이 3,106명이었다. 각 현과 읍에 분정된 각종 소요물품은 대체로 석재의 부출을 위한 장비류였는데, 청주와 충주 관내의 여러 읍에 분정하였다. 태실가봉 장소인 청주에서 비교적 거리가 먼 영동, 황간, 영춘 등은 아예 분정에서 제외하였다. 공주목이 공산현으로 강등되었기 때문에 공산, 정산, 홍산(鴻山) 등에까지 분정되었다.

잡물의 준비 과정에서 예기치 못한 두 가지 문제가 발생했다. 첫째는 여러 읍에서 납품한 잡물을 모아 둔 곳에 화재가 발생한 일이다. 숙직하던 직색(職色)들이 실수로 화재를 일으킨 것이다. 철물은 무사하였으나 정산과 문의에서 봉납한 백휴지(白休紙) 10근, 옥천에서 봉납한 인가내(刃加乃) 5개, 청주 분정의 유사(柳笥) 2부 등이 불타 버렸다. 이를 처음 봉상(捧上)한 고을에 다시 분정하여 윤납토록 하였다. 두 번째는 태실의 비석을 만들 때 필요한 백랍(白蠟)[88]이 빠진 것이다. 충주 등 각 관에 다시 분정하여 10월 7일까지 밤을 새워 14량을 조달하게 하여 해결하였다.

영조의 태실가봉 과정에는 인력의 분정이 원활히 이루어지지 못한 점이 있었고, 이를 급한 대로 재조정하여 실행하였다. 그럼에도 예정된 기간 내에 작업을 마무리하기가 어려운 상황이 발생했다. 첫째는 추위와 적은 일

---

88 표백한 밀랍으로 백밀(白蜜)이라고도 한다. 꿀벌집에서 벌꿀을 채취한 뒤에 뜨거운 물속에서 녹여 고체화한 납이다. 석물을 결합한 뒤, 석재의 틈새를 메우는 데 쓰였다.

조량이었다. 땅이 얼고 해가 금새 넘어가 작업의 진척이 더뎠다. 둘째는 작업 인력의 부족이었다. 도차사원 청주목사(淸州牧使)가 다음의 이유로 상고하였다. 석수들의 피로감이 과중하고, 정(釘)을 능숙하게 잘 다루지 못하는 자가 있어 작업의 속도가 나지 않는다고 했다. 석수는 40명이 필요한데 동원된 인원은 34명이었다. 승군과 역군도 부족하여 늘려 줄 것을 요구하였다. 승군은 등록에 1,000명으로 되어 있었으나 실제로는 300명만이 참여하였다. 석재 운반 시 썰매 1부당 600~700명이 필요한데, 300명으로는 운반할 수 없어 600명 한도에서 증원을 요청하였다. 이에 대한 관찰사의 대책은 석수 5명을 증원시키되 밤새워 일하게 하고, 석물을 끌 운반 승군은 600명을 각 읍에 다시 분정하여, 10일 이내에 양식(糧食)을 지참해서 부역에 참여하도록 하였다. 석물을 옮기는 썰매 하나에 600명 이상이 동원되었고, 양식도 조달되지 않아 직접 준비해야 했으며, 야간작업도 해야 하는 상황은 백성들이 겪은 고충을 짐작하게 한다.

지역별 승군 내역을 보면, 45곳에서 610명의 승군을 분정하였다. 감역관이 이를 다시 조정하였는데, 해안 포구 지역에서 오는 사람은 왕래에만 3일이 걸려 폐단이 큰 관계로 거리가 먼 7개 읍에 분정된 승군은 부역을 취하하였다. 모자라는 인력은 9월 25일까지 각 읍의 역군을 부석소(浮石所)인 상현암리로 일제히 보내 충당하도록 하였다.

② 정조의 가봉태실

정조의 태실가봉에 필요한 역군과 잡물은 영조태실을 만들 때 기록한 가봉의궤의 내용을 규례로 하였다. 먼저 1단계에서는 충청도와 각 관청에 통지하여 공장, 군인, 잡물, 기계 등을 태실소(胎室所)에 진배하도록 하였는데, 『정종대왕태실석난간조배의궤』에 기록된 「후록」의 내역은 '표 10'과 같다.

　　　　　　　　　　　　　　　제3장 조선왕실의 태실가봉

표 10　관청과 충청도에 분정한 인력과 잡물

분장처	내역
용환(用還)	부역군(赴役軍) 200명, 당령연군일삭부역(當令煙軍一朔赴役) 영역사지사령(領役事知使令) 2명, 고직(庫直) 1명, 문서집리(文書執吏) 1명, 석회(石灰) 8석(石), 수몽동(水夢同) 1개, 정철(正鐵) 1,000근, 내타조중몽동(內打造中夢同) 10개, 소몽동(小夢同) 25개, 입정(立釘) 50개, 정(釘) 130개, 곶정(串釘) 200개, 의지금(倚只金) 50개, 배지내(排之乃) 4개, 한마적(漢馬赤) 30개, 광이(鑛伊) 5개, 대정(大釘) 3개, 부자(斧子) 4개, 대착(大錯) 3개[장이척(長二尺)], 소착(小錯) 7개, 좌이(佐耳) 4개, 각도(刻刀) 50개, 세한(細漢) 10개, 소마적(小馬赤) 15개, 첨철(添鐵) 200근
각 읍(各邑)	유회차법유(油灰次法油) 8두(斗), 유회교합차백휴지(油灰交合次白休紙) 20근, 대소장막(大小帳幕)
본관 정체(本官定體)	감역관(監役官) 제거인신(齎去印信) 1과(顆), 예조서표관제조겸행도차사원(禮曹書標官提調兼行都差使員)
본도(本道)	주시관감역관겸행서원(奏時官監役官兼行書員)
본도(本道) 각 관(各官)	경석수제량(京石手除良) 향석수(鄕石手) 34명
본관(本官), 인근 읍(隣近邑)	노야장(爐冶匠) 4명
본도(本道)	목수(木手) 2명, 각자장(刻字匠) 2명
각 읍(各邑)	숙마줄(熟麻乼)
각 관(各官)	유사(柳笥) 2부(部), 일응공사하지필묵(一應公事下紙筆墨)
각 관(各官)	의궤(儀軌) 5건내(件內), 1건 어람(御覽), 1건 예조(禮曹), 1건 관상감(觀象監), 1건 감영(監營), 1건 본관(本官), 성적도련지(成籍擣鍊紙) 4속(束), 초주지(草注紙) 1속, 홍의차세포(紅衣次細布), 걸금두정납염(乬金頭釘臘染), 석물결과차공석(石物結裹次空石) 100립(立)
향실(香室)	향축(香祝) 3건
각 관(各官)	선고사유제(先告事由祭), 고후토제(告后土祭), 사후토제(謝后土祭), 각양석물예입승군(各樣石物曳入僧軍) 혹(或) 연군(煙軍) 수기석물경중(隨其石物輕重) 용입(容入)
각 관(各官)	감역관(監役官) 입접(入接) 가가(假家), 잡물입치(雜物入置) 고간(庫間)
각 관(各官)	감역관(監役官) 지공(支供), 급문서집리(及文書執吏), 고직(庫直), 사지사령(事知使令), 제색장인(諸色匠人), 구종(驅從), 노자(奴子) 공궤(供饋)
본관(本官)	누기배설(漏器排設) 제구(諸具)
각 관(各官)	시급문서전통역자(時急文書傳通驛子) 급(及) 부석소(浮石所) 태실왕래(胎室往來) 유대마(留待馬) 공궤(供饋)
본관(本官) 교생(校生)	의궤(儀軌) 서사(書寫)
수령 중(守令中) 제 집사(諸執事) 수령(守令) 혹(或) 전함생진사(前衡生進事)	헌관(獻官) 제관(祭官)

후록한 내용을 보면, 인력과 물품이 특별한 기준 없이 섞여 있었다. 사용 후에 돌려주어야 하는 용환(用還) 장비를 먼저 적었는데, 주로 계속 사용할 수 있는 도구들이다. 이러한 내역을 준비해야 할 담당은 관상감을 말하는 '본관(本官)', 가봉할 태실이 위치할 '본도(本道, 강원도)', 그리고 각 관청에 해당하는 '각 관(各官)', 마지막으로 '각 읍(各邑)'으로 표기되었다.

인력에는 감역관과 도차사원등의 관원도 포함되었는데, 관상감에서 적임자를 선발하였다. 또한 기술의 난이도가 높은 석수, 목수(木手), 각자장 등은 해당 도에서 확보하였고, 나머지 주요 물품들은 각 관청에서 마련하도록 하였다. 서울에서 내려가는 인력의 음식[供饌]은 각 관청에서 준비하게 하여 민폐의 여지를 없앴다. 또한 의궤의 서사는 선공감의 유생이 맡았고, 제례를 주관하는 헌관과 제관은 강원도의 수령들이 맡게 하였다.

강원도에서 분정할 대상으로 삼은 읍은 26군데였다. 선대의 의궤에서 필요한 내역을 채록한다 하더라도 지역이 다르기 때문에 분정할 대상 읍의 분포, 지역의 이동 거리 및 민생의 상황 등을 고려해야 하는 어려움이 있었다. 또한 분정된 물품과 인력이 도착할 때, 이를 확인하고 관리하는 과정도 만만치 않은 일이었다. 몇 군데 읍에는 물품과 인력이 혼재되어 있다. 인력을 한 곳에서 많이 구하기 어려운 경우에는 대상 지역별로 골고루 분정하였다. 태실이 위치한 영월군에 배당된 내역이 가장 많았다. 이 지역의 읍민들에게 돌아가는 부담이 컸으며, 여기에 대한 별도의 보상은 없었다.

강원도관찰사는 부석과 석물작업을 위해 각 읍에 향석수, 야장, 역군, 철탄(鐵彈), 기계 등을 후록한 공문을 보내 신속히 분장(分掌)하게 하였다. 그런데 석물작업에 필요한 장비와 물품을 준비하게 한 고을은 태실이 위치한 곳이 아니라 부석처 인근 충청도 소재의 군현과 읍이었다. 석물작업에 소요되는 물품은 기존의 해당 도에 속한 군현과 분리하여 준비하게 한 것이다. 이 물품들은 부석길일(浮石吉日) 전에 역소에 도착하도록 하였고, 해당

도에서는 본읍에 준비를 재촉하여 정해진 시간과 장소에 도착하지 못하는 폐단이 없도록 하였다.

부석작업과 관련된 분정 인력과 물품은 부석하기 3일 전까지 역소에 도착하도록 했다.[89] 하나라도 도착이 지체되면 원활한 작업이 이루어질 수 없었다. 가장 시급성과 정확성을 요구하는 것이 부석이었다. 의궤의 내용을 보면 석물작업에 필요한 몽동이(夢同伊), 정(釘) 등의 종류, 석물을 묶을 끈, 이동할 때 쓰는 가마니와 썰매 등이 주된 물품이었다. 인력은 대부분 석재를 이동하는 데 투입되었다. 예컨대 충주의 역군 600명, 단양과 청풍 각 500명, 영춘 150명, 제천 708명 등으로 적지 않은 규모였다.

③ 익종의 가봉태실

익종태실 가봉 시의 경우를 보면, 한 고을에 부담이 과도한 경우가 생기기도 하였다. 관상감에서 보고하기를, 석물가봉에 들어갈 군인과 잡물은 1801년(순조 1) 정조태실 석물조성 때와 1806년 순조태실 석물배설 때의 의궤에서 가려내어 후록하고, 본도와 각 해당 관청에 미리 통지하여 공장, 군인, 기계, 잡물 등을 차질 없이 진배하게 하였다.[90] 그런데 익종태실의 가봉 과정에서 올라온 관찰사겸순찰사의 장계에 보면, 영평현은 편소한 데다 산골에 있는 고을이어서 여러 가지 열악한 여건으로 인해 미치지 못하는 염려가 있다고 했다. 1806년 순조태실 조성 때에도 영평현에 전적으로 분정하기에 어려움이 있어, 양주목사(楊洲牧使)를 도차사원으로 정하여 감독하게 한 선례를 들었다.[91] 이는 어려운 상황에 대한 배려 차원의 조치였다.

그런데 익종의 태실가봉 시 경기도관찰사가 상고하기를, 분정한 잡물을

---

89 『정종대왕태실가봉의궤』 신유년(1801) 8월 10일; 국립문화재연구소, 『조선왕실의 안태와 태실 관련 의궤』, 민속원, 2006, 96~97쪽.
90 『익종대왕태실석난간조배의궤』 을미년(1835) 12월 10일; 국립문화재연구소, 위의 책, 252~253쪽.
91 『익종대왕태실석난간조배의궤』 병신년(1836) 정월 3일; 국립문화재연구소, 위의 책, 256쪽.

고루 수납하였는데 영평읍만 따르지 않았다고 했다. 과중한 부담으로 명을 따를 수 없는 형편이었거나 증대된 불만의 표현이 있었던 것으로 짐작된다. 그러나 결과는 국역(國役)과 관련된 일인데 영문(營門)의 통지에도 거행하지 않고 있으니 해당 색리(色吏)를 칼을 씌워 올려 보내고, 잡물은 밤을 새워서라도 역소에 수납하게 하라는 조치가 내려졌다. 사정은 전혀 고려되지 않았고, 지시를 따르지 않으면 엄격한 처벌을 피하기 어려운 사안이었다.

(3) 석물의 제작과 배설

태실의 가봉에 있어 가장 큰 관건은 석물의 제작이다. 이를 위해 먼저 시작하는 것이 석재를 물색하여 채취하는 작업이다. 여기에는 서울에서 내려온 경석수가 참여하였고, 향석수, 야장, 역군, 철탄, 기계 등 각 읍에 분정한 대로 인력과 잡물이 투입되었다. 지방관으로 하여금 감역을 겸하여 돌을 뜨도록 하였고, 인근 수령을 차사원으로 임명하여 일을 감독하도록 관찰사에게 분부하였다.

예컨대 영조의 태실가봉을 위한 석물 부출은 태실의 서쪽 10리, 동면(東面) 상현암리에서 하기로 했다. 석물은 돌을 떠낸 현지에서 초벌로 다듬은 뒤 10일 후에 태실지로 운반하기로 하였고, 비석은 별도로 연마하였다. 돌을 떠내고 옮겨서 조각을 마치고 배설하는 데까지 약 1개월이 채 걸리지 않았다.

① 석재의 채취와 크기

석물작업에 있어 가장 먼저 시작된 것은 석재를 채취하는 부석이다. 부석을 위한 첫 단계는 석재의 간품(看品)인데, 이는 경석수가 전담하였다. 경석수는 돌의 품질을 검사하고 석물의 길이와 너비의 척수를 책임지고 확인하는 것이 의무였다. 영조의 태실가봉 시에는 경석수가 내려와 석재를 간품하여 택한 뒤에 돌을 떠내는 것이 합당하니 즉시 거행토록 해 줄 것을 관찰사가 요청한 기록이 여러 군데에 보인다. 경석수가 판단하여 진행하는 것이 안전하였고 관찰사로서도 책임에 대한 부담이 없었다.

정조태실의 가봉 시에는 가봉할 석물은 제천에서 떠내고자 시역하였으나, 충청감영(忠淸監營)에서는 석물이 숙석(熟石)이라 단단하고 섬세하지 못해 비석을 만드는 데 쓸 수 없다고 했다.[92] 따라서 경석수로 하여금 태실지역 근처에서 적합한 돌을 구하게 하였다. 그러나 석수가 영월 일대에는 적합한 품질의 돌이 없으니 제천에서 떠내어야 한다고 함에 따라 경석수 정유복(鄭有福)에게 시간을 단축하여 적합한 품질의 돌을 택하여 채취하게 하였다.

순조의 태실가봉 시 충청도관찰사의 보고에 경감역관(京監役官)이 16일 본현에 내려와 찾아보았지만, 태실 근처에는 적합한 석재가 없고 태실 서쪽 50리에 떨어진 수한면(水汗面) 묘동리의 돌을 간심하여 택한다고 하였다. 관상감의 관문에는 돌을 떠내되 인근 수령을 차사원으로 정해 감독하라고 하여 회인현감(懷仁縣監)을 차사원으로 정하였다.[93] 석물 부출을 수행할 담당자를 인근 수령에게 맡겨 책임감 있게 일을 추진하게 하였다.

익종태실의 가봉 시에 예조에서는 경기도 영평현으로 관문을 보내어 경석수 2명을 내려보낼 테니 석재의 품질은 적합한 곳을 구하되 선공감에 보고하고, 영문에도 알려 간품한 다음에 취사선택하도록 알렸다.[94] 그리고 적합한 석물을 포장하여 하나는 예조에 올리고, 하나는 선공감에 올리라고 하였다. 또한 분정한 잡물은 성책(成冊)을 만들어 보고하도록 했다.[95] 석물을 예조와 본감에 올리라고 한 것은 석재의 품질을 살펴보기 위해서였다.

92 『정종대왕태실석난간조배의궤』 신유년(1801) 7월 5일; 국립문화재연구소, 위의 책, 88~89쪽.
93 『순조대왕태실석난간조배의궤』 병인년(1806) 8월 11일; 국립문화재연구소, 위의 책, 131쪽.
94 『태봉등록』 을미년(1835, 헌종 원년) 11월 21일.
95 『태봉등록』 을미년(1835, 헌종 원년) 12월 27일.

『태봉등록』에 의하면, 영조는 태실가봉 시에 석물의 크기를 줄여서 제작할 것을 명하였다. 이 과정에서 신하들과 많은 논의가 있었다. 영조는 석물을 1/3만 줄인다면, 다른 석물의 크기도 함께 줄어 운반하기가 나을 것이라 했다. 이는 또한 훗날의 민폐도 줄일 수 있는 방안이라 하여 신하들을 설득했다.[96] 실제로 영조 대 이후의 석물 크기를 보면, 큰 차이 없이 영조태실의 크기를 기준으로 적용되었음을 알 수 있다. 석물의 각종 크기를 정리하면 '표 11'과 같다.

표 11 태실가봉 석물의 크기 비교표

	영조태실	정조태실	순조태실	익종태실	헌종태실
귀대석 (龜臺石)	길이 6자 너비 3자 5치 높이 2자 5치	길이 6자 너비 3자 5치 높이 2자 5치	길이 6자 너비 3자 5치 높이 2자 5치	길이 6자 8치 너비 4자 높이 4자	길이 7자 3치 너비 4자 2치 높이 3자 1치
비석 (碑石)	길이 5자 3치 너비 1자 7치 두께 8치	길이 5자 3치 너비 1자 7치 두께 8치	길이 5자 3치 너비 1자 7치 두께 8치	길이 5자 8치 위 너비 1자 9치 아래 너비 1자 6치 두께 1자 5푼	길이 3자 6치 너비 1자 8치 5푼 두께 8치
사방석 (四方石)	너비 3자 3치 두께 7치	길이 3자 2치 너비 3자 2치 두께 7치	길이 3자 2치 너비 3자 2치 두께 7치	사방 4자 두께 8치	너비 3자 7치 두께 8치
중동석 (中童石)	높이 2자 5치 상하지름 5자 2치 중지름 8자 1치	높이 1자 5치 상하지름 5자 2치 중지름 8자 1치	높이 1자 5치 상하지름 5자 2치 중지름 8자 1치	높이 2자 7치 상하지름 2자 중지름 3자	높이 3자 상하지름 6자 9치 중지름 11자 5치
개첨석 (蓋簷石)	높이 3자 5치 너비 1자 5치 두께 1자 1치	높이 3자 5치 너비 3자 2치	높이 3자 5치 너비 3자 2치	높이 3자 7치 너비 3자 5치	높이 4자 너비 4자

96 『태봉등록』 기유년(1729, 영조 5) 9월 5일.

주석 (柱石)	길이 3자 5치 너비 1자 5치 두께 1자 1치	길이 3자 5치 너비 1자 5치 두께 1자 1치	길이 3자 5치 너비 1자 5치 두께 1자 1치	길이 4자 5치 너비 1자 7치 두께 1자 3치	길이 4자 5치 너비 1자 8치 두께 1자 1치
동자석 (童子石)	길이 1자 9치 너비 1자 3치 두께 1자 1치	길이 1자 9치 너비 1자 3치 두께 1자 1치	길이 1자 9치 너비 1자 3치 두께 1자 1치	길이 2자 3치 너비 1자 4치 두께 1자 2치 5푼	길이 2자 2치 5푼 너비 1자 3치 두께 1자 1치 3푼
죽석 (竹石)	길이 3자 1치 지름 2자 7치 5푼	길이 3자 1치 지름 2자 7치 5푼	길이 3자 1치 지름 2자 7치 5푼	길이 3자 6치 체(體) 8치	길이 3자 5치 지름 3자 1치 2푼
우상석 (隅裳石)	길이 3자 3치 너비 2자 6치 두께 7치	길이 3자 3치 너비 2자 6치 두께 7치	길이 3자 3치 너비 2자 6치 두께 7치	길이 3자 5치 너비 1자 7치 5푼 두께 7치	길이 3자 너비 1자 5치 두께 8치 5푼
면상석 (面裳石)	길이 2자 8치 너비 2자 4치 두께 7치	길이 2자 8치 너비 2자 4치 두께 7치	길이 2자 8치 너비 2자 4치 두께 7치	길이 3자 5치 너비 1자 7치 5푼 두께 7치	길이 2자 7치 너비 1자 5치 5푼 두께 8치 5푼
우전석 (隅磚石)	길이 2자 너비 1자 3치 두께 1자 1치	길이 2자 너비 1자 3치 두께 1자 1치	길이 2자 너비 1자 3치 두께 1자 1치	길이 3자 5치 너비 2자 5치 두께 1자	길이 3자 9치 너비 2자 2치 7푼 두께 1자
면전석 (面磚石)	길이 2자 5치 너비 1자 7치 두께 1자 3치	길이 2자 5치 너비 1자 7치 두께 1자 1치	길이 2자 5치 너비 1자 7치 두께 1자 1치	길이 3자 5치 너비 2자 5치 두께 1자	길이 3자 7치 너비 2자 2치 7푼 두께 1자

　　정조태실의 석물가봉에 있어 석물은 제천 지역에서 떠 올 예정인데,『운관등록(雲館謄錄)』을 상고해 보니, 열성조의 태실석물이 한결같지 않다고 하였다. 정조 대 이후 석물의 길이, 너비, 치수는 모두 영묘조의 태실제도를 따랐다.[97]

　　익종태실의 가봉 과정에서는 관상감 관원이 본감의 등록을 살펴보니,

또한 열성조의 태실 크기가 동일하지 않다고 보고하였다. 을사년(1785, 정조 9) 이후로는 영조의 태실석물을 가봉할 때의 예대로 품정하여 거행하였는데, 헌종은 을사년의 예대로 하라는 전교를 내렸다.[98] 그런데 '표 11'에서처럼 익종태실의 가봉석물 크기는 순조태실의 가봉석물보다 크기가 조금씩 큰 편이다. 체양을 이전보다 키우고자 한 지시가 있었던 것으로 추측된다. 그리고 그 크기는 헌종 대의 익종태실 가봉에서도 반영된 듯하다. 결국 영조 대에 축소된 가봉석물의 크기는 정조와 순조 대에만 준행된 셈이다.

영조태실 가봉석물의 크기를 숙종 및 경종태실 가봉석물의 치수와 비교해 보면 '표 12'와 같은 차이가 있다.

표12 숙종·경종태실과 영조태실의 석물 크기 비교표

구분	귀대석			표석(비석)			대석(사방석)	
	길이	너비	높이	길이	너비	두께	너비	두께
숙종·경종	5자 4치	4자 2치	2자 6치	6자 1치[99]	2자	1자 5치	4자 7치	1자 5치
영조	6자	3자 5치	2자 5치	5자 3치	1자 7치	8치	3자 3치	7치

귀대석의 경우 길이는 영조태실이 길지만, 너비와 높이로 보면 숙종·경종태실의 석물이 컸다. 표석은 전체적으로 영조태실의 것이 작았다. 특히 두께는 거의 절반 정도로 얇게 하였다. 대석도 영조태실이 작았는데, 역시 두께가 절반 정도로 줄었다. 영조가 석물의 크기를 줄인 결과는 그의 생각이 구체적으로 어떻게 반영되었는가를 알 수 있는 단서이다.

태실가봉이 안태와 다른 것은 가봉비를 세운 점이다. 국왕의 태실에 걸

---

07 『깅종티외대실난산소배의궤』 신유년(1801) 7월 5일; 국립문화재연구소, 『조선왕실의 안태와 태실 관련 의궤』, 민속원, 2006, 82쪽.
98 『태봉등록』 병신년(1836, 헌종 2) 1월 6일.
99 용주부터 함중(陷中, 오목한 데)까지 길이임.

맞는 위엄을 드러낸 부분이 가봉비라 할 수 있다. 비의 글씨는 정조 대 이후부터 서표관을 겸하게 된 선공감이나 관상감의 제조가 맡았다. 태실비에 새긴 내용과 관련된 기록은 '표 13'과 같다.

표 13 **가봉비문의 내용 등**

	전면	후면	서표관	가봉일자
영조	주상전하태실 (主上殿下胎室)	옹정칠년시월십사일건 (擁正七年十月十四日建)	권지승문원부정자 한덕량(韓德良)	1729년(영조 5) 10월 7일
정조	정종대왕태실 (正宗大王胎室)	가경육년시월이십칠일건 (嘉慶六年十月二十七日建)	선공감제조 정대용(鄭大容)	1801년(순조 1) 10월 22일
순조	주상전하태실 (主上殿下胎室)	가경십일년시월십이일건 (嘉慶十一年十月十二日建)	관상감제조 김사목(金思穆)	1806년(순조 6) 10월 12일
익종	익종대왕태실 (翼宗大王胎室)	도광십육년삼월이십일일건 (道光十六年三月二十一日建)	관상감제조 신재식(申在植)	1836년(헌종 2) 3월 5일
헌종	주상전하태실 (主上殿下胎室)	도광이십칠년삼월이십일일건 (道光二十七年三月二十一日建)	관상감제조 홍학연(洪學淵)	1847년(헌종 13) 3월 10일

태실가봉 시 왕이 재위에 있을 경우는 전면을 '주상전하태실(主上殿下胎室)'이라 썼다. 영조와 순조, 헌종이 이 경우에 해당한다. 영조태실의 가봉비에 글씨를 새길 때는 각자(刻字) 장인 2명이 4일 동안 작업에 참여하여 마무리하였다. 장인 한 사람이 하루 2글자씩 새긴 셈이다. 각도(刻刀)는 50개가 들어갔다. 가봉비석의 탁본은 왕실에 올려졌고, 왕이 열람한 뒤에는 왕실 서고인 봉모당(奉謨堂)에 보관되었다.[100]

---

100 현재 순조태실의 가봉비 탁본이 한국학중앙연구원의 장서각에 전하고 있다. 『봉모당봉장서목(一)』;
천혜봉·윤병태, 『藏書閣의 歷史와 資料的 特性』, 한국정신문화연구원, 1996, 48쪽.

② 석물의 배설

석물작업의 마지막은 세분하여 만든 각 석물을 맞추어 완성하는 일이
다. 석물배설일 하루 전에 미리 조립해 보는 등 연결 상태를 확인하였고,
최종 배설일에 설치를 완료하였다. 영조의 태실가봉 과정에서 석물배설
의 순서를 보면 다음과 같다. ① 전석(磚石)을 안치함, ② 사방석과 상석을
배설함, ③ 귀롱대(龜籠臺)를 안배함, ④ 개첨석과 중동석을 안치함, ⑤ 표석
을 세움, ⑥ 난간석에 해당하는 동자석과 연엽석(蓮葉石)을 배설함, ⑦ 주석
을 세움, ⑧ 죽석을 추가함. 미리 정확한 치수대로 만들어 놓은 뒤 조립하
는 방식이다. 기존에 설치되어 있던 아기씨태실비 및 대석은 태실의 서남
쪽으로 10보 밖에 땅을 파서 묻었다. 흙을 보충하고 띠를 입히는 등의 일을
하고서 작업을 마쳤다.

태실가봉에서 석물작업을 위해 많은 인력이 동원되었고, 경험이 풍부한
전문 장인들의 기술력이 성공적인 가봉을 이끌었다. 앞 시기의 의궤에 기
록된 선왕 대의 기록이 빠짐없이 중요한 선례로 활용되었다.

(4) 가봉의 완료와 후속 조치

태실가봉이 완료된 이후의 후속 작업은 금표 설치, 화소 구역 지정, 의궤
제작, 태실비 탁본, 태봉비(胎封碑) 제작, 참여 관료들의 포상(褒賞) 등이었다.
가봉이 완료된 태실은 보호를 위해 금표 구역과 화소 지역을 정하였고, 의
궤와 족자(簇子)를 제작하였다. 의궤는 가봉 과정의 자세한 내용과 절차를
파악할 수 있는 자료이다. 그렇다면 족자는 어떤 용도로 제작한 것일까?
순조태실의 가봉의궤에는 "10월 28일, 의궤와 족자 등은 아직 수정하지 않
았으므로 감역관은 다시 본부(本部)에 들어가 완료하고 11월 3일 본부를 떠
나 상경할 것입니다"라 하였다. 여기에서의 족자는 태실가봉비를 탁본하
여 족자로 장황한 것과 가봉태실의 지리적 형세를 그린 태봉도를 말하는

것으로 추측된다. 현재 장서각 소장의 왕실탁본류(王室拓本類)에는 이 가봉 태실비를 탁본한 족자가 여러 점 남아 있고, 태봉도 족자도 3점이 전하고 있어 이러한 정황을 뒷받침해 준다. 비문 탁본과 태봉도는 왕에게 보고하기 위한 어람용으로 제작한 것이며, 비문의 내용과 태실의 위치가 명당의 요건을 갖추고 있음을 보여 주기 위한 것이다.

포상은 가봉의 공훈자에게 내리는 것과 그 지역을 승격시키는 두 가지 단계로 시행되었다. 예컨대 순조는 정조태실의 가봉을 마친 뒤, 가봉에 수고한 관료들의 품계를 올려 주었다. 또한 순조는 "영월의 정조태실을 가봉하는 공역을 순조롭게 이루었으니, 나 소자(小子)의 애통한 사모가 더욱 깊어진다. 감동(監董)한 여러 사람에게만 특별히 그 노고에 보답하는 것이 아니라, 또한 그 일을 소중하게 여기고자 하는 것이니, 선공감제조겸서표관 정대용에게는 정헌대부(正憲大夫)를 가자(加資)하고 감역겸도차사원인 지방관 허질에게는 가선대부(嘉善大夫)를 가자하라"고 하였다.[101] 순조의 태실 가봉지인 보은현도 순조태실의 가봉을 무사히 마쳤기에 군으로 승격시켰다.[102] 익종의 태실을 가봉한 영평현도 군으로 승격시켰다.

의궤의 뒷부분에는 동원된 하급관원을 기록한 원역질(員役秩)을 비롯하여 진전질(陳田秩) 등이 기록되어 있다. 의궤마다 조금씩 차이를 보이지만, 대부분 원역질, 공장질, 진전질, 잡물환하질, 인가질(人家秩) 등이 기재되어 있고 『정종대왕태실석난간조배의궤』에 가장 많은 항목이 실렸다.

첫째, 원역질은 정조·순조·익종·헌종의 태실가봉의궤에 들어 있다. 원역은 주로 공역에 투입된 하급 관원에 해당한다. 도간역영비(都看役營裨), 영교(營校), 문서집리, 고직, 영역사령(領役使令), 주시관원(奏時官員), 간역영리(看役營吏), 문서차지(文書次知) 영리(營吏), 간역장교(看役將校), 도색(都色), 문서색리

---

101 『순조실록』 원년(1801) 11월 11일.
102 『순조실록』 6년(1806) 10월 20일.

(文書色吏), 잡물색리(雜物色吏), 예석장교(曳石將校), 색리, 부석시간역(浮石時看役) 영비(營裨) 등에 해당하는 사람의 이름을 기록했다.

둘째, 공장질에는 분야에 따라 지역과 장인의 이름을 모두 기록했다. 공장질에 기록된 장인은 석수가 가장 많다. 그만큼 돌을 다루는 것이 태실가봉의 핵심이었음을 말해 준다. 석수는 경석수와 향석수로 나뉜다. 경석수는 돌을 채취하는 과정에서 석재의 재질을 간품하여 취사를 결정하는 임무를 맡았고, 석물시역 때부터 참여하였다. 영조 대 이후의 태실가봉의궤를 보면 경석수는 2명이 참여하였고, 향석수는 대개 34~39명 정도였다. 석수는 채취한 돌을 다듬고 연마하는 전문가였다. 작업의 지휘는 경석수가 도변수(都邊首)를 맡아 진행하였다.

『영조대왕태실석난간조배의궤』에는 향석수 39명 가운데 승려가 2명[청주 석수 승(僧) 취문(就文), 승 신계(信戒)] 포함되어 있다.[103] 『정종대왕석난간조배의궤』의 「공장질」에 경석수로 기록된 정유복은 도변수로서 품계가 '가선(嘉善)'이라 적혀 있다. 향석수는 14개 지역에서 동원되었는데, 원주가 7명으로 가장 많았다. 『순조대왕태실석난간조배의궤』에는 향석수로 34명을 16개 지역에서 차출하였고, 서원(西原)이 9명이다. 『익종대왕태실석난간조배의궤』에는 향석수로는 송도(松都), 강화(江華), 화성(華城), 양주(楊洲), 장단(長湍), 포천(抱川) 등 6개 지역에서 34명이 동원되었다. 이 가운데 송도가 11명으로 가장 많았다. 『성상(현종)태실석난간조배의궤』에는 향석수로 남포(藍浦), 온양(溫陽), 공주, 청주, 홍주, 천안(天安), 목천(木川), 홍산, 대흥, 덕산 등지에서 34명이 차출되었다. 남포에서 9명으로 가장 많았다.

석수 이외에는 쇠를 다루는 야장이 3~4명 정도 투입되었다. 주로 석수들이 사용하는 정과 서로 된 장비를 제작 및 보수하는 것이 임무였다. 이

---

103 『영조대왕태실가봉의궤』; 차용걸, 「英宗大王胎室 加封儀軌에 대하여」, 『호서문화연구』 2, 충북대학교 호서문화연구소, 1982, 18~19쪽.

외에 목수, 각수(刻手), 책장, 서원(書員), 화원(畵員) 등이 기록되었다. 인원은 4명을 넘지 않았다. 각수는 서울에서 내려온 경각수로서 가봉태실비에 글씨를 새기는 임무를 맡았다. 서원은 기록을 담당하였다.

이어서 부역에 동원된 부역군들의 현황을 기록해 두었다. 정조의 태실 가봉에는 꽤 많은 인력이 동원되었다. 강원도 부역군은 830명이 2일 부역하였고, 예석군(曳石軍)은 220명이 5일 부역, 74명이 4일 부역, 176명이 3일 부역, 440명이 2일 부역, 60명이 1일 부역으로 되어 있다. 또한 충청도 부역군 180명이 1일 부역, 예석군 50명이 2일 부역, 2,350명이 1일 부역으로 되어 있다.

셋째, 진전질에서 진전(陳田)은 경작하지 않고 묵힌 논밭을 말한다. 태실 주위에서 한동안 경작하던 이 밭들이 태실의 범위에 들어온 경우 그것을 측정하여 기록한 것이다. 진전질은 영조와 정조, 익종의 태실가봉의궤에 기록되었다. 『영조대왕태실석난간조배의궤』의 진전은 모두 12개 필지이며, 화소 내에 밭을 가지고 있던 사람은 10명에 달했다. 『정종대왕태실석난간조배의궤』에는 화소 내 진전을 기록하였는데, 모두 17명의 밭 78부(負) 4속(束)이 적혀 있다. 『익종대왕태실석난간조배의궤』에는 금표 내 진전질로 밭이 도합 9일(日) 3식경(息耕)이라 표기되어 있다. 식경은 넓이를 측정하는 단위로서 한참 동안 갈 만한 넓이라는 뜻이다. 즉 밭을 가는 시간으로 면적을 측정한 것이다.

넷째, 환하질은 동원된 물자 가운데 사용하고 남은 것을 다시 각 읍에 되돌려 주고자 기록한 내역이다. 영조와 정조, 순조의 태실가봉의궤에 기록이 있다. 『영조대왕태실석난간조배의궤』에 정철(正鐵)은 1,000근을 거두어야 했으나 71근이 모자랐으며, 560근을 한 달 만에 제련하여 413근을 만들었고, 369근이 남아서 각 읍에 돌려줄 것이라 되어 있다. 석회 4석(石) 4두(斗) 등이 남아서 각 읍에 돌려주었다. 『정종대왕태실석난간조배의궤』에는 각종 철물과 흰 무명은 사용한 뒤 돌려줌[各樣鐵物及白木用後還下]이라 되어 있다.『순조대왕태실석난간조배의궤』에는 '각종 철물과 휘장(揮帳), 앙장(仰帳), 크고 작은 차일(遮日), 숙마줄'을 돌려줄 품목으로 기록하였다.

다섯째, 인가질은『정종대왕태실석난간조배의궤』에만 나온다. 즉 태실의 범위 내에 민가가 지어진 현황을 기록한 것이다. 모두 초가 71호 89칸이 기록되었다. 이들 민가는 헐리는 것이 원칙이었으나 구체적인 조치에 대한 기록은 없다.

의궤의 가장 마지막에는 태실가봉에 참여한 관료들의 직함과 이름을 기록하였다.『정종대왕태실석난간조배의궤』에는 강원도관찰사, 운석차사원, 부석차사원, 감역겸전향주시관, 감역겸도차사원, 제조겸서표관의 순으로 적혀 있다. 나머지 의궤에 수록된 내용도 이와 비슷하다.『성상(헌종)태실가봉석난간조배의궤』에는 다른 의궤와 달리 제조가 앞에 적혀 있고, 충청도관찰사가 마지막에 적혀 있다.

현재 태실가봉 관련 의궤는 영조·정조·순조·익종·헌종에 해당하는 5종이 전한다. 영조태실의 가봉의궤는 민간에서 전하던 본이며, 나머지 4종은 어람본이다. 태실가봉의궤는 대체로 실행을 위한 논의, 날짜의 택정, 인력과 물품의 분담 등에 관한 것과 석물의 제작, 제례 절차, 가봉의 완료와 후속 조치 등의 순으로 구성되어 있다. 태실가봉 시에는 석물작업이 가장 큰 관건이었다. 석재의 선택[看品], 채취[浮石]와 운반[運石]의 과정, 연마와 조각, 배설 등의 공정에 많은 전문 인력이 동원되었다. 제례는 가봉을 시작할 때 사유제와 후토제를 지냈고, 공역을 마친 뒤에 사후토제를 지냈다. 또한 태실가봉이 완료된 뒤의 후속 작업은 금표 설치, 최소 구역 지정, 의궤 제작, 태실비 탁본, 태봉도 제작, 참여 관료들의 포상 등이었다.

4   가봉태실을 그린 도형: 태봉도

태실과 관련된 그림에는 세 종류가 있다. 태실의 예정지를 그린 그림, 왕자녀의 태를 묻은 아기태실을 그린 그림, 왕의 태실인 가봉태실을 그린 그림이다.[104] 이 세 그림의 공통점은 태실이 취한 풍수지리적 특징을 일목요연하게 나타내었다는 데 있다. 차이점이라면, 태실의 예정지를 그린 그림은 산도(山圖)처럼 명당의 특징을 부각시킨 반면, 태를 묻은 태실과 가봉태실을 그린 그림은 산도에 실경(實景)산수화풍을 반영하여 그렸다는 점이다. 이 절에서는 태실 관련 그림에 관한 기록을 검토하고, 현존하는 태실도(胎室圖) 및 태봉도를 살펴보기로 한다.

1) 태실 관련 그림과 〈순종태실도〉

특정한 장소와 공간을 설명할 때 그림을 활용하면, 위치와 거리, 방향 등을 입체적으로 이해하는 데 효과적이다. 특히 왕실에서 왕릉이나 왕가의 무덤을 정할 때에는 산도라는 그림을 활용하였다. 산도는 풍수지리상의 특징을 산맥과 산세를 중심으로 간략히 그린 그림을 말한다. 구체적인 묘사 대신 수묵(水墨)으로 특징을 그렸기에 회화성은 매우 미약하다. 성격은 다르지만 태실을 그린 그림도 산도식 그림과 매우 유사하다. '태실도', '태

---

104 태봉도에 관한 종합적 연구로는 윤진영, 『조선왕실의 태봉도』, 한국학중앙연구원출판부, 2016; 윤진영, 「조선왕실의 장태문화와 태실 관련 회화자료」, 『조선왕실 아기씨의 탄생』, 국립고궁박물관, 2018, 238~251쪽.

실산도'로 기록된 그림은 전하는 실물은 없지만, 태실 예정지의 지형을 알기 쉽게 그린 산도 형식의 그림으로 추측된다.

조선 초기의 『태조실록』과 『태종실록』에 실린 태실 그림과 관련된 기록을 옮겨 보면 다음과 같다.

① 태실증고사 권중화가 돌아와서 상언하기를 "전라도 진동현에서 길지를 살펴 찾았습니다" 하면서 이에 산수형세도를 바쳤다.[105]

② 태실증고사 정이오가 진양으로부터 와서 태실산도를 바치니, 그 산은 진주의 속현 곤명에 있는 것이었다.[106]

위의 기사처럼 태실산도는 태실의 예정 위치와 지리적 특징을 왕에게 보고하기 위해 제작된 것이다. 이 일을 맡은 관리를 태실증고사라고 하는데, 태실이 들어설 명당을 찾아내는 경험이 많은 뛰어난 전문가이다. 태실증고사는 태실 예정지로 내려가 명당의 여부를 확인하고, 그 지형을 그림으로 그려 보고하였다. 보고용 그림에 근거하여 왕은 대신들의 의견을 들은 뒤 최종 태실지를 결정하였다.

인용문 ①과 ②는 태조와 세종의 태실 후보지를 선정할 때의 기록이다. 그림을 '산수형세도'와 '산도'라고 기록한 것은 입지 조건을 판단하는 것이 관건이었음을 알려 준다. 또한 세종 연간에는 태실의 관리를 위해 경상도의 순흥·성주·곤양(昆陽)·기천 등 태실이 있는 지역을 세밀히 그려서 보내도록 한 기록도 있다.[107] 태실을 정하는 과정에 풍수적인 요건을 그린 도면

---

105 『태조실록』 2년(1393) 1월 2일. 전라도 진동현은 지금의 충남 금산군(錦山郡) 진산면 일대를 지칭하는 백제 때의 지명이다.
106 『세종실록』 즉위년(1418) 10월 25일.
107 『세종실록』 26년(1444) 1월 7일. 세종대왕의 태실은 1418년(세종 즉위년) 경상남도 곤명현(昆明縣)에 조성되었다. 이곳은 지금의 경남 사천시 곤명면 은사리 일대이다. 『세종실록』에 의하면, 당시 태를

은 필수적인 자료였다.

세종 이후 산수형세도와 태실산도에 대한 기록은 『조선왕조실록』에 보이지 않는다. 하지만 산도 형식의 지형도(地形圖)는 필요에 따라 수시로 그렸던 것으로 추측된다. 태실의 조성과 석물가봉은 조선왕조 전 시기에 걸쳐 시행되었으며, 그때마다 많은 태실 관련 그림이 그려졌으리라고 본다.

(1) 〈순종태실도〉의 내용과 특징

태실의 후보지를 정한 기록은 조선 초기의 사례가 많다. 그러나 그것을 그린 그림은 거의 전하지 않는다. 초기의 태실 그림은 산맥의 흐름을 강조한 풍수도와 같은 형식으로 짐작될 뿐이다. 유일하게 전하는 태실 그림은 19세기 후반기인 1874년(고종 11)에 그린 〈순종태실도(純宗胎室圖)〉이다.[108]

1874년 작 〈순종태실도〉는 충청남도 홍성군 구항면 태봉리에 조성한 순종의 태실을 그린 그림이다. 태실의 예정지를 그린 것일 수도 있으나, 그림 속의 태실 부분에 '태봉'이라 적혀 있으므로 태실을 만든 직후에 지리적 형세와 주변 경관을 그린 것일 가능성이 크다.

순종은 1874년 2월 8일 고종과 명성황후 사이에서 태어났다. 장태법의 절차에 따라 태를 씻는 세태일을 정하였고,[109] 이후 등록에 근거하여 태실 후보지 세 곳을 선정하여 올렸다.[110] 그해 3월 26일에는 태실 후보지에 관원을 보내 검토하게 한 결과 길성현 갑좌 언덕이 더욱 길하다는 보고가 있었으나,[111] 3월 28일에 충청도 결성현 구정면 묘산 갑좌경향으로 태실을 낙

옮겨 오기 위해 태실도감을 설치하였고, 태를 묻을 길지를 택하게 하였다. 태실중고사가 파견되어 풍수와 지세를 살핀 뒤 태실이 들어설 곳의 태실산도를 그려 올리도록 한 것이다.
108 윤진영, 『조선왕실의 태봉도』, 한국학중앙연구원출판부, 2016, 19~22쪽.
109 『승정원일기』 1874년(고종 11) 2월 8일.
110 『승정원일기』 1874년(고종 11) 2월 18일.
111 『승정원일기』 1874년(고종 11) 3월 26일.

그림 1 〈순종태실도〉, 1874년, 지본수묵담채, 100×116cm, 한국학중앙연구원 장서각 소장.

점하였다.[112]

　이후 순종의 태실은 길일인 6월 8일에 공사가 완료되었다. 그 나흘 뒤인 6월 13일, 고종은 김익진에게 태봉의 지리적 형세가 어떠한지를 물었다. 김익진과 고종의 대화 한 대목을 옮겨 보면 다음과 같다.

112 『승정원일기』 1874년(고종 11) 3월 28일.

김익진이 아뢰기를, "태봉의 생김새를 두루 살펴보았는데, 아름답고 길하였습니다. 보통 사람의 눈으로 보더라도 정말 더없이 좋았습니다" 하고, 이어 주달하기를, "이 터는 곧 전반(田班)과 하반(河班)이 살고 있는 곳인데, 그 전답과 원림(園林)이 또한 그 안에 있습니다" 하니, 상이 이르기를, "이것이 고을 백성의 전답과 원림이면, 값을 주고 사들이는 것이 더없이 좋겠는데, 어떻게 하면 좋겠는가?" 하였다.[113]

순종의 태실은 누가 보아도 그 터가 명당임을 알아차릴 만큼 특색이 분명했다. 김익진이 백성의 전답과 원림이 그 안에 있다고 한 것은 주변이 평지였음을 말한 것이며, 이는 〈순종태실도〉에서도 확인할 수 있다. 그림이 산도와 같은 형세도가 아니라 실경산수화에 가까운 것은 장태한 태실을 중심으로 그 일대의 실경을 그렸음을 말해 준다. 〈순종태실도〉는 왕실로 올린 보고용 그림으로 추측된다. 이 그림이 장서각에 소장된 것은 언젠가 어람용으로 궁궐에 들어왔음이 분명하기 때문이다.

〈순종태실도〉를 갖고 조선 후기 태실 그림의 일반적인 경향을 이야기하기는 어렵다. 이 그림은 전통적인 방식이 아니라 거의 풍경화에 가까운 19세기 후반기의 양식으로 그렸기 때문이다. 따라서 조선 후기 그림과의 연결고리를 맺는 부분은 찾기가 어렵다고 하겠다.

순종은 1874년 2월 고종의 둘째 아들로 태어났다. 이해 3월, 순종의 안태에 관하여 고종과 대신들이 나눈 논의가 『승정원일기』 고종 11년(1874) 3월 28일 조에 실려 있다. 내용은 관상감에서 원자의 안태길일과 길시를 정할 것과 일관이 장태법에 따라 같은 해 6월로 안태 날짜를 정할 것을 건의하자 고종이 허락했다는 기사이다. 태실의 예정지를 정하는 과정은 기

---

113 『승정원일기』 1874년(고종 11) 6월 13일.

록에 나오지 않지만, 순종의 태실은 처음부터 지금의 위치인 충남 구항면에 자리 잡았다. 현지에서 순조태실을 보면 지형이 봉우리처럼 우뚝 솟아 올라 있어 한눈에 명당이라는 사실을 알 수 있다. 이곳은 해발 89.5m이지만, 평지에서 보면 대략 30m 미만의 높이로 보인다.

그림을 보면, 태봉 앞쪽에 수호 사찰인 '정암사(淨巖寺)'를 그렸다. 일반적으로 태봉은 산맥과 연결되지 않은 평지에 둥글게 솟아오른 곳을 명당으로 꼽는다. 이렇게 본다면, 〈순종태실도〉 속의 태실은 그릇을 엎어 놓은 듯 복발형의 모습이며, 주위에 산들이 병풍처럼 둘러져 있는 매우 뛰어난 길지의 형세이다. 그 뒤편으로 오성산(五聖山), 성주산(聖住山), 칠갑산(七甲山)의 위치를 표시해 놓아 태실의 위치와 방향을 이해하는 데 도움이 된다. 그림 오른편으로 서해 바다의 일부가 보이는 부분도 그렇다. 그림에 전통적인 산수화법이 반영되었으나 구도는 관념적 구성과 달리 풍경화라고 해야 어울릴 만큼 매우 근대적인 구성미를 보여 준다. 19세기 후반기 왕실회화의 범주에 놓을 수 있는 회화사적인 의미도 크다.

(2) 창덕궁의 〈태봉도면〉

여기에 소개하는 창덕궁의 〈태봉도면(胎封圖面)〉은 1900년을 전후하여 창덕궁의 후원(後苑)에 묻은 왕자녀 3명의 태실을 표시한 것이다.[114]

앞에서 살펴본 것과 같은 정식 태봉도는 아니지만, 궁궐 안 태실과 관련된 그림이어서 여기에서 함께 살펴본다. 왕자녀들의 태를 궁궐의 후원에 묻는 것은 1765년(영조 41)에 내린 영조의 '을유년 전교'를 따른 것이다. 왕자녀의 태는 궁궐 밖으로 내보내지 않고 어원 안의 정결한 곳에 묻도록 한 것이 영조가 내린 '을유년 전교'의 핵심이다.[115] 세자와 원손의 태실은 전국

---

114 윤진영, 『조선왕실의 태봉도』, 한국학중앙연구원출판부, 2016, 68~73쪽.
115 『영조실록』 41년(1765) 5월 13일.

그림 2 〈창덕궁 태봉도면〉,
1929년경, 지본수묵, 40.5×55cm,
한국학중앙연구원 장서각 소장.

의 명산을 골라 묻게 하였지만, 다른 왕자녀들의 경우는 궁궐 후원에 태실을 만들도록 한 것이다. 영조가 이런 조치를 내리게 된 것은 경복궁의 옛터에서 발견된 석함 하나로부터 비롯되었다. 그 석함은 태항아리를 담는 용도였는데, 그것이 누구의 석함인지는 알지 못했다. 하지만 선대에 궁궐의 후원에 태를 묻었던 것은 영조로 하여금 장태제도의 전반에 대한 새로운 결단을 내리게 한 계기가 되었다.

영조는 궁중에서 발견된 석함을 매우 진지하게 살핀 뒤, "지금부터는 장태를 할 때 반드시 어원의 정결한 곳에 도자기 항아리[陶缸]에 담아 묻게 하고, 이로써 의조에 싣게 하라"고[116] 하여 이를 규정으로 삼게 하였다. 어원에 태를 묻었던 선례도 그렇지만, 이를 정식으로 삼게 한 영조의 조치는 실

---

116 『영조실록』 41년(1765) 5월 13일.

로 놀라운 일이었다.

영조의 전교가 약 130여 년이 지난 고종 연간까지 지켜진 사실은 〈태봉도면〉에서 확인할 수 있다. 영조가 전교를 내린 의도는 수많은 왕자녀의 태실 조성 과정에서 발생하는 물력의 손실과 번거로운 절차를 개선하는 데 있었다. 창덕궁의 〈태봉도면〉은 이러한 배경에서 창덕궁의 후원에 만든 태실의 위치를 표시한 것이다. 그 위치는 도면에서 보듯이 창덕궁의 연경당(演慶堂), 서북쪽의 능허정(凌虛亭), 연경당의 북쪽에 있는 옥류천(玉流川)을 잇는 삼각형의 지형 안에 들어간다. 즉 창덕궁의 서북쪽 구릉지대에 있는 언덕 자락에 해당하는데, 잘 알려진 〈동궐도〉에서도 그 위치를 확인할 수 있다.

〈태봉도면〉에는 태를 묻은 세 곳의 위치에 동그라미를 표시하였는데, 각각 '정유태봉(丁酉胎封)', '임자태봉(壬子胎封)', '갑인태봉(甲寅胎封)'이라 써 두었다. 그렇다면 이 태봉은 누구의 태를 묻은 곳일까? 그 주인공을 찾아 보자. '정유태봉'은 1897년 10월에 태어난 영왕(英王, 1897~1970)의 태실, '임자태봉'은 고종과 귀인 양씨(貴人梁氏) 사이에서 1912년 4월에 태어난 덕혜옹주(德惠翁主, 1912~1989)의 태실, '갑인태봉'은 1914년 6월 7일에 출생한 고종의 제8왕자의 태실이다. 이 세 곳 태실의 태항아리는 1929년 일제에 의해 봉출되어 서삼릉태실로 옮겨졌다.

〈태봉도면〉에서 능선과 태봉의 위치를 그린 화법은 매우 단조롭다. 태실의 언덕이 있는 자락은 선묘로만 그렸고, 그 외의 바깥쪽은 먹으로 검게 칠하여 구분하였다. 도면의 상단에는 '백악(白岳)'이라 쓴 북악산을 그렸고, 그 오른쪽 귀퉁이에는 응봉(鷹峯)을 그린 뒤에 글씨를 써서 표시했다. 북악산 바로 아래쪽의 능선에는 한양도성의 성곽이 표시되어 있다. 이 도면은 태를 묻을 때 그린 것이 아니라 1929년 이왕직에서 궁궐 안의 태항을 봉출할 때 남긴 도면으로 추정된다.

2) 장서각 소장 태봉도의 내용과 특징

장서각의 수장고에는 3종의 태봉도가 전한다. 〈장조태봉도〉, 〈순조태봉도〉, 〈헌종태봉도〉가 그것이다. 그림은 국왕의 태실에 석물 설치공사를 마친 가봉태실의 모습을 그린 것으로, 현장에서 족자로 만들어 왕이 열람하도록 올린 것이다. 지방에서 만들어 올린 태봉도는 왕이 검토한 뒤, 창덕궁의 봉모당에 보관하였다. 봉모당은 1776년(정조 즉위년) 정조가 설치한 규장각 서고 가운데 하나였으며, 왕의 글·글씨·그림·인장 등 왕과 관련된 귀중한 자료를 보관하던 곳이다.

애초에 규장각의 본각인 주합루 서남쪽 언덕 위에 있던 옛 열무정(閱武亭)을 이용하였으나, 1857년(철종 8) 이문원(摛文院) 북쪽의 대유재(大酉齋)로 옮겼으며, 흥선대원군의 집정하에서는 종친부에 소속되었다. 이후 갑오경장 때에는 궁내부 소속의 규장원(奎章院)으로 개칭되었으며, 1911년에는 창덕궁에 신축한 건물로 이전하였다.

1910년, 궁내부에서는 당시 봉모당에 있던 도서를 조사하여 『봉모당봉장서목(奉謨堂奉藏書目)』이라는 목록집을 만들었다.[117] 여기에 태봉도 3종이 '장조태봉도 이폭(莊祖胎封圖二幅)', '순조태봉산도족자 일(純祖胎封山圖簇子一)', '헌종태실석물가봉도족자 일(憲宗胎室石物加封圖簇子一)'로 기록되어 있다. 이 기록에 해당하는 실물이 본고에서 살펴볼 3종의 태봉도이다. 따라서 이 3종은 지방에서 제작된 직후 궁중으로 올린 것이며, 왕의 열람을 거쳐 봉모당에 소장되었던 것이 된다. 다만 족자의 명칭 뒤에 '이폭(二幅)' 혹은 '일(一)'로 표기된 것은 태봉도가 2점 이상 그려졌고, 봉모당에 2점이 보관된

---

117 『奉謨堂奉藏書目』은 1910년(융희 4) 이왕직에서 필사하여 편찬한 것으로, 일제강점기 이전까지 봉모당에 소장된 전적의 목록을 기재한 것이다. 장서각 청구기호 2-4647, 마이크로필름 번호 MF35-495. 2011년 장서각에서 『봉모당도서목록』 영인본과 해제본 2책을 발간하였다.

그림 3　장서각 소장 태봉도의 족자 제명.

사례도 있었음을 알려 준다.

　3종의 족자에는 다음과 같은 제목이 적혀 있다. '장조태봉산도(莊祖胎封山圖)', '순조태봉산도(純祖胎封山圖)', '헌종대왕태실석물가봉도족자(憲宗大王胎室石物加封圖簇子)'이다. 이 제목은 1910년 이전에 별지(別紙)에 써서 태봉도 족자의 겉면에 붙인 것이다. 태봉도의 명칭은 '태봉도', '태봉산도', '태실석물가봉도' 등으로 기록되었다. 일례로 '장조태봉산도'는 1785년(정조 9)에 만든 것인데, 제명에는 1899년(광무 3)에 왕으로 추존된 '장조'로 표기되어 있다. 이는 1899년 이후에 제명을 붙였음을 말해 준다. 〈순조태봉도〉와 〈헌종태봉도〉 족자의 제명도 마찬가지이다. 따라서 태봉도 족자 3종의 제명은 1899년에서 1910년 사이에 써서 붙인 것이 된다. 이 태봉도 3종은 봉모당에 들어간 이래 1910년까지 온전히 보존되어 왔고, 그 이후 지금까지 외부로의 유출이나 출입 없이 장서각 서고에 전해 온 내력이 분명하게 파악된다.

　다음으로 장서각 소장본 태봉도 3종의 현상을 간략히 살펴보자. 모두 종이에 수묵담채(水墨淡彩)로 그렸으며, 족자로 꾸몄다. 족자는 축(軸)의 상·하단에 붙인 비단인 상회장(上回粧)과 하회장(下回粧) 및 그림의 사방에 붙인 비단인 사변(四邊)으로 구성되는 것이 일반적이다.

　〈장조태봉도〉는 그림을 제외한 족자 전체를 무늬 없는 하늘색 색지(色紙)로 꾸몄다. 상·하회장과 사변을 별도로 구분하지 않았다. 족자의 아래에는 목축(木軸)을 달았으며, 상단의 표죽(表竹) 위에는 끈을 연결한 고리못인

그림 4 〈장조태봉도〉, 1785년,
지본수묵담채, 156.5×75cm, 한
국학중앙연구원 장서각 소장.

그림 5 〈순조태봉도〉, 1806년, 지
본수묵담채, 135×100.5cm, 한국
학중앙연구원 장서각 소장.

그림 6 〈헌종태봉도〉, 1847년, 지
본수묵담채, 133×78cm, 한국학중
앙연구원 장서각 소장.

석환(錫環)과 끈이 원형의 상태대로 남아 있다. 족자와 화면의 보존상태는
비교적 좋지만, 족자의 아래쪽에 꺾임 현상이 나타나 있다.

　〈순조태봉도〉는 종이에 수묵담채로 그렸다. 축의 상·하회장에는 청색
종이를 대었고, 상회장의 아래·위 길이가 하회장보다 조금 긴 편이다. 회
장지에는 문양이 없으며 일부 마모된 흔적이 있다. 그림의 사변 가운데
상·하변은 별도로 붙이지 않았고, 좌우의 변에만 황색 종이를 대었다. 족
자의 하단에는 목축을 달았고, 표죽 상단의 석환과 끈도 제작 당시의 것이
그대로 남아 있다. 족자의 오른쪽 변에는 약간의 오염된 흔적이 있으며, 화
면에도 일부 꺾임과 주름이 있지만 전반적인 상태는 양호한 편이다.

　〈헌종태봉도〉의 장황은 상·하회장 및 사변의 구분 없이 전면에 남색 종
이를 대었다. 축의 상단이 하단보다 길이가 훨씬 길다. 상단에는 두 가닥
의 풍대(風帶)를 붙였다. 족자 하단에는 목축을 대었으며, 부분적으로 꺾

인 주름이 있지만, 그림과 장황상태가 모두 양호한 편이다. 이상의 태봉도 3종은 족자와 그림의 크기가 비슷하다. 종이를 사용하여 장황하였고, 옥축 (玉軸)이 아닌 목축을 사용한 것이 공통점이다.

3종의 태봉도는 모두 석물을 설치한 태실을 화면의 중심에 그렸다는 점이 특징이다. 석물을 가봉한 시기는 『조선왕조실록』과 의궤에 나와 있어 이를 근거로 각 태봉도가 언제 그려진 것인지 제작시기를 알 수 있다. 태봉도 3종을 그린 시기는 모두 18세기 후반기에서 19세기 중반기에 해당한다. 최초에 태실을 만든 시기와 석물을 설치한 연대를 정리하면 '표 14'와 같다.

표14　장서각 소장 태봉도 일람표

태봉도명	출생	안태	가봉	현 소재지
장조태봉도	1735년(영조 11) 1월 21일	1735년 윤4월 4일	1785년(정조 9) 3월 8일	경상북도 예천군 상리면 명봉리(鳴鳳里)
순조태봉도	1790년(정조 14) 6월 18일	1790년 8월 12일	1806년(순조 6) 10월 12일	충청북도 보은군 내속리면 사내리(舍內里)
헌종태봉도	1827년(순조 27) 7월 18일	1827년 11월	1847년(헌종 13) 3월 21일	충청남도 예산군 덕산면 옥계리(玉溪里)

왕의 태실은 대부분 하삼도라 일컫는 충청도, 전라도, 경상도 일대에 조성된 예가 많다. 태실의 소재지를 하삼도에 정한 것은 옛 선인들이 남쪽을 길지로 여겼기 때문으로 보기도 한다.[118] 다음으로는 장서각 소장본 태봉도 3종의 내용과 특징에 관한 주요 논점들을 살펴보기로 한다.

118 윤석인, 「朝鮮王室의 胎室石物에 관한 一硏究」, 『문화재』 33, 국립문화재연구소, 2000, 102~103쪽.

(1) 장서각 소장 〈장조태봉도〉

장조(1735~1762)는 영조의 둘째 아들인 사도세자의 추존 왕명이다. 살았을 때 왕위에 오르지 못했지만, 사후에 왕으로 모시는 것을 추존이라 한다. 1899년(광무 3)에 '장조'로 추존된 사도세자는 1735년(영조 11) 정월 21일에 태어났다. 같은 해 3월 7일에 사도세자의 태실 예정지에 관한 논의가 있었다. 사도세자의 형인 효장세자(孝章世子, 1719~1728)가 10살의 나이로 요절하였기에 사도세자는 태어날 당시에 영조의 맏아들이었다. 장조의 태실은 후보지 세 곳 가운데 경북 예천군 상리면 명봉리 명봉사 뒤편으로 확정되었다. 장태는 윤4월 4일에 마쳤다.

〈장조태봉도〉는 세로 100.3㎝, 가로 62.5㎝ 크기의 족자로 꾸며져 있다. 그림에는 소백산맥의 지류와 연결된 원각봉(圓覺峯, 965m) 아래쪽 능선에 장조의 태실이 그려져 있다. 장조의 태실은 '경모궁태실'이라 적혀 있지만, 이 글에서는 추존 왕명을 따라 '장조태실'이라 부르겠다. 가장 높은 봉우리의 정상에 '원각봉'이라는 글씨가 있다. 화면은 높은 곳에서 아래를 내려다보는 산수화의 조망법을 적용하여 전체의 산세를 한눈에 파악할 수 있게 구성하였다.

〈장조태봉도〉에 그려진 장조의 태실은 봉분(封墳)처럼 오목하게 솟아오른 산봉우리(621m)에 자리 잡았다. 태실 위에는 먹 글씨로 '경모궁태실'이라 써 두었다. '경모궁'은 사도세자와 그의 비 헌경왕후(獻敬王后)의 위패를 모신 사당 이름이다.[119] 특이한 것은 장조의 태실 아래에는 문종의 태실이 들어서 있다는 점이다. 『태봉등록』에도 "새로운 태봉(장조태실) 아래에 문종대왕 태실이 있다[新胎峯下有文宗大王胎室]"는[120] 기록이 있다. 실제로 예천군 명봉리

---

119 장조태실의 표식에 '景慕宮胎室'이라 한 것이 주목된다. 세자라 할 수 없고, 이를 대체할 묘호도 없을 때라서 사당 명칭인 '景慕宮'을 붙여서 사용한 것으로 추측된다.
120 『태봉등록』 을묘년(1735, 영조 11) 윤4월 17일.

그림 4-1　〈장조태봉도〉.

에 위치한 장조태실과 문종태실을 항공 촬영한 사진을 〈장조태봉도〉와 비교해 보면 문종태실 위에 장조태실이 자리 잡은 관계를 확인할 수 있다.

원래 태봉은 명산의 봉우리를 점유하여 만들었다. 하지만 장조의 태실은 선대왕인 문종태실 위쪽의 산자락에 정한 것이다. 이는 민간의 무덤 조성 시에 자손의 묘를 조상의 묏자리 위에 쓰는 역장(逆葬)의 사례와도 유사하다. 하지만 왕실의 장태지로서는 이례적이다. 민간의 무덤 조성방식과 동등한 비교는 어렵지만, 역장과의 관련에 관해서도 추가적인 검토가 필요하다.

태실이 들어선 자리는 능선상의 한 부분에 자리 잡은 솟아오른 반구형 (半球形)의 지형이다. 〈장조태봉도〉에 그려진 '문종태실'과 그 뒤편에 위치한 '경모궁태실'을 보면, 각각 부풀어 오른 듯한 언덕 위에 태실이 들어서 있다. 〈장조태봉도〉에서 볼 수 있는 전체적인 산수의 구성과 형세는 산도의 형식에 회화적인 묘사가 들어간 형태이다.

〈장조태봉도〉의 제작은 정조의 특별한 관심 때문이라 생각된다. 정조는 특정 장소와 공간을 이해하기 위하여 그림을 자주 활용하였다. 특히 자신이 직접 가 볼 수 없지만, 눈으로 확인하고 싶은 곳을 그림으로 그리게 한 사례가 많았다. 〈장조태봉도〉도 그런 맥락에서 그려진 그림이다. 정조 이전에 태봉도를 제작한 사례가 있는지 알 수 없지만, 〈장조태봉도〉는 정조의 명으로 그려졌을 가능성이 크다. 이 그림의 핵심은 새롭게 단장한 장조의 태실과 그 주변의 풍수적 요건을 알기 쉽게 보여 준다는 데 있다.

장조태실 아래의 명봉사 일주문 근처에서 '명봉리 경모궁태실 감역각 석문(監役刻石文)'이 2012년에 발굴되었다. 태실 유적 발굴조사 과정에서 발견한 것으로, 밑바닥 가로 5m, 높이 2m가량의 삼각형 화강석에 1785년(정조 9) 사도세자의 태실가봉 공사를 맡았던 책임자들의 명단이 새겨져 있다. 그 명단은 『승정원일기』에 나오는 것과 동일하다.[121] 문종태실은 현재 석물이 거의 남아 있지 않을 정도로 심하게 훼손된 상태이다.

(2) 장서각 소장 〈순조태봉도〉

순조(1790~1834)의 태실은 태어난 해인 1790년(정조 14)에 조성되었다. 태실지는 충청도 보은현 속리산 아래였다.[122] 순조태실에 관한 기록인 『원자아기씨안태등록』에 의하면,[123] 안태는 1790년 6월 24일 정조의 명으로 시작되었다.

순조의 태실은 속리산면 사내리의 복천암(福泉庵) 맞은편 산봉우리에 있다. 이곳은 앞서 1735년(영조 11) 사도세자의 태실을 정할 때 후보 대상지 12곳 가운데 하나였다. 당시 "충청도 보은현 속리산하 내외(忠淸道報恩縣俗離山下內外)"로 거론된 곳이다.[124] 순조태실의 지리적 형세는 태봉도에 잘 나타나 있다. 화면에는 그릇을 엎어 놓은 듯한 둥그린 복발형의 지형 위에 태실의 석물이 그려져 있다. 태실이 지닌 명당의 요건이 그림에 잘 드러나도록 구성한 것이다.[125] 특히 화면상에서 볼 수 있는 태실의 봉우리는 주변의 지세와 연결되어 있지 않다. 그 주위의 복잡한 경물들은 생략함으로써 태실 중앙의 석물로 시선이 집중되도록 하였다.

그림의 아래쪽에는 순조태실의 수호사찰인 법주사(法住寺)가 웅장하게 자리 잡고 있다. 그림 왼편 아래의 금강문(金剛門)을 비롯하여 당간지주(幢竿支柱), 사리각(舍利閣), 행랑, 5층탑 형태의 팔상전(八相殿) 등을 비롯한 법주사의 전체 가람 배치가 한눈에 들어온다.[126] 별도의 글씨로 표기하지 않더

121 『승정원일기』 정조 9년(1785) 3월 18일.
122 『정조실록』 14년(1790) 7월 6일.
123 장서각 소장 『元子阿只氏安胎謄錄』에 관해서는 한국학중앙연구원 장서각, 「충청도 보은현 원자아기씨 안태등록」(김동석 역), 『조선왕실의 출산문화』, 이회, 2005, 68쪽.
124 『승정원일기』 영조 11년(1735) 3월 7일.
125 복발형 지형을 태실의 명당으로 본 근거는 『현종개수실록』 11년(1670) 3월 19일 조에 나온다. "안태하는 제도는 고례에는 보이지 않는데, 우리나라에서는 반드시 들판 가운데의 둥근 봉우리를 선택히여 그 위에다가 태를 묻어 보관하고 태봉이라고 하였다. 그리고 그곳에 표식을 하여 농사를 짓거나 나무를 하는 것을 금지하기를 원릉의 제도와 같이하였다." 이 기록에서는 태실이 들어설 둥근 봉우리를 '圓峯'이라 불렀다.
126 법주사의 가람 배치의 변천을 참고할 수 있는 도면자료에 대해서는 최현각 외, 『법주사』, 대원사,

그림 5-1 〈순조태봉도〉.

도 주요 전각과 특징을 살필 수 있다. 〈순조태봉도〉 속의 법주사는 지금으로부터 약 210년 전의 모습이다. 따라서 현재의 가람 배치와 차이가 있을 수 있다.

그림의 세부를 좀 더 살펴보면, 그림 속의 법주사 입구에는 철당간지주가 보인다. 이는 고려 초인 1006년(목종 9)에 만든 것이다. 당시 높이가 16m였다고 한다. 〈순조태봉도〉를 그린 1806년 당시에는 당간지주가 잘 보존되어 있었음을 알 수 있다. 국가에서 당백전(當百錢)을 주조하기 위해 당간지주를 철거해 간 것은 1866년(고종 3)이다. 따라서 〈순조태봉도〉의 당간지주는 사라지기 전의 모습을 보여 준다.

법주사 경내의 중심에는 높이 약 22.7m의 5층 목탑 건축인 팔상전이 자리 잡고 있다. 팔상전 오른쪽의 단층 건물은 1624년(인조 2)에 중건한 원통보전(圓通寶殿)이다. 다른 건물과 달리 사모지붕을 한 모습은 원통보전밖에 없다. 원통전의 오른쪽에 있는 건물은 대웅보전(大雄寶殿)이다. 진흥왕 14년(553)에 처음 지었고, 임진왜란 때 불탄 이후 1624년에 중건한 것이다. 팔상전의 바로 아래에 담장으로 둘러진 곳은 요사채와 승방이다. 승방 건물 바로 위에 석등이 하나 보이는데, 국보 제5호로 지정된 쌍사자 석등으로 추정된다.

지금의 가람 배치는 이전보다 건물이 증축됨에 따라 달라진 부분이 많다. 다만 주요 전각들의 위치는 예전과 다르지 않음을 태봉도에서 확인할 수 있다. 법주사의 뒤편 언덕 정상부에는 동물형상을 한 바위가 그려져 있다. 이곳은 바로 속리산의 8봉 가운데 하나인 수정봉(565m)이다. 법주사의 북서쪽에 솟은 암봉으로, 절을 내려다보는 위치에 있다. 이 수정봉의 정상 바로 옆에 큼직한 거북바위가 있는데, 머리를 서쪽 방향으로 들고 있다.

1994, 46~49쪽.

〈순조태봉도〉에 보이는 법주사 뒤편의 봉우리와 동물형상의 바위는 바로 수정봉 위에 있는 거북바위를 그린 것이다. 〈순조태봉도〉에는 속리산 내의 유서 깊고 특징적인 경물들이 빠짐없이 그려져 있음을 알게 된다.

〈순조태봉도〉는 누가 그렸을까? 『순조태실석난간조배의궤』 뒷부분에 동원된 장인들의 이름이 열거되어 있다. 그 가운데 화원은 상주 출신의 '세연(世衍)'이라는 화승(畵僧) 한 사람만 기록되어 있다. 가봉이 완료된 태실을 그린 태봉도는 현지에서 제작하여 왕실로 올린 것이다. 따라서 지방의 화승으로 참여한 세연이 그렸을 가능성이 크다. 화원의 주된 임무는 석물을 조각할 때 돌에 문양을 그리는 일이었다. 하지만 화원을 구하기가 쉽지 않았으므로 현지에서의 태봉도 제작도 같은 화원이 맡았던 것으로 추측된다.

〈순조태봉도〉에는 속리산 안의 주요 암자들까지 그려 넣었다. 대표적인 예가 태실의 왼쪽 상단에 있는 한 쌍의 부도탑이다. 이는 복천암에 있는 '수암화상탑(秀庵和尙塔)'과 '학조등곡화상탑(學祖燈谷和尙塔)'을 그린 것이다. 두 개의 부도를 나란히 그린 것은 실제 모습을 반영한 것이다.[127] 이와 같이 〈순조태봉도〉에는 태실 인근의 불교유적들이 그려져 있는데, 화승이 그린 그림임을 짐작하게 하는 특색이다.

이 밖에도 화면의 왼편 상단을 보면 평평한 바위가 돋보이는 곳이 있다. 해발 1,050m의 문장대(文藏臺)이다. '대(臺)'라고 이름을 붙인 만큼 위쪽이 넓고 평평하다. 이러한 부분을 보면, 이 그림은 속리산 안의 곳곳을 잘 아는 화가가 그렸을 것으로 짐작된다. 인근 상주 지역의 화승 세연이 그렸다면 이와 같은 불교 유적과 풍수적 조건을 꼼꼼히 따져 그리는 데 문제가 없었을 것이다.

---

127 복천암은 1735년(영조 11)에 탁융(卓融)이 중창하였다. 최현각 외, 위의 책, 79~83쪽 참조.

국립중앙박물관 소장 〈순조태봉도〉

국립중앙박물관에도 〈순조태봉도〉 한 점이 전한다. 크기는 세로 101.2cm, 가로 62.3cm이다. 두꺼운 장지에 수묵담채로 그렸다. 장서각 소장본보다 화면에 변색이 심하고, 보존상태가 좋지 못하다.[128]

국립중앙박물관의 〈순조태봉도〉는 장서각본과 경물의 구성방식이 유사하다. 순조의 태실과 법주사 등을 배치한 위치도 거의 같다. 세부를 보면, 소나무를 가벼운 가로획의 필치로 그린 점, 골짜기와 능선을 선묘로 그린 점, 부분적으로 이중선묘(二重線描) 방식을 적용한 점, 골짜기의 외곽보다 안쪽에 담채를 한 점 등이 장서각 소장본과 다르지 않다. 법주사의 가람 배치도 약간의 차이가 있으나 대동소이하다. 태실 위 석물의 모습도 같다. 따라서 국립중앙박물관 소장의 〈순조태봉도〉는 장서각 소장본과 같은 시기에 그려졌고, 한 사람의 화가가 그린 그림으로 보아도 무리가 없을 듯하다.

국립중앙박물관의 〈순조태봉도〉의 상단과 좌우변에 기록한 내용은 다음과 같다.

- 상단: 보은현 속리산 태봉도(報恩縣俗離山胎峯圖)
- 우변: 태를 봉할 때의 감목관 조헌택(趙憲澤)을 품계에 맞는 관직에 임명하는 전교[胎封時監役官趙憲澤相當職調用事承傳].
- 좌변: 경신년 태실을 가봉할 때의 감역관 최선기(崔選基)에게 상으로 남양 감목관을 제수함[庚申仍加封時監役官崔選基賞拜南陽監牧官].

이 좌우변에 적힌 글씨는 1790년(정조 14) 순조태실을 만들 때의 감역관인 조헌택과 1806년(순조 6) 태실을 가봉할 때의 감역관인 최선기에게 각각

---

128 국립중앙박물관 소장 〈순조태봉도〉가 수록된 도록으로는 국립중앙박물관, 『잔치풍경—조선시대 향연과 의례』, 2009, 16쪽.

상으로 관직을 내린 기록이다. 이 태봉도는 석물을 가봉하고서 그린 것인데, 태실을 처음 만들 당시의 감역관을 기록한 것은 무슨 이유일까?

감역관은 태실 조성이나 석물가봉에서 실무를 맡은 관리이다. 주로 관상감과 선공감의 관원들이 맡았다. 이들은 태실의 현장에서 공사의 진행을 살피며, 공사가 끝날 때까지 일을 주관하였다. 1790년(정조 14) 순조의 태실을 조성한 기록인 『충청도보은현원자아기씨안태등록(忠淸道報恩縣元子阿只氏安胎謄錄)』의 좌목에 관상감교수 조헌택의 이름이 나온다. 또한 1806년(순조 6)의 『순조태실석난간조배의궤』의 좌목에는 최선기의 관직이 전 관상감 첨정으로 되어 있다. 이 두 감역관은 모두 관상감 소속이었다.

위의 기록을 보면, 국립중앙박물관의 〈순조태봉도〉는 실제로 한 점이 아닌 여러 점을 그렸고, 일을 주관한 관청에도 한 점씩 보관했음을 짐작할 수 있다. 국립중앙박물관본은 이 가운데 관상감에서 보관한 그림일 가능성이 크다. 최초 태실의 조성을 맡은 감역관의 이름을 기록한 것도 그런 여지를 뒷받침한다. 가봉태실의 결과보고서인 의궤를 여러 본 제작하여 왕실과 관청에 보관했던 것과 같은 셈이다. 국립중앙박물관 소장 〈순조태봉도〉는 당시 어람본 외에도 관청 보관용 등 여러 점의 태봉도가 제작되었음을 알려 주는 사례이다.

(3) 장서각 소장 〈헌종태봉도〉

헌종(1827~1849)의 태실은 탄생하던 해인 1827년(순조 27)에 만들었다. 여러 곳의 태실 후보지 가운데 공충도의 덕산현 서면 가야산 명월봉이 낙점되었다. 장태는 그해 10월 19일에 시작하여 11월 11일에 마쳤다.

〈헌종태봉도〉는 세로 96.5cm, 가로 62cm의 크기이다. 그림의 오른쪽 상단에는 작은 글씨로 '충청도 덕산현 가야산 명월봉 자좌 성상태실석물가봉도(忠淸道德山縣伽倻山明月峯子坐聖上胎室石物加封圖)'라고 적혀 있다. 여기에 적힌

그림 6-1 〈헌종태봉도〉.

제3장 조선왕실의 태실가봉

'성상'은 헌종을 가리키며,[129] 태실은 1847년(헌종 13)에 조성되었다. 태실의 석난간과 가봉비는 현재 사라진 상태이다. 바닥의 상석과 중동석, 뚜껑돌인 개첨석 등은 보이지 않고, 가봉비를 꽂았던 귀룡대석만이 원래의 자리를 지키고 있다.

〈헌종태봉도〉는 앞서 살펴본 〈장조태봉도〉나 〈순조태봉도〉와 달리 실경산수화풍으로 그린 그림이다. 18세기에 유행한 진경산수화풍이 반영되어 있다. 핵심 장소인 태실은 그림의 중앙 아래쪽 소나무가 무성한 돌출형 언덕 위에 그려져 있다. 태실 주변에는 다른 경물을 그리지 않았고, 공중에서 내려다본 시점을 적용해 태실과 주변 경관을 축약하여 한 폭에 담았다. 이처럼 〈헌종태봉도〉에 나타난 현실적인 공간 표현은 이전의 회화식 지도 형식의 태봉도와 구별되는 가장 큰 특징이다.

『성상(헌종)태실석난간조배의궤』에는 그림을 그린 화원으로 덕산 출신 박기묵(朴基黙)의 이름이 유일하게 나온다. 박기묵의 신상에 대해서는 알려진 것이 없다. 그의 기본 임무는 석물에 문양을 그리는 일이었던 듯하다. 하지만 그가 이 태봉도를 그렸을 가능성이 크며, 실경산수화를 잘 그렸던 지방 화가로 추측된다. 〈헌종태봉도〉를 그린 1847년이면 진경산수화의 전통을 이은 실경산수화가 활발히 그려지던 시기였다.

장서각의 태봉도 3종 가운데 〈헌종태봉도〉가 가장 나중에 그려졌다. 이 그림은 그만큼 전통적인 산수화 혹은 산도식 도상에서 벗어난 변화를 예시하고 있다. 한편 헌종태실의 태항아리와 지석은 일제강점기인 1929년, 경기도 고양의 서삼릉으로 옮겨졌다. 이후 석물들이 훼손된 채 방치되어 있어 복원과 정비가 시급한 실정이다.

---

129 『순조실록』 27년(1827) 11월 12일.

3) 태봉도의 도상적 특징

장서각의 태봉도 3종은 가봉태실을 화면의 중심에 두었고, 큰 공간감을 구성하면서도 태실이 지닌 명당의 특징을 알기 쉽게 그린 그림이다. 이 절에서 태봉도의 주요 특징을 산도와 회화식(繪畫式) 지도, 명당적(明堂的) 요소, 그리고 실경의 표현으로 나누어 알아보기로 한다.

(1) 산도식 도상

장서각의 태봉도 3종에는 무덤의 명당자리를 그린 산도와 유사한 부분이 많다. 이런 현상을 이해하기 위해 먼저 왕실에서 제작한 산도와 비교하여 그 특징을 살펴보기로 하겠다. 왕실의 산도는 전하는 사례가 극히 드물지만, 민간의 산도와 달리 완성도를 유지하고 있으며, 왕실 소용의 그림이라는 점에서 비교의 대상이 된다.

산도의 일반적인 특징은 묏자리인 혈좌(穴坐)를 중심으로 하여 좌청룡과 우백호의 형세를 취한 점이다. 특히 무덤 자리를 화면의 중앙에 놓고, 산봉우리를 각 사방으로 눕힌 듯이 그린 것이 일반적이다. 이를 개화식(開花式) 구성이라 한다.[130] 사방으로 활짝 핀 꽃의 형태에 비유한 표현이다. 이 경우에는 산을 원형(圓形)으로 배치하는 것이 일반적이다.

왕실에서 제작한 산도의 한 예로는 1718년(숙종 44) 작 〈양주고령동옹장리산도(楊州高嶺洞瓮場里山圖)〉〈그림 7〉가 전한다.[131] 이 산도는 숙종의 후궁인 숙빈 최씨(淑嬪崔氏)의 무덤 예정지를 그린 것이다. 즉 풍수 전문가들이 지정한 곳의 명당적 특징을 설명하기 위해 산도와 더불어 풍수적 요건을 기록한

---

130 안휘준 외, 『우리 옛지도와 그 아름다움』, 효형출판, 1999, 215~218쪽.
131 한국학중앙연구원 장서각, 『淑嬪崔氏資料集』 4(山圖, 碑文), 2009, 6~9쪽.

그림 7　〈양주고령동웅장리산도〉, 1718년, 지본수묵, 80×59.4㎝, 한국학중앙연구원 장서각 소장.

산론(山論)을 작성하여 올린 것이다.[132] 묘역이 위치한 지역을 24방위로 나타내었으며, 산맥의 가장자리는 개화식으로 구성하였다. 태실의 묘사보다 전체적인 폭넓은 지세와 형국을 그리는 것이 기본 요건이었다.

　18세기 후반기로 접어들면, 흑백으로 간략히 그리던 지형도식의 산도는 회화적 요소가 보완된 그림으로 변모하게 된다. 이러한 특징은 1791년 작, 장서각 소장의 『월중도(越中圖)』에[133] 수록된 〈장릉도형(莊陵圖形)〉(그림 8)과 1797년 이후에 제작된 국립문화재연구소 소장 『북도각릉전도형(北道各陵殿圖形)』의 〈덕안릉도(德安陵圖)〉(그림 9)에 잘 나타나 있다.[134]

132　한국정신문화연구원, 『藏書閣圖書解題』 I, 1995, 206~208쪽 참조.
133　한국학중앙연구원 장서각, 『越中圖』, 2006.
134　『越中圖』의 제1면인 〈莊陵圖形〉과 『北道各陵殿圖形』은 한국정신문화연구원, 『조선왕실의 책』, 2002, 137~139쪽 및 132~134쪽에 간략 해제와 함께 수록되었고, 안휘준·변영섭, 『藏書閣所藏繪畵資料』, 한

그림 8 　『월중도』의 〈장릉도형〉, 1840년 이후, 지본담채, 55.7×46㎝, 한국학중앙연구원 장서각 소장.

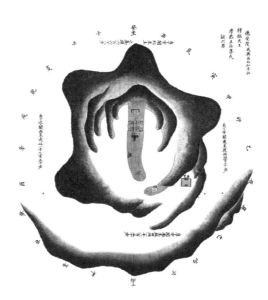

그림 9 　『북도각릉전도형』의 〈덕안릉도〉, 1797년 이후, 지본담채, 56.5×32.7㎝, 한국학중앙연구원 장서각 소장.

〈장릉도형〉은 산맥이 바깥쪽으로 누운 외향식 구성이다. 지형의 큰 특징을 표현한 점이 기존의 산도식 구성과 같다. 그러나 건물을 그린 점이나 산의 굴곡을 묘사한 부분, 그리고 수목(樹木)을 그려 넣은 부분은 회화식 표현에 가깝다. 즉 능묘가 위치한 지형과 능묘 자체를 묘사하여 한 화면에 구성한 것이 된다. 이러한 점은 산도식 도상을 갖춘 『북도각릉전도형』의 〈정화릉도〉에서도 확인된다.

　『북도각릉전도형』의 각 능도는 24방위법을 적용한 전통적인 산도의 방식대로 그린 것이다. 하지만 미점법(米點法)을 활용한 토양의 질감 표현은 앞 시대의 산도에서는 볼 수 없던 특징이다. 이와 같이 18세기 후반기에 제작된 왕실의 산도는 도상의 형식에 충실하면서도 회화적 묘사가 더해짐으로써 이전 시대의 산도와 다른 특색을 보인다. 그러나 산도는 회화성이 아무리 강조되었다 하더라도 전반적인 지세와 형국의 표현이라는 기본 요건을 나타내어야 한다. 따라서 산도는 어디까지나 넓은 범위의 지형을 표현하는 형식으로 그려질 수밖에 없었다.

　이러한 산도 및 회화식 지도를 태봉도와 비교해 보면, 태봉도의 변화 과정을 이해하는 데 좋은 단서가 된다. 장서각의 태봉도 3종에는 기존의 산도식 요소가 부분적으로 들어가 있는데, 뒤 시기로 갈수록 점차 회화식 지도로 변모해 가는 경향이 뚜렷해진다. 예컨대 〈장조태봉도〉의 명봉사 아래쪽 산자락은 아래쪽으로 누운 모양으로 그렸다. 산이 그려진 방향이 아래쪽을 향해 있는 것은 일반 산수화에서는 볼 수 없는 특징이다. 이는 풍수지리에 입각해 명당을 그린 전통적인 산도에서 지형을 그리는 방식이다. 즉 화면의 한가운데에 시점을 두고서 360도를 돌아가며 시야에 들어오는 지세를 그리는 원리이다. 이런 특징으로 볼 때, 〈장조태봉도〉는 전통적인

　국정신문화연구원, 1991, 56쪽 및 124~127쪽에도 실려 있다.

산도의 표현 방식을 빌어서 그린 그림이 된다. 산도보다 실경의 지세를 그리는 데 비중을 두었지만, 그림의 전반적인 묘사는 난해하거나 복잡하지 않다. 산세와 나무를 그린 간소한 필치를 반복하여 화면 전체를 메운 방식이다. 반면 〈헌종태봉도〉는 산도식 도상에서 벗어난 현실적인 공간 표현으로 마치 한 폭의 실경산수화를 보는 듯하다. 이러한 차이를 통해 태봉도 회화 양식의 변화를 가늠할 수 있다.

(2) 회화식 지도의 요소

태봉도는 태실의 지리적 정보를 전달하는 기능을 한다. 따라서 지도와 같은 형식이 그림에 들어간다. 특히 〈순조태봉도〉는 기존의 산도식 그림에서 한 단계 진전된 회화식 지도의 특징을 띤다. 이는 특정 지역의 산수 공간 안에서 이름난 경물이나 건물 등을 그림의 중심에 배치한 뒤 그 특징을 강조하여 그리는 방식을 말한다. 〈순조태봉도〉와 〈장조태봉도〉를 보면 두 점 모두 산도식 요소가 발견된다. 하지만 그 정도에는 차이가 있다. 〈장조태봉도〉에는 중심에서 밖을 향한 산열(山列)이 2중, 3중으로 겹쳐져 있다. 반면 〈순조태봉도〉에는 외반식 표현이 가장자리에만 국한되었고, 태실 인근의 여러 명소를 빠짐없이 그리는 데 치중하였다. 두 태봉도는 산도식 전통에서 벗어나 회화식 지도의 구성을 갖춘 것으로 이해된다.

이러한 특징은 18세기 중·후반기에 제작된 왕실의 묘원도(墓園圖)에 잘 나타나 있다. 1753년(영조 29)의 〈소령원도(昭寧園圖)〉(그림 10)와 1764년의 〈의열묘도(義烈墓圖)〉가 대표적인 사례이다. 〈소령원도〉는 영조의 생모 숙빈 최씨의 묘소가 소령원으로 승격된 뒤 묘역을 새로 단장하기 직전에 그린 지형도이다.[135] 전체의 구성은 소령원 전역을 한 화면에 그리되 묘소와 제청

---

135 한국학중앙연구원 장서각, 『淑嬪崔氏資料集』 4(山圖, 碑文), 2009, 18~21쪽.

(祭廳), 재실(齋室), 비각 등을 강조하였다. 묘역에 해당하는 사초지(莎草地)는 색상을 달리하여 구분하였다. 〈소령원도〉는 회화식 지형도로 분류할 수 있고, 〈순조태봉도〉의 구성과도 매우 유사하다.

다음으로 살펴볼 〈의열묘도〉는 1764년(영조 40) 영빈 이씨(暎嬪李氏) 묘역 주변을 회화식 지도의 형식으로 그린 것이다.[136] 의열묘를 중심에 둔 외반식의 경물 구성을 취하였다. 묘역의 풍수적인 특색

그림 10 〈소령원도〉, 1753년경, 지본담채, 135.7× 87.5cm, 한국학중앙연구원 장서각 소장.

과 실경의 특징이 한눈에 파악될 수 있도록 그린 그림이다.

〈순조태봉도〉에서 속리산의 전경(全景)을 그린 총도식의 구성은 19세기 초기 지형도의 한 양상을 예시한다. 이런 총도식 그림은 18세기의 정선(鄭敾)이 그린 〈금강전도〉를 연상하게 하며, 경물 구성에 있어 유사한 면이 많다. 〈순조태봉도〉는 그 연장선에 넣을 수 있는 전통적인 명승도이다. 일정 영역을 한 화면에 집약적으로 묘사한 점과 공중에서 아래를 내려다보는 부감(俯瞰)의 시점을 주어 넓은 시야를 확보한 점, 그리고 근경으로부터 원경에 이르는 세부 경물을 쌓아 올린 듯한 구축적인 구성을 취한 것이 주요 특징이다.

---

136 한국학중앙연구원 장서각, 『英祖妃嬪資料集』2(碑誌, 冊文, 敎旨, 祭文), 2011, 122~123쪽.

(3) 태봉도에 드러난 명당적 요소

태실이 지닌 명당의 요건을 거론할 때 주목할 것은 태실의 명당은 풍수설과 오행론(五行論)으로 설명되는 능묘의 명당과 다르다는 점이다. 이는 여러 문헌기록이나 현존하는 태봉도에서도 확인할 수 있는 특징이다. 문헌기록에 소개된 태실이 지닌 명당으로서의 조건은 다음의 세 가지로 요약된다. 첫째, 들판 가운데 위치한 둥근 봉우리와 같은 지형,[137] 둘째, 태봉은 산의 정상을 쓰되 이어져 내려온 능선인 내맥이 없고 좌청룡·우백호 그리고 안산을 마주하지 않는 지형,[138] 셋째, 반듯하고 우뚝 솟아 위로는 공중을 받치는 듯한 형세의 지형[139]이다.

이 조건들을 종합해 보면, 태실이 들어설 명당은 우선 들판에 우뚝 솟은 복발형의 지형을 갖추어야 한다. 복발형은 그릇을 엎어 놓은 듯이 봉긋하게 곡선을 그리며 솟아오른 지형을 말한다. 그런데 이것이 평지에 위치해야 함을 우선적으로 꼽았다. 그러나 평지에서 융기한 복발형 봉우리를 이룬 곳은 그리 많지 않다. 따라서 평지보다 산자락에 위치한 언덕에 만들어진 태실이 점차 늘어나는 경향을 보였다. 예컨대 장조태봉이 대표적인 경우이다.

복발형의 산은 주변의 산맥과 단절되어 있어야 하는 것이 태실의 명당적 요건이다. 이는 능묘의 기준과 대치되는 태봉만의 특징이다. 또한 봉우리가 우뚝 솟아올라 하늘을 떠받치는 듯한 지형을 태실의 명당으로 보았

---

137 『현종개수실록』 11년(1670) 3월 19일. "안태하는 제도는 고례에는 보이지 않는데, 우리나라에서는 반드시 들판 가운데의 둥근 봉우리를 선택하여 그 위에다가 태를 묻어 보관하고 태봉이라고 하였다. 그리고 그곳에 표식을 하여 농사를 짓거나 나무를 하는 것을 금지하기를 원릉의 제도와 같이하였다."

138 『태봉등록』 임인년(1662, 현종 3) 2월 1일. "무릇 태봉은 산의 정상을 쓰는 것이 전례이며, 내맥이 없고, 좌청룡·우백호·안산이 마주 보는 곳도 없어야 한다凡胎峯例用於山頂, 元無來, 龍虎案對也."

139 『세종실록』 18년(1436) 8월 8일. "음양학을 하는 정앙(鄭秧)이 글을 올리기를 … 그 좋은 땅이란 것은 땅이 반듯하고 우뚝 솟아 위로 공중을 받치는 듯해야만 길지(吉地)가 된다."

다. 이러한 지형은 지세가 정상에 집중된 땅의 지기(地氣)를 흡수하기에 좋다고 본 것이다.[140]

〈장조태봉도〉에 그려진 장조[景慕宮]태실과 그 뒤편에 위치한 문종의 태실은 각각 그릇을 엎어 놓은 듯한 복발형의 언덕 위에 위치해 있다. 그러나 전체적인 산수의 형세와 구성은 앞서 살펴보았듯이 산도식 도상에 가깝다. 산의 외곽에 방위법을 적용하여 그린 듯한 구성과 태봉 주변의 능선이 대열을 이루며 중첩된 형세가 그것이다. 따라서 〈장조태봉도〉는 산도의 형식으로 그려져 그 지형을 쉽게 전달하면서도 태봉도로서 갖추어야 할 요소가 한 화면에 절충된 구성으로 이해된다. 그런데 이러한 산도의 형식은 〈순조태봉도〉에 이르면 그 비중이 약화되고, 지형도 및 회화적 요소가 강화되는 경향을 보인다. 이는 태봉도가 산도의 도상에서 벗어나 태실의 길지적 요건을 회화 작품처럼 구체화한 도상으로 변화해 가는 과정을 설명해 준다.

태봉도의 좌우 형세를 보면, 좌청룡·우백호의 지형을 고려한 점도 눈에 띈다. 〈순조태봉도〉와 〈헌종태봉도〉는 이러한 태실의 명당적 조건이 충실히 적용된 사례로서 태봉도가 산도와 다른 특징이 무엇인가를 잘 예시해 준다.

(4) 실경의 표현

태봉도는 태실과 그 주변의 경물을 화폭에 담아낸 그림이다. 태실과 주변의 실제 지형이 태봉도에 어떻게 표현되고 있는가를 살펴보자. 먼저 〈순조태봉도〉에서 태실의 주변 명소로는 법주사를 비롯하여 속리산 안의 산간 계곡과 암자들이 그려져 있다. 속리산의 주요 경관을 한정된 화면에 담

---

140 윤석인, 「朝鮮王室의 胎室石物에 관한 一研究」, 『문화재』 33, 국립문화재연구소, 2000, 103쪽.

은 결과 강조한 부분과 생략된 부분, 그리고 재구성된 부분들이 많다. 따라서 〈순조태봉도〉는 태실과 주요 경물을 중심으로 한 지형의 정보는 전달할 수 있지만, 실경의 묘사에는 한계가 있다. 실경의 표현은 주요 경물의 위치와 특징을 잘 나타내야 한다. 화면의 아래에 있는 법주사는 속리산의 대표적인 명소이므로 전체 화면에서 태실 다음으로 비중 있게 그렸다. 이 부분은 법주사의 건물 배치나 가람 구조를 이해하는 데 도움을 준다.

〈순조태봉도〉가 속리산을 총도 형식으로 구성한 점과 태실을 강조한 점, 그리고 법주사를 비롯한 주변의 명소를 함께 그린 점은 지형과 실경을 전달하는 데 충실했음을 말해 준다. 그러나 다음에 살펴볼 〈헌종태봉도〉는 다소 다른 시점(視點)과 화면 구성을 보여 눈길을 끈다. 〈헌종태봉도〉는 태실을 화면의 가운데에 두었다. 부감법으로 넓은 시야를 조망한 점은 앞의 〈장조태봉도〉 및 〈순조태봉도〉와 같지만, 외반형이나 개화식 구성을 취하지 않았다. 실경을 보는 듯한 자연스러운 공간의 표현이 특징이다. 즉 산도와 같이 풍수적 요건을 대입시킨 그림과는 그 구성이 다르다고 하겠다.

〈헌종태봉도〉에서 산도나 지형도와 달리 실경을 강조한 것은 앞의 두 예와 다른 차이점이다. 〈헌종태봉도〉에 이르면, 전통적인 산도식 요소는 더 이상 나타나지 않는다. 개화식 또는 외반식 구성도 볼 수 없고, 실경을 조망한 합리적인 시점과 투시법이 보다 강조되어 있다. 가봉석물이 위치한 태실과 주변의 산세는 융기한 형태를 이루고 있으며, 이를 에워싼 좌우의 계곡이 공간감과 원근감을 만들어 내고 있다. 특히 공중에서 내려다보는 부감법을 적용하여 태실을 비롯한 주변의 경관을 종합적으로 이해할 수 있도록 하였다. 또한 〈헌종태봉도〉는 상단의 원경에 뾰족뾰족한 봉우리를 그려 넣음으로써 화면 깊숙이 시선이 미치게 하여 심원(深遠)을 강조하였다. 이처럼 〈헌종태봉도〉에 나타난 충실한 공간감의 표현은 그 이전의 태봉도와 구별되는 차이점이다. 〈헌종태봉도〉는 장서각 소장 3점의 태봉도 가운데 가장 나중에 그려진 만큼 전통적인 산수화 혹은 산도식 도상에서 벗어난 큰 폭의 변화를 예시해 준다.

19세기 중엽 이후의 태봉도는 부분적으로 산도의 전통을 따르면서도 그 전형의 형식으로부터 벗어나기 시작하여, 실경에 대한 현장성과 사실성을 강화해 가는 현상을 나타내었다. 이러한 점으로 미루어 볼 때, 산도에서는 풍수적 요건과 명당의 지세를 간략하게 표현하는 것이 가장 중요한 반면에, 태봉도에서는 길지의 요건을 갖춘 태실의 구체적인 묘사와 지형의 사실성을 나타내는 것이 보다 중요한 관건이었음을 알 수 있다.

태실을 강조하여 그린 〈순조태봉도〉는 태실과 주변 경물 간의 지리적 위치를 중요시하였고, 〈헌종태봉도〉는 실경을 표현하는 데 비중을 두었다. 이 두 점의 태봉도는 경물의 구성과 태실의 생김새가 다르지만, 태봉도가 갖추어야 할 기본적인 특징은 잘 나타나 있다. 〈헌종태봉도〉는 정선과 정선파 화가들의 진경산수화에 등장한 화법의 전통을 따르고 있다. 태실 주변의 언덕은 담묵의 윤곽선을 긋고 그 윤곽 안의 바위 면을 엷게 채색함으로써 마치 수채화(水彩畵) 같은 부드러운 질감을 나타내었다. 이러한 특징은 18세기에 형성된 진경산수화풍이 19세기의 사적도(事蹟圖)에 이르기까지 이어지고 있었음을 알려 준다.

헌종태실은 일제강점기인 1927년 태항아리를 이장하고 난 뒤, 태실의 석물이 훼손된 채 버려져 있었다. 그러나 현재 지주석, 개석, 귀부석 등의 주요 석물들이 남아 있어 복원 및 정비가 시급한 실정이다.

가봉태실을 그린 것은 아니지만, 앞서 살펴본 〈순종태실도〉도 풍경화라 할 만큼 실경산수화로 그려진 그림이다. 또한 〈헌종태봉도〉와 부합하는 회화적 요소들을 볼 수 있다. 실경산수화를 지향한 태봉도의 기능은 태실가봉의 결과를 얼마나 현장감 있고 효과적으로 보여 주는가에 달려 있었다.

(5) 태봉도를 그린 화가

태실가봉의궤를 보면, 동원된 장인 가운데 화원들이 포함되어 있다. 화
원들의 역할에 관해서는 구체적으로 소개되어 있지 않지만, 아마도 조각
할 석물의 문양이나 태봉도 및 의궤의 도설을 그리는 일을 맡았던 것으로
추측된다. 그런데 가봉의궤에 적힌 화원들은 대부분 승려화가인 화승들이
많다. 서울에서 내려보낸 화원이 포함되지 않은 점을 보면, 필요한 화원들
은 지방에서 구한 것으로 보인다. 대부분 태실이 위치한 인근 지역의 사찰
에서 불화를 그리던 승려화가들 가운데 동원한 것으로 추측된다.

『정조대왕태실석난간조배의궤』에는 화원으로 상주 승 신겸(信謙)이 기록
되었고, 『순조대왕태실석난간조배의궤』의 화원은 상주 승 세연(世衍)으로
적혀 있다. 『익종대왕태실석난간조배의궤』에 따르면, 양주 덕산 승 취신(就
信)과 수원 용주사(龍珠寺) 승 신선(愼善)이 참여하였고, 『성상(헌종)태실석난간
조배의궤』에는 화원으로 덕산의 박기묵이 적혀 있다. 화승이 아닌 경우는
박기묵 한 사람뿐이다. 가봉의궤에서 화원과 관련된 기록은 더 이상 찾을
수 없다.

3종의 태봉도 가운데 〈장조태봉도〉와 〈순조태봉도〉는 화승이 그린 그
림으로 추측된다. 〈장조태봉도〉의 명봉사와 〈순조태봉도〉의 법주사가 비
중 있게 그려진 점 또한 이러한 추정을 뒷받침한다. 한편 화승을 비롯한 지
방화가들의 역량은 표현방법이나 완성도에 있어 도화서 소속 화원들의 실
력에는 미치지 못한 것이 사실이다.

태봉도 3종의 제작시기를 보면, 〈순조태봉도〉(1806)가 〈장조태봉도〉
(1785)보다 약 20여 년 뒤에 그려졌다. 또한 〈헌종태봉도〉(1847)는 〈순조태
봉도〉보다 약 40여 년 뒤에 그려졌다. 이 3종의 그림을 제작시기 순으로 보
면, 시차에 따라 각기 다른 화풍으로 변모하는 특징이 잘 드러나 있다. 각
태봉도에 나타난 화풍의 변화는 전통적인 산도 양식의 전승, 산도에서 벗

어난 형식, 그리고 실경적(實景的) 표현의 반영이라는 세 가지 패턴으로 전개되었다. 이는 구양식과 신양식이 절충된 것으로 설명할 수 있는데, 태봉도가 지닌 주요 특징이다. 태봉도에 나타난 이러한 변화는 승려화가와 지방 화사들에게도 시대의 변화를 반영하는 그림양식이 존재하고 있었음을 엿볼 수 있는 단서이다.

4) 태실비 탁본과 가봉의궤의 도설

(1) 태실비 탁본

태봉도와 함께 살펴볼 자료가 태실비 탁본이다. 석물단장을 마친 태실 앞에 일 보 정도 거리를 두고 비석을 세웠다. 이를 가봉비라고 한다. 거북이 모양의 받침돌에 용문양의 이수를 새긴 비석을 세워 만든 형태이다. 가봉비의 탁본은 현장에서 제작하여 족자로 꾸몄다. 가봉비는 태실의 주인과 가봉 시기에 대한 정보를 알려 준다. 따라서 가봉비의 탁본은 태봉도와 함께 왕이 직접 살펴보는 열람용 기록물로 올려졌다.

현재 장서각에는 〈장조태실비(莊祖胎室碑) 탁본〉과 〈순조태실비(純祖胎室碑) 탁본〉이 전한다.[141] 이 2점은 봉모당 소장품 목록인 『봉모당봉장서목(奉謨堂奉藏書目)』(1910)에도 올라 있다.[142] 태봉도와 함께 태실가봉비 탁본이 왕실에 들어왔음을 알려 주는 기록이다.

〈장조태실비 탁본〉은 앞면에 "경모궁태실(景慕宮胎室)"이라 새겼고, 뒷면에 비석을 세운 시기를 "건륭오십년을사삼월초팔일건(乾隆五十年乙巳三月初八日建)"이라고 새겼다. 그리고 이 앞뒷면의 탁본을 나란히 합본하여 한 폭의

---

141 〈장조태실비 탁본〉과 〈순조태실비 탁본〉에 대해서는 한국정신문화연구원, 『藏書閣所藏 拓本資料解題』I, 2004, 180~181쪽 및 205~207쪽 참조.
142 『奉謨堂奉藏書目』의 제14면에 "莊祖胎室碑簇子 二(數稱)"라 적혀 있고 제31면에 "純祖胎封碑前面簇子 一(數稱)"이라 적혀 있다.

그림 11 〈장조태실비 탁본〉, 1785년, 136.9×
53.8cm, 한국학중앙연구원 장서각 소장.

그림 12 〈순조태실비 탁본〉, 1806년, 99.2×
56.6cm, 한국학중앙연구원 장서각 소장.

족자로 만들었다. 〈순조태실비 탁본〉도 앞면과 뒷면에 각각 "주상전하태
실(主上殿下胎室)"과 "가경십일년시월십이일건(嘉慶十一年十月十二日建)"이라 새긴
것을 하나의 족자로 만든 것이다.[143] 따라서 이 2점의 태실비 탁본은 가봉
을 마친 뒤에 탁본하여 진상한 것이 된다.

　여기에서 눈여겨볼 것은 〈장조태봉도〉와 〈장조태실비 탁본〉, 그리고
〈순조태봉도〉와 〈순조태실비 탁본〉의 족자 모양이 각각 같다는 점이다.

143　왕이 재위에 있을 경우에는 가봉비문에 '主上殿下胎室'이라 새겼다.

전자는 짙은 청색 종이를 붙여 만들었고, 후자의 경우는 청색 종이를 대고 좌우의 변에만 황색 종이를 붙인 형식이다. 태봉도와 태실비 족자의 형식이 같다는 것은 같은 시기에 제작되었음을 말해 준다. 그림과 탁본이 한 세트로 만들어져 왕실에 올라간 것이 된다.

『(순조)태실석난간조배의궤』에는 홍주에서 만들어 올린 물품 가운데 "어람족자궤 일부(御覽簇子櫃一部)"라는 기록이 있다.[144] 가봉에 필요한 물품을 충청도의 각 고을에 나누어 준비하게 했는데, 홍주에서 어람용 족자 상자를 만들도록 할당한 것이다. 이 상자는 태봉도와 가봉비 탁본 족자를 넣기 위해 만들었을 가능성이 크다. 의궤에 적힌 어람용 족자는 태봉도와 가봉비 탁본을 말하는 것이며, 이외의 다른 용도로 만든 족자는 파악되지 않는다. 당시 홍주에서 만든 족자궤는 현재 전하지 않는다.

태실의 가봉을 마치고 왕에게 결과를 보고할 때에는 태봉도와 가봉비 탁본, 그리고 가봉의 모든 절차를 기록한 의궤를 함께 진상하였다. 왕은 가봉비 탁본을 통해 비석에 새긴 글자를 확인하였고, 태봉도를 통해서는 명당의 요건과 지리적 특징을 파악하였으며, 의궤에서는 가봉공사의 전말을 살필 수 있었다.

(2) 태실가봉의궤의 도설

가봉의궤의 표제는 모두 '석난간조배의궤'로 표기되어 있다. 석난간을 짜 맞추는 것이 가봉의 외양적 특징이기에 붙인 말인 듯하다. 석난간조배의궤를 여기에서는 편의상 '가봉의궤'로 지칭하겠다. 가봉의궤의 뒤편에는 가봉에 사용된 석물의 모양을 그린 뒤 명칭을 기록한 '난간석조작도'가 들어가 있다. 또한 각 석물을 결합하여 완성시킨 태실의 모습을 그린 '석난간

---

144 『(純祖)胎室石欄干造排儀軌』(1806, 奎13968) 제6면.

배설도'도 실었다.

석물의 크기는 도설에 기록하지 않았지만, 의궤 안의 '각종석물장광척수 (各種石物長廣尺數)'라는 항목에 석물의 길이, 너비, 높이 등의 자[尺], 치[寸] 단위 가 자세히 기록되어 있다. 태봉도에서 태봉의 정상에 석물을 그린 것은 가 봉이 완성된 모습을 나타낸 것이다.

『성상(헌종)태실가봉석난간조배의궤』에 실린 〈석난간배설도〉에는 상단 에 조립한 형태의 태실석물을 두었고, 아래에는 표석을 꽂은 귀롱대석을 그렸다. 이러한 〈석난간배설도〉는 『정종대왕태실석난간조배의궤』(1801)와 『익종대왕태실가봉석난간조배의궤』(1836)에도 같은 도상으로 실려 있다.

〈순조태봉도〉와 〈헌종태봉도〉에 그려진 태실의 가봉비와 태실의 모습 은 정밀하게 그린 것은 아니다. 하지만, 그 형태가 의궤에 실린 석물의 모 양을 반영하고 있음을 볼 수 있다. 즉 순조와 헌종의 태봉도에는 태실비가 측면의 귀롱대석과 정면의 표석으로 그려져 있다. 태실은 팔각의 난간석 이 좌우대칭형이 되도록 묘사하였다. 태봉도에 그려진 이러한 태실가봉비 의 모습은 현장이 아니라 의궤의 도설을 참조하여 그린 것으로 추측된다. 특히 순조태실의 귀롱대석 받침돌이 삼각으로 그려진 점, 태실의 전석이 사각으로 그려진 점이 그러한 특징을 말해 준다. 의궤의 도설은 태봉도가 보여 주지 못한 가봉석물의 세부 종류와 특징을 자세히 제시해 준다.

조선왕실 장태문화의 산물인 태봉도는 태실과 그 주변을 그린 기록화 의 성격과 왕실수장 회화의 다양한 유형을 예시해 주는 그림이다. 또한 태 실가봉의 성공적인 완료를 알리는 결과이자 상징물로서의 기능을 하였다. 가봉태실을 그린 그림은 왕이 열람하기 위한 것이다. 산도와 같은 그림으 로는 가봉태실의 특징을 드러내기에 한계가 있었다. 따라서 회화적 요소 로 현장감을 전달해 주는 도상이 필요하였고, 그러한 기능을 충족시켜 준

것이 바로 이 장에서 살펴본 장서각 소장의 태봉도이다.

태봉도에는 태실의 주인공이 출생한 이후 장태와 가봉에 이르는 시간의 폭이 담겨 있다. 따라서 왕자녀의 출생과 태의 간수, 태의 이송과 장태의 절차, 왕이 된 이후 가봉의 과정에 이르는 일련의 과정을 함께 살펴보았다.

〈장조태봉도〉에 그려진 문종과 장조의 태실은 영조가 제시한 동강동태의 차원에서 그 특징과 시사점을 살펴보았다. 〈순조태봉도〉와 〈헌종태봉도〉는 〈장조태봉도〉의 연장선에서 그려진 그림이다. 그 전통은 태실가봉의 과정에도 그대로 반영되었는데, 그러한 가시적인 결과를 태봉도에서 확인할 수 있다.

장서각의 태봉도 3종은 제작시기에 따라 도상과 화풍의 변화가 뚜렷하다. 따라서 도상의 구성과 화풍에 대해 살펴볼 필요가 있다. 이를 위해 3종의 태봉도를 제작시기에 따른 시간의 연속선상에 올려놓고 그림의 변화가 어떻게 진행되는가를 살펴보는 데 중점을 두었다. 태봉도의 가장 핵심은 석물이 가봉된 태실의 모습이다. 석물로 단장된 태실은 태봉도의 중심에 공통적으로 그려져 있다. 가봉태실의 형태는 승려의 사리탑인 부도와 비슷한 모양을 취했다.[145]

장서각 소장의 태봉도는 기존의 산도식 지형도의 전통을 따랐지만, 차츰 그 전형에서 벗어나 실경적 요소가 강조된 변화를 보여 준다. 이러한 변화를 산도와 회화식 지도, 명당적 요소, 그리고 실경의 표현이라는 측면에

---

145 윤석인, 「朝鮮王室의 胎室石物에 관한 一硏究」, 『문화재』 33, 국립문화재연구소, 2000, 104쪽. 태실을 태봉으로 가봉하면 태실의 내부와 주위에 석물을 추가로 시설하는데, 내부에는 동석, 개첨석, 상석, 귀롱대 등을 만들고, 외부에는 석난간, 연엽주석, 횡죽석, 우산석, 표석, 비석 등을 비치하는 것이 일반적이다. 석물을 설비하는 절차도 장엄해 택일, 시역, 개기, 조배의 순으로 진행하고, 역사를 마친 뒤에는 고사유제, 고후토제, 사후토제 등을 행한다. 또한 태실의 주위에는 채석, 벌목, 방목 등 일체의 행위를 금지시키는 금표를 세웠다. 금표를 세우는 범위는 신분에 따라 다른데, 왕은 300보, 대군은 200보, 왕자와 공주의 경우는 100보로 정하였다. 관할구역의 관원은 춘추로 태실의 상태를 살펴 이상 유무를 확인한 뒤 보고하도록 되어 있었다.

서 살펴보았다. 〈장조태봉도〉에는 총도 형식의 구성과 산도식 요소가 반영되었다. 그러나 〈순조태봉도〉에서는 회화식 지도와 유사한 표현이 강조되었고, 〈헌종태봉도〉는 실경산수화로서의 면모를 띠고 있어 이전보다 진전된 회화 양식을 살필 수 있다. 이는 태봉도가 18세기 전반기에는 산도식 도상으로 이해되었다가, 차츰 태실의 현장을 실제적으로 묘사하는 쪽으로 중점을 옮겨 간 결과라 생각된다. 조선왕실의 태봉도는 조선 후기에 그린 것이지만, 가봉과 관련된 그림으로서 조선왕실의 장태문화를 특색 있고 다양하게 조명해 주는 기록물이라 할 수 있다.

제 4 장

조선왕실의 태실수개

조선왕실 안태와 태실 조성의 영역은 안태-가봉-수개로 이루어졌다. 이 가운데 수개는 '수리하여 고친다'라는 뜻으로 자연적, 인위적으로 손상된 석물의 보수를 말한다. 조선왕조 국왕의 가봉태실은 예외 없이 수개의 대상이 되었다. 오랜 세월이 지나면서 석물은 서서히 마모되지만, 뜻하지 않은 재해와 고의적인 작변으로 인해 훼손된 경우도 많았다. 이 장에서는 앞 장에서 살펴본 태실가봉의 후속으로 이어진 수개에 관하여 살펴보기로 하겠다.[1]

제1절에서는 조선왕조 전 시기에 걸쳐 진행된 태실의 보존 현황과 수개의 사례에 대하여 검토하겠다. 관련 사료를 시대순으로 재구성하여 검토하되, 사료상의 공백은 『조선왕조실록』과 『승정원일기』 등을 통해 보완하여 태실수개의 전반적인 현황을 살펴볼 것이다. 제2절에서는 태실의 가봉과 수개의 과정을 기록한 규장각 소장의 『태봉등록』에서 수개와 관련된 내용만을 선별하여 살펴보겠다. 『태봉등록』에는 수개에 관한 구체적인 내용이 실려 있어, 태실의 손상과 보수의 주요 사안들을 살필 수 있다. 다만 영조 대까지의 기록만 수록되었다는 한계가 있다. 제3절에서는 현재 남아 있는 태실수개 관련 의궤를 검토하여 태실석물의 보수와 관련된 문제를 살

---

1   조선왕실의 태실수개 관련 연구로는 김해영, 「『世宗大王胎室石欄干修改儀軌』에 대하여」, 『고문서연구』 45, 한국고문서학회, 2014; 김해영, 「英廟朝 世宗·端宗胎室의 修改 役事」, 『남명학연구』 44, 경상대학교남명학연구소, 2014; 윤진영, 「조선왕조 태실의 석물 단장과 수리」, 『조선왕실의 태실 의궤와 장태 문화』, 한국학중앙연구원출판부, 2017.

퍼보고, 그것의 대처 방안, 그리고 결과에 이르기까지 일련의 과정을 살펴볼 것이다. 제4절에서는 일제강점기에 진행된 서삼릉태실의 조성에 관하여 알아보겠다. 일제강점기에 추진된 태실의 이송(移送) 과정이 기록된 당시의 문서철인 장서각의 『태봉』을 중심으로 주요 사실을 살펴보겠다.

태실의 수개는 아직 활발히 연구되지 않았지만, 현재 남아 있는 태실의 현상을 살피는 일과 밀접한 관련이 있다. 수개의 과정에서 이루어진 형태의 변화가 현재의 상태로 남아 있는 경우가 많기 때문이다. 태실의 수리와 보존에 관심을 가져야 할 현재의 시점에서는 태실수개의 내력에 관한 다양한 파악이 필요한 실정이다.

1　태실수개의 현황

　태실의 개보수는 국왕의 가봉태실을 대상으로 한다. 가봉태실이 아닌 아기태실의 개보수는 지상에 드러난 구조물이 크지 않아 관리상에 큰 어려움이 없었다. 그러나 석물로 구조물을 만든 가봉태실은 이와 달랐다. 석물로 만든 태실이 오랜 세월을 지나며 자연적으로 변형되고, 자연재해로 손상되는 것은 불가피한 일이었다. 더구나 사람에 의해 고의적으로 파손되는 경우도 심각한 사안이었다. 태실을 만들고 가봉하는 것도 중요하지만, 훼손된 태실을 살피고 보수하는 일 또한 조정에서 즉각 조치를 취해야 할 사안이었다. 특히 지방관들은 태실에 생긴 조그마한 흠집 하나라도 왕실에 바로 보고해야 했기에 태실을 면밀히 살폈다. 지방관의 보고는 해당 관청과 왕에게 바로 전달되었고, 왕과 대신들의 검토와 결정에 따라 조치가 취해졌다. 또한 특별한 상황을 만나게 되면 항상 선례의 기록을 참고하여 판단하였다.

　조선 초기로 올라갈수록 수개와 관련된 기록은 많지 않은 편이다. 일반적으로 태실을 조성한 지 약 백 년이 지난 뒤부터 보존상의 문제가 드러났다. 임진왜란 이전에도 수개에 관한 많은 기록이 있었겠지만 전하지 않는다. 남아 있는 자료를 토대로 본다면, 실제로 17세기 이후부터 수개가 빈번히 이루어졌고, 18세기 이후 더 증가하는 경향을 보였다. '표 15' 조선왕조 태실의 위치와 수개의 현황에서 이를 확인할 수 있다.

　가봉태실의 수리를 마친 뒤에는 전체의 진행 과정을 의궤에 기록하였다. 현재 가장 이른 시기의 수개 관련 의궤는 1601년(선조 34) 세종대왕 태실

표 15　조선왕조 태실의 위치와 수개의 현황[2]

태실명	위치	조성·가봉년	수개 연월
태조대왕 태실	진산 만인산 충남 금산군 추부면 마전리	조성: 1393년(태조 2)	1689년(숙종 15) 3월 1725년(영조 원년) 2월
정종 공정대왕 태실	금산 직지사후 경북 김천시 대항면 운수리 직지사 뒷산(미복원)	조성: 1399년(정종 원년)	
태종대왕 태실	성산 조곡산 경북 성주군 용암면 대봉2리 조곡산	조성: 1401년(태종 원년)	
세종대왕 태실	곤양 소곡산 경남 사천시 곤명면 은사리	조성: 1438년(세종 20) 가봉: 1450년 (문종 즉위년)	1730년(영조 6) 5월 1734년(영조 10) 5월 (비 세움)
문종대왕 태실	풍기 명봉사후 원: 경북 성주군 월항면 인촌리 이안: 경북 예천군 상리면 명봉리 명봉사		1730년(영조 6) 5월 1734년(영조 10) 5월
단종대왕 태실	곤양 원: 경북 성주군 월항면 인촌리 이안: 경남 사천시 곤명면 은사리		1731년(영조 7) 2월
세조대왕 태실	성주 선석산 경북 성주군 월항면 인촌리	조성: 1438년(세종 20) 가봉: 1462년(세조 8)	
예종대왕 태실	전주 태실산 원: 전북 완주군 구이면 원덕리 이안: 전북 전주시 완산구 풍남동 3가 경기전	가봉: 1578년(선조 11)	1734년(영조 10) 8월 (태실비)
성종대왕 태실	광주 경안역 경기 광주시 태전동 256-4 창경궁(1930년 복원)	조성: 1457년(세조 3) 가봉: 1471년(성종 2)	1578년(선조 11) 1652년(효종 3) 1823년(순조 23)
중종대왕 태실	가평 서면 경기 가평군 가평읍 상색리 태봉 정상 (1987년 복원)	조성: 1492년(성종 23) 가봉: 1515년(중종 10)	1677년(숙종 3) 8월
인종대왕 태실	영천 공산 경북 영천군 청통면 치일리 479 은해사 뒤 태실봉(2007년 복원)	조성: 1521년(중종 16) 가봉: 1546년(명종 원년)	1680년(숙종 6) 4월
명종대왕 태실	서산 동면 충남 서산시 운산면 태봉리	조성: 1538년(중종 33) 가봉: 1546년(명종 원년)	

선조대왕 태실	임천 서면 충남 부여군 충화면 오덕리 오덕사	가봉: 1570년(선조 3)	1682(숙종 8) 6월 1711년(숙종 37) 2월 1727년(영조 3) 5월
현종대왕 태실	대흥 원동면 충남 예산군 신양면 죽천리 (미복원)	가봉: 1681년(숙종 7)	1710년(숙종 36) 10월 1734년(영조 10) 8월 1764년(영조 40) 5월
숙종대왕 태실	공주 남면 충남 공주시 태봉동	조성: 1661년(현종 2) 가봉: 1683년(숙종 9)	
경종대왕 태실	충주 충북 충주시 엄정면 괴동리	조성: 1689년(숙종 15) 가봉: 1726년(영조 2)	
영조대왕 태실	청주 내산 일동면 충북 청주시 상당구 낭성면 무성리	조성: 1695년(숙종 21) 가봉: 1729년(영조 5)	
장조대왕 태실	경북 예천군 상리면 명봉리 명봉사 뒤편	조성: 1735년(영조 11) 가봉: 1785년(정조 9)	
징조대왕 태실	강원도 영월군 하동면 정양리	조성: 1753년(영조 29) 가봉: 1801년(순조 1)	
순조대왕 태실	충북 보은군 내속리면 사내리	조성: 1790년(정조 14) 가봉: 1806년(순조 6)	
헌종대왕 태실	충남 예산군 덕산면 옥계리	조성: 1827년(순조 27) 가봉: 1847년(헌종 13) 이전	
순종대왕 태실	충남 홍성군 구항면 태봉리	조성: 1874년(고종 11)	

에 석난간을 수리한 기록인 『세종대왕태실석난간수개의궤(世宗大王胎室石欄
干修改儀軌)』이다.[3] 또한 1856년(철종 7)에 간행된 『형지안』에는 수개와 관련된
의궤의 목록이 적혀 있는데, 가장 시기가 이른 것이 1666년(현종 7)의 『소헌
왕후태실수보의궤(昭憲王后胎室修補儀軌)』이다. 1601년의 세종태실 수개 관련

2   윤석인, 「조선왕실의 胎室 變遷 연구」, 단국대학교대학원 석사학위논문, 2000, 부록 참조.
3   이 의궤는 현재 경상남도 사천문화원이 소장하고 있다. 여기에 관한 연구로는 김해영, 『世宗大王胎
室石欄干修改儀軌』에 대하여」, 『고문서연구』 45, 한국고문서학회, 2014; 김해영, 「英廟朝 世宗·端宗胎
室의 修改 役事」, 『남명학연구』 44, 경상대학교남명학연구소, 2014.

의궤는 상당히 이른 시기의 기록이다.

석물의 수리에 대한 용어는 수보와 수개가 주로 쓰인다. 둘 다 손상된 석물을 그 상태에서 약간 보수하거나 교체하여 정비하는 공사를 의미한다. 이외에 가봉태실의 비석을 새로 세우거나 기존의 비석을 바꿀 때는 '비석개수(碑石改修)' 혹은 '표석수립'이라고 했다. 『형지안』에는 태실 수보 관련 의궤가 수보, 수개, 수립으로 나뉘는데, 비석수보, 석물수개, 비석수개, 표석수개, 표석수립 등으로 기록되어 있어 각 유형을 살필 수 있다.

1856년(철종 7)의 『형지안』에 수록된 17세기 이후 제작된 의궤류의 목록을 정리하면 다음과 같다.

① 『소헌왕후태실수보의궤』, 1666년(현종 7)

② 『인묘조태실석물수보의궤』, 1680년(숙종 6)

③ 『태조조태실석물수개의궤』, 1686년(숙종 12)

④ 『명종대왕태실석물비석수개의궤』, 1711년(숙종 37)

⑤ 『선조대왕태실비석수개의궤』, 1711년(숙종 37)

⑥ 『현종태실수개의궤』, 1711년(숙종 37)

⑦ 『태조조태실수개의궤』, 1726년(영조 2)

⑧ 『선묘조태실비석수보의궤』, 1727년(영조 3)

⑨ 『세종단종태실수개의궤』, 1730년(영조 6)

⑩ 『예묘조태실표석수개의궤』, 1731년(영조 7)

⑪ 『세종단종태실표석수립의궤』, 1734년(영조 10)

⑫ 『현묘조태실표석수개의궤』, 1734년(영조 10)

⑬ 『문묘조태실표석수개의궤』, 1735년(영조 11)

⑭ 『선묘조태실비석개수의궤』, 1747년(영조 23)

이 기록에서 14건의 수개 관련 의궤가 외규장각에 있었음이 확인되지만, 이 가운데 현재 다른 곳에 전하는 것은 세종과 단종 관련 의궤 2건뿐이다. 이 장에서 살펴볼 개보수 관련 의궤는 1601년의 『세종대왕태실석난간수개의궤』를 비롯하여 18세기의 세종·단종태실 건과 19세기에 있었던 성종·경종·태조태실의 석물 및 비석수리에 관한 것이다. 이 6건의 기록은 가봉태실에 생긴 문제와 그것을 해결한 방법, 결과에 대하여 가장 상세히 알려 주는 자료이다.

조선 후기의 태실수개에 관한 대표적인 기록으로 살펴볼 것은 규장각 소장의 『태봉등록』이다.[4] 이 등록에는 숙종과 영조 대에 이루어진 태실수개의 기사가 자세히 수록되어 있다. 숙종 대에는 태조·중종·인종·명종·선조·현종의 태실수개, 영조 대에는 태조·세종·문종·단종·예종·선조·현종의 태실수개에 관한 기록이 실려 있다. 그 현황을 정리하면 '표 16'과 같다.

표 16 『태봉등록』에 수록된 수개 관련 기사

구분	건명	논의 연월	내용
인조 대	성주 선석산 태실의 화재	1643년(인조 21) 3월	성주 세종대왕(왕자태실) 태봉에 화재 발생, 사초와 석물이 무사하여 개수하지 않음.
현종 대	소헌왕후 태실의 석물개수	1666년(현종 7) 5월	풍기군 북면 소헌왕후 태봉의 손상된 부분 수리.
	숙명공주와 숙경공주의 태실수개	1670년(현종 11) 8월	지례현(知禮縣)의 숙명공주와 숙경공주의 양 태봉의 표석이 장맛비로 퇴락, 9월 10일 공사 완료.
숙종 대	중종대왕 태봉의 석물보수	1677년(숙종 3) 10월	태봉의 경계를 다시 정하고 석물을 개수, 난간 횡석 교체. 10월 18일 개시.

4   국립문화재연구소, 『국역 태봉등록』, 2006 참조.

구분	건명	논의 연월	내용
	인종대왕 태봉의 석물개수	1680년(숙종 6) 4월	경북 영천의 인종대왕 태실(가봉 1546년 5월)의 석물 교체. 4월 26일 역사 시작.
	선조대왕 태봉의 석물개수	1682년(숙종 8) 8월	임천군의 선조대왕 태실 비문 글자획이 파손, 상태가 미약하므로 비석을 바꾸지 말고 흠집만 지우도록 함. 택일 8월 11일.
		1711년(숙종 37) 9월	선조대왕 태실비의 글자획 및 용두 손상. 비석을 뽑아서 수리, 글자는 약간 갈아 내고 수리. 9월 24일 공사 완료.
	태조대왕 태봉의 석물개수	1689년(숙종 15) 3월	8월 6일 바람으로 태조대왕 태봉 석물이 파손됨. 흉작과 국휼로 3년이 미루어짐. 3월 29일 공사 개시.
	현종대왕 태봉의 석물개수	1711년(숙종 37) 7월	대흥군 현종대왕 태봉 상석의 봉합처에 틈이 생김. 상석은 원래대로 봉합하고 기름재로 그 틈을 메웠음. 9월 10일 공사 완료.
	명종대왕 태봉의 석물개수	1711년(숙종 37) 10월	서산군 명종대왕 태실의 석물과 각자가 손상. 흉작으로 연기됨. 용두의 손상이 심각하여 새 돌로 바꿈. 10월 18일 비석을 세움.
영조 대	태조대왕 태봉의 석물개수	1725년(영조 원년) 4월	진산의 태조대왕 태봉 석물이 손상. 석물 교체, 개수공사 길일 4월 3일로 정함.
	선조대왕 태실의 석물개수	1727년(영조 3) 8월	임천 선조대왕 태실을 봉심, 자획에 결손이 있음. 봉심한 뒤 형편에 따라 개수. 개수 길일은 8월 29일.
	세종대왕 태실의 석물개수	1731년(영조 7) 8월	세종대왕 태실의 지배석과 지대석 손상. 결손 개수 1734년 8월 6일.
	단종대왕 태실의 석물개수	1731년(영조 7) 9월	단종대왕 태실의 봉합길일은 1734년 8월 6일, 태실의 손상 부분은 완전히 메웠음.
	예종대왕 태실의 석물개수	1734년(영조 10) 8월	전주 예종태실의 석물 손상. 7월 28일 개수.
	현종대왕 태실의 석물개수	1734년(영조 10) 8월	대흥 현종대왕 태실 비석 글자에 손상처 발견. 7월 28일 개수.
	문종대왕 태실의 석물수개	1735년(영조 11) 10월	풍기 문종대왕 태실 표석 및 횡석 교체. 표석 세우는 길일 9월 25일.

『태봉등록』에는 주로 관청에서 오고 간 문서들이 수록되어 있다. 수개와 관련된 사안이 최초에 어떻게 인지되고, 어떤 논의를 거쳐 진행되었는지 일련의 과정을 자세히 살필 수 있는 자료이다. 특히 모든 자료가 날짜별로 수록되어 있어 큰 참고가 된다. 이『태봉등록』의 내용은 다음 절에서 살펴보기로 하겠다.

2 『태봉등록』의 태실수개 관련 기록

『태봉등록』에 수록된 수개 관련 기사는 1643년(인조 21)에서 1735년(영조 11)까지 약 90여 년간에 집중되어 있다. 이 등록에는 태실의 정비가 본격적으로 이루어지던 숙종 대로부터 영조 대까지의 기록이 매우 자세하여 수개의 과정을 파악하는 데 큰 도움이 된다. 이 절에서는 『태봉등록』의 내용을 사료로 하여 수개의 과정에 나타난 주요 사안이나 논점들을 짚어 보기로 하겠다. 살펴볼 내용은 국립문화재연구소에서 발간한 『국역 태봉등록』(2006)을 참고하였다. 왕대별, 일정별로 정리한 기록이므로 각주는 붙이지 않았다.

1) 인조·현종 연간의 태실수개

『태봉등록』은 1643년(인조 21) 4월 5일 자 기사부터 시작된다. 인조 대에서 현종 대까지는 안태와 태실가봉에 대한 기록이 다수이다. 반면, 수개에 대한 기사는 거의 보이지 않는다. 다만 인조와 현종 대에 있었던 태실의 화재 관련 건과 왕후의 태실을 조성한 사례, 그리고 공주의 태실을 정비한 기사가 실려 있다. 매우 이례적인 사례이므로 간략히 살펴본다.

(1) 1643년(인조 21), 성주 선석산 세종대왕자태실의 화재

1643년(인조 21) 3월 16일, 성주 세종대왕자태실의 산불 저지선인 화소에 화재가 발생했다. 같은 해 4월 5일, 경상감사 임담(林墰)이 성주목사 손홍주

(孫興周)의 첩정에 따라 보고를 올렸다. 인조는 성주목사를 우선 추고하고, 실화의 원인을 조사하도록 명했다. 경상감사가 5월 7일 성주에 도착하여 태실을 봉심한 뒤 다음의 내용을 보고했다. ① 산의 바깥인 서북쪽에서 불길이 발생하여 번졌고, ② 태실 13위가 안배된 단상(壇上)의 사초는 피해가 없었으며, ③ 단(壇) 아래의 4면 주위로만 초목이 탔다는 내용이다. 사초와 석물은 손상을 입지 않아 개수가 필요 없는 상황이었다. 경상감사는 덧붙여 소나무 벌채를 금지하는 법에 불만을 가진 자가 태직이나 수령에게 해를 입히고자 방화를 한 것으로 추정된다고 했다. 불이 번져 온 경로가 분명하지 않은 점을 방화의 근거로 보았다. 화재 사건은 그렇게 일단락되었다.

이후 문책과 포상이 있었다. 6월 22일, 경상감사의 보고에 따라 인조는 성주목사 손흥주를 법대로 처리할 것을 지시했다. 그리고 7월 27일에는 태봉의 화재 때 불을 끈 승려 나헌(懶軒) 등 6명에게 각각 베 1필[木一疋], 쌀 2말[米二斗]씩을 지급하였고, 도내의 크고 작은 승역(僧役)을 감면해 주었으며 태봉을 철저히 수직하도록 조치하였다.

여기에서 알게 되는 사실은 선석산의 태실에 화재는 있었지만 큰 손상은 없었으며, 수령이나 태직에게 불만을 가진 자가 방화를 하면 결국 수령 등은 책임을 피할 수 없었다는 사실이다. 물론 사안에 따라 다르겠지만, 그러한 작변이 발생하도록 원만하게 백성을 다스리지 못한 책임을 물은 것이 된다. 그런데 특이한 것은 『태봉등록』에 성주의 선석산에 있는 태실을 '세종대왕태봉(世宗大王胎峯)'이라고 기록한 점이다.[5] 여기에서 말하는 성주 선석산의 태실은 현재 성주군 월항면 인촌리에 위치한 '성주 세종대왕자 태실'로 일컫는 곳이다.[6] 세종의 장자인 문종을 제외한 모든 왕자의 태실

---

5 『태봉등록』 계미년(1643, 인조 21) 4월 5일 기록에는 "성주목사 송흥주의 첩정에 따라 이달 16일 세종대왕 태봉의 화소 실화 사건을 장계합니다[星州牧使, 宋興周牒呈內, 本月十六日, 世宗大王胎峯, 火巢內, 失火事狀啓]"라고 되어 있다.
6 현재 국가지정 사적 제444호로 되어 있다.

과 단종이 원손일 때 조성한 태실 등 모두 19기가 이곳에 군집해 있다.[7] 아마도 세종대왕 왕자들의 태실을 상투적인 표현으로 '세종대왕태실'로 잘못 불러 온 것으로 추측할 뿐이다.

(2) 1666년(현종 7), 소헌왕후 태실석물의 개수

『태봉등록』의 현종 연간에는 세종대왕의 비 소헌왕후 심씨(1395~1446)의 태실 보수공사에 대한 간략한 기사가 있다. 1666년(현종 7) 5월 24일, 경상감사가 풍기군수의 첩보를 받아서 올린 내용에, 풍기군 북면 소헌왕후의 태실이 오랫동안 방치되어 있었는데, 군수 어상준(魚尚儁)이 봉심한 결과 팔면 난간석과 기둥이 손상되어 있다고 했다. 당시 왕후의 태실에 대한 수개 기록은 예조에서 관리하였는데, 관련 기록들이 전란을 겪으며 모두 산실되었다고 했다. 그러나 현종은 더 이상 방치할 수 없기에 바꿀 것과 그대로 둘 것을 가려서 수리하게 하였다. 단 공사는 경상감사가 주관하여 지휘하도록 했다. 이어서 소헌왕후 태실의 석물보수와 벌목(伐木)을 시작할 길일은 10월 12일 묘시로 정하였고, 관상감에서는 향과 축문 등을 봉송하고 공사를 감독하게 하였다. 이를 통해 세종 대에는 왕후의 태실에도 석물을 가봉했음을 알게 된다. 손상 부분에 기둥과 난간이 언급된 것을 보면, 국왕의 태실처럼 석물가봉이 이루어진 태실이었음을 짐작할 수 있다.

1856년(철종 7)에 작성된 외규장각의 포쇄 도서 목록인『형지안』에『소헌왕후태실수보의궤』(1666)가 들어 있어 당시에 수리와 함께 의궤를 남겼음

---

7 『태봉등록』계미년(1643, 인조 21) 5월 13일 기록에는 성주의 태실이 모두 13위라고 되어 있다. 해당 부분을 인용하면 다음과 같다. "태가 안장된 산록(山麓)이 그 가운데 있는데, 주위의 3면과 4면이 다 구릉이고, 한쪽이 산맥인데 완만하고 평평하여 마치 단장(壇場, 제단이 있는 장소)처럼 되어 있습니다. 그 길이가 남북 15보, 동서가 42보이며, 태실 13위가 두 줄로 나뉘어 안배되어 있었고 석물이 엄연하게 놓여 있습니다(胎藏封植一麓居其中, 三面凋塹, 一脈斗起平衍宛若壇場, 南北十五步, 東西四十二步, 胎室十三位分兩行排安)." 그런데 현재 성주 세종대왕자태실에는 모두 19위가 모셔져 있다고 한다. 검토를 필요로 한다.

을 알 수 있다.

(3) 1670년(현종 11), 숙명공주와 숙경공주의 태실 보토(補土)

1670년(현종 11) 8월 15일, 경상감사 민기중(閔蓍重)이 지례현(知禮縣)의 숙명공주(효종의 3녀)와 숙경공주(효종의 6녀) 태실의 표석이 장맛비로 퇴락했음을 보고하였다. 지방관이 보토한 뒤 공사 결과를 보고하도록 현종의 승인을 받았다. 9월 10일에 공사가 완료되었다. 숙명공주와 숙경공주의 태실은 경북 김천시 지례면 관덕동에 있으며, 애초에 두 태실은 함께 조성되었다.[8] 조성 연도는 1660년(현종 원년)이며, 태실의 봉분에 작은 비만 세워 놓은 아기태실의 상태였다. 이처럼 왕자녀의 태실은 석물이 설치되지 않았지만, 태실비의 훼손과 지반의 침하 등 손상된 부분이 많았다. 그러나 가봉태실 이외의 보수에 대한 기록은 거의 찾아볼 수 없다.

인조 대에서 현종 대까지는 아직 본격적인 가봉태실의 수개에 관한 기사가 보이지 않는다. 아마도 당시까지 두드러진 문제는 없었던 것으로 보인다. 태실의 수개는 반드시 석물의 손상만이 아니라 화재도 대상이 되었고, 이를 방지하기 위해 화소를 두어 관리하였다. 또한 왕후와 공주의 태실도 수개의 대상에서 예외가 아니었다는 점을 살필 수 있다.

2) 숙종 연간의 태실수개

『태봉등록』에 수록된 숙종 대의 태실수개는 태조·중종·인종·명종·선조·현종의 태실에 관한 것이다. 앞서 인조 대에서 현종 대까지의 기록에

---

8   윤석인, 「조선왕실의 胎室 變遷 연구」, 단국대학교대학원 석사학위논문, 2000, 118~119쪽.

는 가봉태실의 수개에 관한 내용이 없었다. 따라서 본격적인 태실의 수개
는 숙종 대부터 이루어진 것으로 보인다.

(1) 1677년(숙종 3), 중종태실의 석물개수

1677년(숙종 3) 중종태실의 석물보수는 경기감사 경최(慶最)의 보고 2건을
중심으로 기록되어 있다. 기울어진 지대석(地方石)을 바로 세우고, 부러진 횡
석(橫石) 2개를 교체하는 비교적 경미한 공사였다.

1677년 8월 7일, 도승지 조위명(趙威命)이 경기감사 경최가 올린 중종태실
의 석물 손상 건을 숙종께 보고하였다. 태실의 경계가 분명치 않아 경계를
다시 정하고, 규정대로 사방 각 300보에 금표를 세울 것을 건의하였다. 석
물을 개수하는 일은 지난해의 소헌왕후 태실의 개수를 선례로 할 것을 청
하였고, 공사에 필요한 잡물은 도에서 준비하게 한 뒤에 거행할 것을 건의
하여 윤허를 받았다.

9월 24일, 동부승지 이유(李秞)가 경기감사가 올린 계본을 보고하였다. 가
평군에 있는 중종태실의 석물 지대석 2좌가 기울어져 주석 2좌와 난간석
횡석 4개가 퇴락했는데, 지대석과 횡석 2개는 그대로 쓰고, 난간 횡석 2개
만 새것으로 바꾸면 된다는 내용이었다. 또한 돌을 뜨는 데 필요한 잡물 준
비에 있어 철물과 들기름, 석공을 구하는 데 어려움이 있다고 했다.

중종태실의 석물개수 길일을 10월 18일 묘시로 정하여 필요한 인력과
물품은 해당 관청에서 맡아 처리하게 하였다. 이후의 진행 상황은 기록에
나와 있지 않지만, 길일까지 정해진 것을 보면 1677년에 수개를 완료한 것
으로 추측된다. 숙종의 즉위 이후 처음으로 시행한 태실수개 공사였다.

(2) 1680년(숙종 6), 인종태실의 석물개수

인종태실의 최초 가봉 연도는 1546년(명종 원년) 5월이다. 1680년(숙종 6)

2월 8일, 경상감사가 경북 영천의 인종태실을 봉심하였는데, 석물이 내려 앉거나 파손된 점을 발견하여 서면으로 보고하였다. 구체적인 파손 내용은 별단에 다음과 같이 기록하였다.

- 서북쪽 난간석 2개가 연엽석 좌우 끝부분에 간신히 걸려 있음.
- 연엽석 윗변이 바느질자로 10치쯤 공허한 상태인데, 돌이 뒤로 밀려났기 때문임.
- 정남쪽 난간석 1개 부러짐. 연엽석 아래 부분 파손, 왼쪽 연엽석 한쪽이 파손, 정동쪽 난간 연엽석 약간 파손, 정서쪽 연엽석 한 모퉁이 약간 파손, 상석 군데군데 빈틈이 있음. 상석과 중앙에 자리한 큰 돌의 연결된 곳에도 빈틈이 생김.
- 비석의 '왕(王)' 자와 '태(胎)' 자 사이에 굵은 실만한 굵기로 두 줄의 흠집이 나서 오른쪽 면에서 앞면으로 빙 돌아 줄이 그려져 있음.
- 비석의 오른쪽 목 부분의 깨진 곳과 비석에 생긴 흠집은 오랜 세월 때문에 검은 이끼로 채워져 있음.

인종태실 석물의 손상처는 정사년(1677, 숙종 3) 중종태실 개수 때의 사례를 따르고, 필요한 잡물은 경상도에서 준비하여 공사를 진행할 것을 건의하여 윤허를 받았다. 그러나 이해의 수개는 예정대로 추진되지 못했다.

1680년(숙종 6) 4월, 경상감사 박신규(朴信圭)가 장계를 올렸다. 4월 20일 새벽에 공사를 시작하였고, 이때 난간석 5개, 연엽석 3개를 모두 새 돌로 갈아 끼웠으며, 상석이 기울어져 생긴 틈은 돌가루로 메웠다고 했다. 또한 사면에 햇빛이 들어오도록 경계 밖 사방 40보 거리에 있는 나무들을 벌목하였고, 교체 이전의 석물은 깨끗한 곳을 택하여 땅에 묻었다는 내용의 보고였다.

소용된 물품이나 분정에 대한 기록은 없지만, 파손 부분에 대한 기록은 상세하다. 그런데 비석에 생긴 흠집에 대해서는 어떻게 조치했다는 기록이 없다. 이 기록은 인종대왕 태실이 가봉된 이후 135년 만에 맞는 첫 보수에 대한 기록이다. 석물을 교체하거나 연결부의 틈을 메우고, 벌목을 하는 정도는 어려운 개수가 아니었다.

(3) 1682년(숙종 8), 선조태실의 석물개수

1682년(숙종 8) 6월 19일, 공홍도감사 윤경교(尹敬敎)가 선조태실의 비문 자획이 파손되었다고 보고를 올렸다. 도형(圖形)을 보니 손상된 글자가 깊이 파이거나 금이 간 부분이 있고, 또 작은 흠집들이 나 있었다. 그 상태를 그려서 올린 도형만으로는 단정할 수 없어 예조에서 당상관을 보내 봉심한 뒤에 보고하도록 하였다. 태실의 수호군 김신백(金信白) 등 4명은 조사 후 대기하게 하였고, 조사 결과를 보고서 처분할 것을 청하여 윤허를 받았다.

같은 해 6월 23일, 예조참판 이사명(李師命)이 선조태실 비석의 도형을 보니, 반드시 다시 세워야 할 상황임을 보고하였다. 아울러 감사와 상의하여 채석처를 미리 정하여 두되, 농한기에 비석을 세우면 불편을 없앨 수 있다고 건의하여 허락을 받았다. 그러나 이 판단은 현장의 상황이 전혀 반영되지 않은 성급한 것이었다.

7월 10일, 우승지 어진익(魚震翼)이 보고하였다. 예조참판 이사명이 공홍도감사 윤가적(尹嘉績)과 연명하여 올린 장계에, 실제로 현장에 와서 봉심해 보니 앞면에 새긴 여섯 글자의 손상 정도가 심하지 않았고, 뒷면의 네 글자의 금도 미세하여 돌과 줄로 문지르자 지워졌다는 내용이다. 따라서 이전의 비석을 바꾸지 말고, 그대로 둔 채 약간씩 문질러서 흠집만 지우는 것이 합당할 것이라고 보고하였다. 숙종은 이를 바로 윤허했다.

7월 25일, 예조에서는 보수길일을 8월 11일 진시로 할 것을 보고하였고,

예조의 낭청과 선공감의 감역관, 그리고 석공을 데리고 내려가 비석 수리 작업을 감독하겠다고 했다.

결과적으로 예조참판 이사명이 도형으로 본 것과 실제로 확인한 결과에는 큰 차이가 있었다. 비석의 손상이 심하면 비석 자체를 교체해야 하지만, 자획의 손상이 경미한 것으로 밝혀져 자획의 보수 작업이 어렵지 않게 마무리되었다는 내용이다. 비석의 글자 획이 심하게 손상된 경우에는 비석 자체를 바꾸어야 했지만, 경미한 때는 간단히 처치할 수 있었다.

(4) 1689년(숙종 15), 태조태실의 석물개수

태조태실의 석물보수에 대한 논의는 1686년(숙종 12) 11월, 전라도감사 김진구(金鎭龜)의 장계로부터 시작되었다. 11월 10일, 전라감사 김진구가 장계를 올렸다. 지난 8월 6일 강한 바람이 불어 태조태실 근처의 노목(老木)이 부러지면서 태실을 덮쳐 석물이 파손되었다는 내용이었고, 손상된 곳은 횡석과 주석, 그리고 비석이었다.

11월 25일, 예조참판이 현장을 봉심한 뒤에 상황을 보고하였다. 태조태실의 석물을 봉심한 결과 전라감사의 장계가 사실이지만, 두 가지 사실이 더 있다고 했다. 첫째는 남아 있는 죽석에 큰 틈이 생겨서 아무리 돌가루와 들기름으로 발라도 이어 붙이기 어렵고, 떨어질 염려가 있다고 했다. 둘째는 '만력(萬曆)' 두 글자가 손상되었는데, 조금 갈아서 쓸 수 있는 정도가 아니라고 했다. 따라서 비석과 주석 1개, 죽석 8개는 불가피하게 다시 설치해야 한다는 내용의 보고였다.

동부승지 이사영(李思永)은 공사의 규모가 커서 본도에만 맡길 수는 없다고 하였고 숙종은 공사를 내년(1687) 가을로 미룰 것을 명했다. 그런데 1687년(숙종 13)에는 호남 지방의 흉작으로 인해 공사를 할 수 없었고, 1688년 9월에는 인조의 계비 장렬왕후(莊烈王后)의 국휼(國恤)로 인하여 다시 다음 해 가을로 연기하였다.

1689년(숙종 15) 1월 22일, 예조에서 지난해 연기한 태조태실의 석물개수 건을 언급하였다. 석물의 파손처가 많고, 공사가 매우 중대하므로 관상감과 선공감의 제조를 함께 내려보내 전라감사와 함께 개수공사를 하도록 했다. 석물은 전라도에 명하여 즉각 뜨게 하였고, 관상감에서는 보수공사의 길일을 3월 29일 묘시로 정하여 윤허를 받았다. 이후 중간 과정이 자세히 드러나 있지 않지만, 공사는 예정대로 진행되었던 것으로 보인다.

그다음 기사는 1689년 윤3월 5일이다. 선공감제조 예조판서 이관징(李觀徵) 등이 3월 27일 진산군에 도착하여 태실을 봉심한 결과, ① 개첨석, 중대석(中臺石), 귀대석은 돌 색상이 서로 비슷하므로 그대로 설치하기로 하였고, ② 앞에 배치했던 모서리 벽돌隅塼石)은 아래 벽돌(下塼石)로 사용하면 이전보다 훨씬 견고해질 것이라 했다. 이번 공사는 규모가 커서 가봉이나 다름없는데, 공사 기간이 짧았고, 석물의 제작도 정교하고 치밀하게 되었다고 했다.

1689년 윤7월 10일, 예조판서 이관징이 태조태실의 석물을 개수할 때 보니, 태실 근처에 있는 큰 나무 7, 8그루의 가지와 잎이 빼곡하여 피해를 줄 수 있으므로 벌목함이 좋겠다고 건의하여 숙종의 윤허를 받았다.

(5) 1711년(숙종 37), 명종태실의 석물개수

1710년(숙종 36) 10월 9일, 충청감사 홍중하(洪重夏)가 장계를 올렸다. 명종태실을 봉심한 결과, 태실의 표석 앞뒷면에 새긴 글자 가운데 세 글자가 손상되었고, 돌 빛깔도 이상하게 산뜻한 점이 의문이라고 했다. 이는 인위적인 손상으로 추측되며, 손상된 시간은 오래되지 않은 것으로 판단된다고 했다. 그러나 담당 향소(鄕所), 색리, 감관, 산지기 등은 언제 손상된 것인지 전혀 모른다고 했다. 문제는 군수 정도징(鄭道徵)이 최초에 조사한 내용과 충청감사가 다시 조사한 내용이 달랐다는 사실이다. 정도징은 애초에 영문으로부터 공문을 받고 직접 조사했지만, 금표 안에 모경(冒耕)이나 범작(犯斫)한 흔적은 없다고 했다. 그런데 감사가 조사한 내용을 보면 분명히 살필 수 있음에도 누락된 것이 있었다는 점에 문책의 여지가 있다고 했다. 특히 석회를 발라 죽석의 손상 부분을 은폐한 것과 표석의 글자가 손상된 것을 아예 보고조차 하지 않은 것이 지적되었다. 충청감사는 군수 정도징을 파직 축출하고 그 죄상을 물을 것을 청하였다.

다음으로 중요한 건은 표석의 교체 여부였다. 표석의 각자는 앞뒷면을 탁본한 인본(印本)을 올렸으며, 표석 교체의 여부를 결정해 줄 것을 청하였다. 태실 표석의 자획 손상 건은 감사가 직접 봉심하였으니 예조가 다시 봉심할 필요가 없고, 새로운 돌을 다시 세울 것을 건의하여 숙종의 윤허를 받았다.

1711년(숙종 37), 태실의 석물개수일을 2월 16일로 잡았다. 투입할 일꾼과 잡물, 해야 할 일은 모두 이전 의궤를 상고하되 공사 시작 전에 준비를 마치도록 했다. 1월 23일, 우의정이 충청도가 흉작을 면치 못하고 있으므로 공사를 가을로 미룰 것을 청하여 윤허를 받았다. 4월 27일, 동부승지 이봉상(李鳳祥)이 보고하였다. 충청감사 홍중하의 보고서에 명종태실 비석의 자획 손상부가 1푼을 넘지 않으니 조금 갈아 내고 보각(補刻)하면 문제가 없을 것이라고 했다. 비석을 세워둔 채 그 자리에서 조심하여 갈아 내고 다듬으면 될 것이라는 의견이었다. 상석 역시 갈아서 보수하되, 가을에 거행할 것을 건의하여 허락을 받았다.

1711년 10월 2일, 예조참의 송징은(宋徵殷)의 장계에 비석을 새로 바꾸어야 한다는 보고가 있었다. 9월 24일 임천 태봉을 떠나 26일 서산의 명종태실에 도착하여 손상된 비석을 자세히 조사한 결과 돌의 품질이 매우 거칠고, 임천의 선조태실 비석에 미치지 못한다고 했다. 용두(龍頭)의 손상도 심각한 상태라고 했다. 용두의 뒷면이 갈라졌고, 비석 앞면 허리 중간 부분에 둘러진 허리띠 무늬도 미세한 틈이 있다고 했다. 뒷면 오른쪽에도 틈이 있고 세 글자의 자획 손상은 여기에 비하면 오히려 가벼운 정도라고 하였다. 지난번 충청감사의 장계와 달랐다. 이는 현장에서 자세히 살펴본 결과였다.

지난날 감사가 봉심하고 올린 계문에 비석을 뽑지 않고 세워 두고 문질러서 보수한다 하였으나 이러면 흔들려서 파손될 우려가 있었다. 10월 3일 예조에서 비석의 교체에 대한 왕의 결정을 물었다. 숙종은 비석의 품질이 좋지 않고, 횡으로 갈아 내는 것 역시 불편하니 완전한 대책이 되지 못한 것으로 이해하고서 새로운 비석으로 바꿀 것을 명하였다. 서산의 태봉 비석을 새 비석으로 바꿀 경우, 공사 개시일을 일관에게 물어보니 초10일 사시가 좋다고 하므로 이 날짜로 거행할 것을 청하여 윤허를 받았다.

1711년 10월 10일, 예조에서 보고하였다. 예조참의 송정은의 이문을 보니 서산 태봉에 세울 비석 석재를 다듬는데, 품질이 워낙 단단한 관계로 시간이 예정보다 많이 소요되어 초10일에 세우기는 어렵다고 했다. 일관에게 물었더니 이달 16일 사시와 18일 오시가 좋다고 하여 공사 진도를 보아서 택일 건을 올려 윤허를 받았다.

10월 20일 예조참의 송정은의 장계에, 10월 1일 공사를 시작하여 난간 죽석 1개와 상석 1개를 새 석물로 준비하였고, 상석 1개를 새 돌로 떠서 한꺼번에 설치하고 기름재로 마감하였다고 했다. 비석 석재는 태봉에서 30리 떨어진 해미(海美)에서 떠서 고을 인부를 동원하여 옮겼고, 돌의 품질이 단단하여 다듬는 일정이 지연되어 15일에 마정을 마쳤다고 했다. 이어서 서표관이 정해진 규식에 따라 글씨를 쓰고 각수가 새겼다, 18일 오시에 비석을 세웠으며, 이전 비석과 상석, 죽석은 태실 서북쪽 5보 거리쯤의 땅에 묻었다고 했다. 공사가 끝난 후 사후토제를 지냈다.

등록대로 300보를 측량해 금표를 세웠고, 지방관에게 분부하여 해자를 파라고 지시하였다. 송충이가 소나무를 갉아먹어 말라 죽은 소나무로 온 산이 벌거숭이가 되었다고 했다. 감독관과 산지기에게 신칙하여 소나무 키우는 것을 경계하게 하고, 벌목을 엄중히 금지시켰다.

(6) 1711년(숙종 37), 현종태실의 석물개수

1711년(숙종 37)에 있었던 현종태실의 석물개수 건은 상석에 생긴 틈을 메우는 일이었다. 1710년(숙종 36) 10월 9일, 충청감사 홍중하가 장계를 올렸다. 대흥군 현종태실의 북쪽 상석 하나가 뒤로 물러나 봉합처에 약간의 틈이 생겼다는 것이었다. 군수의 보고가 있었지만, 감사가 직접 봉심하여 사정을 살폈다. 현종태실의 상석은 흔들려 뒤로 물러난 것이므로 새로 바꿀 필요가 없고, 위로 밀어 올려 봉합만 시킨다면 별 문제가 없다고 판단하였다.

1711년 1월 11일, 관상감의 첩정에 현종태실의 상석이 밀려난 곳의 개수 공사 시작을 3월 4일 진시로 정하여 왕의 윤허를 받았다. 1월 23일, 우의정이 예조의 보고를 인용하여 금년으로 예정된 명종과 현종태실의 개수 건을 충청도의 흉작 때문에 가을로 미룰 것을 청하였다. 같은 해 7월 14일, 현종태실 비석을 보수할 길일을 9월 20일 묘시로 택하였다. 8월 5일, 관상감의 보고에 일꾼과 소요 잡물은 의궤의 기록을 참고하여 본도와 해당 부서에서 준비에 차질이 없도록 할 것을 알리는 공문을 보낸다고 했다.

9월 11일, 예조참의 송정응이 장계를 올렸다. 직접 현종태실에 가 보니 처음 올린 장계에 상석 하나가 뒤로 밀려났다고 했는데, 전부 뒤로 밀려나 있고, 북쪽 한 곳에 틈이 생겨 상당히 벌어져 있었으며, 난간과 죽석 사이에 발랐던 석회가 모두 떨어져 나갔다고 했다. 이후 중간 과정에 대한 기록은 없고, 9월 11일에 개수공사를 완료한 기사가 있다. 예조참의의 장계에

9일 새벽 묘시에 공사를 시작하였고, 상석은 밀어 올려 원래대로 봉합하고 기름재로 그 틈을 메웠으며, 10일에 공사를 완료하고 수직군 8명을 일일이 확인하여 신칙하였다고 했다. 금표와 해자도 낭청을 시켜 확인한 다음, 모든 임무를 마치고 임천으로 나와 급히 보고한다고 했다.

(7) 1711년(숙종 37), 선조태실의 석물개수

1682년(숙종 8) 8월, 선조태실의 석물개수가 있었다. 비석 앞면의 6글자에 경미한 흠이 생겼다. 앞뒷면의 글자와 금이 간 부분도 돌과 줄로 문질러 개수한 것으로 되어 있다. 이후에 1707년(숙종 33)과 1709년에도 한 차례씩 추가적인 보수가 있었으나 1711년 2월에 다시 문제가 생긴 것이다.

1711년(숙종 37) 2월 14일, 충청감사 홍중하가 장계를 올렸다. 임천군수 이유수(李有壽)의 보고에 선조대왕 태실의 비석에 손상이 있어 군수가 봉심하였더니 비에 새겨진 '주상전하태실'의 6글자 중 '상(上)', '전(殿)', '태(胎)' 자의 자획이 손상되었다고 했다. '상(上)' 자 옆의 뚫어진 구멍은 백랍으로 땜질한 곳이 모두 떨어져 나갔다고 했다. 용두의 한 부분이 7~8푼 정도 떨어져 나가 수호군에게 물었더니 자신들이 수호하기 전인 임술년(1682, 숙종 8)에 예조의 당상이 내려와 봉심할 적에 백랍으로 땜질했다는 말을 들었다고 했다.

감사 홍중하는 관련자들을 문책했다. 조역한 석공을 문초하였더니 당시 백랍으로 때운 것을 보았으며, 그 뒤로도 추가로 세 차례나 더 땜질을 했고, 정해년(1707, 숙종 33)과 기축년(1709, 숙종 35)에도 감독관과 담당 아전이 추가로 땜질을 시켰다고 했다. 자신들의 솜씨가 서툴러 여러 번 땜질을 반복하는 동안 손상된 부분이 점점 더 커졌다는 것이다. 매우 충격적인 내용이다. 감사 홍중하가 이번에는 감관과 색리를 문초하였다. 과거에 백랍으로 땜질한 부분이 다시 떨어져서 석공을 시켜 종전에 했던 그대로 하였으며, 결국 임천군(林川郡)이 보고한 내용과 같게 되었다는 것이다. 수호군과, 잘못된 방법을 그대로 답습한 감역관 및 색리를 형벌로 처리해야 함을 청하였다. 예람용으로 비석의 앞뒷면을 한 장씩 탁본으로 인출하여 궁중에 올렸다.

예조에서는 대신들과 상의하여 비석은 그대로 두고 손상된 부분만 약간 갈아 내어 보수하는 것이 온당할 것이라고 보고하여 윤허를 받았다. 정해년(1707), 기축년(1709), 이 양년의 공사를 그 고을 수령이 살피지 못한 것은 그냥 둘 수는 없다고 했고, 수령에 대한 처벌 의견이 나오자 임금이 심문하라고 하였다.

1711년(숙종 37) 3월 3일, 예조판서 이돈(李墩)이 아뢴 글에 임천 선조태실의 비석 건은 돌을 바꾸지 않기로 했고, 용두의 손상된 곳은 대단치 않으니 갈아 내서 보수하는 것이 좋겠다고 보고하자 숙종은 이에 동의하였다. 임천의 태실비석 보수의 길일을 9월 9일 묘시로 잡았고 비석은 현재의 비석을 쓰되, 갈아 내고 보각, 보수하는 일은 가을에 거행하기로 하였다.

8월 5일, 관상감에서 일꾼과 소요 잡물은 의궤를 참고하여 본도와 해당부서에 공문을 보낸다고 했다. 특히 비석과 석물보수 때 투입되는 석공과 잡물은 본도 이외의 해당 부서에서 때에 맞추어 거행하도록 확인했다. 8월 23일 예조에서 보고하였다. 예조참의 오명준(吳命峻)이 임천군수의 말을 언급하며, 선조대왕 태실의 비석 글자를 갈아 내고 개각(改刻)하여 이미 움푹 들어가 있는데, 또다시 갈아 내어 개각한다면 점점 깊이 들어가서 보기가 미안할 것이라 했다. 만약에 비석을 그대로 두고 갈아 낼 경우, 움푹 들어간 정도가 심하다면, 그 사실을 보고하여 다시 검토해야 할 것을 건의하였다. 그러나 비석을 갈아 내고 새기는 방향으로 진행되었다.

9월 16일, 동부승지 이세최(李世最)가 보고하였다. 예조참의 송징은의 장계에, 임천 선조대왕 태실의 비석을 봉심했는데 석질이 단단했으며, 이전에 결정한 대로 현재의 비석을 그대로 쓰되 손상된 자획만 갈아 내고 개각한다면 틀림없이 그 부분이 움푹 들어가 볼품이 없어 미안한 일이 된다고 했다. 그러나 공사는 그렇게 진행되었다. 9월 28일 예조참의 송징은이 올린 장계에, 9월 20일 새벽 묘시에 공사를 시작하였고, 비석은 녹노(轆轤)를 사용하여 뽑았다. 앞면을 모두 깎아서 평평하게 만든 뒤 인출한 인본을 사자관에게 보여 망가진 획을 모사하게 하고, 보각한 뒤 귀대석에 안치하였다. 용두의 손상된 부분도 연마하였다.

이외에 상석이 사면으로 물러난 곳이 있고, 남쪽 모서리 벽돌 한 장이 파손되었다고 했다. 당초 감사가 올린 장계에는 없었지만 그냥 둘 수 없었다. 밀려난 상석은 밀어 올려 봉합하였고, 모서리 벽돌은 감목관을 시켜 새로 떠 와서 끼워 넣어 마무리하였다. 24일 공사를 마친 뒤에 사후토제를 지냈고, 수호군 산지기들에게 점고(點考)와 금표를 신칙하는 일도 모두 마쳤다. 당일 서산군의 태실로 와서 치계를 올린다고 했다.

3) 영조 연간의 태실수개

『태봉등록』에 수록된 영조 연간의 태실수개 기록은 모두 7건이다. 태조·세종·문종·단종·예종·선조·현종대왕의 태실이 여기에 해당한다. 대부분 17세기 이전에 가봉한 태실들이며, 석물의 수개가 중심 내용으로 기록되어 있다.

(1) 1725년(영조 원년), 태조태실의 석물수개

1725년(영조 원년) 4월 9일에 완료된 태조태실 석물의 보수에 대한 기록이다. 1725년 2월 27일, 예조판서 민진원(閔鎭遠)이 아뢴 바, 전라감사 장계에 진산 태조태실의 석물이 뒤로 밀려난 건으로 지난해 8월 16일 예조로 하여

금 품처하게 했는데 아직 지시가 없음을 거론하였다. 영조는 예조참의를 내려보내 살펴보게 하였다.

예조판서 민진원이 보고한 전라감사의 장계 내용은 세 가지였다. ① 태조태실의 석물이 연결부가 떨어져 나간 곳, 틈새가 벌어진 곳, 밀려난 곳이 있고, ② 울창한 수목으로 인해 태실이 어두운 상태이므로 수목의 벌목이 필요하며, ③ 태실을 봉심할 때 배례(拜禮)의 절차가 필요함을 청한 내용이었다.

이에 대한 대책으로 민진원은 석물을 때우고 봉합하는 일은 서둘러야 할 사안이므로 공사일을 4월 3일로 추택하였고, 의례절차와 감독관 파송, 그리고 필요한 물품을 사전에 준비하게 할 것을 청하였다. 태실 근처의 벌목은 예조의 당상과 낭청이 조사하여 결정하도록 하고, 태실은 본래 제사하는 곳이 아니므로 봉심할 때 배례하는 절차는 적절치 않다고 했다. 이를 공문을 보내어 명할 것을 청하여 영조의 윤허를 받았다.

1725년 4월 9일 예조판서가 올린 장계에, 4월 1일 진산군에 도착한 뒤 3일 새벽에 공사를 시작하여 석물과 사초를 보수하였고, 인근의 나뭇가지도 벌목하였다고 했다. 또한 수목장양처(樹木長養處)의 경계를 잘 지켜 농경과 벌목을 엄격하게 금지하라는 뜻으로 진산군수, 감독관, 산지기들을 단속하였다고 했다.

9월 19일 유학 김태운(金泰運)의 상언에, 본도가 태조의 태실에 봉루사(鳳樓寺)를 중건하고 승려를 모아 태실을 수호할 것이라고 했는데, 이미 태실의 수호는 이루어지고 있고, 절을 세우는 것은 조정이 지휘할 일이 아니라는 점을 호소했는데, 본도의 조처가 타당하지 않으니 이를 시행하지 말 것을 건의하여 윤허를 받았다.

(2) 1727년(영조 3), 선조태실의 석물수개

1727년(영조 3) 8월에 있었던 선조태실 석물수개에 대한 기록이다. 1727년 5월 18일 충청감사 김려(金礪)의 장계에, 임천군수가 선조대왕의 태실을 봉심했는데 자획에 결손이 발견되었다고 했다. 손상의 상태는 비석에 새겨진 '주상전하태실' 6글자 중 '주(主)', '상(上)', '태(胎)' 자의 획이 결손되었고, 비석 뒤의 '입(立)' 자도 떨어져 나간 흔적이 있다고 했다. 정상적인 손상이 아니었다.

사안을 밝히기 위해 전 감호관(監護官)을 문초하였다. 감호관은 경자년 (1720) 12월 군수 박당(朴鏜)이 각수를 시켜 백랍으로 보수하게 하였으나 각수가 서툴러 잘 보수하지 못했고, 그동안의 비바람에 씻겨 보수한 곳이 떨어져 나간 것이라고 했다. 담당 아전과 각수도 같은 이야기였다. 이에 충청도감사가 직접 태실을 봉심하였는데 임천군에서 올린 첩보와 같았다. 비바람에 씻겨서 생긴 손상이라고 하지만, 이를 발견하지 못한 수호감관 (守護監官)과 군인, 담당 아전과 각수들을 모두 엄벌에 처하고, 비석의 앞뒷면을 인출하여 올린다고 했다. 자획의 손상은 태실의 체모에 중요하므로 담당 관청으로 하여금 조치를 취하도록 할 것을 청하였다. 아울러 전 군수 박당이 임의대로 백랍을 써서 보수한 것은 경근(敬謹)의 정신에 어긋나므로 처벌토록 건의하였다.

1727년 5월 25일, 예조판서 신사철(申思喆)이 보고하였다. 충청감사가 올려 보낸 임천의 태실비석 탁본을 보니 손상된 부분이 대단히 심한 것은 아니라고 했다. 비석을 그대로 보존하고 약간 갈아 내어 손질하는 것이 편할 듯하다고 했다. 이에 영조는 예관이 내려가서 형편에 따라 개수하되, 결손 부분을 백랍으로 보수해도 무방할 것이라고 했다. 비석을 새로 세우게 되면 명나라의 융경(隆慶) 연호를 대신하여 청나라 연호를 쓰는 데 대한 부담이 있었기 때문이다. 신사철이 농번기를 지나 가을에 거행할 것을 청하여 윤허를 받았다. 개수길일은 8월 29일 묘시로 택하였다. 관상감에서 임천의 선조태실 비석의 개수에 필요한 잡물을 첨부하여 보고하였다. 서울의 각사와 각 도에 통보하여 차질이 없도록 예조에 분부할 것을 청하였다.

관상감에서는 공사에 들어갈 인력과 잡물을 기록해 두었다. 서울의 각사와 각 도에서 준비해야 할 내역들이었다. 부역군이 30명 동원되었다. 비석을 뽑아서 누이고 다시 세우는 데 필요한 인력이었다. 그다음에는 기타 세부 물품들이 기록되어 있다. 의궤는 5건을 제작하였다. 글자를 고치는 경미한 사안이지만 결코 가볍게 보지 않았고, 선례를 기록으로 남기고자 한 정신을 엿볼 수 있다. 공장들을 보면, 돌을 다루는 석수는 경석수 1명, 향석수 2명 등 3명이었다. 비석을 갈아서 글자를 새길 수 있게 하는 일을 맡았다. 글자를 새기는 각수는 2명이었다. 야장과 목수가 각 1명씩이었고, 의궤를 만드는 책장이 1명, 관련 도설을 그리는 화승이 1명이었다. 작업의 규모는 크지 않지만, 각 공정별로 최소 인원을 투입한 것이다.

(3) 1730년(영조 6)과 1734년(영조 10), 세종태실의 석물수개 및 표석수립

영조 연간에는 세종태실의 석물수개가 두 차례 진행되었다. 실제 공사는 단종태실과 함께 진행되었는데 여기에서는 각각 분리하여 살펴본다. 1731년(영조 7)에는 태실의 석물 교체가, 1734년에는 표석인 태실비를 세우는 공사가 있었다.

① 1730년(영조 6) 석물수개 공사

1730년(영조 6) 5월 6일, 경상감사 박문수(朴文秀)의 장계에, 곤양군수(昆陽郡守)가 보고하기를 세종과 단종태실을 봉심한 결과 태실의 석주(石柱)와 지배석(地排石) 등에 문제가 있다고 했다. 감사가 가서 직접 봉심한 결과 군수의 첩보와 상황이 같았으며, 그 손상은 오랜 세월 동안 진행된 것이지만, 개수

는 시급히 서두를 것을 청하였다.

5월 8일, 우승지 이춘제(李春躋)가 세종태실의 개수가 시급해 보이므로 일정을 정하고, 관리들의 파송을 청하여 윤허를 받았다. 5월 11일, 관상감에서는 석물개수를 장마철과 농번기가 지난 뒤에 실행할 것을 청하여 공사의 개수일을 7월 29일 진시 등으로 정하였다.

5월 14일, 우승지가 관상감의 첩정에, 곤양의 양 태실(兩胎室)의 인력과 잡물 등은 종전의 의궤에 따라 초출(抄出)하여 승인을 받은 뒤, 본도와 각 사에 알려 공사 준비에 착수할 것이라 했다. 그런데 『태봉등록』에 기록된 1730년의 기사는 여기에서 끝난다. 그다음의 내용은 1731년으로 이어지는데 『세종대왕단종대왕태실수개의궤』에는 1730년 7월, 흉년으로 인해 내년 봄으로 수개시기를 미루었다고 되어 있다.

1731년(영조 7) 2월 5일, 경상감사 조현명(趙顯命)이 올린 장계에, 세종과 단종태실 개수에 필요한 모든 준비물을 각 고을에 지시하였다고 했다. 그런데 감사가 직접 태봉을 봉심하였더니, 전 감사 박문수가 지적한 부분 외에도 석물이 밀려난 곳이 추가로 있음을 지적하였다. 그리고 다시 배설해야 할 여지가 있다고 했다.

경상감사 조현명은 『세종대왕단종대왕태실수개의궤』에서 임진왜란 당시 왜적의 도굴로 태실에 훼손이 있었고, 당시 태항아리의 파편을 석옹에 담아 그 자리에 봉축한 것으로 보았다. 세월이 지난 지금 상석을 모두 철거하여 다시 배설을 해야 하지만, 땅 아래의 진동이 우려되므로 그대로 둔 상태로 개수하는 것이 마땅하다고 했다. 감역관에 따르면 만일 표석을 세우는 등 석물이 추가로 들어가게 된다면, 기한 내에 완료하기가 어려운 실정이라고 했다. 기한을 다시 택일하여 시간적 여유를 두거나 예조에 변통 방법을 찾아 거행토록 할 것을 청하여 영조의 윤허를 받았다.

관상감의 제조 등이 11일에 곤양에 도착하여 세종태실을 봉심한 결과,

세부 내역은 박문수의 장계와 같다고 했다. 절상된 횡죽석 2개와 지족석 1개를 확인하였다. 2월 13일 공사를 시작하여 석물을 갈아서 배설하고 기름재를 정밀히 발랐다. 전 감사의 보고에 없었던 상석 2개와 횡죽석 1개를 함께 개수하였다. 금표는 등록대로 300보를 경계로 정했고, 산지기를 두어 각별히 관리할 것을 곤양군수에게 분부한다고 했다. 이렇게 하여 1731년 세종대왕 태실의 석물수개는 마무리되었다.

② 1734년(영조 10) 표석수립 공사

1731년(영조 7)의 수개를 마친 세종태실에 태실비를 세우자는 의견이 제기되었다. 1731년 8월 1일, 예조판서 신사철이 세종태실에 표석을 세울 것을 청하여 윤허를 받았다. 그러나 재차 연기가 거듭되어 1734년에 가서야 실행되었다.

1734년(영조 10) 5월 12일 예조의 계목에, 지난달의 전교를 삼도(三道, 경상도, 전라도, 충청도)에 분부하였는데, 감사가 올린 장계를 보니 곤양의 양 태봉(세종, 단종)의 표석 세우는 일은 풍년이 들게 되면 거행할 것을 청하였다고 했다. 이때 전주의 예종태실, 대흥의 현종태실, 그리고 곤양의 세종·단종 태실 등 세 곳의 태실에서 동시에 표석을 세우는 석물작업을 진행할 예정이었다.

5월 16일, 관상감에서 표석을 세울 길일을 정하였다. 개수일은 9월 5일이고, 공사 시작일은 8월 6일이었다. 관리들을 내려보낼 때 먼저 대흥에 가서 공사 감독을 마친 뒤, 전주와 곤양으로 가서 감독하도록 해당 도와 해당 선공감에 통보했다.

7월 1일, 경상도 곤양 세종태실의 석물개수 건은 예정대로 진행되었다. 이전 의궤의 기록대로 일정에 맞추어 인력과 물품 등을 빠짐없이 준비하도록 했다. 각 지역마다 동원한 부역군이 50명, 예석군도 50명으로 같았다. 9월 8일 예조참의 유언통의 장계에, 4일 본조 정랑 이세후와 경상도 곤양에 도착하여 5일 세종태실의 표석을 세우는 일을 예정대로 무사히 마쳤고, 8일 단종태실에 표석을 세우는 일도 예정대로 완료하였다고 보고했다.

(4) 1734년(영조 10), 단종태실의 석물수개

1730년(영조 6) 5월 6일, 경상감사 박문수의 장계에 세종과 단종의 태실을 봉심한 결과 단종태실의 지배석이 안정적이지 못한 상태라고 했다. 오랜 세월 동안 진행된 것이어서 시급히 개수할 것을 청하였고, 이후 세종태실의 수개와 함께 진행되었다. 상석의 높낮이에 차이가 생겨 이를 다시 배설하여 봉합하고, 흙을 돋우는 공사였다.

1731년(영조 7) 2월 29일, 선공감과 예조참의가 올린 장계에 양 태실은 같은 경내에 있어 수직군을 양 태실에 합하여 8명을 선정해도 문제가 없을 것이며, 곤양군수로 하여금 해마다 봄, 가을로 봉심하는 것을 정례화할 것을 청하였다.

2월 30일, 겸관상감제조 예조참의 유명응(兪命凝)이 2월 21일 봉서(封書)로 올린 장계에 세종과 단종태실의 석물 추가 배설 건으로 결정을 기다리는 동안 고을의 숙식 폐단이 적지 않아 오래 머물기 어려운 형편이라고 했다. 아마도 추가 배설은 표석을 언급한 것으로 추측된다. 그러나 당시에 추가적인 배설은 이루어지지 않았다. 8월 1일, 예조판서 신사철이 표석을 세우는 수개를 내년(1732) 봄에 거행할 것을 청하여 윤허를 받았다. 이후 2년이 미루어진 끝에 1734년에 다시 실행하기로 한 것이다.

1734년(영조 10) 5월 12일 예조의 계목에, 지난달의 전교를 삼도에 분부하였는데, 경상감사의 장계에 곤양의 양 태봉의 표석 건은 풍년이 들면 거행할 것을 청하였다고 했다. 그러나 개수공사는 가을에 거행해야 하며, 관상감에 지시하여 택일하게 하고, 거기에 들어갈 석물은 본도로 하여금 준비하게 할 것을 청하여 윤허를 받았다. 5월 16일, 단종태실의 개수일은 9월 8일, 공사 시작일은 8월 6일로 정해졌다.

경상도 곤양의 단종태실의 석물개수는 예정대로 하되, 이전 의궤를 참고하여 일정에 맞추어 인력과 물품 등을 빠짐없이 준비하도록 했다. 각 지역마다 동원한 부역군과 예석군은 50명으로 같았다. 9월 8일 예조참의 유언통의 장계에, 단종태실의 표석 세우는 일을 예정대로 무사히 마쳤다고 했다. 표석은 세종태실의 석물과 견주어 치수를 좀 작게 하여 배설하였다고 했다.

(5) 1734년(영조 10), 예종태실의 석물수개

1731년(영조 7) 4월 27일, 전라감사 이수항(李壽沆)의 장계에 예종태실을 봉심한 결과 상석이 손상되었고, 비석은 앞면부터 뒷면까지 부러질 정도의 커다란 금이 7군데나 발견되었다고 했다. 그리고 비석은 다시 만들어야 한다는 의견을 붙였다.

오랜 기간 동안 관리가 제대로 이루어지지 못했고, 금표 안에 농지가 있음을 확인하였다고 했다. 표석 안쪽에 17호의 민촌(民村)이 있는데, 이들은 모두 태어나기 이전부터 이 전답을 물려받아 농사를 지어 왔다고 했다. 금표 안의 불법 농경지는 모두 폐기시키라는 뜻을 분명하게 분부하였고, 태봉이 전주부 경내에 있는데, 백성들의 불법 경작에 대해 지방관이 전혀 금지 조치를 취하지 않았으며, 감사 자신을 포함하여 죄책에 대한 처벌을 기다린다고 했다.

8월 1일, 예조판서 신사철이 석물수개를 내년(1732) 봄에 거행할 것을 청하여 윤허를 받았다. 그러나 2년을 연기한 뒤 1734년(영조 10)에 수개가 실행되었다. 1734년 4월 10일, 예조판서가 지난해 미룬 전주 태실의 석물개수에 관한 거행 여부를 청하였다. 영조는 표석은 내년에 가서 세워도 되지만, 예종태실과 현종태실의 두 곳은 손상이 심한 듯하니 서둘러 개수하라고 했다. 감사에게 즉시 봉심하게 하고, 시급하지 않다면 가을을 기다리되, 택일은 지금 하는 것이 좋겠다고 했다. 표석은 다시 세우기로 결정되었다.

5월 12일 예조의 계목에, 지난달의 전교를 삼도에 분부하였는데 감사들이 올린 장계를 보니, 전주에서는 표석과 상석을 개수하는 일 외에 냇물을 막아야 하는 공사가 있다고 했다. 어쨌든 개수공사는 가을에 거행해야 하며, 관상감에 지시하여 택일하게 하고, 거기에 들어갈 석물은 본도로 하여금 준비하게 할 것을 청하여 윤허를 받았다. 5월 16일, 관상감에서 예종태실의 개수일은 8월 26일, 공사 시작일은 7월 28일로 정했다. 전주의 예종태실에 표석을 세우는 일은 이전 의궤의 후록대로 할 것이며, 일정에 맞추어 인력과 물품을 빠짐없이 진배하도록 했다. 각 지역마다 동원한 부역군은 50명, 예석군도 50명이었다.

8월 25일 제조가 전주에 도착했고, 26일에는 선공감 감역 조린명(趙麟命)이 사전에 내려와 태실의 표석을 새 돌로 조성하는 등 준비를 마쳤기에 무사히 일정을 마무리하였다고 했다. 태실 봉우리 밑에 냇물이 있어 이를 막는 공사도 실행하여 방천을 든든히 하였고, 내년 봄에 나무를 많이 심어 완고한 대책을 만들도록 신칙하였다고 했다. 이것으로 전주의 일을 마치고 곤양으로 향한다고 했다.

(6) 1734년(영조 10), 현종태실의 석물수개

1734년(영조 10)에 완료된 현종태실 수개에 관한 기록이다. 1731년(영조 7) 6월 2일 충청감사의 장계에, 현종태실을 대흥군수가 봉심한 결과 비석 글자에 손상처가 다수 발견되었다고 했다. 상석을 메운 회가 떨어져 나간 부분이 있고, 자획의 결손부와 비석의 결손부가 있는데, 그 빛깔을 보면 근래에 손상된 것은 아니라고 했다. 수호를 맡은 감관과 수호군을 심문하였더니 대수롭지 않게 보아 알아차리지 못하였다고 했다. 비석의 앞뒷면을 1장씩 인출하여 예조로 올렸다.

6월 10일, 예조판서 신사철이 현종태실의 석물(비석과 상석)이 깨진 것은 즉시 개수해야 함을 청하였다. 인출한 탁본을 보니 자획이 떨어지고, 틈이 생긴 부분이 있으며 상석 2개가 깨어진 상태라고 했다. 그러나 사정을 감안하여 내년(1732) 봄에 거행할 것을 청하여 영조의 윤허를 받았다. 그러나 실제 공사는 2년이 미루어진 1734년에 실행되었다.

1734년 4월 10일, 예조판서가 지난해 연기한 석물개수의 거행 여부를 청하였다. 영조는 표석은 내년에 고쳐도 무방하지만, 전주의 예종태실과 대흥의 현종태실 두 곳은 손상이 심한 듯하니 서둘러 개수하라고 했다. 감사에게 바로 봉심하게 하고, 시급하지 않다면 가을을 기다리되, 택일은 지금 하는 것이 좋겠다고 했다.

5월 12일 예조의 계목에, 지난달의 전교를 삼도에 분부하였는데, 감사들이 올린 장계를 보니 대흥에서는 표석과 상석을 가을이 되면 다시 깔고 세우자는 보고가 있었다고 했다. 5월 16일, 대흥의 현종태실 석물개수일은 8월 22일, 공사 시작일은 7월 28일로 정해졌다. 관리들을 내려보낼 때 먼저 대흥에 가서 공사 감독을 마친 뒤, 전주와 곤양으로 가도록 분부할 것을 청하자 그대로 시행할 것을 전교하였다. 충청도 대흥 현종태실에 표석을 세우는 길일은 정해진 대로 진행하고, 역군과 해야 할 모든 일은 이전 의궤의 후록대로 할 것이며, 일정에 맞추어 기술자, 군인, 소요되는 잡물, 기계 등의 물건을 빠짐없이 진배하라고 했다.

예조참의 유언통(俞彦通)의 장계에, 8월 21일 대흥군에 도착하니 선공감 감역 이중화(李重華)가 먼저 와서 석물을 채취한 뒤 비석을 다듬고 글자를 새겼으며, 상석 2개도 개비(改備)하고 있던 중이라고 했다. 22일 새벽부터 시작하여 이전의 비석을 뽑아내고 새로 조성한 비석을 세우는 등 일정을 무사히 마쳤음을 보고하였다. 유언통은 대홍의 일을 마치고 전주로 향한 다고 했다.

1734년(영조 10) 8월 현종태실 석물개수 공사의 마지막 단계에서 능마다 태실의 금단 거리 규정이 다른 것에 대한 논의가 있었다. 어떤 태실은 300보가 안 되는 곳이 있는데, 인조 갑자년(1624, 인조 2)에 여기에 대한 규정이 있었지만, 현종과 숙종조에는 태실의 사면이 모두 300보가 차지 않는다고 했다. 하물며 곤양 단종태실의 보수(步數)는 한쪽이 100보에 불과하다는 점도 지적되었다. 하지만 영조는 당시의 규정으로 볼 것이 아니라 열성조의 뜻이 반영된 것으로 생각하여 금단 거리의 보수는 예전대로 하는 것이 좋겠다고 했다.

한편, 1734년에 있었던 현종태실의 석물개수 때에는 일을 맡은 관료들에게 상을 내렸다. 이해 10월에 선공감제조가 본감의 감역관 3인에게 임무를 주어 전주의 예종태실과 대홍의 현종태실, 곤양의 세종·단종태실 등지에 보내서 임무를 마치고 돌아오게 하였는데, 이들에 대한 시상을 청하였다. 영조는 승정원과 예조 당상 이하에 한하여 모두 전례에 따라 내역을 올리도록 명했다. 11월 9일 비망기(備忘記)에, 3곳 태실의 석물을 세울 때 참여한 관리들에게 내린 시상 내역은 다음과 같다.

예조참의 유언통은 반숙마 1필, 예조정랑 이세후(李世垕), 서표관 부정자 김상적(金尙迪)·조윤제(曹允濟)·채경승(蔡慶承), 도차사원 군수 이필(李珌)·이도현(李道顯), 판관 구성필(具聖弼) 등은 각 아마 1필을 내려 주었다. 또한 감역 김상면(金相冕)·조인명(趙麟命)·이중화 등은 모두 육품(六品)의 관직으로 옮겨 주었다. 전향관 박태용(朴泰容)·이기홍(李器弘)·박몽서(朴夢瑞), 주시관 박천개(朴天開) 등은 각각 상현궁 1장씩을 지급하였다. 마지막으로 원역 공장 등은 해당 관청과 도에 명하여 미포(米布)를 나누어 주게 하였다.

1734년(영조 10)에는 미루어 오던 태실의 석물수개가 동시에 진행되었다. 전주의 예종태실과 대흥의 현종태실, 곤양의 세종·단종태실 등에서 동시에 석물 수리와 표석을 세우는 작업이 진행되었다. 5월 16일 중앙에서 관리들을 내려보낼 때, 먼저 대흥에 가서 공사의 감독을 마친 뒤, 전주와 곤양으로 가서 감독하도록 해당 도와 감에 분부할 것을 청하여 허락을 받았다. 순서는 대흥-전주-곤양의 순으로 진행되었다.

(7) 1735(영조 11), 문종태실의 석물수개

문종태실의 석물수개는 표석을 세우고 석물을 교체하는 공사였다. 1735년(영조 11) 윤4월 15일 이조판서 송인명(宋寅明)이 보고하기를, 자신이 경모궁태실의 안태사로 내려갔을 때 인근에 있던 문종의 태실을 봉심하였다고 했다. 태실의 연화석과 난간석이 그대로 서 있고, 난간석 한쪽의 돌빛깔만 조금 이상했을 뿐 심각한 훼손은 없었다고 했다. 그리고 표석을 새로 세우는 건에 대한 논의가 있었다. 개수공사는 시급하지 않지만, 산골짜기가 매우 험준하여 석재를 운반하기가 극히 어려울 듯하며, 한꺼번에 개수할 경우에는 들어가야 할 공력이 매우 커 민폐가 될 것이라고 했다. 표석이 없으니 새겨서 세우지 않을 수 없지만, 다른 석물공사는 우선 여유를 갖고 해도 무방할 듯하다고 했다. 지돈녕 김재로는 표석을 새로 배설할 때 손상된 횡석 등의 석물도 함께 배설하는 것이 좋을 듯하고, 석재도 크지 않고 기술도 대단한 것이 아니라고 했다. 영조는 표석을 배설할 때 동시에 개수하는 것이 옳다고 했다.

4월 5일 관상감 첩정에, 문종태실의 표석과 석물개수 공사의 길일을 9월 6일 진시, 철거길일은 9월 18일, 표석을 세우는 길일은 9월 25일 등으로 정할 것을 청하였다. 7월 10일, 관상감에서 문종태실의 개수공사에 필요한 역군과 잡물 등 준비물은 이전 의궤에서 초출하여 후록으로 첩정한다고 했다. 「후록」에 자세한 내역이 적혀 있는데, 인력은 부역군 50명, 예석군 100명(승군)이고, 의궤를 5건 만들었다. 어람 1건 외에는 예조, 감영(監營), 관상감, 본조의 보관용이었다.

7월 26일, 경상감사 등이 본도에서 풍기 태실의 석물을 뜨고자 하니 길이와 너비를 알려 줄 것을 요청하였다. 기유년(1729, 영조 5)에 청주 태봉 석물의 체제보다 크기를 줄였으니 이후로는 이것을 정식으로 삼으라는 하교가 있었기에 청주로 공문을 보내 견양(見樣)을 갖고 와서 그것을 견본으로 삼았다.

8월 23일, 예조가 아뢰었다. 9월 25일 문종태실의 비석공사 길일에 예조의 당상과 낭청 그리고 감역관이 내려가 공사를 독려하였다. 10월 2일 예조참판의 장계에 참판이 9월 24일 본조 참판 박체소(朴體素)와 풍기의 문종태실에 도착하였는데, 선공감 감역 서명오(徐命五)가 이미 내려와 표석을 다듬어 글자를 새겨 놓았고, 난간 횡석 등도 꼼꼼히 점검하여 대기중이라고 했다.

25일 새벽에 고사유제를 지내며 공사를 시작하여 표석을 세웠다. 탈이 생긴 난간 횡석도 새 돌로 갈아 배설하였고, 밀린 상석은 원래 자리에 빈틈이 생긴 곳이 있어서 돌 3장을 더 넣고 봉합한 뒤에 기름재로 틈을 메웠다고 했다. 태실 좌우에 가까이 있는 나무는 모두 베어 내고, 동일(25일) 사시에 일을 끝내고 사후토제를 지냈다고 했다.

4) 숙종·영조 연간 태실수개의 특징

앞에서 『태봉등록』에 실린 숙종·영조 연간의 석물수개에 대한 기록을 각 태실별로 살펴보았다. 여기에서는 『태봉등록』에 실린 수개 관련 자료의 주요 특징을 숙종과 영조 대로 나누어 검토하겠다. 주로 태실석물의 규모,

조성 기간, 유형, 각자, 의궤 관리 등에 관한 것이며, 내용을 요약하는 데 중점을 두었고, 각주는 붙이지 않았다.

(1) 숙종 연간 태실수개의 특징

① 수개의 기간

태실의 수개 기간은 왕과 대신들의 신속한 결정과 공사의 규모에 따라 차이가 있었다. 다만 흉년과 국장이 있을 때는 나중으로 연기하였다. 숙종 대의 태실수개 7건 가운데 중종, 인종, 선조태실의 수개는 인지 시점으로부터 3개월 이내에 마무리되었다. 중종태실의 수개는 1677년(숙종 3) 8월 7일에 보고한 뒤 10월 18일에 완료되었으며(약 2개월 10일), 인종태실의 개수는 1680년 2월 8일 보고를 하고, 4월 20일에 끝났다(약 2개월 10일). 선조태실의 개수는 1682년 6월 19일에 인지한 뒤 8월 11일에 끝났다(약 50일). 대부분의 공사는 횡석과 연엽석 등의 규모가 작은 석물을 교체하거나 비석의 글자를 보수하는 일이었다.

태조태실의 석물수개는 1686년(숙종 12) 11월, 전라감사의 장계로 인지되었으나 거듭된 흉작과 국휼로 인해 3년이 지난 1689년 3월에 완료되었다. 아기태실의 경우는 흉년이 들어도 정해진 길일을 지켜야 하므로 강행되었으나 이외의 가봉이나 수개는 대부분 연기되었다.

명종과 현종태실의 수개는 보고일이 1710년(숙종 36) 10월 9일로 같았다. 공사는 이듬해 가을로 연기하여 명종태실은 1711년 10월 18일에 완료하였고, 현종태실은 그보다 앞선 같은 해 9월 20일에 마쳤다. 선조태실은 1711년 2월 14일에 손상된 사실의 보고가 있었고, 그해 9월 20일에 수개를 완료하였다. 명종, 현종, 선조태실은 석물수개일이 1711년 9월과 10월인데, 예정대로 추진되었다. 이렇게 시간차를 많이 두지 않고 거의 동시에 공사를 진행하면 관리와 기술자를 파견하는 데 어려움이 있었으나, 전반적으로 수개의 기간을 단축할 수 있었다.

　② 수개의 유형

　태실의 수개는 대부분 석물을 다루어야 하는 일이다. 석물수개의 대상은 크게 보면 중동석과 난간석, 비석 등으로 나뉘는데 몇 가지 특징적인 유형을 살펴보겠다.

　첫째, 중동석이나 개첨석은 기울어지는 경우가 많았다. 지대석과 함께 지반이 침하하면서 기우는 사례도 볼 수 있다.

　둘째, 석물 가운데 가장 손상이 많은 부분은 난간석이다. 그러나 난간석만 손상된 경우는 아주 경미한 편에 속한다. 예컨대 1677년(숙종 3) 중종태실의 석물개수 때 부러진 횡석 2개를 교체하였고, 1680년의 인종태실 수개 시에는 난간석 5개, 연엽석 3개를 교체하였는데 인지 시점으로부터 약 2개월 10일 만에 수개를 완료하였다.

　셋째, 비석이 부러진 경우에는 반드시 다른 돌로 교체하였다. 하지만 금이 가거나 글자가 손상되었을 경우, 가능하면 보수를 선택했다. 1682년(숙종 8) 8월 11일 선조태실의 석물수개에서는 손상된 글자를 보수했는데 1개월 안에 공사를 마쳤다. 명종태실의 석물개수도 글자가 훼손된 경우였다. 1711년 9월에 완료된 선조태실의 석물개수도 자획의 손상에서 비롯된 것이었다. 비석을 바꾸지 않고 뽑아내어 연마한 뒤 글자를 다시 새기는 방식을 선택하였다.

　넷째, 석물의 손상에서 가장 많은 사례는 석재가 물러나거나 봉합처에 틈이 생긴 경우였다. 1711년(숙종 37) 7월에 완료된 현종태실의 석물개수는 석물을 밀어 올려 봉합한 사례이다. 석재의 연결부에 틈이 생기거나 회가 떨어져 나가는 것은 오랜 기간의 풍화작용에 의해 일어나는 현상이었다.

그리고 새로 석재를 바꿀 경우는 회를 꼼꼼히 바르는 것이 기본 작업이었다. 또한 태실 근처에 있는 큰 나무들은 부러질 경우를 대비하여 벌목하였다. 1689년(숙종 15) 3월 태조태실의 석물개수 건은 근처의 노목(老木)이 부러지면서 석물을 파손시킨 것이 원인이 되었다.

③ 표석의 각자

명종태실의 석물개수 과정에서 표석을 어떻게 쓸 것인가에 대한 논의가 있었다. 명종태실의 표석은 명종 원년인 1546년에 세웠으므로 당시에 "주상전하태실"이라 새겼다. 한편 『현종태실가봉의궤』에는 1681년(숙종 7)에 개봉(改封)하였기에 "현종대왕태실(顯宗大王胎室)"이라 새겼다는 기록이 있다. 즉 살아 계신 왕의 태실 표석은 '주상전하태실'로 하였고, 돌아가신 선왕의 태실에 새로 표석을 세울 때는 왕의 묘호를 쓰는 것이 원칙이었다. 따라서 숙종은 서산의 태실 표석에 "명종대왕태실(明宗大王胎室)"이라 쓰고, 뒷면에는 현재의 연호를 "○년 ○월 ○일 입(立)"이라 고쳐 쓸 것을 명하였다.

또한 태실의 표석을 바꿀 때, 중국의 연호를 표기하는 방식이 문제가 되었다. 숙종 대의 원칙은 비석을 새것으로 갈더라도 조각된 글씨만은 처음에 썼던 그대로 쓰는 것이었다. 따라서 명나라 연호와 일자를 쓰고, 그 밑에 지금의 연호와 날짜를 주(註)로 달아서 새긴다면 명나라 연호를 그대로 쓰면서 표석을 세운 사실도 알게 되므로 이 안으로 진행할 것을 결정하였다.

선조와 태조태실의 표석수개 시에도 표기 방식에 대한 논의가 있었다. 1717년(숙종 43) 선조태실의 표석을 수개할 때, 비석면을 갈아 낼 경우 묘호를 써야 하고, 묘호를 써야 하면 뒷면의 융경 연호도 '강희(康熙)'로 바꾸어야 한다고 했다. 진산의 태조태실 비석의 개수 때 했던 것처럼 융경 연호를 그대로 두려면 종전대로 앞면을 '주상전하'라 써야 한다고 했다. 앞 시기의 원칙이 그대로 적용되고 있음을 볼 수 있다. 왕과 신하들은 청나라 연호를 쓰는 것을 좋아하지 않았고, 가급적 명나라 연호를 그대로 사용하는 방식으로 결정하고자 했다.

④ 태실 인근 백성들의 관리

1689년(숙종 15) 3월에 있었던 태조태실의 석물개수 건과 관련하여 살펴볼 문제는 화전민(火田民)의 관리에 대한 것이다. 1686년(숙종 12) 12월 3일, 예조참판이 태실을 봉심한 뒤에 태실 주변의 화전민 난립에 관한 건을 보고하였다. 요점은 태실의 경계에 따라 관할 지역의 문제가 있고, 그 결과로 화전민들의 난립이 통제가 되지 않는다는 것이었다. 즉 행정구역상 태봉의 안쪽은 진산인데, 수백 보만 나가면 공주 경내가 되었다.

화전민들은 공주에 몰려 있어 화전을 금하는 진산군수의 지시를 따르지 않는다고 했다. 이를 위한 대책으로 진산의 군민들은 공주 관할인 연산(連山)을 진산군으로 바꾸어 줄 것을 원했다. 조정에서도 긍정적으로 검토하였으나 비변사에서 난색을 표했다. 해당 고을에 신칙하여 경작 금지를 엄하게 하겠으나, 연산을 진산 소속으로 바꾸어 달라는 청은 응해 줄 수 없으며, 무엇보다 이런 시비에 휩쓸리지 않고 기강을 세우는 것이 우선이라고 했다. 더욱이 공주의 관청이 태실 근처의 땅에 화전을 금지시키지 않은 것이 더 큰 문제가 되었기에 계속 경작을 해 온 백성들을 엄중히 다스릴 것을 전라감사와 공홍도감사에게 분부할 것을 청하였다. 석물보수 이외에도 금표와 경작에 대한 원칙이 중요한 사안으로 부각되었다.

(2) 영조 연간 세종·단종태실 수개의 특징

① 태실석물의 규모

1734년(영조 10) 7월 1일, 경상감사 김시형(金始炯)이 장계를 올려 세종과 단종태실의 표석, 귀대석, 용두석(龍頭石)을 각 2좌씩 만들 석재를 채취하여 다듬을 계획인데, 척수를 알지 못하니 급히 결정해 줄 것을 요청하였다. 이때 기준으로 삼은 것은 공주의 숙종태실과 충주의 경종태실의 석물이었다. 관련 의궤에서 치수를 찾아 제시한 내역은 다음과 같다.

- 귀대석: 길이 5자 4치, 너비 4자 2치, 높이 2자 6치
- 표석: 용주부터 함중(陷中, 오목한 데)까지 길이 6자 1치, 너비 2자, 두께 1자 5치
- 대석: 4면 넓이 4자 7치, 두께 1자 5치

이 치수가 영조 대 이후 새로 비석을 세울 때 기준이 되었다. 의궤에 실린 석물 도형을 참고하여 표석과 용두석을 한꺼번에 이어서 돌을 채취하도록 했다. 즉 비석과 용두석이 분리되지 않은 형태였다. 또한 대부분 돌을 뜬 자리에서 석물의 모양을 대략 조각하여 무게를 줄인 뒤 태실이 있는 지역으로 운반하였다. 세부적인 형태와 모양은 관상감과 선공감의 감역이 내려가 정밀하게 만들도록 하였다.

② 표석의 서식(書式)

가봉태실의 표석에 글자를 새길 때, 재위에 있는 왕의 태실비석은 앞면에 "주상전하태실"이라고 쓰고, 선왕일 경우에는 묘호를 쓰는 것이 원칙이었다. 1734년(영조 10) 세종태실의 표석을 세울 때, 예조에서 살펴본 등록의 내용은 다음과 같았다. 비석을 새 돌로 교체하여 세우더라도 글자는 원래 있던 대로 쓰고, 그 밑에 작은 글씨로 "후(後) ○년 ○○(간지) ○월 ○일 개석(改石)"이라 새겨 넣는 것을 원칙으로 삼았다. 1734년에 세종·단종·예종·현종의 태실 표석에 글자를 새긴 서식을 옮겨 보면 '표 17'과 같다.

표 17　1734년에 세운 표석의 서식

왕명	표석	내용
세종대왕	전면	세종대왕태실(世宗大王胎室)
	후면	숭정기원후일백칠년갑인구월초오일건(崇禎紀元後一百七年甲寅九月初五日建)
단종대왕	전면	단종대왕태실(端宗大王胎室)
	후면	숭정기원후일백칠년갑인구월초팔일건(崇禎紀元後一百七年甲寅九月初八日建)
예종대왕	전면	예종대왕태실(睿宗大王胎室)
	후면	만력육년시월초이일건[후일백오십육년갑인팔월이십육일개석] (萬曆六年十月初二日建[後一百五十六年甲寅八月二十六日改石])
현종대왕	전면	현종대왕태실(顯宗大王胎室)
	후면	강희이십년시월십이일건[옹정십이년갑인팔월이십이일개석] (康熙二十年十月十二日建[雍正十二年甲寅八月二十二日改石])

　1734년(영조 10) 7월 예종태실의 표석을 다시 세울 때, 예조에서 등록을 살펴보고서 표석의 뒷면에 당초에 새긴 중국 연호를 그대로 새기고, 그 밑에 작은 글씨로 '이후기년개석(以後幾年改石)'이라고 주(註)를 새기도록 하였다. 이는 서산 명종태실의 예를 따른 것으로, 가장 합리적인 형식으로 여겼다.

　함께 진행한 현종태실의 표석에도 이와 동일한 원칙이 적용되었다. 등록에 대흥에 있는 현종태실의 표석은 이미 '강희이십년(康熙二十年)'이라 써서 새겼으니, 다시 세우면 지금의 연호로 작게 주를 달아야 한다고 했다. 예종태실의 표석에는 당시의 연호로 주를 달지 않았지만, 현종태실에는 당시의 연호를 새겼다.

　③ 손상처의 유형

　태실의 석물에 문제가 생긴 유형을 석물과 표석으로 나누어 살펴보면 다음과 같다. 첫째, 석물의 연결부에 틈새가 벌어진 경우, 그리고 석물이 밀려난 경우이다. 이때 석물을 밀어 올리거나 기름재로 다시 마감하였다. 1725년(영조 원년) 4월에 수개한 태조태실이 이런 경우였다. 또한 1731년의 단종태실 수개에서는 상석의 높낮이에 층차가 생겨 이를 다시 배설하여 봉합하였다. 석물의 틈새에 이격된 부분이 없도록 처리하였다.

둘째, 석물의 석주와 지배석, 상석 등이 부러져 절상(折傷)된 경우이다. 이때는 선택의 여지 없이 손상된 석물을 새로운 것으로 교체해야 했다. 1731년(영조 7) 세종과 예종태실의 부러진 석재들을 수개한 것이 여기에 해당한다. 이를 방지하기 위해서는 견고하고 우수한 석재를 사용하거나 태실 주위의 벌목을 통해 예상되는 위해요소를 차단하는 방법이 필요했다. 태실비에 탈이 생긴 경우도 있었다. 태실의 표석이 부러지거나 금이 심하게 간 경우에는 표석을 교체하였다. 1734년 예종태실 수개의 과정에서 엿볼 수 있다.

셋째, 표석에 새긴 글자에 결손이 있는 경우이다. 부분적으로 글자의 획이 떨어져 나간 경우는 그 부분만 갈아 내고 보수하지만, 심각한 경우는 비석 자체를 교체하였다. 글자의 마모는 표석의 관리와 관련된 매우 민감한 사안이었다. 1727년(영조 3) 8월에 있었던 선조태실의 표석수개, 1734년 현종태실의 표석수개에서 이런 사례를 볼 수 있다.

마지막으로 석물의 경우는 아니지만, 수개와 관련하여 울창한 수목으로 인해 태실이 어두운 상태일 경우는 벌목을 하여 태실 일대를 정리하였다. 1725년 4월에 수개한 태조태실의 경우도 그랬다. 또한 벌목을 하지 않을 경우 나무가 쓰러지면서 석물을 훼손하는 경우도 대비해야 했다.

④ 의궤의 제작

영조 연간의 태실수개에서는 대부분 공사를 마친 뒤에 의궤를 제작하였다. 1727년(영조 3)의 선조태실 석물개수 때에는 5건의 의궤를 만들었다.

1730년의 세종태실 석물개수와 1734년 표석을 세울 때에도 각각 의궤를 제작하였다. 이 2종의 의궤는 현재 경남 사천문화원에 전하고 있다.[9] 의궤의 현상과 형태적 특징, 내용의 구성과 체제 등을 살필 수 있는 자료이다. 특히 도설을 수록하여 석물의 형태를 그림으로 볼 수 있게 하였다. 1735년의 문종태실 석물수개 때에도 5건의 의궤를 제작하였다. 5건은 일반적으로 어람용 1건 외에, 예조, 감영, 관상감, 그리고 예조의 보관용 등으로 4건이 만들어졌다. 이때 감영에 보관했던 본이 현재 사천문화원에 소장된 의궤로 추정된다.

⑤ 태실 인근 민전의 문제

태실과 인접한 접경 지역의 민전이 자주 문제가 되었다. 특히 접경 지역의 구분선을 확인한 결과 태봉의 범위 300보 안쪽 지역은 지금까지 접근을 금지해 왔으므로 백성들이 농경지로 사용할 것을 청원하더라도 허용할 수 없다고 했다. 예컨대 1725년(영조 원년) 4월의 태조태실 석물보수 시에 이러한 사례가 있었다. 따라서 분명하게 금표를 정한 뒤에 조치하게 하였다.

또 하나의 민감한 사례를 1731년(영조 7) 9월에 개수한 단종태실에서 볼 수 있다. 단종태실의 금표 안에 백성의 논밭이 17결, 민가 4호가 들어와 있어 문제가 되었다. 조정에서는 태실의 높은 곳과 평지는 거리가 먼데, 17결이 넘는 농지가 금표 안에 들어와 있다는 것은 측량을 잘못한 결과라고 했다. 영조도 여기에 동의하였다. 형조판서 윤유(尹游)는 태실의 금표는 선덕(宣德) 연간(1426~1435)에 300보로 정식을 삼았는데, 곤양의 태실은 정식이 나오기 이전에 봉안되었으므로 당초에 금표대로 300보로 정했는지를 알 수 없다고 했다. 좌부승지 이광부(李匡輔)는 근래에 사람은 많아지고 땅은 귀히

9   사천문화원에서는 이 2종의 의궤를 번역본으로 간행한 바 있다. 사천문화원, 『世宗大王端宗大王胎室儀軌』, 2000.

게 되어 산허리 이상은 어디든 개간하려 드니, 17결의 농지가 금표 안에 있다는 말은 결코 이상한 말이 아니라고 했다. 영조는 그곳 지형을 최근에 봉심하고 돌아온 관리들에게 물어보고, 또 관상감에서 당초에 만든 금표의 문건을 상고해서 보고하는 것이 좋겠다고 했다.

이렇게 태실의 경계에 대한 문제는 엄격히 관리하되, 백성들이 억울한 일을 겪지 않도록 배려한 사례도 볼 수 있다. 수백 년간 부자(父子)가 대를 이어서 경작하던 곳이 태봉의 경계를 정한 법에 따라 농사를 지을 수 없게 되는 경우가 실제로 많았다. 사방으로 경계를 벗어난 지역일 경우 문제가 없다면 가급적 종전대로 경작하게 하여 억울함을 호소하는 폐단이 없도록 하였다. 예컨대 태봉 사방 300보 바깥의 임자 없이 묵은 땅을 호조에 입안을 청한 자가 구입하였는데, 산지기가 경계를 침범하여 구입한 땅이니 침범치 못하도록 하여 이를 호소하는 경우가 있었다. 이 경우는 본도에서 조사하여 금표 밖이라면 내어 주고 금표 안이라면 징계하여 조치하게 하였다.

⑥ 태실의 장양처(長養處)와 행정구역의 문제

태실의 경계 문제와 관련하여 일반 경계인 300보 바깥에 수목을 키우는 장양처가 없다면 금단할 필요가 없었다. 하지만 이미 크게 자란 수목이 있고, 종전부터 금지하고 보호해 오던 곳이라면, 아무리 경계 밖이라 해도 벌목 등을 금단하는 것이 원칙이었다. 백 년씩 자란 소나무를 하루아침에 화전으로 만들게 할 수는 없었기 때문이다.

태실 근처에서는 기본적으로 농사를 금하였다. 장양처는 금표의 경계 밖에 있지만, 벌목을 하거나 농사지을 수 없는 곳이었다. 특히 태봉의 금표 범위 밖의 주민들이 예전부터 내려오던 수목의 장양처를 둔전(屯田)으로 만들 것을 청했으나 허락할 수 없었다. 수백 년 동안 보호해 온 땅을 하루아

침에 모두 벌목하여 개간하게 하는 것은 허용할 수 없는 일이었다.

이와 관련하여 대왕태실의 화소 경계를 침범하여 경작할 경우에도 엄중 처벌하였다. 경작한 곳이 태실로부터 300보 밖이라 하더라도 화소의 경내에 포함되면 처벌 대상이 되었다. 실제로 백성들이 경작할 수 있는 땅은 화소의 경계 밖이었다는 말이 된다.

태실 경계 지역의 행정구역 문제도 종종 제기되는 사안이었다. 예컨대 태실의 주산 안쪽과 바깥쪽의 행정구역이 다를 경우, 지방관의 지시가 효력을 갖지 못하게 되는 경우가 있었다. 이 경우 타 지역의 백성이라도 태실을 관리하는 지방관이 바로 징계할 수 있게 하고, 금표 안에 있는 농지는 해당 도에서 별도로 규정을 만들어 시행하였다.

절수처(折受處)의 문제도 살펴야 할 사안이었다. 결세(缺稅)를 받을 수 있도록 정한 절수처가 태실의 경내인 경우가 있었다. 태실 경내를 절수처로 준 것은 온당치 못하며, 이 경우 잘못 내려진 절수처는 내수사(內需司)에 분부하여 다시 태실의 공터로 환원하도록 조치하였다.

3 조선 후기 태실수개 관련 의궤의 검토

조선 후기 태실의 수개와 관련된 의궤는 5종이 전한다. 의궤의 제작시기는 조선 후기이지만, 해당하는 태실은 태조, 세종과 단종, 성종, 경종 등 조선 전기에 조성된 곳들이 많다. 조성된 시기가 이를수록 보수와 수리가 필요한 것은 당연한 일이다. 5종의 의궤를 제작시기에 따라 18세기와 19세기로 나누고, 의궤에 수록된 주요 내용과 논점들을 정리하여 살펴보기로 하겠다.

1) 18세기 태실수개 관련 의궤

세종태실의 수개에 관한 가장 이른 시기의 기록은 1601년(선조 34)에 제작한 『세종대왕태실석난간수개의궤』이다. 현재 원본이 전하고 있으며, 사천군에서 보관 중이다. 이외에도 1731년(영조 7)의 『세종대왕단종대왕태실수개의궤』, 1734년의 『세종대왕단종대왕태실표석수립시의궤』가 함께 전하고 있어 세종과 단종태실의 수리에 대한 사실을 보다 자세히 알 수 있게 된다.[10]

10　세종·단종태실 관련 의궤에 대해서는 김해영, 「世宗大王胎室石欄干修改儀軌」에 대하여」, 『고문서연구』 45, 한국고문서학회, 2014; 김해영, 「英廟朝 世宗·端宗胎室의 修改 役事」, 『남명학연구』 44, 경상대학교남명학연구소, 2014; 심현용, 「朝鮮時代 胎室에 관한 考古學的 研究」, 강원대학교대학원 박사학위논문, 2015; 김해영, 「조선시대 국왕 태실의 표석 수립에 관한 고찰—『世宗端宗胎室表石竪立時儀軌』의 기록을 중심으로」, 『역사교육논집』 58, 역사교육학회, 2016 등이 있다.

(1) 『세종대왕태실석난간수개의궤』(1601)

『세종대왕태실석난간수개의궤』는 제작시기가 1601년으로 조선 중기에 해당하지만, 18세기의 세종 및 단종태실 수개의궤와 함께 다루기 위해 편의상 여기에서 검토하고자 한다. 이 의궤는 세로 76㎝, 가로 33㎝의 크기에 모두 13쪽 분량이다. 매 면마다 가로 11행의 흑선을 인찰한 뒤에 내용을 필사하였다. 본문 내용 중에 결손된 부분이 있어 내용 전체를 완전하게 판독할 수는 없다.

수개 기록을 살피기에 앞서 세종대왕의 아기태실 조성에 대해 먼저 알아보자. 세종대왕의 태실은 1418년(세종 즉위년) 경상남도 곤명면에 조성되었다. 『세종실록』에 의하면, 태실도감을 설치하여 길지를 택하도록 하였고,[11] 태실증고사가 파견되어 풍수적 지세를 알 수 있도록 태실산도(胎室山圖)를 그려 올린 기록이 있다.[12] 그런데 세종은 출생 시에 안태를 하지 않았고, 어딘가에 태를 가매안해 둔 다음 즉위한 해에 태실을 만들었다고 한다. 또한 당시에는 태실에 돌난간을 설치하면 땅의 지맥을 손상시킨다고 하여 돌난간 대신 나무 난간을 세우게 한 기록도 보인다.[13] 당시 가봉태실의 석난간 설치는 관행으로 정착된 일은 아닌 듯하다.

1601년(선조 34)에 작성한 『세종대왕태실석난간수개의궤』는 임진왜란 때 왜적에 의해 훼손된 세종대왕의 태실을 수리한 기록이다. 현존하는 국왕 태실의 수리 기록으로는 가장 시기가 올라간다. 석난간을 수리해야 할 비중이 커서 제목에는 '석난간수개(石欄干修改)'라고 했지만, 내용은 태실의 석물 전반에 관한 것이다. 1599년(선조 32)에 수개공사를 위한 논의가 있었고, 이듬해인 1600년 1월 28일에 공사를 마칠 예정이었으나 한 해가 연기되어

---

11 『세종실록』 즉위년(1418) 8월 14일.
12 『세종실록』 즉위년(1418) 10월 25일.
13 『세종실록』 즉위년(1418) 11월 3일.

1601년 3월에 완료되었다.

　태실수개의 주요 과정을 살펴보면 다음과 같다. 1599년(선조 32), 경상도 관찰사가 곤양의 세종태실이 파괴된 상황을 예조에 보고하였다. 예조의 보고를 받은 선조는 관상감 사지관원(事知官員)을 보내 다시 살펴보게 하였다. 보고 내용은 왜적의 손에 어태가 더럽혀졌지만 파헤쳐지지는 않은 상태라고 했다. 선조는 일이 심히 중대하여 예조에서 결정하기가 어렵다는 청을 받고, 대신들과 의논하여 방안을 찾고자 했다.

　당시의 훼손 상태는 태실 외면(外面)의 석난간은 대부분 훼손되었고 석주 8개 중 2개가 깨졌으며, 부석(簿石)과 연엽석, 중동석은 모두 흩어져 있었다. 태실의 석옹은 완전했으나 개석은 뽑혀서 옮겨진 상태였다. 그리고 석옹 안에 있던 태항아리는 파손되었다.

　1599년(선조 32) 10월 18일 우승지 이철(李鐵)이, 세종태실은 시급히 보수해야 하며 봄에 역사를 시작하도록 경상도관찰사에게 분부할 것을 청하여 윤허를 받았다. 그리고 관상감에서는 수개의 길일을 1600년 2월 28일로, 역사의 시작은 정월 28일로 정하였다. 같은 해 11월 25일, 태실에 세울 표석 대신에 지석을 만들었다. 가봉태실의 경우 비석을 세우는 것이 일반적인데, 의궤에는 지석을 청석(靑石)으로 사용하였고, 길이와 너비는 주척(周尺)으로 1자이며, 상의원(尙衣院)에서 만들고, 승문원에서 쓰고, 교서관(校書館)에서 새기도록 했다고 되어 있다. 또한 태실을 고칠 때 들어가는 잡물과 석난간을 고칠 때 들어가는 석물은 각각 따로 기록하였다. 잡물을 둘로 나눈 것은 작업공정과 인력을 별도로 운영했기 때문이다. 이 잡물들은 정월 28일까지 납품하도록 했고, 이후 진행된 공사 기간은 약 1개월이었다.

　「태실을 고칠 때 필요한 잡물」의 내역에는 '태항에 들어갈 별도의 태항'이 포백척(布帛尺)으로 높이 1자, 넓이 5자라 되어 있는데, 이는 석함에 들어 있던 태항아리의 파손으로 인해 새로 만들어 넣은 태항이 아닐까 추측되는 대목이다. 이 잡물의 기록들은 17, 18세기 태실수개의 잡물 기록과 비교하여 살펴볼 필요가 있다. 그런데 1600년 2월 28일로 예정된 당시의 계획은 바로 성사되지 못했다. 의궤에도 그 이유로 짐작할 만한 단서는 나와 있지 않다.

다음의 기록은 1601년(선조 34) 1월 26일 자로 되어 있다. 세종대왕 태실 수개의 시작 길일을 2월 27일 진시로, 공사의 완공일은 3월 22일로 정하였다는 내용이다. 공사 기간이 시작으로부터 완료까지 채 한 달도 걸리지 않았다. 이때 항아리 조각을 석옹 안에 안치하고, 지석은 항아리 앞에 묻고 글자 면이 항아리로 향하게 하였다. 지석에 새긴 내용은 "세종대왕태실황명만력이십구년삼월이십이일개장(世宗大王胎室皇明萬曆二十九年三月二十二日改藏)"이다. 개석의 모양은 반석 같고 넓이는 석옹 정도였다고 한다. 유회로써 독을 바르고 덮개 사이에는 황토로 두껍게 봉하였다. 의궤는 4건을 제작하여 예조 1건, 관상감 1건, 감영 1건, 본관 1건으로 나누었다.

『세종대왕태실석난간수개의궤』는 태실의 손상 상태와 조치 사항, 그리고 구체적인 수리 절차 등을 기록하고 있다. 17세기에는 태실의 수개공사가 현저히 많아지는데, 이 의궤는 수리가 어떤 과정으로 진행되고 어떤 체계로 기록되었는가를 알려 준다. 17세기 초기 의궤의 형식과 체제를 잘 보여 주는 사례이다.

(2) 『세종대왕단종대왕태실수개의궤』(1731)

『세종대왕단종대왕태실수개의궤』는 1731년(영조 7) 2월에 있었던 세종과 단종의 태실석물 수개에 관한 기록을 정리한 것이다. 의궤의 내용 가운데 수개공사의 내역과 주요 일정은 『태봉등록』과 중복되는 부분이 있다. 여기에서는 의궤에 기록된 주요 내용만을 살펴보기로 하겠다.

태실에 문제가 생겼을 때 중앙에서는 지방관의 장계를 통해 보고를 받고 인지하게 된다. 이 의궤 역시 경상감사 박문수의 장계로부터 시작된다.

1730년(영조 6) 5월 6일, 박문수는 곤양군수가 올린 첩정에 근거하여 본부에서 30리 떨어진 곳에 있는 세종과 단종태실의 석물에 손상이 생겼음을 보고하였다. 각 태실의 손상 현황은 다음과 같았다.

- 세종대왕 태실: 세종대왕 태실의 사면에 지배석 13개와 지대석 8개가 둘러져 있음. 여기에 세워져 있는 석주 8개와 횡죽석 8개 가운데, 남쪽 석주 1개만 지배석 가에 붙어 있음. 이는 8개의 석주가 처음에는 지배석에 붙어 있었는데, 그중 7개의 주석이 지배석 끝으로 물러나 있다는 것임. 주척을 써서 재 보니 각 주석 사이의 간격이 모두 다름. 남쪽의 제1주석은 발 부분(趾足石)이 손상. 제4주석과 제5주석 사이에 가로 걸쳐져 있는 횡죽석 1개 절상. 제8주석과 제1주석에 가로 걸쳐진 횡죽석 1개 절상.
- 단종대왕 태실: 지배석 8개와 지대석 8개가 붙어 있는 부분이 고르지 못하고 층차가 있음. (우승지 이춘제가 문제가 있는 석물의 수개는 서둘러 추진해야 하지만, 흉년으로 인해 내년 봄으로 미루어 택일할 것을 청하여 윤허를 받음.)

① 물품의 분정

후토제 등 의례에 필요한 물품들은 모두 각 읍에 분정하여 준비하게 했다. 수납해야 할 물건이 모자라면 보고하게 하였고, 공문을 보내어 재촉하도록 하였다. 의례는 세종태실 후토제·사후토제·사유제와 단종태실 사유제·사후토제·후토제 등 5종이었다. 곤양의 태실에서 가까운 진주·고성·곤양·사천·단성·하동 등에는 부역군과 예석군, 그리고 물품이 분정되었으나 나머지 지역은 물품만 준비하도록 했다. 1731년 정월 23일, 돌을 채취할 곳은 태봉으로부터 30리 밖에 있는 진주의 서쪽 평거역(平居驛) 근처로 정하였다고 했다.

② 규정의 변통(變通)

감역관이 세종과 단종태실의 경계를 보고하였다. 의궤에 보면, 태실의 경계를 중심으로 사면 200보라는 기록이 있고, 『태봉등록』에는 가봉하면 100보를 더하여 경계를 정한다는 기록이 있다고 했다. 그러나 지금의 세종과 단종태실의 봉안처는 세월이 오래되어 화소 안에 나무가 무성해졌고, 전답의 가장자리가 산자락에 미쳐도 이를 단속하지 않으므로 규정의 변통이 불가피함을 예조에 보고하였다.

감역관이 세종과 단종태실을 살펴본 결과, 변통을 세워야 할 세 가지를 지적하였다. 우선, 세종태실의 개석이 상석의 한가운데에 있도록 전후좌우가 가지런해야 하지만, 한쪽으로 치우쳐 있어 재어 보니 한 변은 4자고 한 변은 3자로 매우 안정되지 못한 상태라고 했다. 다음은 단종태실의 석주와 횡죽석이 배설되지 않은 점으로, 세종태실과 같아야 하므로 죽석과 횡죽석을 다시 배설해야 한다고 했다. 마지막으로 양 태실에 표석을 설치할 일로, 모두 표석이 없으면 다음에 어떻게 분별할지 문제가 되고, 표석은 양 태실에 모두 없으니 추가하여 세우는 것이 마땅하다는 것이었다. 그러나 단종태실의 석주와 횡죽석, 그리고 양 태실에 표석을 세우는 일은 이때 시행되지 못하였다.

선공감제조 한성부우윤 정석오(鄭錫五)와 관상감제조 예조참의 유명응이 2월 11일 곤양에 도착하여 세종태실을 봉심한 뒤, 13일에 고유제를 지내고 공사를 시작하였다. 석물에 탈이 생긴 곳은 모두 새로 석물을 갈아서 배설하고 기름재를 정밀히 발랐다. 전 감사의 보고에 들어 있지 않은 상석 2개, 제7주석과 제8주석 사이의 횡죽석 1개는 파손될 우려가 있어 함께 개수하였다. 같은 날 미시에 공사를 끝내고 고후토제를 지냈다. 그리고 금표는 등록대로 300보를 경계로 정했고, 산지기를 정하여 수목을 관리하도록 곤양군수에 분부하였다.

단종태실은 2월 19일 공사를 시작하여 층차가 있는 상석을 다시 배설하여 봉합하였고, 태봉 뒤쪽의 산맥이 끊어진 부분은 흙을 채워 보토한 뒤 그 위에 소나무를 심어 통행을 금지시켰다. 주석과 횡죽석이 배설되지 않은 부분은 공사를 하지 않고 그대로 두었다. 지형이 좁아서 표석만 세울 수 있다고 했다.

(3)『세종대왕단종대왕태실표석수립시의궤』(1734)

1734년(영조 10) 4월에 영조는 곤양의 세종태실과 단종태실, 전주의 예종태실, 대흥의 현종태실에 표석을 세우고자 각 도에 분부하였다. 태실 4곳에 표석을 세우는 공사를 동시에 시행하기로 한 것이다. 5월 16일에 표석을 세우는 날짜와 공사 시작일을 정하였다. 세종태실과 단종태실의 표석을 세우는 날짜는 9월 5일과 8일로 각각 정해졌다. 공사 시작일은 8월 6일로 같았다. 그리고 일정의 연기 없이 정해진 날짜에 맞추어 공사가 마무리되었다. 의궤에 실려 있는 주요 항목들을 간략히 살펴보면 다음과 같다.

① 석물의 확보

1734년 6월 9일 곤양군수 이필(李泌)의 보고에 의하면, 석물과 철물은 신묘년(1711)에 사용하던 것을 준비한다고 했다. 이번 일은 표석을 세우는 것이므로 손상 여부를 알아보고 기록도 찾아본 결과, 당초의 석물은 진주의 평거(平居)에서 떠 왔는데, 신묘년에 쓰고 남은 석재의 현황을 알아보니 전체 4개의 석물이 부서졌고 손상된 것이 많다고 했다. 이번 공사는 이전보다 훨씬 거대하니 전일에 남겨 두었던 석물로는 감당하기 어려운 점이 있으므로 다시 검토하고 나누어 정할 것을 감영에 보고하였다.

6월 12일, 군수를 도차사원으로 정하였다. 돌을 떠 오는 일이나 운반하는 일의 일체를 참관하고 장비는 1711년에 본군에 돌려보냈던 것을 먼저 사용하기로 했다. 6월 26일, 양 태실에 세울 석물은 군수가 진주의 평거로 내려가서 당일로 사역을 시작하였다고 했다. 7월 8일, 채석의 현장은 여러 차례 돌을 떠낸 곳이라 산을 파고 흙을 쌓아 며칠 후 겨우 돌을 얻어 초탁 하였다고 했다. 멀리서 철물을 가져와 급속히 나누어 일을 진행하기로 하고 감영에 보고하였다. 양 태실의 표석을 세울 때 감역관겸전향관 박태숭 (朴泰崇)이 이달 18일에 출발할 예정이라고 했다.

② 표석의 규모와 체제

1734년 6월 12일, 표석의 크기를 정하지 못했다. 6월 15일 경상감사 김 시형의 장계에, 세종태실과 단종태실의 표석 2좌, 귀대석 2좌, 용두석 2좌 를 만들 석재를 이전에 떠 놓은 돌에서 살펴보고자 하니 새로 세울 표석의 길이와 너비, 두텁고 얇음, 척수를 급히 결정해 줄 것을 청하였다.

7월 18일 경상감사 김시형의 장계에, 양 태실의 표석, 귀대석은 의궤를 상고해서 숙종태실과 경종태실의 석물을 만들 때 정한 것을 기준으로 하 였다고 했다. 그리고 실제 측량된 세종과 단종태실의 석물 치수는 '표 18' 과 같다.

표18 세종대왕과 단종대왕 태실석물의 치수

구분		기준	세종태실	단종태실
귀대석	길이	5자 4치	6자 2치	5자 7치 5푼
	너비	4자 2치	4자	4자
	높이	2자 6치	2자 8치	2자 6치
표석	길이	6자 1치	6자 1치	5자 6치 5푼
	너비	4치 2치	1자 8치	1자 7치
	두께	2자 6치	9치	7치 5푼

세종과 단종의 태실에 사용한 귀대석의 크기는 기준 치수와 큰 차이가 없었다. 귀대석의 길이는 오히려 기준보다 길었다. 그러나 표석은 너비와 두께가 기준에 비하여 절반 이하로 줄었다. 단종태실의 표석은 세종태실의 표석보다 조금 더 작았다.

8월 4일, 선공감 감역관 김상면이 전주 평거 마을에 이르러 석물을 살펴보았다. 전후에 재단한 석물을 예조에 보내 모양을 비교하였다. 1711년에 감역관이 재단한 표석 1좌와 금번 차사원이 처음 재단한 표석 1좌를 예조에서 검토한 결과, 이번에 재단한 것이 촌분(寸分)이 부족하지만 돌의 품질이 좋고 척수도 정교하여 사용하기에 합당하다고 했다. 또한 단종의 태실이 있는 산은 지면이 좁아서 큰 석물을 배설하기가 불가하므로 더 모양을 줄여야 하는 상황이라고 했다.

③ 인력의 동원

돌을 끄는 승군과 비를 세울 때 사용하는 낙루잡물(落漏雜物)은 부근의 읍에 공문을 보내 나누어 정한 뒤 감독하기로 하였다. 인력은 진주 승군 470명, 고석 승군 220명, 하동 승군 150명, 곤양 승군 230명, 사천 승군 20명, 단성 승군 30명, 남해 승군 50명으로 합 1,170명이 표석 2좌를 끌고 운반했다고 한다. 공장은 경석수가 우상득 1인이고, 지방의 석수는 진주 6명, 단성 2명, 선산 2명, 사천 1명, 고성 2명, 김해 2명, 함안 1명, 순천 1명 등이었다. 각수는 경각수가 1명, 지방 각수가 진주 승 2명, 곤양 승 2명, 사천 승 1명, 하동 승 1명, 고성 승 2명 등이었다. 지방 각수는 대부분 승들이 참여하였다. 절에서 석조물을 다루던 각수들로 추정된다.

예조참의 유언통의 장계에 의하면, 9월 4일 본조 정랑 이세후와 함께 경상도 곤양에 도착하여, 9월 5일 세종대왕 태실의 표석을 세우는 공사 일정을 무사히 마쳤고, 8일에는 단종대왕 태실의 표석을 세우는 공사를 무사히 완료하였다고 했다.

④ 단종태실의 상황

단종태실은 지형이 협착(狹窄)하여 석물을 간신히 배설할 수 있는 좁은 땅이기에 표석이 크면 맞을 도리가 없다고 했다. 대흥과 전주의 태실을 보면, 대흥의 것은 크고 전주의 것은 작으므로 이전의 태실석물은 주어진 형편에 따라 크기를 달리했으며, 당초 일정한 규정이 있는 것은 아니라고 했다. 단종태실의 표석은 그 지형이나 원래의 석재 크기를 모두 참작하되, 세종태실 석물과 견주어 석물의 길이나 너비의 치수를 좀 작게 해서 배설하였다고 했다.

1734년 9월 9일, 표석을 세우는 공사를 마친 관찰사 김재로는 장계에 다음과 같은 내용을 썼다. 자신이 서울에 있을 때는 태실비의 역사가 큰 공사가 아니라고 생각했는데, 본도에 내려와서 보니 매우 어려운 일임을 실감한다고 했다. 그중에서도 석물을 마련하고 운반하며 다듬는 일이 가장 큰 고충이었음을 토로했다. 돌을 뜨는 곳은 태실로부터 50리 떨어진 진주에 있었는데, 돌을 운반할 때에는 우회도로나 산언덕을 계산하지 않았고, 길가의 곡식을 상하지 않게 해야 하기에 실제 이동 거리는 60리가 되었다고 했다. 따라서 석물을 옮기는 데 1,170명을 모아서 5일간 사역을 했고, 농군들은 사역하기에 어려움이 많아서 본군과 부군의 읍 승군을 사역하였다고 했다. 조정에서 지시를 내리는 입장과 현장에서 책임을 맡은 입장을 함께 경험한 사례라 할 수 있겠다.

2) 19세기 태실수개 관련 의궤

19세기에 제작된 국왕태실의 수개 관련 의궤는 3건이 전한다. 시기순으로 『성종대왕태실비석개수의궤(成宗大王胎室碑石改竪儀軌)』(1823), 『경종대왕태실석물수개의궤(景宗大王胎室石物修改儀軌)』(1832), 『태조대왕태실수개의궤(太祖大王胎室修改儀軌)』(1866) 등이다. 의궤의 명칭을 보면 비석개수, 석물수개, 태실수개 등으로, 비석과 석물을 교체하거나 수리한 기록임을 알 수 있다. 의궤에 기록된 주요 내용과 사안에 대해 살펴보기로 하겠다.

(1) 『성종대왕태실비석개수의궤』(1823)

『성종대왕태실비석개수의궤』는 1823년(순조 23) 경기도 광주부 경안면(慶安面) 가마령(佳乊嶺)에 있던 성종태실의 비석을 다시 세우고 작성한 의궤이다. 의궤의 내용은 계미년인 1823년 4월 21일 광주부 유수(留守) 홍희신(洪羲臣)의 장계로 시작한다. 장계의 요지는 성종태실의 비석이 지난 18일의 강풍으로 인해 꺾인 회나무에 부딪혀 두 동강이로 부러졌고, 귀대석도 손상을 입었다는 것이다. 부러진 비석은 다시 세우지 않고는 대안이 없었다. 이에 예조에서는 새로 비석을 세울 것을 보고하였다. 이전의 등록을 조사하여 정묘년인 1747년(영조 23)에 임천군 선조태실의 태실비를 다시 세운 일을 선례로 삼기로 했다.

4월 26일, 광주부 유수는 비석의 석물과 관련하여 지방의 장인만으로는 부족하니 경석수 2~3명을 보내 줄 것을 요청하였다. 그리고 교체할 비석은 채취하지 않고 공주부 지덕곡(地德谷)의 사저(私儲)에서 갖고 있던 품질이 좋은 석재를 구하였으니 시역과 비석을 세울 길일을 정해 줄 것을 요청하였다. 이에 비석을 세울 길일은 5월 28일, 시역은 같은 달 초9일로 정하였다. 공사의 감역은 지방관이 전담하기로 하였다.

5월 8일 비석을 작업장으로 운반하였고, 군기시(軍器寺)에 석재를 연마할 각종 숫돌을 보내 달라고 요청하였다. 필요한 숫돌은 강려석(强礪石) 15괴(塊), 중려석(中礪石) 2괴, 연일석(延日石) 2괴였다. 5월 13일 예조에서 서표관을 정하고자 등록을 찾았는데, 감독하는 신하가 겸하여 거행한 전례가 많으므로 유수 홍희신을 서표관으로 삼았다. 5월 14일 비석을 다듬어 글자를 새기기 위한 연마를 마쳤다. 비석의 확보를 6일 만에 해결하였는데, 석재를 채출하는 과정과 비교하면 대단히 신속히 진행된 것이다.

글자를 새기기 위해 비석의 서식을 다음과 같이 정하였다.

- 전면: 성종대왕태실(成宗大王胎室)
- 후면 제1항: 성화칠년윤구월일립(成化七年閏九月日立)(1471, 성종 2)
    제2항: 만력육년오월일개립(萬曆六年五月日改立)(1578, 선조 11)
    제3항: 순치구년시월일개립(順治九年十月日改立)(1652, 효종 3)
    제4항: 도광삼년오월일개립(道光三年五月日改立)(1823, 순조 23)

여기에서 제1항의 월일 아래에 '입(立)' 자를 넣고, '성화'는 최초의 비석이니 1자를 올려 새기기로 결정하였다. 제2항은 2자를 낮춰 썼다. 제3항의 끝은 행간이 조밀하여 글자가 작다는 지적이 있어 전체 한 면을 4항으로 열서하였다.

5월 17일부터는 숫돌로 용두석을 연마하기 시작했다. 5월 21일 비석에 윤택을 내고 용두를 조각했다. 비석과 용두는 하나의 돌로 만들었다. 용두와 인렵(鱗鬣)은 깊게 새겨 움직이는 것처럼 만들게 했다. 5월 22일 광주부 유수 홍희신이 비석 전면에 '성종대왕태실'이라고 썼다. 후면에는 4항으로 대연호 월일을 배열하여 썼다. 5월 25일에는 감역판관이 비석 전면의 서표와 후면의 글자를 모두 새긴 뒤 인출하여 유수에게 보냈고, 유수는 다시 전후면의 자획을 더 깊게 파서 정밀하게 하고 홍색을 메우도록 하였다.

5월 26일, 유수가 태실의 석항(石缸), 사방석, 상석, 난간석에 발랐던 회(灰)가 벗겨지고 떨어진 곳을 다시 바르기 위해 판관에게 들기름과 석회를 준비하게 하였다. 5월 27일 홍희신은 예조참판 김렴(金鐮)과 역소로 내려와 28일 고사유제와 고후토제를 지냈고, 진시 정시(正時)에 비석을 세웠다. 예전 비석은 근방의 깨끗한 곳에 묻었다. 각 석물에 회가 떨어져 나간 곳은 새로 발랐고, 태실 가까운 곳에 있어서 없애야 할 수목은 벌채하였다. 같은 날 사시에 사후토제를 지낸 뒤 영(營)으로 돌아왔고, 예조참판 김렴도 장계를 올렸다.

이어서 의궤에 동원한 인력과 물품 내역인「군인과 잡물」을 기록하였다. 군인은 80명으로 되어 있다. 석재는 공주부 내에 있는 사저에서 구했기에 이동거리가 멀지 않았다. 물품은 용도에 따라 기록했는데, 돌을 다루는 데 들어가는 '치석소입(治石所入)', 돌을 다듬는 데 들어가는 '마석급용두도화소입(磨石及龍頭圖畵所入)', 글자를 새기고 탁본하는 데 들어가는 '각자인출소입(刻字印出所入)', 비석을 싸서 옮기고 석물의 틈을 메우는 데 들어가는 '비석봉과급도회소입(碑石封裹及塗灰所入)' 등으로 나뉘어져 있다. '비석봉과급도회소입'에는 봉운군(奉運軍)이 60명 배정되었다.

「제사를 거행한 의식」,「선고사유제 축문」,「고후토제 축문」,「사후토제 축문」 등을 기록하였다. 다음에는 새로 세운 비석의 각양 석물의 길이와 너비 척수 등을 기록하였다.

- 비석 길이[長]: 5자 2치 내(용두 길이 1자 3치, 부공 깊이 6치); 너비[廣]: 1자 7치; 두께[厚]: 7치.
- 귀롱대석 받침 구멍[趺孔]을 2치 5푼 더 뚫어 한층 새롭게 다시 새기고 다듬음一新改刻改釘.

이어서 원역질과 공장질을 기록하였다. 원역질에는 별간역(別看役), 도패장(都牌將), 주시관, 관상감서원(觀象監書員), 도청색서리(都廳色書吏) 등이 있고,

공장질에는 석수 4명, 각수 3명, 화사 2명 등이 있다. 5월 26일의 감역판관 첩보에 사산(四山)의 금표 보수를 측량하여 보고하였다. 사산금표보수(四山禁標步數) 서래용(西來龍) 동지천(東至川) 370보(步), 남지천(南至川) 270보, 북지천(北至川) 320보 등이다.

6월 초5일에는 시상 내역에 대한 전교를 내렸다. 감동겸서표관 홍희신, 예조참판 김렴에게는 내하(內下) 표피(豹皮) 1령, 지방관겸감역 박제현(朴齊顯), 예조좌랑 박효헌(朴孝憲)에게는 각각 아마 1필, 전향겸주시관 전구환(全久煥)에게는 상현궁 1장을 사급하고, 별간역 전 군수 유신검(柳信儉)은 승서(陞敍)하였으며, 도패장·원역·공장들에게는 규례를 살펴 시상하게 하였다. 예조의 단자 내에도 시상 내역이 있다. 도패장과 도청색리는 각각 무명 2필, 포 1필을, 석수 4명, 각수 3명, 화승 2명은 각각 무명 1필을 시상하도록 하고, 공곡(公穀)으로 맞바꾸도록 유수에게 명하라고 했다.

의궤의 끝부분에는 비석, 대석이 함께 그려진 〈비석개수도(碑石改豎圖)〉와 〈제물진설도(祭物陳設圖)〉가 실려 있다. 작업에 관련된 관원으로는 책 끝에 감동당상서표관 홍희신, 예조참판 김렴, 예조좌랑 박효헌(朴孝憲), 겸감역(兼監役) 박제현, 전향겸주시관 전구환 등이 보인다. 1823년 성종태실의 비석 개수는 4월 18일에 상황을 인지하여 5월 28일에 완료한 경우로 매우 신속히 이루어진 사례이다.

(2) 『경종대왕태실석물수개의궤』(1832)

『경종대왕태실석물수개의궤』는 1832년(순조 32) 2월 공충도 충주에 있는 경종태실의 석물을 수리하고서 작성한 의궤이다. 1831년(순조 31) 11월 초9일 공충도관찰사 홍희근(洪羲瑾)이 보고하였다. 이날 초4일 경종태실 감관인 유의섭(劉儀燮)의 보고에, 산을 순시할 때 태실의 석물이 손상된 것을 발견하였다는 것이다. 손상 내용은 다음과 같다.

- 태실의 개첨석이 서쪽 위 계단 우상석 위에 떨어져 우상석이 절단됨.
- 중동석은 남쪽에서 북쪽으로 5치쯤 밀렸으며, 좌대석은 서북쪽이 조금 떨어진 곳이 있음.
- 정남(正南) 아래 계단 전석 1좌(坐)는 긴 나무로 들어 올려 돌덩어리로 받쳐져 있음.
- 정남의 횡대석 1립(立)은 남쪽 계단 아래에 떨어짐.
- 정남의 연엽주석은 면전석 밖으로 밀려나 넘어짐.

발견하기 전날 산을 순시할 때는 이상이 없었으나, 초3일 밤에 변고가 생긴 것이라고 했다. 누군가 고의적으로 태실을 파손시킨 것이 명백했다. 이에 대한 조치로 목사를 태봉 봉안소로 보냈다. 다음 날 초5일 봉심하여 손상된 부분을 상세히 측량하여 기록하였다. 이러한 상황으로 볼 때 변고 는 한낮이 아니라 야밤에 생긴 것이었다. 이에 관한 후속 조치로 감관 유 의섭과 산 아래에 사는 백성들을 감금시켰다. 보고를 받고 놀란 순조는 충 주의 태실은 보통의 탈이 있을 때와 다르니 예조를 보내어 봉심하도록 하 였다.

11월 14일, 예조참판 조인영(趙寅永)이 경종대왕 태실을 봉심하기 위해 충 주로 내려갔다. 11월 18일 태봉에 도착하여 봉심하였다. 손상된 곳을 상세 히 측량하여 작성하였다. 추가 조치로 수개하기 전에 개복(蓋覆)과 수호 등 의 일을 충주목사에게 지시하였다. 충주 영장의 보고에 태실에 변고를 낸 죄인 등은 잡아 와 순영에 전보(轉報)하였다고 했다.

11월 22일, 예조참판 조인영이 봉심하고 돌아와 수개의 시기를 내년 봄 으로 할 것을 청하여 윤허를 받았다. 관상감에서 경종태실의 석물수개 시 역의 길일을 2월 25일로 정하였고, 수개길은 3월 12일 묘시로 하였다. 1832년(순조 32) 정월 17일, 예조에서는 감역관겸주시관으로 관상감 전 직장 조영환(趙永煥)을 차출하였다.

정월 19일, 관상감에서 태실석물 수개 시 필요한 군인과 석물, 잡물의 내역을 의궤에서 가려내어 보고하고, 미리 통지하여 준비해 줄 것을 예조에 요청하였다. 이어서 「후록」에는 부역군 50명을 비롯하여 여러 물품들을 기록해 두었다. 의궤는 5권을 제작하였는데, 들어가는 물품 가운데 도련지(搗鍊紙) 3속, 초주지 2속, 붉은 옷감 세포(細布) 24자, 홍화세(紅禾細) 6자, 걸쇠[乬金], 쇠두정[金頭釘], 두석편철(豆錫片鐵) 2개, 화판(花板) 갖춘 두석국화정(豆錫菊花釘) 10개, 납염(鑞染) 장식한 궤자 1좌, 두석열쇠[豆錫鎖子] 1개 등은 어람용과 분상용 의궤에 들어가는 용도의 물품들이다. 관상감에서 공충도에 관문을 보내어 석물에 들어갈 우상석 1립, 장부석(丈夫石) 1립을 간품하여 떠내기 위해 경석수 2명을 먼저 정하여 29일에 본도에 내려가게 할 것이니 즉시 석물을 마련하여 미리 준비할 것을 요청하였다.

정월 23일, 관찰사겸순찰사가 충주목에 관문을 보냈다. 일정이 촉박하여 돌을 떠내기 위해 경석수가 내려오는 것을 기다릴 수 없다고 했다. 따라서 서원, 진천, 청안(淸安), 괴산(槐山) 등의 읍에서 솜씨 좋은 석수 20명을 밤을 새워서라도 보내고, 음성현감을 부석차사원으로 정하여 신속히 본읍에 가서 채석을 진행하게 하였다. 목사는 봉산 부근의 석재를 찾아 택한 뒤 돌덩이리 한 조각을 봉표하여 예조로 보내 간품하게 할 것을 요청하였다. 이에 부석차사원 음성현감이 예조에 보고하였다. 태실을 수개할 석재는 목사가 경석수를 데리고 간심한 결과, 엄정면 유현리의 석품이 가장 적합하다고 했다. 그리고 간품한 돌 한 조각과 손상된 돌 한 조각을 단단히 봉한 다음 답인하여 올려 보냈다.

정월 26일, 경종대왕 태실수개에 필요한 군인과 석물, 잡물 등 필요한 물품 내역을 의궤에서 가려낸 뒤 후록하여 첩정하니, 먼저 미리 통지하여 차질 없이 준비할 것을 충주목에 지시하였다. 분정한 읍명과 잡물의 수효는 후록하였다. 「후록」을 보면, 물품을 분정받은 읍은 충주, 서원, 보은, 영춘, 문의, 괴산, 연풍, 음성, 청풍, 제천, 청안, 회인, 진천, 공주, 단양 등이다. 이 중 충주가 가장 준비해야 할 품목이 많았다. 한편, 지난번에 석재를 봉과하여 올려 보낸 것이 본래의 돌보다 품질이 좋으니 그 돌을 쓰라는 통보가 있었다. 이어서 「제사를 거행한 의식」, 「선고사유제 축문」, 「고후토제 축문」, 「사후토제 축문」 등이 기록되어 있다. 부역군은 180명이 4일을 부역하였고, 예석군 100명이 1일 부역하였다. 부석군과 예석군을 충원하기 위해 충주 지역의 백성들을 동원하였다. 이어서 환하질, 원역질, 공장질 등을 기록하였다. 공장질에는 도변수, 경석수 2명, 충주석수 4명, 서원석수 4명, 괴산석수 2명, 청안·공주석수 각 1명, 충주목수·야장·책장·화승 각 1명으로 되어 있다.

예조참판 서희순(徐憙淳)이 석물수개의 준비 경과와 수개의 일이 완료되었음을 보고한 내용이 있고, 이어서 공주목사 홍희근(洪羲瑾)이 올린 내용이 있다. 두 내용은 대동소이한데 홍희근이 보고한 내용은 다음과 같다. 경종태실의 석물을 수개하기 위해 봉심한 내용은 이미 치계하였고, 이달 11일에 태실 역소에 나아가 석물을 정치하게 다듬어 놓은 것을 확인했으며, 예조참판 서희순과 함께 봉심하였다고 했다. 12일 묘시에는 파손된 돌을 철거하고 새로 준비한 석물로 견고하고 치밀하게 배설하였으며, 마멸된 흔적이 있는 곳은 모두 갈아서 평평하게 다듬은 뒤 중동석과 개첨석·횡대석·면대석을 차례로 배설하였다고 했다. 결속 흔적이 있는 이음새에는 유회를 발라 봉합하였으며, 깨진 석물은 정결히 묻었고, 잔디를 입히는 일을 간검했으며, 사산(四山)의 봉표 안을 각별히 잘 지키도록 명하였다고 했다.

도설 가운데 〈진설도〉는 다른 의궤와 같으나, 〈난간석수개도〉와 〈난간배설도〉에는 개첨석, 중동석, 사방석, 횡죽석, 연엽주석 등 난간 연결 부분의 개수처(改修處)만을 수록하였다. 1831년(순조 31) 11월 9일에 보고를 받고 이듬해 3월 12일에 개수가 완료되었다. 모두 4개월간 진행되었다.

(3) 『태조대왕태실수개의궤』(1866)

『태조대왕태실수개의궤』는 1866년(고종 3) 전라도 진산군 만인산(萬仞山)에 있던 태조태실의 석물수개 과정을 기록한 의궤이다. 의궤의 표지에 '태조대왕태실석물개봉축석물도회개사초수보의궤(太祖大王胎室石物改封築石物塗灰改莎草修補儀軌)'라는 긴 표제가 적혀 있다.

1865년(고종 2) 12월 초4일 진산군 동일면(東一面)에 있는 태조태실에 문제가 생겼다. 금표 지역 안에 누군가 시신을 매장했다가 다시 파내어 옮긴 사건이었다. 관청에서 살펴보니 시신을 파낸 뒤 예전대로 보축(補築)하고 후판(朽板, 썩은 판)과 세물(穢物, 더러운 물건)은 다른 곳에 버렸다고 했다. 보고를 받은 관찰사가 군수에게 관문을 보냈다. 급히 나아가 상세히 봉심한 뒤 감직(監直)과 죄를 밝힐 향리(鄕吏), 산 아래 부근 마을의 촌임(村任) 등을 모두 잡아다 가두고 신문한 뒤에 보고하라는 내용이었다. 그리고 태실을 봉심한 뒤 시신을 파내 간 상황을 도형으로 그려 보내되, 관문이 도착한 일시와 발생한 상황에 대해 먼저 보고할 것을 지시하였다.

12월 15일, 관찰사가 승정원에 태조태실의 봉표 내에 범장(犯葬)했다가 다시 파 간 정황과 조치를 보고하였다. 그리고 금산군수 이봉소(李鳳沼)가 태실을 봉심한 보고가 들어왔다. 그 결과는 다음과 같았다.

- 태실 난간석 손방(巽方)의 횡죽석이 갈라져 전신에 틈이 생김.
- 내상석(內裳石)과 중대석(中臺石)은 세월이 오래되어 이동하여 밀림.
- 합봉(合封)한 곳에 발라 놓은 유회는 벗겨져 틈이 생김.
- 투매했다가 파 간 곳은 태실 전면과 한 자도 안 되는 곳으로 잔디와 흙을

보완하여 평지를 만들어 둠. 잔디와 흙을 벗기니 후판과 잡물이 뒤섞여 있었음.

이외의 보고 내용에는 태실에 남은 흔적을 말끔히 정리하였고, 깨끗한 흙과 잔디로 보완한 뒤 도형을 그리고 척촌(尺寸)을 첨부하여 올린다고 했다. 이후 범행을 저지른 자를 체포하였는데, 금산군 신대리에 사는 김치운(金致云)과 그의 두 아들이었다. 체포하여 가두어 두었음을 첩보하였다.

12월 20일, 관찰사는 금산군수 이봉소의 첩정 내용을 그대로 붙여 승정원에 보고하였다. 범인에 대해서는 신문할 계획인데, 태실의 수개를 늦출 수 없으므로 해조로 하여금 규례를 살펴 분부할 것을 청하였다. 1866년(고종 3) 정월 12일, 관찰사가 상고하였다. 이전의 등록을 살펴본바, 관상감에서 수개의 길일을 택일하였고, 해당 관원과 감역을 기일 전에 내려보냈음을 확인하였다고 했다. 석재는 편의대로 사저(私儲)에서 취해 쓰고, 지방관이 감역을 겸하여 거행토록 선공감과 감사에게 분부할 것을 건의하여 승인을 받았다.

1866년 2월 18일, 관찰사가 수개할 때 들어갈 잡물은 전례대로 여러 읍에 분정하고자 목록을 만들었다. 의궤에는 「후록」이 실려 있다. 제물은 금산·고산·본읍 등 세 읍에서만 거행한다고 하였다. 잡물을 분정한 읍명은 전주·태인·남원·순창·진산·고산·금산·익산·여산·임피·옥구·함열·용안·만경·김제·정읍·용담·진안·금구·장수·무주·진산 등이다. 이 가운데 전주에서는 의궤와 등록의 제작만을 맡았다. 어람용 의궤 1건과 등록 4건을 만드는 데 들어가는 품목을 확인할 수 있다.

3월 초3일, 제사의 헌관 등 담당자를 정하였고, 이어서 「제사를 거행한 의식」, 「선고사유제 축문」, 「고후토제 축문」, 「사후토제 축문」 등을 기록해 두었다. 3월 24일 예조의 관문에, 방금 도착한 관찰사의 보고에 따르면 이

달 초2일 군수가 만인산에 나아가 태조태실을 봉심하였고, 초3일 새벽에 고사유제를 설행하였으며, 묘시에 고후토제를 지내고 시역하였다고 했다. 난간은 손방이 갈라져 손상이 갔고, 횡죽석 1립은 즉시 새로 준비하였으며, 내상석과 중대석은 이동하여 물러난 곳을 밀어서 합봉한 다음 유회를 발랐고, 투매했다가 파 간 곳은 새 잔디로 보완하였다고 했다. 같은 날 신시에 사후토제를 설행하였다. 금표 안의 빈터에 있던 돌을 옮기고 소나무를 심는 일이 매우 많아 지체되었지만, 이달 19일에 한층 새롭게 하여 일을 마쳤다고 했다. 수호하고 금양(禁養)하는 일은 따로 명을 내린다고 했다. 태조태실의 석물수개가 완료된 것은 4월 19일이다.

4월 26일, 진산군수와 고산현감이 죄인 김치운을 추고한 내용을 실었다. 1866년(고종 3) 2월 18일, 김치운은 죽은 어머니의 장지(葬地)를 을사년(1845, 헌종 11) 2월에 태실 국내에 몰래 매장했다가 경신년(1860, 철종 11) 윤3월에 다시 파내 갔다는 것이다. 15년간을 몰래 매장해 두었던 것이 된다. 6월 15일, 본군에 갇혀 있는 죄인 김치운을 원악도(遠惡島)인 황해도 백령진에 죽을 때까지 정배하며, 해당 도로 이문한 뒤 호송첩을 만들어 보낼 것을 지시했다. 감결이 도착한 즉시 배소(配所)로 압송하게 할 것이며 엄중히 단속하여 만전을 기할 것을 강조하였다.

그 뒤에는 제물품식(祭物品式), 각항의 양료(粮料) 등이 적혀 있고, 〈진설도〉, 〈난간석조작도〉, 〈난간배설도〉가 실려 있다. 〈난간석조작도〉에는 당시에 개수한 것만 수록하였기에 연엽주석, 횡죽석, 우전석, 상석, 표석만이 그려져 있다. 1865년(고종 2) 12월 4일에 상황을 인지하여 1866년 4월 19일에 수개가 완료되었다.

19세기 국왕태실의 수리에 관한 의궤 3편은 매우 다양한 내용을 담고 있다. 성종태실은 1823년(순조 23) 바람에 쓰러진 회목(檜木)에 맞아 비석이 부러졌고, 경종태실은 1832년 누군가 고의로 석물을 손상시킨 경우이다. 태조태실은 1866년(고종 3) 민간에서 태실 옆에 암장(暗葬)한 건으로 석물 일부가 손상된 사례이다. 이처럼 다양한 이유로 손상과 수개가 이루어졌고, 이 과정에서 문제를 해결해 나간 구체적인 사안들을 태실의궤의 기록을 통해 파악할 수 있다. 3편의 의궤에 기록된 주요 내용들을 살펴보자.

첫째, 태실의 비석을 교체해야 할 경우 그것을 사저에서 구하여 썼다는 사실이다. 민간에서 확보하고 있던 석재를 구입하여 사용하는 것을 말한다. 이처럼 사저에서 석물을 구한 선례는 거의 알려진 것이 없다. 예컨대 성종태실의 경우 경기도 광주부 지덕곡의 사저에 있던 품질이 좋은 석재를 구했다고 했다. 태조태실의 경우도 마찬가지였다. 이 경우 비용은 자세히 알 수 없지만, 노동과 시간은 훨씬 절약해 주었다. 19세기의 사례에서 볼 수 있는 현상이다.

둘째, 의궤의 제작에 관한 것이다. 위 3건의 의궤에는 의궤 혹은 등록의 제작과 관련된 기록이 있다. 또한 그 기록대로 제작된 것이 현존하는 의궤라는 사실이 확인된다. 의궤를 제작하는 재료가 상세히 기록된 것도 주요 특징이다. 이는 일반적인 의궤에서는 접하기 어려운 기록이다. 예컨대 성종태실의 비석개수에서는 4건의 의궤를 제작했다. 어람 1건, 예조 1건, 관상감 1건, 광주부 1건 등이다. 이어서 세부 품목으로는 대호지(大好紙) 2속, 의궤 표지로 쓸 초록화주(草綠花紬) 6자, 두석편철 2개, 화판 갖춘 국화정(菊花釘) 10개, 홍주보(紅紬褓) 1건, 장지 4장, 장유지(壯油紙) 4장 등이 적혀 있다. 이는 어람용 의궤를 만들기 위한 재료들이다. 또한 편철 6개, 국화정 30개 등 반사용(頒賜用) 의궤를 만들기 위한 재료도 적혀 있다. 이때 어람본으로 만든 것이 규장각한국학연구원 소장본 의궤일 것으로 추측된다.

경종태실 석물수개에는 의궤 5권을 제작하였는데, 들어가는 물품 가운데 도련지 3속, 초주지 2속, 붉은 옷감 세포 24자, 홍화세 6자, 걸쇠, 쇠두정, 두석편철 2개, 화판 갖춘 두석국화정 10개, 납염 장식한 궤자 1좌, 두석 열쇠 1개 등은 어람용과 분상용 의궤에 들어가는 용도의 물품들이다. 태조 태실 수개에서는 전주부에서 의궤와 등록의 제작을 맡았다. 어람 의궤 1건 과 등록 4건을 만드는 데 들어가는 품목을 확인할 수 있다.

셋째, 작변과 암장이다. 인위적으로 태실에 손상을 입히는 경우가 있는 데, 가장 대표적인 것이 작변과 암장일 것이다. 작변은 감사나 지방관에게 불만을 품은 자가 태실을 손상시켜 지방관이 그 책임을 지고 처벌이나 불 이익을 받게 하는 행태로 이루어졌다. 경종태실 훼손 사건이 대표적인 예 이다. 태조태실에서처럼 암장으로 인한 훼손은 은밀하게 이루어지고, 외 관상 흔적도 잘 드러나지 않아 발견하기가 어렵다. 왕실의 체모를 위한다 는 차원에서 강하게 처벌하여 재발을 방지하게 하였다.

이상의 의궤에서 살펴본 대로 태실은 천재지변이나 불순한 의도를 가진 사람들에 의해 손상되는 경우가 많았다. 이럴 경우 어떻게 이 문제들을 수 습하며 태실의 위상을 보존해 나갔는가 하는 방안들이 이 의궤에 잘 기록 되어 있다.

4 일제강점기 태실의 변동

조선시대에 전국의 명산과 길지를 골라 조성한 태실은 20세기 초 급격한 변동을 겪었다. 일제강점기인 1928년 이왕직에서 전국의 태실을 통합하여 관리한다는 명분으로 태항아리와 지석을 봉출하여 서울로 옮기고, 석물은 그대로 방치하는 일들이 자행되었다. 봉출한 태항아리와 지석은 경기도 고양시 원당동 산38번지 일대에 조성한 서삼릉으로 옮겨 조악하게 만든 터에 안치되었다. 이 태실군에는 일제강점기 동안 모두 54기의 태항아리가 봉안되었다. 태실이라고 하지만, 정식으로 만든 태실에 비하면 아무 의전적인 설비가 갖추어지지 않았다. 원래의 자리인 명산과 명당을 떠난 태항아리는 사실 그 생명을 다한 것이라 해도 과언이 아니다. 서삼릉의 태실 유물과 현황에 관해서는 기존 연구에서 다룬 바 있다.[14] 이 절에서는 1928년의 언론 보도와 장서각의 『태봉』에 실린 내용을 요약하여 살펴보기로 하겠다.

1) 1928년 언론보도로 본 태실

1928년과 1929년에 걸쳐 전국의 태실에서 태항과 지석을 서울로 옮겨 온 현황은 〈동아일보〉와 〈매일신보〉의 기사가 참고된다. 〈동아일보〉

---

14 국립문화재연구소, 『서삼릉태실』, 1999; 김문식, 「서삼릉 태실의 조성과 태실의 현황」, 『조선왕실의 태실의궤와 장태문화』, 한국학중앙연구원출판부, 2018, 143~175쪽; 국립고궁박물관, 『조선왕실 아기씨의 탄생—나라의 복을 담은 태항아리』, 2018.

1928년 8월 22일 자에는 홍성군 구항면 태봉리에 있는 순종태실을 8월 18일 이왕직에서 봉출한 뒤, 19일에 경성으로 봉환하였다는 기사가 있다. 〈매일신보〉 1928년 9월 10일 자에는 이왕직 예식과(禮式科) 소속의 전사(典祀)인 이원승(李源昇), 유해종(劉海鍾) 두 사람이 전국의 태실을 찾아다니며 명산에 묻힌 태항 29기를 봉출하여 경성 봉상소(奉常所)로 옮겨 왔다는 기사가 있다.[15] 보도는 1928년 9월 10일 자이지만, 태실을 조사하고 봉출하는 작업은 1928년 전반기부터 시작되었고, 계획을 수립한 시기는 1928년 이전이라 할 수 있다.

〈매일신보〉의 기사에는 전사 두 사람의 말을 인용해 놓았는데, 그 내용은 29개소의 태봉을 팠는데 8곳에서 암장시(暗葬屍)를 발견했다는 것이다.[16] 예컨대 예산의 현종태실에는 시두(屍頭)만 암장했고, 태항은 간 곳도 없었으며, 전남 금산에 모신 태조의 태실에서도 암장시가 두 구나 발견되었고, 순종태실에서도 시체 두 구가 나왔다고 했다. 이처럼 민간에서 시체를 암장하는 일은 조선 후기에도 간혹 일어났지만, 당시에 태실의 관리가 얼마나 소홀했는가를 말해 준다.

각지에서 봉송해 온 태항은 시내 당주동(唐珠洞) 이왕직 봉상소에 모셨다. 오는 10월까지 모두 이송하게 되면, 좋은 곳을 선택하여 안치할 예정이며, 더 이상 암장과 같은 일이 없도록 보존할 것이라고 했다. 이처럼 전국에 방치된 태실을 온전히 관리하기 위해서는 서울로 옮겨 와 함께 보호해야 한다는 것이 태실에 관한 일제의 정책이었다. 그러나 태항을 빼낸 태실은 더 이상 태실로서의 면모를 갖출 수 없었고, 태실을 빠져나온 태항아리는 명당의 기운과 분리되어 고유의 상징과 의미를 상실하게 되고 말았다.

1928년 9월경 이왕직에서는 경기도 광주에 있던 성종태신과 태실비를

---

15 〈매일신보〉 1928년 9월 10일. "各地名山에 뫼시엇든 李王家先代胎封移奉."
16 〈매일신보〉 1928년 9월 10일. "太祖以下胎封에 無數한 暗葬屍 發見."

창경궁으로 옮겼다. 그 이유는 역대 국왕의 가봉태실 가운데 가장 상태가 좋은 것이 성종태실이기에 이를 옮겨 태실의 표본으로 삼게 하기 위함이라 했다. 즉 태항을 옮겨 온 뒤 각지의 태실은 석물이 파손되고, 거의 폐허로 방치되었는데, 성종태실을 옮긴 것은 여기에 따른 반감을 무마하기 위한 의도로 비칠 수 있다. 관련된 기사가 〈매일신보〉 1928년 9월 10일 자에 다음과 같이 실렸다.[17]

> 태봉에 암장시가 뒤를 이어 발견됨을 따라 이왕직에서는 황송함을 견디지 못하여 앞으로는 그 같은 일이 없게 하고자 신중히 협의한 결과 역대의 태봉 중에 가장 완전하며 가장 고귀하게 건설되었다는 광주(廣州)에 뫼신 성종태봉의 모든 설비를 그대로 옮겨다가 석물이고 건물이고 한결같이 창덕궁 뒤 비원(秘苑)에다가 꾸며 놓고 전문기사를 시켜 연구케 하는 중이라는데 새로이 건설되는 태봉은 성종태봉을 표본으로 하여 경중히 뫼실 것이라 한다.

이 기사는 태실에서 자행되는 암장을 방지하고 효율적 관리에 대한 필요성을 이야기하면서 성종태실을 보존의 대상으로 삼는다는 것이었다. 태실은 원래 있던 그 자리에 그대로 보존하는 것이 최선의 방법이다. 자리를 옮긴 태실은 이미 본연의 위상을 잃어버린 것이 된다. 여기에서 새로 건설되는 태봉이란 바로 서삼릉의 집장지를 말한 것인데, 서삼릉에 태항을 봉안한 구조는 전통적인 태실의 모양과는 전혀 달랐다.

〈동아일보〉 1929년 3월 1일 자에는 전국 각지의 명산에 봉안한 태봉 39개소에 있던 39개의 태항아리를 시내 수창동(需昌洞) 이왕직 봉상소에 봉

---

17 〈매일신보〉 1928년 9월 10일. "新設할 標本은 成宗의 胎封."

안실(奉安室)을 새로 짓고 봉안해 두었다고 했다. 그리고 고양군 원당면 원당리(元堂里)에 있는 서삼릉 역내에 영구히 봉안하고자 이안할 계획이라는 기사가 실렸다. 이와 같이 이왕직에서는 1929년까지 조선총독부의 지시로 전국에 흩어져 있던 태실의 태항아리 39개를 경성으로 옮겨 왔다고 했다. 관리의 손길이 닿지 못해 방치된 태실을 살펴보고, 보호를 위해 통합하여 관리해야 한다는 것이 명분이었다.

2) 장서각 소장 『태봉』의 기록

일제강점기의 태실과 관련된 언론기사는 1929년까지 찾아볼 수 있으나 그다음 단계의 진행 상황은 이왕직에서 남긴 기록인 『태봉』에서 확인할 수 있다. 『태봉』의 앞부분은 이왕직에서 조선왕실의 안태제도를 파악하기 위해 정리해 둔 기초 자료이다. 그 뒤편에는 일제강점기에 서삼릉태실의 조성과 관련하여 전국에 산재한 태항을 옮긴 관련 문서와 기록이 서류철에 묶여 있다.

『태봉』에는 1928년과 1930년에 작성된 기록이 있다. 1928년 9월 15일에 작성한 출장 「복명서(復命書)」가 그중에서도 관심을 끄는 자료이다. 이 복명서는 이왕직 예식과 소속의 직원들이 태실을 옮기는 일을 마치고 이왕직 장관(李王職長官)에게 올린 보고서이다. ① 경북 김천군 지례면(知禮面)의 숙명공주·숙경공주 태실, ② 경북 성주군 성암면(聖岩面)의 태종태실, ③ 성주군 월항면의 세조태실, ④ 경북 영천군 청통면(淸通面)의 인종태실, ⑤ 경남 사천군 곤명면의 세종·단종태실 등의 태항 이송을 위한 출장 보고 내역이다

별지에 작성한 구체적인 내용과 일정은 다음과 같다. 별지에는 1928년 위의 5개 면에 있던 왕과 공주의 태실을 출봉(出奉)하여 서울로 옮기는 일

정과 봉출 및 이봉 순서, 태실의 구조 및 기록 사항, 태실석물의 처치, 태실 봉출광(奉出壙)의 처치 및 태항의 상황, 태실 수호자의 이름 및 수호 연수(年數) 등의 조사사항, 태실 봉출 시 입회자, 태실 주정소(晝停所)에 대한 경호 상황, 태실 봉출 시의 참배자 등을 기록하였다. 태실의 이안은 1928년 8월 5일부터 8월 30일까지 진행되었다. 별지에는 먼저 각 지역에서 봉출한 태항을 서울로 올려 보내는 일정을 기록해 두었다. 이를 정리하면 '표 19'와 같다.

일정은 매우 촉박하게 진행되었다. 계획된 일정을 지키기 위해 무리하게 진행된 감이 없지 않다. 태항을 봉출하기 전에 사후토제를 지냈다. 봉출하고 난 공간은 매립했고, 표면의 땅을 고른 뒤에 마무리하였다. 태항은 현장에서 봉과하였는데, 어떤 상태로 봉송 준비를 마쳤는지는 알 수 없다. 태실에서 숙소나 역으로 옮길 때는 가마를 이용했고, 서울로 올려 보낼 때는 철도편을 이용했다. 각 지역의 군수와 경찰서장 등이 인력 지원과 운송 과정에 적극 협조하였다. 경성역에 도착한 태항을 봉상소로 옮길 때는 자동차를 이용했다.

이 「복명서」에서 다섯 곳에 위치한 7기의 태실을 봉출하여 서울로 옮기는 데 채 한 달이 걸리지 않았다. 봉송의 과정은 인부들을 동원하여 진행한 공사 수준이었다. 『태봉』에는 각 태실마다 봉출 및 이봉 일정의 뒤에 다음의 사항들을 순서대로 기록하였다.

① 태실의 구조와 기록 사항: 태실의 구조와 태항의 모양을 별지에 그림으로 그려 첨부하였다.
② 태실 봉출광의 처치 및 태항의 상황: 봉출한 광중(壙中)의 석옹 뚜껑 안쪽 면에 이봉 연월일 및 장소를 기입하였다. 종전대로 매장하고서 땅을 고르게 하였고, 태항아리의 현상 등을 기록하였다.

표 19　1928년 태실의 태항 봉출 및 이봉 일정[18]

태실	위치	일자	시간	봉출 및 이봉 순서
숙명공주 아기씨 태실· 숙경공주 아기씨 태실	경북 김천군 지례면 관덕리	8월 5일	07:30	경성 출발
			15:00	김천 도착, 군수 및 경찰서장 방문
		8월 6일	06:00	김천 출발
			10:00	지례면 관덕리 도착
			10:30	숙명공주아기씨태실 사후토제 집행
			11:00	봉출공사 착수
		8월 7일	13:00	봉출, 결과(結裹)
			13:30	요여(腰轝) 출발, 관덕리 가봉안 배숙(陪宿)
		8월 8일	08:00	숙경공주아기씨태실 사후토제 집행
			09:00	봉출공사 착수
		8월 9일	11:30	봉출, 결과
			13:00	태봉산 출발, 관덕리 가봉안 배숙
			19:00	봉출광 매립공사 종료
		8월 10일	08:00	지례면 관덕리 출발
			14:00	김천 도착, 양위(兩位) 태실 철도편 경성 봉송
태종대왕 태실	경북 성주군 성암면 대봉동	8월 11일	09:00	김천 출발
			11:50	왜관 도착
			14:00	왜관 출발
			17:00	성주군 읍내 도착, 군수 및 경찰서장 방문
		8월 12일	05:00	성주군 읍내 출발
			09:00	성암면 대봉동 도착
			09:30	사후토제 집행
			10:00	봉출공사 착수
		8월 13일	14:00	봉출, 결과
			15:00	태봉산 출발, 성암면 대봉동 도착, 별실 가봉안 배숙
		8월 14일	17:00	봉출광 매립, 지균공사(地均工事) 종료
세조대왕 태실	경북 성주군 월항면 인촌동	8월 15일	08:00	성암면 대봉동 요여 출발
			14:00	월항면 인촌동 선석사 요여 도착, 별실 가봉안
			16:00	봉심

18　원 문서에서는 시간을 오전, 오후로 표시하였으나 이 표에서는 24시를 기준으로 표기하였다.

		8월 16일	08:00	사후토제 집행
			09:00	봉출공사 착수
		8월 17일	14:30	봉출, 결과
			15:30	태봉산 출발, 선석사 도착, 가봉안
			17:00	봉출광 매립, 지균공사 종료
		8월 18일	09:00	선석사 요여 출발(양 태실)
			14:00	왜관 도착, 태실 철도편 봉송
인종대왕 태실	경북 영천군 청통면 치일리	8월 19일	09:15	왜관 출발
		8월 22일	11:00	하양역 도착, 태실 철도편 봉송
단종대왕 태실· 세종대왕 태실	경남 사천군 곤명면 은사리	8월 22일	13:30	하양 출발
			17:00	대구 도착
		8월 23일	09:15	대구 출발
			17:00	곤명면 사무소 도착
		8월 24일	09:00	곤명면 사무소 출발
			12:00	은사리 도착
			15:00	봉심
		8월 25일	08:00	단종대왕태실 사후토제 집행
			08:30	봉출공사 착수
		8월 26일	15:20	봉출 동시에 결과
			16:00	태봉산 출발, 은사리 구장 황영문 씨 집 별실 가봉안 배숙
		8월 27일	08:00	세종대왕태실 사후토제 집행
			09:00	봉출공사 착수
			18:00	봉출 동시에 결과
			19:00	태봉산 출발, 은사리 구장 황영문 씨 집 별실 가봉안 배숙
		8월 28일	17:00	양 태실 매립공사 종료
		8월 29일	06:00	은사리 출발
			08:00	진주 도착
			09:00	태실 기차에 배진, 동지 출발
		8월 30일	07:00	경성역 도착, 즉시 자동차로 배진 출발
			07:30	봉상소 도착
			08:00	동소 가봉안실 봉안

③ 태실 수호자의 이름 및 수호 연수, 성적조사 사항: 태실 수호자의 성명, 근무 연수, 근무 성적 등을 기입하였다.

④ 태실 봉출 시 입회자: 입회자의 직급은 군수, 면장, 군서기, 면서기, 구장(區長), 순사 등이다.

⑤ 태실 주정소에서의 경호 상황: 태항과 지석을 갖고 민가에 숙박할 때, 관리 현황에 대한 기록이다.

⑥ 태실 봉출 시 참배자: 약 50명에서 약 300명 사이로 기록되어 있다.

이상의 일들은 모두 1928년 8월 5일부터 8월 30일에 걸쳐 진행되었다.

3) 『태봉』의 기록을 통해 본 서삼릉태실의 조성

1928년 5개 지역에서 서울로 가져온 태항과 지석은 1930년 4월 서삼릉으로 옮겼다. 그 과정에 해당하는 기록을 장서각의 『태봉』에서 찾아 요약해 보면 다음과 같다.

「태실매안시진배차제(胎室埋安時進陪次第)」는 1930년 4월 15일부터 17일까지 3회에 걸쳐 태조의 태실을 비롯한 49위의 태실을 서삼릉으로 옮기는 일정과 시각을 기록한 것이다. 제왕태실(帝王胎室)이 21위이고, 왕자·대군·공주·옹주 태실이 28위였다. 옮기는 과정에는 가자와 자동차, 요여(腰轝)가 동원되었다.

각 날짜별로 태항 등을 옮기는 데 소요되는 시간이 나와 있고, 이동 거점과 이동 수단 등이 기록되어 있다. 이동 코스는 대부분 동일하다. 먼저 봉상소 권아수(權牙所)에서 출발하여 낭주동 입구까지는 가자로 이동하였다. 다음 당주동 입구에서 고양군 원당면 계묘현(雞卯峴)까지는 자동차로 이동하였다. 이후 계묘현에서 서삼릉태실 조성 지역까지는 요여를 이용하여 이동하였다. 다만 창덕궁에서 출발하는 경우는 창덕궁에서 권안소로 옮긴 뒤 출발하였다. 세부 내용을 보면 '표 20'과 같다.

표 20　태항의 서삼릉 이송 일자별 순서

일자	회차·시간	왕명
1930년 4월 15일	제1회 (8:30~10:00)	태조고황제(太祖高皇帝), 정종대왕(定宗大王), 태종대왕(太宗大王), 세종대왕(世宗大王)
	제2회 (11:30~13:00)	문종대왕(文宗大王), 세조대왕(世祖大王), 예종대왕(睿宗大王), 성종대왕(成宗大王), 중종대왕(中宗大王)
	제3회 (14:30~16:00)	인종대왕(仁宗大王), 명종대왕(明宗大王), 선조대왕(宣祖大王), 숙종대왕(肅宗大王), 경종대왕(景宗大王), 영조대왕(英祖大王)
4월 16일	제1회 (8:30~10:00)	장조의황제(莊祖懿皇帝), 정조선황제(正祖宣皇帝), 순조숙황제(純祖肅皇帝), 헌종성황제(憲宗成皇帝), 순종효황제(純宗孝皇帝)
	제2회 (11:30~13:00)	왕전하(王殿下), 덕혜옹주(德惠翁主), 인성대군(仁城大君), 연산군모윤씨(燕山君母尹氏), 안양군(安陽君)
	제3회 (14:30~16:00)	완원군(完原君), 왕자수장(王子壽長), 견성군(甄城君), 연산군자금돌이(燕山君子金乭伊), 연산군자인수(燕山君子仁壽), 왕녀령수(王女靈壽)
4월 17일	제1회 (8:30~10:00)	연산군녀복억(燕山君女福億), 연산군녀복합(燕山君女福合), 덕흥대원군(德興大院君), 인성군(仁城君), 인흥군(仁興君), 숙명공주(淑明公主)
	제2회 (11:30~13:00)	숙정공주(淑靜公主), 숙경공주(淑敬公主), 명선공주(明善公主), 연령군(延齡君), 영조왕녀(英祖王女), 영조왕녀(英祖王女)
	제3회 (14:30~16:00)	영조왕녀(英祖王女), 의소세손(懿昭世孫), 문효세자(文孝世子), 철종왕녀(哲宗王女), 고종제팔남(高宗第八男), 고종제구남(高宗第九男)

태항은 봉상소로부터 서삼릉까지 하루 3회씩 이송하였다. 이송 시각은 오전 8시 30분에서 10시, 오전 11시 30분에서 오후 1시, 오후 2시 30분에서 4시까지로 되어 있다. 이 시간은 봉상소에서 태항을 싣고 절차를 밟아 떠나보내는 데 걸린 시간으로 추측된다. 첫날인 4월 15일에는 태조 등 국왕의 태항 15기를 옮겼다. 매회 4~6개씩 옮긴 셈이다. 둘째 날인 4월 16일에는 국왕과 왕자들의 태항 16기, 셋째 날은 왕자와 왕녀의 태항 18기를 옮겼다. 49기의 태항이 3일 만에 모두 옮겨졌다.

1930년 4월, 49기의 태항을 서삼릉 집장지로 옮겨 태실을 조성하였고, 2년 뒤인 1932년과 1934년에 걸쳐 추가로 아래에 제시한 5기의 태실이 새로 들어섰다.

① 진전하(晉殿下)의 태실: 동경에서 이봉하여 1934년 6월 8일에 조성함.
② 왕세자의 태실: 1932년 1월 25일에 서삼릉에 안장함.
③ 경평군(慶平君)의 태실: 1934년 노모리 다께시(野守建) 씨가 조사한 복명서에 의하면 1934년 이후 서삼릉으로 이장(○년 10월 16일)된 것으로 확인됨.
④ ⑤ 영산군(寧山君, ○년 6월 26일)과 의혜공주(懿惠公主, ○년 6월 26일)의 태실: 이장 시기에 대한 기록은 표비석 후면의 연호가 파손되어 알 수 없지만, 1930년 이후에 조성된 사실만 확인됨.

이후 『태봉』에 합철된 내용은 태실의 이안지(移安地)와 표석, 지석 및 서사식, 그리고 약도 등에 관한 것이다. 이를 주요 항목별로 정리하면 다음과 같다.

(1) 「제왕태실이십이위매안순위(帝王胎室二十二位埋安順位)」
앞서 국왕의 태항을 옮겨 묻은 태실 22위의 순서를 기록한 것이다. 5단으로 나누어 최상단에는 태조고황제 태실이 위치하고, 그 아래부터는 한 단에 5위씩 4단으로 배열하였다. 1930년 4월 15일과 16일에 옮긴 국왕의 태항은 21위였으나 여기에 '왕세자전하(王世子殿下)'가 포함되어 22위로 표시하였다. 각 단의 순서는 왼편에서 오른편으로 배열하였다. '이서위상(以西爲上)'이라 하여 서쪽을 상단으로 했다고 적어 두었다.

(2)「왕자공주대군옹주태실이십팔위매안탄생순위
(王子公主大君翁主胎室二十八位埋安誕生順位)」

왕자·대군·공주·옹주의 태실은 국왕태실과 별도로 조성하였다. 상하 7단으로 나누어 각 단에 4위씩 모두 28위를 배열하였다. 왼쪽 상단부터 예종의 아들 인성대군(仁城大君)이 첫 번째이고, 가장 마지막이 고종의 제9남으로 되어 있다. 상단 왼편부터 탄생일자를 기준으로 하여 순서대로 배열하였다.

(3)「제왕태실표석서사식(帝王胎室表石書寫式)」

옮겨 묻은 제왕의 태실에 세울 표석의 글자 서식을 기록한 것이다. 앞면에 새길 전면각자(前面刻字)는 '○○대왕태실', 뒷면에 새길 후면각자(後面刻字)는 '소화오년오월일(昭和五年五月日) 자(自)(본출지) … 이봉'을 서식으로 삼았다. 태조고황제로부터 이왕전하(李王殿下)까지 21위의 서사식을 기록해 놓았다.

(4)「세자이하태실표석서사식(世子以下胎室表石書寫式)」

이 서사식에는 세자 외에 대군 16위와 공주·옹주 12위의 서사식을 기록해 놓았다. 서식은 전면각자는 '○○○태실'이라 했고, 후면의 태실 설치 날짜는 모두 '소화오년오월일(昭和五年五月日)'이라 새겼으며, 옮겨 온 위치는 지명을 적은 뒤 '이장(移藏)'이라 기록했다. 제왕의 경우는 '이봉'이라 했는데,

이보다 격을 낮춘 표기이다.

다음에는 「태실신설지경기도고양군원당면서삼릉국내(胎室新設地京畿道高陽郡元堂面西三陵局內)」와 「제왕태실표석서사식」, 「세자이하태실표석서사식」 등 앞에서 기록한 내용을 다시 기록해 두었다. 다만 「태실신설지경기도고양군원당면서삼릉국내」의 서식 후면에는 '소화오년'이라 되어 있으나 뒤편의 제왕·세자 이하의 표석 후면에는 '소화사년'이라 되어 있다.

(5) 〈대왕태실신설지약도(大王胎室新設地略圖)〉와
     〈왕자왕녀태실신설지약도(王子王女胎室新設地略圖)〉

〈대왕태실신설지약도〉는 대왕태실 22위의 태실 순서를 둥근 도장을 찍어 표시한 뒤 왕의 묘호를 기입하였다. 봉역의 넓이를 240평이라 했다. 태조고황제 태실 한 기가 가장 위쪽에 배열되었다. 담장과 출입문도 표시해 두었다.

〈왕자왕녀태실신설지약도〉는 왕자와 왕녀의 태실 28위를 배열한 도면이다. 원형의 붉은색 도장을 찍은 자리에 누구의 태실인지를 기록하였다. 왕자의 태실은 의소세손 태실 1기를 가장 위쪽에 두고 아래에 3단으로 각 단 5위씩 배열하였다. 그 아래에는 숙명공주와 숙정공주의 태실 2기를 한 단으로 배열하고, 그 아래에 공주와 왕녀태실을 2단으로 각 단 5위씩 배치하였다. 제왕태실 21위, 세자·대군·왕자태실 16위, 공·옹주태실 12위 등 49위의 명칭을 괘선지에 3단으로 나누어 기록하였다.

(6) 「태실지석(胎室誌石)」

「태실지석」은 고종의 제7남 은(垠, 1902년생), 제4녀 덕혜옹주(1912년생), 제8남(1914년생), 제9남(1915년생)의 태실에 묻을 지석의 내용을 기록한 것이다.

이 4위 태실의 공통점은 탄생 직후 태를 모두 창덕궁의 비원에 묻었다는 점이다. 이후 1929년에 태항을 서삼릉으로 이봉했다고 되어 있다.

(7) 〈태실약도(胎室略圖)〉

〈태실약도〉는 펜으로 간략히 그린 약도이다. 단면도와 평면도의 2종류이다. 표석과 지대석, 광중의 태항 등의 구조와 치수를 기입하였다. 태실의 구조는 광중에 태항을 안치하고 콘크리트로 벽과 위를 막았다. 특히 위쪽의 2치 정도는 철근콘크리트로 설치하였고, 그 위에 다시 1자 7치의 두께로 콘크리트를 덮었다. 그 위에 지대석을 놓고, 다시 농석을 놓은 뒤 표석을 세웠다. 태실의 지대석은 가로세로가 5자이며, 표석의 높이는 2자 5치, 태항의 지름은 6치로 되어 있다.

(8) 「경북성주군월항면선석사측태봉지(慶北星州郡月恒面禪石寺側胎封地)」

이곳에 있던 세조의 태실을 비롯하여 제1열 태실 7위, 제2열 태실 10위의 군호(君號)와 이름, 표석을 세운 날짜를 기록한 것이다. 이 태실지는 세종의 왕자 18명 가운데 적장자인 문종을 제외한 17명의 태를 집단 안장한 태실이다. 제1열 7위는 적자인 대군의 태실이고, 제2열 10위는 서자인 군의 태실이다. 이곳에 태를 묻은 날짜를 기록해 두었다.

(9) 「진전하태실이봉차제(晉殿下胎室移封次第)」

1934년 6월 2일 일본의 동경에 있는 이진(李晉)의 태실을 서삼릉 국내의 태실 설정지로 옮긴 내용이다. 일본에서의 이봉 준비는 단 하루 만에 모든 절차를 마쳤다. 이와 관련된 「진전하태실이봉시준비(晉殿下胎室移封時準備)」는 태실 이봉에 필요한 공사, 석물, 제구(諸具), 인력, 제물 등의 필요 항목을 작성한 것이다. 지석과 표석에 기재할 내용도 기록해 두었다. 태실의 시역은

1934년 6월 2일이고, 안태일은 6월 8일이었다.

(10) 〈태봉지도면(胎封地圖面)〉

서삼릉 부속지의 태실배치도를 그린 것으로 왕자·왕녀 28위와 대왕태실 22위의 배치도이다. 1930년 5월에 건설했다고 되어 있다. 태를 이봉한 것은 같은 해 4월 15일에서 17일인데, 건설은 5월로 되어 있다. 앞서 서삼릉으로 이봉해서 바로 봉안한 것이 아니라 별도로 보관해 두었다가 순차적으로 봉안하였음을 알 수 있다.

(11) 「사후토제의 의(儀)」

이안 과정의 마지막 의식절차를 기록한 것이다. 사후토제, 태신안위제도 이와 같은 절차였다. 그 다음에는 이 세 의식에 필요한 진설도가 간략히 그려져 있다.

(12) 도설 18장

'어대(御代)의 광(光)'이라는 제목의 1923년에 만든 '어성혼기념학습장(御成婚記念學習帳)'이라는 수첩에 태실의 조성에 필요한 석물의 형태를 간략히 그린 도설 18장이 붙어 있다. 주로 태실의 표석, 태항아리, 지석 등을 연필로 스케치한 것이다. 당시 실사를 담당했던 조사관이 작성한 것으로 추정되며, 구체적인 내용은 〈숙경공주아기씨태실비석(淑敬公主阿只氏胎室碑石)〉 등 12종이 실려 있다.[19]

---

19 〈淑明公主阿只氏胎室書圖〉, 〈태항시식의 卓�〉, 〈淑明公主阿只氏誌石〉, 〈淑明公主阿只氏胎缸〉, 〈淑敬公主阿只氏胎室石函〉, 〈淑敬公主阿只氏胎缸〉, 〈淑敬公主阿只氏誌石〉 등을 비롯하여 왕의 태실에 세우는 부도형 석물 도형, 〈太宗大王胎室石函盖〉, 〈太宗大王胎室의 標石〉, 〈太宗大王胎室의 欄干柱石〉, 〈太宗大王胎室의 駕石〉 등의 손으로 간략히 그린 그림이 실려 있다.

『태봉』은 일제강점기 때 이루어진 조선왕실의 태실 이봉 과정에 관한 가장 자세한 자료로, 현 서삼릉과 경북 성주군 월항면에 있는 태실의 이안 및 조성 과정과 내역을 소상히 알려 준다. 『태봉』의 마지막 면에는 '서기일구칠삼년오월장서각재장(西紀一九七三年五月藏書閣再裝)'이라 적혀 있어, 이 책의 표지를 1973년 5월에 개장(改粧)했음을 기록했다.

이 장에서 다룬 태실의 수개는 안태와 태실가봉에 이어서 진행된 의례였다. 수개를 행한 뒤 태실에서 제례를 행하였으며, 경우에 따라서는 가봉에 못지않은 대규모의 수개가 이루어지기도 했다. 수개를 살핀 것은 규장각의 『태봉등록』과 18, 19세기에 작성된 수개 관련 의궤류가 있었기에 가능했다. 이 장에서는 특히 『태봉등록』에서 수개에 관한 사료만을 선별하여 살펴보았다. 숙종과 영조 대의 기록을 각 태실별로 재구성하여 검토하였다. 『태봉등록』의 내용들은 의궤가 전하지 않아 알 수 없는 사료의 공백 부분들을 보완해 주는 자료이다. 수개가 실행되는 과정은 대부분 석물을 제작하거나 보수하는 일이어서 태실가봉의 과정과 일면 비슷한 부분이 있다. 수개의 역사는 대부분 백성들에게 피해가 가지 않도록 배려하는 차원에서 시행되었다. 태실수개 관련 의궤는 태실의 수개와 관련된 가장 자세한 자료로서 발생된 문제의 상황, 그리고 대책과 결과에 이르기까지 일련의 과정을 살필 수 있는 자료이다.

일제강점기에 진행된 서삼릉태실의 조성은 기존의 가봉태실에서 태항만 빼내고 나머지 석물은 방치하게 한 결과를 가져왔다. 즉 태실의 통합 관리는 전국에 흩어져 있는 가봉태실의 파괴를 낳게 되었다. 구체적인 내용과 절차는 이왕직에서 작성한 『태봉』을 통해 확인하였다. 일제강점기 때 이루어진 태실의 방치와 교란을 알아보는 것은 현재 남아 있는 태실의 현상을 살피고 바로잡는 일과 밀접한 관련이 있다.

제 5 장

결 론

본 저술에서는 조선왕실의 안태의례를 세 개의 장으로 구성하여 살펴보았다. 첫 번째는 신생아의 태실인 아기태실을 조성하는 안태이고, 두 번째는 왕의 태실을 석물로 단장하는 태실가봉이며, 세 번째는 가봉태실의 수리와 보수에 해당하는 태실수개에 관한 내용이다. 즉 안태와 가봉과 수개는 조선왕조 안태의례의 가장 핵심 영역이자 전부라고 할 수 있다.

　　조선의 왕실에서 태어난 왕자녀의 태를 전국의 명산과 길지를 골라 땅에 묻는 안태는 조선왕실의 오랜 관행이자 전통이었다. 신생아가 탯줄을 자르는 순간부터 독립된 생명체가 되는 만큼, 태는 새로운 생명의 근원이자 상징으로 간주되어 소중히 다루어졌다. 특히 왕실의 안태는 엄격한 절차를 거쳤고, 태를 묻은 곳에는 영역을 표시하여 관리하였다. 새로운 생명의 탄생을 통해 왕권의 안정과 왕실의 번영을 기원하는 것이 안태의례의 목적이었다. 또한 안태는 출생과 관련된 의례로 끝나는 것이 아니라 이후 왕이 된 세자나 왕자의 태를 국왕태실로서의 위용에 맞게끔 석물로 단장하는 가봉의례로 이어졌다. 이 또한 소홀히 할 수 없는 중요한 의례였다. 이후 세월이 지나며 오래된 가봉태실의 경우 석물에 손상이나 파손이 발생하였고, 이에 대한 수리와 보수 또한 의례의 차원에서 이루어졌다. 그리고 이러한 모든 의례와 역사에서는 매번 그 과정과 절차, 인력과 물력 등의 기록을 빠짐없이 의궤나 등록 자료로 남겨 두었다. 현재 조선 후기에 작성된 자료들 가운데 일부가 남아 있어 연구가 미진했던 안태문화의 실체를 살필 수 있게 된 것은 큰 다행이 아닐 수 없다.

본서의 제1장에서는 안태의례에 대한 연구현황을 살펴보았다. 1960년 대부터 시작된 태실의 유적과 유물에 대한 관심이 연구사의 효시가 되었다. 1980, 90년대에는 태실에 대한 발굴과 지표 조사가 본격화되었고, 주요 기초 자료와 고고학적 연구 성과가 안태문화 연구에 초석을 놓았다. 2000년대에는 태실에 대한 기초 조사와 함께 의궤, 등록 등 왕실문헌의 조사와 번역작업에 힘입어 안태문화를 왕실문화의 일면으로 재조명하고자 한 연구가 활발히 전개되었다. 본서에서는 기존의 연구 성과를 토대로 하되 세부 문헌사료를 통해 안태의 영역을 검토하였고, 기존의 연구 성과와 중복되는 부분은 간략히 요약하였으며, 새롭게 조명해야 할 부분을 자세히 살펴보고자 했다.

제2장은 안태의 기원과 전통, 안태의 기록과 절차, 안태의례의 변천 등으로 본문을 구성하였다. 안태의례의 구체적인 변천 과정을 개별 기록을 통해 귀납적으로 추론하고자 하였다.

제1절에서 살펴본 안태의 기원은 삼국 시대로부터 단서를 찾을 수 있었고, 중국 당대에 지어진 『태장경』 등 안태와 관련된 서적이 여말선초에 전래되었음을 알 수 있었다. 또한 고려왕실에서 행해진 안태의 연장선에서 조선왕실의 안태문화가 성립되었고, 이것이 오백 년간 단절되지 않은 전통으로 지속되었음을 확인하였다. 이외에 조선왕조를 통해 축적된 안태의 례의 전통을 명당 및 풍수관과 관련하여 살펴보았고, 특히 조선 초기 태실 조성의 대상이 모두 남쪽에 집중된 점, 안태가 왕의 즉위년에 이루어진 점 등을 주요 특색으로 살필 수 있었다.

제2절에서는 주요 문헌과 『안태등록』, 『태봉』 등 안태 관련 문헌의 현황과 내용을 먼저 검토하였다. 현존하는 의궤와 등록은 태봉의 조성 과정을 알아보는 기초 자료이다. 안태의 절차는 태의 분리로부터 세태 및 태항에

봉하는 과정, 태를 태봉으로 봉송하는 절차, 태를 땅에 묻는 절차, 이후의 제사 등으로 이루어졌다. 안태의 현안에서는 안태의 담당 관료, 안태 시점의 문제, 이를 통해 안태의 핵심인 태를 다루는 관념 등을 고찰하였다. 안태의 대상과 등급은 왕의 태실과 왕후의 태실, 그리고 왕자녀의 태실 등으로 구분하여 살펴보았으며, 안태의례를 출생으로부터 태실의 조성까지를 범주로 이해하였다. 세자, 대군, 왕자, 공주, 옹주태실의 등급과 차이점, 그리고 이례적으로 왕실의 구성원으로 출생하지 않은 왕후의 태실에 대한 기록도 알아보았다.

제3절은 국왕의 안태와 왕대별로 시행된 안태 사료를 검토한 내용이다. 안태의례의 특징과 사안의 변화를 조선 전기와 중기, 후기로 나누어 고찰하였다. 첫째는 태조 대로부터 세조 대까지로 안태의 관행이 제도화해 가는 시기이다. 태실의 조성 과정을 통해 안태문화가 정착되는 양상을 살필 수 있었다. 두 번째는 예종 대로부터 현종 대까지로 태실의 조성은 꾸준히 이어졌으나 안태에 대한 관심이 약화되었고, 과도한 낭비를 경계한 시기였다. 세 번째는 숙종 대부터 조선왕조의 마지막인 고종 대까지이다. 숙종 대 이후로 태실의 정비와 간소화, 영조의 개혁적인 조치와 정조의 개선책 등이 새로운 원칙과 기준을 만들어 낸 적용기였다. 안태문화는 영조와 정조 대에 이르러 체계적인 제도로서의 틀을 갖추게 되었다.

제4절에서는 안태의례의 절차와 과정을 기록한 안태등록과 의궤의 내용을 분석하였다. 18, 19세기에 작성한 6종의 등록과 의궤를 대상으로 하였다. 도서의 표제에 등록과 의궤로 적혀 있으나 내용의 차이는 없으며, 조선 후기 및 말기 안태제도의 상세한 정보를 접할 수 있었다. 정조 연간의 안태등록이 2종, 순조 연간이 2종, 철종과 고종 연간의 기록이 각각 한 종씩이다. 특히 영조 연간에는 다른 태실이 위치한 같은 산자락과 하물며 궁

궐 어원에 형제의 태를 묻게 한 점, 정조 연간에는 석물을 쓰지 못하게 하고, 인력과 물자를 줄이게 한 점 등이 매우 파격적인 개혁조치였다. 이러한 개혁이 모두 실현된 것은 아니지만, 영·정조 대의 개선책은 안태의례의 새로운 원칙과 기준을 만들어 낸 방안이 되었다. 또한 6종의 안태등록과 의궤는 18세기 후반기 이후의 안태가 앞 시기의 개선책을 어떻게 반영하여 계승해 갔는가를 살필 수 있는 가장 구체적인 자료가 되었다.

제3장에서는 조선왕실의 태실가봉에 관하여 고찰하였다. 국왕의 태실에 석물을 설치하는 가봉은 최초의 태실을 만드는 안태에 이은 후속 절차로서 국왕의 태실에 위용을 갖추기 위해 예외 없이 적용되었다. 이 장에서는 태실가봉의 전통과 과정에 대한 문헌기록을 검토함으로써 조선왕조 안태문화의 정수라 할 가봉태실을 다양한 관점에서 조명하고자 하였다.

제1절에서는 태실가봉의 전통이 조선 초기부터 실행된 사실을 살폈다. 기록이 부족하지만, 가봉비문에 근거하여 역대 가봉의 사실을 정리하였고, 태실가봉이 14세기부터 준행되었음을 확인하였다. 가봉태실은 태실에 부도와 비슷한 형태의 석물을 만들고, 외곽에 난간석을 돌렸으며, 태실 가까이에 귀부와 비신을 갖춘 가봉비를 세운 형식이었다. 그리고 이것이 불교의 부도 형식과 밀접한 관련이 있음을 알아보았다.

제2절에서는 태실의 조성과 보수에 관한 기록인 『태봉등록』의 내용을 고찰하였다. 인조 대부터 영조 대까지의 기록을 일자순으로 재구성하여 태실 조성과 가봉, 태실의 수리와 보수 등에 대하여 살펴보았다. 특히 『태봉등록』에 수록된 내용은 17세기 후반과 18세기의 가봉의례를 이해하는 데 많은 도움을 준다. 현종, 숙종, 경종의 태실가봉은 의궤나 등록으로 남아 있지 않지만, 상당 부분의 사료적 공백은 『태봉등록』을 통해 보완할 수 있었다.

제3절에서는 조선 후기의 의궤를 통해 태실가봉의 실상을 살폈다. 현재

태실가봉 관련 의궤는 영조, 정조, 순조, 익종, 헌종에 해당하는 5종이 전한다. 영조태실의 가봉의궤는 민간에서 전하던 본이며, 나머지 4종은 어람본이다. 태실가봉의궤는 대체로 다음의 편차로 구성되어 있다. ① 가봉의 실행을 위한 논의, ② 길일의 택정, ③ 인력과 물품의 분정, ④ 관원의 하송과 감역, ⑤ 석물의 제작, ⑥ 제례 절차, ⑦ 가봉의 완료와 후속 조치 등이다. 태실가봉 시에는 석물작업이 가장 큰 관건이었다. 석재의 간품, 부석과 운석(運石)의 과정, 연마와 조각, 배설 등의 공정에 많은 인력이 동원되었다. 제례는 가봉을 시작할 때 사유제와 후토제를 지냈고, 공역을 마친 뒤에 사후토제를 지냈다. 또한 태실가봉이 완료된 뒤의 후속 작업은 금표 설치, 화소 구역 지정, 의궤 제작, 태실비 탁본, 태봉비 설치, 참여 관료들의 포상 등이었다.

제4절에서는 태실가봉의 절차에 따라 가봉된 태실의 모습과 그 주변의 지리적 형세를 그린 태봉도를 고찰하였다. 현재 장조, 순조, 헌종의 태봉도 3점이 장서각에 전하고 있다. 이 3종의 태봉도는 장서각 소장『봉모당봉장서목』에 기록되어 있어 구한말까지 왕실 서고인 봉모당에 소장된 내력을 알 수 있었다. 태봉도의 구성과 형태적 특징에 대한 검토는 왕의 태실을 그린 태봉도를 이해하는 데 있어 비중 있게 다루어야 할 부분이다. 태봉도에서 가장 중요한 요소는 태실이 어떤 길지적 조건을 갖춘 장소에 어떤 모습으로 위치해 있는가 하는 것이다. 이 태봉도 3점의 초기형식은 기존의 산도 양식을 반영한 요소가 강했고, 다음 단계에는 회화식 지형도로서의 성격이 강조되었으며, 이후에는 실경을 반영한 실경산수화 형식으로 변모하는 경향을 보였다. 따라서 전통적인 지형도와의 관계, 명당적 요소의 표현, 실지형(實地形)의 반영과 표현 등이 주요 구성요소이다.

제4장에서는 태실의 보수에 해당하는 수개에 대한 주요 사실들을 고찰하였다. 수개는 국왕태실의 안태와 가봉에 이어 치러진 것으로 석물의 보

수를 뜻한다.

제1절에서는 태실의 수개에 관한 현황을 살펴보았다. 구체적인 사료는 『태봉등록』과 의궤류를 대상으로 하였다. 『태봉등록』에는 숙종과 영조 대에 이루어진 선왕 대의 태실수개에 관한 자세한 기록이 수록되어 있었다. 의궤에서는 『세종대왕태실석난간수개의궤』(1601)를 비롯하여 18세기의 세종, 단종태실 건과 19세기에 있었던 성종, 경종, 태조태실의 석물 및 비석 수리에 관한 현황들을 확인하였다.

제2절에서는 『태봉등록』에서 인조 대에서 영조 대에 이르는 태실수개 관련 기록만을 발췌하여 자세히 검토하였다. 인조 대에서 현종 대의 기록에는 본격적인 가봉태실의 수개에 관한 기사는 보이지 않았지만, 숙종과 영조 대에 집중되어 있는 내용들을 각 태실을 기준으로 날짜별로 재구성하여 검토하였다. 태실의 수개는 반드시 석물의 손상만이 아니라 화재나 천재지변이 원인이 되기도 하였고, 이를 방지하기 위해 화소를 정해 두기도 하였다. 또한 황후와 공주의 태실도 수개의 대상에서 예외가 아니었음을 살필 수 있었다. 『태봉등록』에 수록된 숙종 대의 태실수개는 태조·중종·인종·명종·선조·현종의 태실에 관한 것이다. 본격적인 태실의 수개는 숙종 대부터 이루어진 것으로 보인다. 『태봉등록』에 수록된 영조 대의 태실수개 기록은 모두 7건이다. 태조·세종·문종·단종·예종·선조·현종 대왕의 태실이 여기에 해당한다. 그러나 영조 대까지의 기록만 수록되어 있다는 한계가 있다. 대부분 17세기 이전에 가봉한 태실들이며, 석물의 수개가 중심 내용으로 기록되어 있다. 각 태실의 수개 과정을 보면, 관찰사나 군수 등 지방관의 보고에 따라 중앙에서는 왕의 재가를 받아 수리의 시기와 방법을 결정하였다. 또한 흉년이나 재난으로 연기되기도 하였고, 수개의 유형도 매우 다양하였으며, 그것을 해결하는 방법도 여러 가지였음을 살필 수 있었다. 특히 주목할 것은 여러 태실의 수개가 동시에 진행된 점이

었고, 태실석물 규모의 변화, 손상의 여러 유형, 의궤의 제작, 태실 주변의 민원 문제 등 다양한 사안들을 살필 수 있었다.

제3절에서는 현재 남아 있는 태실수개 관련 의궤를 검토하였다. 태실석물의 보존과 관련하여 발생된 문제와 그것의 구체적인 상황, 그리고 해결방안과 결과에 이르기까지 태실의 수개에 관한 일련의 과정을 살펴보았다. 태실수개와 관련된 가장 이른 시기의 기록은 『세종대왕태실석난간수개의궤』(1601)이다. 이외에도 1731년(영조 7)의 세종 및 단종, 1734년(영조 10)의 세종 및 단종 관련 수개의궤가 전하고 있어 자세한 내용을 알 수 있게 되었다. 19세기에 제작된 국왕태실의 수개 관련 의궤는 성종태실, 경종태실, 태조태실의 수개 등에 관한 것들이 있다. 의궤의 명칭을 보면, 비석과 석물을 교체하거나 수리한 기록임을 알 수 있다. 19세기 태실 수리에 관한 의궤 3편을 통해 수리의 원인을 살펴보면, 천재지변과 인위적인 파손이 대부분이었고, 이외에 민간에서 시신을 암장한 건도 수개를 하게 된 사례였다. 이처럼 다양한 이유로 수개가 이루어진 과정을 살필 수 있었다.

제4절은 일제강점기에 진행된 서삼릉태실의 조성과 관리에 관한 고찰이다. 일제강점기에 있었던 태실의 이송과 관련된 기록을 중심으로 당시의 실상을 살펴보고자 했다. 일제강점기의 태실과 관련된 언론기사는 1929년까지 찾아볼 수 있으며, 구체적인 내용은 이왕직에서 작성한 『태봉』을 통해 확인할 수 있었다. 특히 경상도 일대의 태항 이송 사실 보고서를 통해 일정별 내용을 알 수 있었고, 서울에 임시 안치한 태항들을 서삼릉태실로 이송한 과정도 비교적 자세히 살필 수 있었다. 이외에도 제왕태실과 왕자·공주·대군·옹주 등의 태실 배치, 표석 서사(書寫), 태지석, 약도, 도설 등에 관한 구체적인 사실을 확인하였다. 태실의 수개는 아직 활발히 연구되지 않았지만, 현재 남아 있는 태실의 현상을 살피는 일과 밀접한 관련이 있다. 수개의 과정에서 이루어진 형태의 변화가 현재의 상태로 남아 있는

경우가 많기 때문이다. 지금은 태실의 현황과 보존에 대한 관심이 필요하고 다양한 학술적인 검토가 필요한 시점이다.

그동안 안태의례는 비공식적인 왕실의 관행으로 이해되는 감이 없지 않았다. 그러나 조선왕조 오백 년간 이루어진 안태의 과정은 왕실 내 새로운 생명의 탄생을 통해 왕조의 번영을 담보한다는 믿음 아래 꾸준히 실행되었다. 또한 왕실의 권위를 반영하면서도 민생에 대한 배려와 효율적인 제도의 운영을 이루려는 개선 과정을 살필 수 있었다. 특히 영·정조 연간을 거치며 안태문화는 보다 현실적인 의례로 변모하면서 왕실의례로서의 위상을 정립할 수 있었다.

참고문헌

1. 사료

『세종실록지리지』.

『승정원일기』(http://www.itkc.or.kr).

『조선왕조실록』(http://sillok.history.go.kr).

『태봉』(장서각 소장).

국립문화재연구소, 『국역 태봉등록』(권영대 역), 2006.

_____, 『조선왕실의 안태와 태실 관련 의궤』(김상환 역주), 민속원, 2006.

_____, 『국역 안태등록』(김상환 역주), 민속원, 2007.

_____, 『국역 호산청일기』(김상환 역주), 민속원, 2007.

사천문화원, 『世宗大王端宗大王胎室儀軌』, 2000.

정구복 외, 『역주 삼국사기』, 한국학중앙연구원출판부, 1998.

한국학중앙연구원 장서각, 「원자아기씨안태등록」, 『조선왕실의 출산문화』, 이회, 2005.

_____, 「출산에 앞서 미리 알아두어야 할 여러 방법－임산예지법」(황문환 역), 『조선왕실의 출산문화』, 이회, 2005.

_____, 『봉모당도서목록』(영인본·해제본), 2011.

2. 단행본

경북대학교영남문화연구원, 『성주 세종대왕자태실의 세계유산적 가치』, 2014.

김용숙, 『朝鮮朝 宮中風俗 研究』, 일지사, 1987.

안휘준·변영섭, 『藏書閣所藏繪畵資料』, 한국정신문화연구원, 1991.

안휘준 외, 『우리 옛지도와 그 아름다움』, 효형출판, 1999.

윤진영, 『조선왕실의 태봉도』, 한국학중앙연구원출판부, 2016.

_____, 『조선왕실의 태실 의궤와 장태문화』, 한국학중앙연구원출판부, 2018.

천혜봉·윤병태,『藏書閣의 歷史와 資料的 性格』, 한국정신문화연구원, 1996.

최현각 외,『법주사』, 대원사, 1994.

한국학중앙연구원 장서각,『조선왕실의 출산문화』, 이회, 2005.

3. 자료집·보고서·도록

경상북도문화재연구원·영천시,『仁宗胎室 發掘調査報告書』, 1999.

국립고궁박물관,『조선왕실 아기씨의 탄생―나라의 복을 담은 태항아리』, 2018.

국립문화재연구소,『서삼릉태실』, 1999.

　　　　　　　　　　,『조선왕실의 胎峰』, 2008.

국립중앙박물관,『잔치풍경―조선시대 향연과 의례』, 2009.

이주환 외,『조선의 태실』I~Ⅲ, 사단법인전주이씨대동종약원, 1999.

한국정신문화연구원,『藏書閣圖書解題』I, 1995.

한국학중앙연구원 장서각,『越中圖』, 2006.

　　　　　　　　　　　　　,『淑嬪崔氏資料集』4(山圖, 碑文), 2009.

　　　　　　　　　　　　　,『英祖妃嬪資料集』2(碑誌, 冊文, 敎旨, 祭文), 2011.

한림대학교박물관,『王女福蘭胎室 發掘報告書』, 1991.

4. 논문

강경숙,「이조백자태호」,『고고미술』통권 49, 한국미술사학회, 1964.

강수연,「조선시대 白磁胎缸에 관한 연구」, 동국대학교대학원 석사학위논문, 2002.

김문식,「서삼릉 태실의 조성과 태실의 현황」,『조선왕실의 태실의궤와 장태문화』, 한국학중
　　　　앙연구원출판부, 2018.

김상환,「조선왕실의 원자아기 안태의궤 및 태실석물 개보수와 가봉 관련 의궤」,『조선왕실
　　　　의 안태와 태실관련 의궤』, 국립문화재연구소, 2006.

김성찬,「원주 태실고」,『원주얼』6, 원주문화원, 1996.

김영준,「조선시대 국왕 태실의 '加封'에 관한 연구―순조 태실의 가봉 사례를 중심으로」, 경
　　　　상대학교교육대학원 역사교육전공, 2018.

김영진,「충주 경종태실 소고―작변과 복원을 중심으로」,『청주대학교 박물관보』7, 청주대
　　　　학교박물관, 1994.

김용숙,「附錄, 胎封硏究」,『서삼릉태실』, 국립문화재연구소, 1999.

김지영, 「장서각 소장 『大君公主御誕生의 制』에 관한 일고찰」, 『장서각』 18, 한국학중앙연구원, 2007.

_____, 「조선 후기 왕실의 출산문화에 관한 몇 가지 실마리들―장서각 소장 출산관련 '궁중발기[宮中件記]'를 중심으로」, 『장서각』 23, 한국학중앙연구원, 2010.

_____, 「조선시대 出産과 王室의 '藏胎儀禮'―문화적 실천양상과 그 의미」, 『역사와 세계』 45, 효원사학회, 2014.

김해영, 「世宗大王胎室石欄干修改儀軌』에 대하여」, 『고문서연구』 45, 한국고문서학회, 2014.

_____, 「英廟朝 世宗·端宗胎室의 修改 役事」, 『남명학연구』 44, 경상대학교남명학연구소, 2014.

_____, 「조선시대 국왕 태실의 표석 수립에 관한 고찰―『世宗端宗胎室表石竪立時儀軌』의 기록을 중심으로」, 『역사교육논집』 58, 역사교육학회, 2016.

김 호, 「조선후기 王室의 出産 풍경」, 최승희 교수 정년기념논총 『朝鮮의 政治와 思想』, 집문당, 2002.

_____, 「조선 왕실의 藏胎 儀式과 관련 儀軌」, 『한국학보』, 일지사, 2003.

_____, 「조선왕실의 藏胎儀軌―아기씨의 안녕에서 여민락의 민본으로」, 『조선왕실의 태실 의궤와 장태문화』, 한국학중앙연구원출판부, 2018.

신라오악종합학술조사단, 「세종·단종대왕의 태실조사」, 『고고미술』 통권 85, 한국미술사학회, 1967.

신명호, 「조선시대 宮中의 出産風俗과 宮中醫學」, 『고문서연구』 21, 한국고문서학회, 2002.

심현용, 「蔚珍 지역 胎室에 관한 始考」, 『고문화』 57, 한국대학박물관협회, 2001.

_____, 「光海君胎室에 대하여」, 『강원문화사연구』 9, 강원향토문화연구회, 2004.

_____, 「星州 世宗大王子胎室 研究」, 『박물관연보』 2, 강릉대학교박물관, 2005.

_____, 「조선시대 아기태실비의 양식과 변천」, 『미술자료』 75, 국립중앙박물관, 2006.

_____, 「조선왕실 胎室石函의 現況과 樣式變遷」, 『문화재』 43, 국립문화재연구소, 2010.

_____, 「조선시대 加封胎室의 中央胎石에 대한 양식과 변천」, 『대구사학』 113, 대구사학회, 2013.

_____, 「星州 禪石山胎室의 造成과 胎室構造의 特徵」, 『성주 세종대왕자태실의 세계유산적 가치』, 경북대학교영남문화연구원, 2014.

_____, 「조선 초 榮州 昭憲王后 胎室의 造成과 構造 復元」, 『영남고고학』 68, 영남고고학회, 2014.

_____,「朝鮮時代 胎室에 관한 考古學的 硏究」, 강원대학교대학원 박사학위논문, 2015.

양윤미,「조선 15세기 安胎用 陶磁器 연구」, 고려대학교대학원 석사학위논문, 2013.

_____,「조선초기 安胎用 도자기의 양식적 특징―성주 선석산 세종대왕자태실을 중심으로」,『성주 세종대왕자태실의 세계유산적 가치』, 경북대학교영남문화연구원, 2014.

윤석인,「조선왕실의 胎室 變遷 연구―西三陵 移藏 胎室을 중심으로」, 단국대학교대학원 석사학위논문, 2000.

_____,「朝鮮王室의 胎室石物에 관한 一硏究」,『문화재』 33, 국립문화재연구소, 2000.

_____,「西三陵胎室 奉安遺物에 대한 연구」,『강원고고학보』 11, 강원고고학회, 2008.

_____,「朝鮮時代 태항아리 變遷 硏究」,『고문화』 75, 한국대학박물관협회, 2010.

_____,「朝鮮 正祖大王 胎室 硏究―태실석물의 구조와 봉안유물의 특징」,『문화재』 46, 국립문화재연구소, 2013.

_____,「朝鮮時代 胎誌石 硏究」,『강원고고연구』, 고려출판사, 2014.

윤진영,「朝鮮 後期 安胎儀禮의 개선과 정비」,『조선시대사학보』 67, 조선시대사학회, 2013.

_____,「조선왕실의 장태문화와 태실 관련 회화자료」,『조선왕실 아기씨의 탄생』, 국립고궁박물관, 2018.

_____,「조선왕조 태실의 석물단장과 수리」,『조선왕실의 태실 의궤와 장태문화』, 한국학중앙연구원출판부, 2018.

이귀영·홍대한,「태실 조성의 특징과 수호사찰의 운영」,『조선왕실의 태실 의궤와 장태문화』, 한국학중앙연구원출판부, 2018.

이명구,「조선시대 胎室 遺跡에 관한 고찰―明宗大王 胎室을 중심으로」,『서산의 문화』 19, 서산향토문화연구회, 2007.

이홍직,「이조전기의 백자태항」,『고문화』 5·6, 대학박물관협회, 1969.

차용걸,「英祖大王胎室 加封儀軌에 대하여」,『호서문화연구』 2, 충북대학교호서문화연구소, 1982.

최호림,「조선시대 묘지의 종류와 형태에 관한 연구」,『고문화』 25, 한국대학박물관협회, 1984.

_____,「조선시대 태실에 관한 일연구」,『한국학논집』 7, 한양대학교한국학연구소, 1985.

홍대한,「태실조성의 특징과 수호사찰의 운영」,『조선왕실의 태실 의궤와 장태문화』, 한국학중앙연구원출판부, 2018.

홍성익,「춘천 용산리 태실」,『월간 태백』 통권 99, 강원일보사, 1995.

_____, 「江原地域 胎室에 관한 硏究－全國 胎室調査를 겸하여」, 『강원문화사연구』 3, 강원향
　　　토문화연구회, 1998.

_____, 「洪川 孔雀山 貞熹王后 胎室誌 位置比定」, 『강원문화사연구』 13, 강원향토문화연구회,
　　　2008.

_____, 「金泉과 原州에 藏胎된 孝宗 王女胎室 검토」, 『계명사학』 23, 계명사학회, 2012.

_____, 「부도형 불사리탑에 대한 연구」, 『전북사학』 43, 전북사학회, 2013.

_____, 「한국 胎室의 기초적 이해－태실의 현황과 보존 및 관리」, 『성주 세종대왕자태실의
　　　세계유산적 가치』, 경북대학교영남문화연구원, 2014.

_____, 「조선 전기 왕비 가봉태실에 관한 연구」, 『사학연구』 117, 한국사학회, 2015.

홍성익·오강원, 「춘천지역 소재 태실·태봉에 관한 일고찰－조사보고를 겸하여」, 『춘주문
　　　화』 10, 춘천문화원, 1995.

홍재선, 「충남지방의 태실과 그 현황」, 『향토사연구』 12, 충남향토사연구회, 1992.

찾아보기